Arena-Taschenbuch
Band 50809

Weitere Pferdebücher im Arena-Taschenbuch:
Anna Sewell: *Black Beauty* (Band 50474)
Margot Berger: *Pepper und Flo. Ein Wunschpferd kommt selten allein* (Band 50545)
Harriet Buchheit: *Pferde sind die Nummer 1* (Band 50285)
Federica de Cesco: *Das Mondpferd* (Band 1988)
Antje Babendererde: *Talitha Running Horse* (Band 2937)

Jutta Beyrichen,
geboren 1964, wuchs in Bad Kissingen auf. Schon als Kind entdeckte sie ihre Liebe zu Pferden und zur Reiterei. Bereits mit ihrem ersten Roman, dem Bestseller »Die Pferdefrau« zeigte sie eindrucksvoll, wie heilsam Pferde auf verletzte Menschenseelen wirken können. Jutta Beyrichen lebt heute mit ihren beiden Söhnen in Würzburg.

Jutta Beyrichen

Der Ruf der Pferde

Arena

Für meine Söhne

FSC
www.fsc.org
MIX
Papier aus verantwortungsvollen Quellen
FSC® C110508

1. Auflage als Arena-Taschenbuch 2015

Covergestaltung: Jennifer Haug unter Verwendung eines Fotos von © fotolia
Umschlagtypografie: knaus. büro für konzeptionelle und visuelle identitäten, Würzburg
Gesamtherstellung: Westermann Druck Zwickau GmbH
ISSN 0518-4002
ISBN 978-3-401-50809-2

www.arena-verlag.de
Mitreden unter *forum.arena-verlag.de*

Song composed in August

Now westlin winds and slaught'ring guns
Bring Autumn's pleasant weather;
The moorcock springs on whirring wings
Amang the blooming heather:
Now waving grain, wide o'er the plain,
Delights the weary farmer;
And the moon shines bright, when I rove at night,
To muse upon my charmer.

The partridge loves the fruitful fells,
The plover loves the mountains;
The woodcock haunts the lonely dells,
The soaring hern the fountains:
Thro' lofty groves the cushat roves,
The path of man to shun it;
The hazel bush o'erhangs the thrush,
The spreading thorn the linnet.

Thus ev'ry kind their pleasure find,
The savage and the tender;
Some social join, and leagues combine,
Some solitary wander:
Avaunt, away! the cruel sway,
Tyrannic man's dominion;
The sportsman's joy, the murd'ring cry,
The flutt'ring, glory pinion!

But, Peggy dear, the ev'ning's clear,
Thick flies the skimming swallow,
The sky is blue, the fields in view,
All fading-green and yellow:
Come let us stray our gladsome way,
And view the charms of Nature;
The rustling corn, the fruited thorn,
And ev'ry happy creature.

We'll gently walk, and sweetly talk,
Till the silent moon shine clearly;
I'll grasp thy waist, and, fondly prest,
Swear how I love thee dearly:
Not vernal show'rs to budding flow'rs,
Not Autumn to the farmer,
So dear can be as thou to me,
My fair, my lovely charmer!

Robert Burns (1759–1796)
Schottischer Lyriker

Prolog

Der Turnierplatz außerhalb Edinburghs lag verlassen da.

Die Zuschauertribüne war leer, lediglich herumliegende Pappbecher und andere weggeworfene Abfälle zeugten davon, dass sich hier noch vor Kurzem Menschen aufgehalten hatten. Die Anzeigetafeln waren ausgeschaltet, und die Lautsprecher verstummt. Auf dem Parcours standen die Hindernisse verwaist, wie immer nach einem beendeten Turnier, und nur der von Fußspuren aufgewühlte Sandboden neben den nicht aufgehobenen Stangen des Doppeloxers ließ ahnen, dass hier nicht alles so war wie gewohnt.

Der Krankenwagen war vor zehn Minuten abgefahren, doch Patricia hockte noch immer neben dem Abfallbehälter an der Zufahrt des Parkplatzes auf dem Asphalt.

Die meisten Pferde waren inzwischen abgeholt worden, auch Helen hatte Goldie mit den anderen zusammen in den Anhänger verladen, um sie zum Stall zurückzubringen. Patricia war nicht dabei gewesen. Es berührte sie auch nicht, ob jemand daran dachte, die Siegerschleife entgegenzunehmen. Nur kurz schoss ihr durch den Kopf, ob sich wohl jemand um Seaspray kümmerte, doch der Eigentümer des Wallachs würde ihn bestimmt nicht in den Turnierstallungen vergessen. Obwohl Seaspray heute keine Platzierung erreicht hatte, konnte man davon ausgehen, dass er das nächste Mal sicherlich wieder in den vorderen Rängen landen würde.

Nur für Gavin würde es kein nächstes Mal geben.

Dabei hatte der Tag so wunderbar begonnen.

1.

»Wo bleibst du denn, Pat?« Gavin kam in den Stall gerannt, Gerte und Kappe unter den Arm geklemmt. »Der Transporter ist da!«

»Bin gleich fertig.« Patricia knüpfte den letzten Knoten in Goldies Mähne fest. Seit dem frühen Morgen war sie damit beschäftigt, die Fuchsstute für das Turnier herzurichten, und das Ergebnis ihrer Arbeit konnte sich sehen lassen: Das rote Fell schimmerte wie Seide, die Hufe glänzten, und den langen Schweif hatte Patricia shampooniert, gekämmt und die Spitzen so sorgfältig gerade geschnitten, als wenn es sich um ihre eigenen Haare gehandelt hätte.

Goldie schien zu wissen, um was es ging. Unruhig trat sie in der Box hin und her und haschte spielerisch nach Patricias Hand, als diese ihr nun über die schmale Blesse strich.

»Du bist schon genauso aufgeregt wie ich, nicht wahr, meine Schöne?« Patricia lachte. »Sie hat Ehrgeiz, merkst du es?«

Der dunkelhaarige Junge mit den fröhlichen braunen Augen lachte ebenfalls. »Na, dann wird sie sich heute vielleicht ein wenig anstrengen müssen. Seaspray ist top in Form, ich glaube nicht, dass Goldie ihn schlägt.«

»Das werden wir ja sehen!« Patricias blaue Augen funkelten. »Das letzte Mal hast du auch gedacht, wir schaffen es nicht.«

Gavin winkte ab. »Das war reine Glückssache. Passiert heut nicht wieder, glaub mir.«

»Wollen wir wetten?« Patricia sah ihn herausfordernd an.

»Klar. Um was?«

»Ein Eis, wie immer?«

»Okay. Diesmal zahlst du, verlass dich drauf.«

»Sei dir da mal bloß nicht zu sicher!« Patricia wischte sich die Hände an ihrer Reithose ab, öffnete die Boxentür und führte die Stute heraus. »Du hast es gehört, Goldie«, sagte sie zu ihr und klopfte liebevoll den glatten, warmen Hals. »Es geht um ein Eis, also tu dein Bestes!«

Goldie schnaubte und Gavin grinste. »Sie mag kein Eis. Aber das werde ja sowieso ich gewinnen . . . Also, dann mal auf«, sagte er und trat hinter den beiden aus der Stalltür. »Seaspray ist schon draußen beim Parcours, Mr Evans wollte ihn direkt hinbringen.« Der Schimmelwallach gehörte im Gegensatz zu Goldie nicht dem Reitverein, sondern sein Besitzer, ein Rechtsanwalt aus Edinburgh, ließ ihn Gavin als Gegenleistung für die Pflege des Pferdes reiten. Schon mehrfach hatte Gavin für Mr Evans auf Turnieren Preisgelder errungen, und vom Anteil, den er selbst dafür erhielt, hoffte er, sich irgendwann ein eigenes Pferd kaufen zu können. Patricia und er blätterten seit Langem schon die Anzeigenblätter durch und träumten von dem wunderbaren Pferd, das sich Gavin dann eines Tages kaufen würde. Gavins Eltern ließen ihn gewähren, sie waren der Meinung, wenn seine Pferdeverrücktheit anhielt, so sei das immerhin besser, als wenn sein Herz für Motorräder schlug. Ob Patricia selbst einmal Pferdebesitzerin werden würde, stand allerdings noch mehr in den Sternen – ihre Eltern hielten von solchen, wie sie meinten, kindischen Träumereien leider rein gar nichts. Patricia seufzte ein wenig, aber dann hob sie den Kopf und schritt schneller voran. Der Tag war zu vielversprechend, um sich die Laune verderben zu lassen. Sogar das Wetter spielte mit – der April war warm für schottische Verhältnisse, selbst in Edinburgh, und Patricias heimliche Gebete um trockenen Boden auf dem Parcours hatten sich wunderbarerweise erfüllt.

Im Stallhof herrschte bunter Trubel. Blank geputzte Pferde trippelten nervös im Morgensonnenschein, während sie von ihren jungen Reitern und Reiterinnen in die bereitstehenden Transportanhänger geführt wurden.

»Vorsicht da drüben!« Eine hochgewachsene, schlanke junge Frau eilte gerade noch rechtzeitig dazu, um zu verhindern, dass zwei Braune aufeinander losgingen. »Mensch Katie, du weißt doch, dass sich Missy und Chestnut nicht riechen können!« Die Reitlehrerin griff nach dem Zaum der einen braunen Stute und zog sie von der anderen weg. Chestnut hatte ihre Ohren flach an den Kopf gelegt und die Zähne gebleckt, während ihre Gegnerin Missy ihr schon die Hinterhand zukehrte, bereit, nach ihr auszukeilen. Beide trompeteten wütend.

»Tschuldigung, Helen!« Katie fuhr sich nervös durch ihr kurzes braunes Haar, ihr Gesicht brannte, und schnell brachte sie ihr Pferd in Sicherheit. »Ich habe nicht darauf geachtet, dass Chestnut hier steht.«

»Na, ist ja noch mal gut gegangen.« Helen klatschte in die Hände. »Tempo, wir müssen los. Rein mit den Gäulen in den Wagen!«

»Mit den Gäulen!«, entrüstete sich Katie und führte Missy behutsam die Rampe hoch.

»Ach, du weißt doch, dass sie das nicht so meint«, beruhigte Patricia sie. Sie band Goldie im Wagen fest und sprang von der Rampe.

»Du gewinnst heute bestimmt«, sagte Katie und schaute Patricias Fuchsstute bewundernd an. »Ich wünschte, Missy hätte so viel Talent wie Goldie!«

»Ich hoff's mal.« Patricia lachte. »Genug trainiert haben wir schließlich auf alle Fälle. Mein Dad hat schon einen Aufstand gemacht, weil ich in den letzten Wochen kaum noch zu Hause war.«

Katie verdrehte die Augen und nickte. »Genauso ging's mir auch. Meine Mum hat mich schon gefragt, ob ich nicht lieber gleich in den Stall ziehen will, dann hätte sie wenigstens den Pferdegeruch nicht mehr in der Wohnung.«

»Eau de Cheval, was? Hmmmm!«, ertönte ein genießerisches Schnüffeln direkt hinter Patricias Ohr. Gavin hatte sich von hinten an die Mädchen herangeschlichen und wich jetzt ihren Boxhieben aus.

»Sei vorsichtig, Gavin MacCauley!« Patricia blickte ihn strafend an. »Vergiss nicht, dass ich dich schon damals im Sandkasten mit links besiegt habe. Und nur weil du jetzt einen Kopf größer bist als ich, brauchst du nicht denken, dass das heute anders wäre.«

Gavin grinste. »Da hab ich aber Angst!«

»Solltest du auch!« Ein drittes Mädchen gesellte sich zu der Gruppe.

»Hi Jen«, sagten Patricia und Katie im Chor, während Jennifer ungeschickt versuchte, ihre wilden roten Locken mit einer Haarspange zu bändigen.

»Warte, ich helfe dir.« Patricia trat hinter sie und drehte den Zopf zusammen. Sie kannte Jennifers Plage mit ihrer widerspenstigen Mähne nur zu gut und war wieder einmal froh darüber, dass ihre eigenen halblangen blonden Haare so problemlos zu frisieren waren. Mehr als eines Gummibands bedurfte es nicht, um stets freie Sicht zu behalten. Sie vermochte kaum zu verstehen, wie andere Mädchen in ihrem Alter jeden Tag Stunden vor dem Spiegel verbringen konnten. Für Patricia war das Verschwendung wertvoller Zeit, die man so viel besser für die Pferde aufwendete.

»Danke, ich dachte schon, ich schaff's nicht mehr rechtzeitig«, sagte Jennifer atemlos. »Linus wollte sich einfach nicht die Hufe auskratzen lassen.«

»Er ist halt nervös vor dem Turnier«, meinte Patricia. »Die Pferde merken doch ganz genau, dass heute was Besonderes los ist.«

Doch auch Patricia selbst musste sich eingestehen, dass sie aufgeregt war, als sie endlich alle im Wagen saßen und die Kolonne den Hof verließ. Vor einiger Zeit hatte sie ihren vierzehnten Geburtstag gefeiert, das hieß, die Zeit der Kinderturniere mit den relativ einfachen Parcours war endgültig vorbei. Heute sollte sie nun zum ersten Mal in der Altersklasse bis achtzehn starten. Gavin, der gerne betonte, dass er schließlich einen ganzen Monat älter war als sie, hatte dieses bahnbrechende Erlebnis bereits hinter sich, doch seine gut gemeinten Ratschläge trugen nicht unbedingt dazu bei, dass Patricias heimliche Nervosität nachließ.

Sie hatten die Stadt nun hinter sich gelassen und fuhren über schmale kurvige Landstraßen. Patricia sah zwar zum Fenster hinaus, doch sie war so in Gedanken vertieft, dass sie keinen Blick hatte für die grünen Hügel und die niedrigen, von Brombeersträuchern überwucherten Steinmauern zu beiden Seiten der Straße.

Sie war nur froh, dass ihre Eltern heute keine Zeit hatten zuzusehen. Obwohl sie es früher gemocht hatte, wenn zumindest ihre Mutter ihr öfters bei Turnieren zusah, fand sie es inzwischen eher lästig. Schließlich war sie kein kleines Kind mehr, das seine Mama neben sich brauchte. Und ihr Vater verband seine Fragen nach ihren Freizeitbeschäftigungen in letzter Zeit ohnehin mehr und mehr mit bohrenden Nachforschungen, ob denn die Schule auch nicht darunter leide – und das konnte sie schon nicht mehr hören.

Patricia schnitt unwillkürlich eine Grimasse. Solche Unterstellungen nervten einfach. Immerhin hatte sie trotz allem ein einigermaßen gutes Zeugnis mit nach Hause gebracht – ein weitaus besseres als ihr jüngerer Bruder Ivan –, und man konnte ja schließlich nicht die ganze Zeit lernen.

Sie bemerkte, dass Gavin sie fragend ansah.

»Musste nur gerade an meinen Dad denken«, erklärte sie und grinste schief.

Gavin grinste zurück und nickte. Er wusste, was sie meinte, denn er kannte ihre Familie seit Langem. Patricia konnte sicher sein, dass Gavin sie verstand.

Sie lehnte sich in ihrem Sitz zurück und atmete tief durch. Jetzt freute sie sich richtig auf das Turnier.

Noch bevor Goldie beim letzten Sprung wieder auf dem Sandboden aufkam, scholl tosender Beifall über den Parcours. Patricia war außer Atem und schwitzte fast ebenso sehr wie ihre Stute, doch sie wusste, dass sie gut gesprungen waren. Nach dem Start war ihre Nervosität wie von selbst verschwunden. Sie fühlte sich auf Goldies Rücken so sicher wie selten zuvor und kam wie von selbst in den fließenden Rhythmus der Sprünge. Die Zügel lagen leicht in ihrer Hand, die Ohren des Pferdes waren aufmerksam nach vorne gespitzt, und die Stute ging weich und flink über die Hindernisse, als gäbe es nichts anderes auf der Welt. Ein einziges Mal touchierte sie eine Stange, sodass es hinter ihr kurz polterte, aber selbst den Wassergraben, vor dem sie sich am meisten fürchtete, absolvierten sie ohne Probleme.

Die Lautsprecherdurchsage konnte sie nicht verstehen, doch am Abreitplatz liefen ihr Katie und Jennifer voll Freude entgegen.

»Mensch Pat, das war cool!« Katie strahlte über das ganze Gesicht.

»Nur vier Fehlerpunkte und eine klasse Zeit, das könnte vielleicht für den zweiten Platz reichen!« Jennifer riss Patricia vor Begeisterung fast vom Pferd, was Patricia umso liebenswerter fand, als Jennifer selbst mit vier Abwürfen und einer Verweigerung leider auf den letzten Rängen gelandet war. Patricia konnte ihr Glück kaum fassen. Sollte sie auf ihrem ersten Turnier in dieser Leistungsklasse gleich ganz nach vorne gekommen sein? Ihr Gesicht glühte, und sie konnte gar nicht mehr aufhören, Goldies Hals zu klopfen. Die Stute schnaubte zufrieden, als ob sie genau wüsste, dass sie heute eine gute Leistung abgeliefert hatte.

»Toller Ritt!« Gavin trat ebenfalls zu den Mädchen. Patricia wusste das Kompliment zu schätzen, da Gavin sonst eher mit liebenswürdigen Spötteleien als mit Lob um sich warf.

»Wann bist denn du dran?«, fragte Jennifer ihn.

Er schaute auf die Uhr, dann auf die große Anzeigetafel. »Ich komme als Letzter in dieser Klasse dran. Aber wie heißt es so schön: Die Letzten werden die Ersten sein!« Er grinste breit, und

Patricia, die inzwischen abgesessen war und sich Goldies Zügel um das Handgelenk wickelte, stieß ihn in die Rippen.

»Erst musst du mein Ergebnis toppen, bevor du hier große Töne spuckst!«

»Katie, hol dein Pferd, du bist gleich dran!« Helen kam um die Ecke, und während Katie schon losrannte, schüttelte die Reitlehrerin Patricia die Hand.

»Ganz große Klasse, Mädchen!« Patricia errötete noch tiefer. Ein Lob aus Helens Mund war etwas, nach dem sich alle heimlich sehnten, und Patricia wusste nur zu gut, dass sie niemals etwas äußerte, was sie nicht auch wirklich so meinte.

»Das war alles nur Goldies Verdienst«, murmelte Patricia.

»Na, ganz so war's nicht«, lachte Helen. »Goldie ist ein gutes Pferd, aber auch das beste Pferd schafft es ohne guten Reiter nicht so weit.« Sie blickte zur Anzeigetafel. »Jetzt heißt es Daumen drücken, dass es nicht noch zum Stechen kommt.«

»Und wennschon«, wandte Patricia ein, »ich bin total zufrieden mit dem, was wir bis jetzt erreicht haben!«

»Gute Einstellung«, meinte Helen und drehte sich zu Gavin um.

»Seaspray ist heute ein wenig übermütig«, sagte sie. »Pass auf, dass er keine Tänzchen anfängt. Du weißt, das macht er gern.«

Gavin nickte. »Wir werden es schon hinkriegen.« Er steckte seine Hände in die Hosentaschen und wippte auf den Fersen. Seine freche Selbstsicherheit schien geradezu aufreizend. Aber Patricia wusste, dass Gavin ein hervorragender Reiter war, der mit dem temperamentvollen Seaspray immer gut zurechtkam. Und er selbst wusste es offensichtlich auch.

»Also dann, Hals- und Beinbruch!« Helen nickte ihnen noch zu, dann eilte sie Philip hinterher, während Patricia Goldie zum Abreiben fortbrachte und die anderen sich an die Bande drückten, um Philips Ritt beobachten zu können.

Eine halbe Stunde später war alles vorbei.

Patricia kam im Nachhinein alles wie hinter einem Dunstschleier vor. Gavins fröhliches Winken beim Aufreiten auf dem Parcours, bevor er dem Schimmelwallach das Startzeichen gab. Seaspray galoppierte an und nahm den ersten Sprung in kraftvollem Bogen, flog geradezu hinüber. Patricia vergaß völlig, dass sie ja gewettet hatte, dass diesmal sie die Erfolgreichere sein würde, so perfekt wirkte Gavins Ritt. Sie passierten Hindernis um Hindernis, als wären sie miteinander verschmolzen. Nichts schien sie am Sieg hindern zu können.

Wie es dann passierte, konnte Patricia später nicht sagen.

Verweigerte das Pferd? Oder hatte den Wallach irgendetwas erschreckt? Jedenfalls kam Seaspray vor dem Doppeloxer mit einem Mal aus dem Tritt. Gavin trieb ihn energisch an, doch der mächtige Wallach warf den Kopf hoch. Als er schließlich viel zu früh absprang, stöhnte die Zuschauermenge auf. Patricia – zu Eis erstarrt und keines Lautes fähig – sah, wie sich Ross und Reiter mit einer machtvollen Kraftanstrengung am Hindernis emporarbeiteten, doch es war aussichtslos.

Mit einem schrecklichen Krachen prallten die beiden mitten in den Oxer. Holz splitterte, Balken polterten, und für einen langen, quälenden Moment vermochte vor lauter Staub und fliegenden Beinen keiner zu unterscheiden, was Pferd und was Mensch war.

Ein Aufschrei ging durch die Menge. Dann wurde es totenstill, als sich der große Schimmelwallach endlich hochgekämpft hatte und schnaubend und mit bebenden Flanken stand. Sein Sattel war leer, die Zügel hingen herab. Für Patricia schien die Erde aufgehört zu haben, sich zu drehen.

Vermutlich dauerte es nur wenige Augenblicke, bis der erste Helfer heraneilte. Doch Patricia kam es vor, als seien Stunden vergangen. Sie vermochte sich nicht zu bewegen, stand nur da und merkte, wie es eiskalt in ihr emporstieg.

Dann begann sie zu zittern.

»Nein, oh nein«, flüsterte sie.

Doch es war keine Einbildung. Dort stand Seaspray, schnaubend, mit angelegten Ohren und vor Schreck weit aufgerissenen Augen auf drei Beinen, während immer mehr Menschen zum Ort des Sturzes strömten und sich zu der still daliegenden Gestalt hinabbeugten. Ein Sanitäter kam angerannt, seine schwere Tasche mehr schleifend als tragend.

Und immer noch diese tödliche Stille.

Jemand ergriff Patricias Arm. Sie achtete nicht darauf, und sie hörte auch nicht, wie Katie keuchend neben ihr schluckte.

Sirenen, ein Krankenwagen. Gleich darauf noch ein weiteres, kleineres Rettungsfahrzeug – wohl der Notarzt. Helen befand sich mitten unter ihnen, mit so weißem Gesicht, wie Patricia sie noch niemals erlebt hatte. Jemand trat zu dem Wallach und ergriff ihn beim Zügel. Seaspray schrak zurück, aber sie hielten ihn fest. Der Schrei des Pferdes traf Patricia bis ins Innerste.

Sie konnte ihren Blick nicht von der Gruppe Menschen abwenden, die sich um den immer noch so schrecklich still liegenden Gavin kümmerten. Ihr Herz schlug ihr bis in den Hals. Es durfte nichts passiert sein, nein, es konnte einfach nichts Schlimmes passiert sein. Doch nicht Gavin. Gleich würde er sich aufrichten, grinsen und über sein Missgeschick fluchen. Immerhin hatte er gerade seine Wette verloren.

Wie von Weitem vernahm Patricia, wie jemand neben ihr drängend auf sie einsprach. Wahrscheinlich Katie oder Jennifer.

Nun erschienen zwei Männer, die eine Trage mit sich führten. Sie rannten nicht mehr.

Patricia sah, wie einer der Sanitäter Helen anblickte und mit dem Kopf schüttelte. Helen vergrub ihr Gesicht in den Händen, während man Gavins schmalen leblosen Körper auf die Trage hob und eine Decke über ihn zog. Sein Reithelm blieb am Boden neben dem Hindernis liegen, als sie ihn langsam vom Platz trugen.

Über die Lautsprecher kam die Stimme des Turnierleiters, der die Zuschauer über den Abbruch der Veranstaltung unterrichtete. Patricia hörte nicht zu, ihre Augen folgten der Trage bis zum Ambulanzwagen. Inzwischen war auch der Tierarzt eingetroffen, und Seapray wurde fortgeführt. Er lahmte ein wenig, doch ihm schien ansonsten nicht allzu viel passiert zu sein.

»Patricia!«

Es brauchte mehrere Male, bis Patricia reagierte. Schwerfällig blickte sie sich um. Helen stand neben ihr, mit verweintem Gesicht.

Patricia wusste es, bevor Helen etwas sagte.

»Er ist tot?« Ihre Stimme klang winzig, und sie hatte das Gefühl, als wäre ihre Kehle mit Sand gefüllt.

Helen nickte, während ihr die Tränen über die Wangen liefen.

Patricia hörte, wie neben ihr Katie in fassungsloses Schluchzen ausbrach und Jennifer leise »Nein, nein, nein!« flüsterte. Doch sie blieb stumm.

Es konnte einfach nicht wahr sein.

2.

». . . und ich hoffe, dass Deine Leistungen in diesem Trimester keinen Anlass zur Klage geben werden, denn Dein nächstes Zeugnis wird maßgebend für die Aufnahme in St. Andrews sein. Du wirst dort eine hervorragende Ausbildung erhalten, was schließlich nicht jedem zuteil wird, und es sollte selbstverständlich für Dich sein, dass Du das Deine dazu tust und Dein Studium mit Auszeichnung absolvierst.
Demnächst wird im Übrigen die Saison für Rehböcke wieder beginnen, und ich hoffe auf einige gute Abschüsse . . .«

Angewidert warf Ethan den Brief auf den Tisch.

Sein Zimmergenosse blickte von seinem Buch auf. »Schlechte Nachrichten?«

»Nein, nein, Tom«, gab Ethan bitter zurück. »Mein Vater informiert mich nur darüber, dass St. Andrews näher rückt.«

»Mann, das ist doch toll!« Tom klappte sein Buch zu. »Ich wollte, ich hätte auch schon einen Studienplatz. Aber bei meinen Noten . . .«

»Ich glaube kaum, dass du dich darum reißen würdest, nach St. Andrews zu gehen.«

»Na ja, ist ja vielleicht nicht gerade der coolste Laden im Land, aber wenn's dein Daddy zahlt . . . Kostet ja ein paar Pfund, die Sache. Allerdings befindest du dich dafür dann in bester Gesellschaft – nicht so wie in meiner.« Tom grinste über das ganze sommersprossige Gesicht. »Die Crème de la Crème ist dort vertreten. Prinz William war auch da, hab ich gehört.«

»Scheiß auf Prinz William«, sagte Ethan, und seine großen dunklen Augen blitzten vor Zorn. »Ich hab einfach keine Lust auf so einen verstaubten Nobelbunker, wo sogar die Küchenhilfen aus adeligem Hause sind. Und ich hab noch weniger Lust auf Betriebswirtschaft. Das ist nämlich der Studiengang, für den mich mein Vater dort angemeldet hat. Ich bin siebzehn, und er behandelt mich immer noch wie ein kleines unmündiges Kind. Er hat mich noch nicht einmal nach meiner Meinung gefragt!«

»Autsch«, sagte Tom. »Das ist natürlich übel. Du wolltest sicher was mit Computern machen, oder?« Er warf einen Blick auf die Stapel CDs, Bücher und Fachzeitschriften zu diesem Thema, die überall in Ethans Zimmerhälfte herumlagen.

»Informatik.« Ethan wischte wütend den Brief seines Vaters vom Tisch. »Aber das kommt für meinen Vater gar nicht infrage. Er sagt, ich würde später die Whisky-Destillerie übernehmen, und deshalb muss ich Betriebswirtschaft studieren, basta.«

Tom blickte ihn mitleidig an. Er teilte seit zwei Jahren das Zimmer im Internat mit Ethan und wusste, dass er auf seinen Vater nicht gut zu sprechen war. Insgeheim dachte er häufig, dass er um nichts in der Welt mit Ethan tauschen wollte, auch wenn dieser dreimal so viel Erfolg bei den Mädchen haben konnte, wenn er nur einmal die Augen aufmachen würde. Es war offensichtlich kein Spaß, der einzige Sohn eines solchen Patriarchen zu sein, wie der alte Longmuir einer war.

Ethan ließ sich auf sein Bett fallen und verschränkte die Arme hinter dem Kopf. Sein Gesicht war mürrisch.

Tom stand auf. »Komm, geh mit zum Hockey, das vertreibt die schlechte Laune!«

»Nein, danke.« Er setzte sich abrupt auf. »Ich geh lieber runter in den Computerraum. Wir arbeiten da grad an einer kniffligen Sache, und ich muss noch mal ins Forum schauen.«

»Verstehe: deine Linux-Module. Na gut, ich geh dann mal«, sagte Tom. »Wenn du magst, kannst du ja noch nachkommen.« Er zog seinen Schläger hinter seinem Bett hervor, ergriff seine Sporttasche, winkte seinem Freund zu und verließ den Raum.

Ethan nahm die schwarze Jacke seiner Schuluniform vom Haken und zog sie langsam über. Seine Gedanken kreisten immer noch um den Brief seines Vaters, und er fühlte sich mehr und mehr in einer aussichtslosen Lage gefangen. Verdammt noch mal, wie sollte er seinem Vater nur klarmachen, dass seine Zukunftspläne für ihn rein gar nichts mit dem zu tun hatten, was sich Ethan vorstellte. Schon als Ethan damals auf dieses Internat sollte, hatte es heftige Kämpfe zwischen Vater und Sohn gegeben. Ethan verstand nicht, wozu das gut sein sollte – alle seine Freunde wechselten nach der Grundschule auf eine normale weiterführende Schule in Inverness, der nächsten größeren Stadt. Warum musste ausgerechnet er aufs Internat? Dieser verdammte Standesdünkel seines Vaters – sein einziger Sohn sollte doch nicht mit dem gewöhnlichen Volk zusammen aufwachsen, immerhin würde er einmal der Besitzer der exklusivsten Whisky-

Destillerie weit und breit sein, die hundertjährige Familientradition fortführen, verantwortlich für sämtliche Mitarbeiter und deren Angehörige sein, bla, bla, bla ...

Ethan trat an den Schreibtisch und faltete den Brief fein säuberlich zu einem kleinen Flieger. Der blöde Whisky konnte ihm gestohlen bleiben. Und das Gerede über Tradition auch. Er öffnete das Fenster und ließ den Brief seines Vaters fliegen. Nachdenklich fuhr er sich durch die immer etwas verstrubbelt wirkenden Haare und sah dem Papierflieger nach, wie er in weiten Bögen nach unten segelte und sich im Efeu verfing, der an dem alten Gemäuer des Wohntraktes emporrankte. Ethan ließ den Blick über das weitläufige Schulgebäude schweifen. Dem Wohntrakt gegenüber befand sich das eigentliche Schulgebäude – ein alter, ehrwürdiger Bau im neugotischen Stil mit hohen Bogenfenstern. Es stand inmitten eines großen Parks und war einst ein herrschaftlicher Landsitz gewesen. Allerdings wirkte es viel freundlicher und nicht so antiquiert wie der väterliche Besitz, was Ethan als Wohltat empfand. Die Lehrer waren auch einigermaßen okay, und mit den Mitschülern – besonders Tom – kam Ethan gut aus. Das Beste war allerdings, dass sie hier einen relativ modernen Computerraum besaßen, den die Schüler jederzeit benutzen durften. Für Ethan, der zu Hause nur davon träumen konnte, Zeit am Computer zu verbringen, war er inzwischen mehr oder weniger zum Mittelpunkt seines Internatslebens geworden. Hier fühlte er sich wohl, kannte sich aus, es machte ihm Freude, er fand Anerkennung, und er wusste so deutlich wie nichts anderes, dass das genau das Fachgebiet war, in dem er weitermachen wollte. Aber in St. Andrews würde das vorbei sein.

Ethan blinzelte in die tief stehende Abendsonne. Er konnte von hier aus bis hinüber auf die Sportplätze schauen und sah seine Mitschüler beim Hockey- und Lacrosse-Training. Ein paar jüngere spielten Cricket. Noch weiter entfernt ging gerade eine Gruppe Mädchen in den langen grauen Röcken und schwarzen Blazern der Schuluniform den Weg über die grünen Hügel in Richtung Dorf hinunter. Internatsalltag, fern der Realität. Sollte das ewig so weitergehen? Erst hier und dann in St. Andrews?

Ethan schloss das Fenster und schlug mit der Faust gegen die Wand. Es tat weh, und irgendwie fühlte es sich gut an, weil es wehtat.

Wie zum Teufel kam er nur um diese Sache mit St. Andrews herum?

3.

Es klopfte an die Tür, doch Patricia rührte sich nicht.

»Pat?« Die Tür ging einen Spalt auf, und der rote Lockenschopf von Jennifer schob sich hindurch. »Dürfen wir reinkommen?«

Patricia gab keine Antwort. Sie saß auf ihrem Bett, die Beine angezogen und das Kinn auf die über den Knien verschränkten Arme gelegt. Ihre Haare hingen ungekämmt herunter, ihre Kleidung sah aus, als hätte Patricia willkürlich irgendetwas aus dem Schrank gezerrt, ohne darauf zu achten, was es war. Die Musik aus dem CD-Player dröhnte in ohrenbetäubender Lautstärke.

Jennifer und Katie blickten sich an, dann betraten sie das Zimmer. Katie setzte sich neben Patricia aufs Bett, während Jennifer zuerst unauffällig die Musik ein wenig leiser drehte, bevor sie sich den Schreibtischstuhl heranzog und darauf niederließ.

»Deine Mutter hat uns reingelassen«, begann Katie ein wenig unsicher. »Wir wollten mal nach dir schauen, weil du dich in letzter Zeit überhaupt nicht mehr blicken lässt. Ich hab dir schon ein Dutzend SMS geschickt, hast du sie nicht gelesen?«

»Mein Akku ist leer«, sagte Patricia, aber sie rührte sich nicht und hob auch nicht den Blick zu den Freundinnen. Ihr Gesicht war sehr blass, unter den Augen hatte sie dunkle Ringe.

Jennifer räusperte sich.

»Helen hat schon öfter nach dir gefragt, sie macht sich Sorgen. Und Goldie vermisst dich auch.«

»Ich hab Goldie ein paar Mal bewegt«, mischte sich nun Katie ein. »Ich hoffe, du hast nichts dagegen. Sie kann ja nicht die ganze Zeit stehen, sonst ist sie im Reitunterricht immer ganz kirre und wirft die Anfänger aus lauter Übermut ab.« Sie musterte Patricia ein wenig ängstlich, aber als diese nichts sagte, fuhr sie ermutigt fort. »Ich hab sie auch geputzt und ihr ab und zu ein paar Möhren gebracht. Meine Missy ist schon ganz eifersüchtig.« Katie probierte ein zaghaftes Lächeln.

»Ich hab mich mit Linus für die Dressurprüfung angemeldet«, warf nun Jennifer ein. »Du weißt schon, für die Ende Mai in Glasgow. Linus geht wirklich gut im Moment, es scheint ihm richtig Spaß zu machen.«

Patricia hörte zu, aber sie fühlte sich wie unter einer Glasglocke. Alles schien weit von ihr weg, die Namen der Pferde kamen ihr seltsam unbekannt vor. Und alles war so uninteressant. Warum erzählten sie ihr eigentlich davon?

Als Katie und Jennifer nichts mehr einfiel, über was sie sprechen sollten, verstummten sie und blickten sich hilflos an. Sie kannten Patricia nicht mehr wieder.

»Pat«, begann Jennifer behutsam, »es ist furchtbar, was mit Gavin passiert ist. Wir alle sind fix und fertig deswegen. Aber es muss doch irgendwie weitergehen. Du kannst dich doch jetzt nicht völlig vergraben.«

Patricia sah auf. Was redete Jennifer? Wusste sie eigentlich, was sie da sagte? Vor zwei Wochen war die Beerdigung gewesen, und Patricia standen immer noch die Bilder des blumengeschmückten Sarges, der starren, schwarz gekleideten Eltern Gavins vor Augen, und sie hörte die erbarmungslos endgültigen Worte des Geistlichen, die Gavin zu etwas Vergangenem werden ließen. Gleichzeitig brannten in ihr die Erinnerungen an den Jungen, mit dem sie befreundet war, solange sie denken konnte. Sie waren Nachbarskinder gewesen, hatten bereits im Sandkasten miteinander gespielt, waren zusammen eingeschult worden, hatten sich gestritten und wieder versöhnt, zusammen hinter den Johannisbeerbüschen im Garten ihre erste heimliche Zigarette geraucht und irgendwann auch gemeinsam ihre Liebe zu den Pferden und dem Reitsport entdeckt. Trotz aller Rivalitäten und auch ungeachtet anderer Freundschaften, waren sie unverändert die besten Freunde geblieben. Gavin war in Patricias Zuhause genauso selbstverständlich ein und aus gegangen wie Patricia bei den MacCauleys, und für Patricia war er sehr viel mehr der Bruder gewesen als Ivan, mit dem es häufig zu heftigen Auseinandersetzungen kam.

Und nun sollte sie so tun, als sei nichts Besonders passiert, und einfach wieder zur Tagesordnung übergehen?

»Möchtest du nicht wenigstens mal nach Seaspray sehen?«, fragte nun Katie beinahe flehend. »Seine Zerrung ist schon viel besser, aber er ist immer noch ziemlich verschreckt. Eric kümmert sich um ihn, aber vielleicht wäre es ganz gut, wenn du mal vorbeikämst. Dich kennt er doch immerhin auch gut.«

Sie sollte Gavins Pferd besuchen? Das Pferd, das ihn getötet hatte?

Zum ersten Mal dachte Patricia das Ungeheuerliche. Seaspray hatte Gavin umgebracht. So sicher, wie wenn der Schimmel ihn mit den Hufen erschlagen hätte. Hätte Seaspray vor dem Oxer nicht verweigert, wäre das alles nicht passiert. Dann wäre Gavin noch am Leben, dann würden sie jetzt das gewettete Eis essen und gemeinsam über irgendeinen Blödsinn lachen, wie immer.

Sie straffte sich und blickte Katie böse an.

»Ich werde Seaspray ganz bestimmt nicht besuchen. Ich werde überhaupt nicht mehr in den Stall gehen. Und ich will mit Pferden und Reiten nichts mehr zu tun haben.« Ihre Stimme klang blechern, sie brachte die Worte kaum heraus.

Katie und Jennifer starrten Patricia an.

»Das kannst du doch nicht machen«, stieß Katie erschrocken hervor.

»Das ist doch albern«, sagte Jennifer gleichzeitig. »Was soll das bringen?« Sie rückte ihren Stuhl ganz nahe an Patricia heran und fasste sie bei der Hand. »Du willst wirklich alles hinschmeißen? Davon wird Gavin auch nicht mehr lebendig! Und glaubst du im Ernst, er würde das wollen?«

Patricia riss ihre Hand zurück, ihre Augen funkelten vor unterdrückter Wut.

»Was Gavin wollen würde oder nicht, das geht euch einen Dreck an! Lasst mich einfach in Ruhe, okay?«

Jennifer zuckte zurück. Katie blickte entsetzt drein. So hatten sie ihre Freundin Patricia noch nie erlebt. Patricia konnte das nicht ernst meinen. Sie war im Moment wohl einfach zu sehr in ihrem Kummer um Gavin gefangen, das würde sich wieder geben, davon waren sie überzeugt. Also sollten sie das, was Patricia da sagte, nicht krummnehmen. Jennifer holte tief Luft und schluckte herunter, was sie im ersten Moment hatte antworten wollen.

»Na, komm, Pat«, sagte sie versöhnlich. »Zieh dich um, und komm mit uns mit. Wir gehen auch nicht in den Stall, versprochen! Wie wär's, wenn wir in die Stadt fahren und ein Eis essen?«

Dass das genau das Falsche war, merkte Jennifer schon, als sie es aussprach.

Patricia wurde noch bleicher, als sie ohnehin schon war. »Haut endlich ab.« Sie sprach ganz leise, aber ihr Ton war deutlich. Sie beugte sich vor und drehte den Lautstärkeregler des CD-Players hoch. Dann wandte sie sich ab und vergrub ihr Gesicht unter ihren verschränkten Armen. Ihre Fingerknöchel waren weiß, so heftig krampfte sie ihre Hände zusammen.

Jennifer und Katie schauten sich an. Dann stand Jennifer auf, und auch Katie rutschte vom Bett.

»Ruf an, wenn wir was für dich tun können«, sagte Katie leise.

»Wir . . . wir sind für dich da, vergiss das nicht.« Jennifers Gesicht zeigte keinen Ärger. Nur tiefen Kummer.

Dann gingen sie.

Das Geräusch der sich schließenden Tür war durch die laute Musik kaum zu hören, doch Patricia hob den Kopf und lehnte sich zurück. Sie war erleichtert, wieder allein zu sein. Tief in ihrem Innern wusste sie jedoch ganz genau, dass sie sich unmöglich benommen hatte. Sie war sich darüber im Klaren, dass sie den Freundinnen eigentlich nachlaufen und sich bei ihnen entschuldigen sollte. Doch gleichzeitig regte sich in ihr namenloser Zorn. Sie hasste die beiden dafür, dass sie so einfach zur Tagesordnung übergingen, obwohl sie noch auf dem Friedhof Rotz und Wasser geheult hatten. Gavin war auch ihr Freund gewesen, auch wenn er ihnen natürlich nicht so nahe gestanden hatte wie ihr selbst. Wie konnten sie so schnell vergessen, was geschehen war?

Und von ihr zu verlangen, dass sie sich auch noch um das Pferd kümmerte, das für Gavins Tod verantwortlich war – das war ja wohl das Allerletzte!

Doch tief im Innersten wusste Patricia, dass es nicht Seaspray war, dem sie die Schuld geben durfte. Schließlich hatte Gavin ihn angetrieben und sich damit selbst in Gefahr gebracht. Warum nur mussten sie um dieses blöde Eis wetten! War es denn nicht vollkommen egal, wer auf einem Turnier besser abschnitt? Was sollte dieser ewige kindische Wettstreit! Für so was waren sie beide ja wohl schon zu alt! Und sie hätten sich darüber im Klaren sein sollen, dass Sicherheit stets an erster Stelle rangierte.

Hätte sie ihn doch nur nicht ständig angestachelt! Dann hätte Gavin bei jenem letzten Hindernis, als Seaspray verweigerte, dem Schimmel möglicherweise lachend seinen Willen gelassen und sich gutmütig mit einem hinteren Rang begnügt. Doch ihre, Patricias, boshafte Bemerkungen im Ohr, wollte er es wohl trotz allem versuchen, schließlich konnte er es ja nicht auf sich sitzen lassen, dass sie ihn verspottete.

Patricia vergrub den Kopf zwischen ihren angezogenen Knien. Wenn sie doch nur weinen könnte! Nicht einmal bei der Beerdigung wollten die erlösenden Tränen kommen, und auch jetzt fühlte sie nur diese eisige Starre. Vermutlich hatte sie es nicht verdient, weinen zu dürfen.

Schließlich war sie an allem schuld.

4.

Es war Mai, der Himmel strahlend blau, die Sonne schien warm, und ein milder Wind blies aus Süden. Von der wenig befahrenen Straße vor dem Haus her schallten Kinderstimmen und das Ploppgeräusch eines Balles. Ivan spielte mit seinen Freunden Fußball, er plante für sich eine spätere Profikarriere bei Celtic oder den Rangers – er hatte sich noch nicht endgültig für einen der beiden Vereine entschieden.

Das Fenster in Patricias Zimmer stand offen. Patricia saß auf dem Fensterbrett, an die Laibung gelehnt, die Knie hochgezogen. Ihre Mutter rügte sie immer, wenn sie sie so sitzen sah. Sie hatte Angst, Patricia würde noch hinausfallen.

Patricia war das egal. Sie konnte auf sich selbst aufpassen. Und selbst wenn sie hinausfiele – was machte das schon, dachte sie.

Mrs Mackintosh arbeitete im Garten. Sorgfältig hackte sie das Unkraut zwischen den sprießenden Mohrrübenpflanzen heraus und warf es auf den immer größer werdenden Haufen neben sich. Für Patricias Mutter war die Gartenarbeit eine heilige Handlung. Obwohl das Grundstück nicht sehr groß war – wie alle anderen in der Siedlung verfügte ihr Reihenhaus lediglich über eine kleine Grünfläche vor und einen handtuchschmalen Garten hinter dem Haus – setzte Mrs Mackintosh alljährlich ihren ganzen Ehrgeiz daran, ihre Familie mit möglichst viel frischem Gemüse zu versorgen.

Dieses Jahr wird sie immerhin nichts zu meckern haben, weil ich dauernd Möhren für die Pferde klaue, dachte Patricia bitter. Sie wusste, dass sich ihre Mutter freuen würde, wenn sie hinunterginge und ihr beim Jäten helfen würde. Aber sie brachte es nicht über sich. Sie ärgerte sich noch zu sehr über das Gespräch mit ihren Eltern vom Vortag.

Die wollten sie doch tatsächlich zum Psychiater schleifen!

»So geht es nicht weiter«, hatte ihr Vater gemeint. »Du hast deinen guten Freund verloren, da ist es verständlich, dass du trauerst. Aber allmählich ist es an der Zeit, dass du versuchst, darüber hinwegzukommen. Die Sache ist jetzt fast zwei Monate her, und du schleichst immer noch herum wie ein Gespenst, isst nichts, gehst nicht aus dem Haus, redest mit keinem – das ist doch nicht mehr normal, findest du nicht?«

Patricia hatte ihn beinahe hasserfüllt angefunkelt. »Es kann dir doch egal sein, was ich mache!«

»Es ist uns nicht egal«, mischte sich die Mutter ein. Ihr Gesicht war kummererfüllt. »Wir machen uns Sorgen um dich, verstehst du das nicht?«

Patricia gab keine Antwort.

»Wir haben für dich einen Termin bei Dr. Duncan vereinbart«, sagte Mr Mackintosh. »Er wird dir helfen, das Ganze besser verarbeiten zu können.«

»Was ist das für ein Doktor?« Patricia ahnte Böses.

»Ein sehr guter Psychotherapeut«, antwortete ihre Mutter. »Er ist uns empfohlen worden, ein Spezialist für posttraumatische Belastungsstörungen bei Kindern und Jugendlichen.«

»Ein Seelenklempner?« Patricia war fassungslos. »Denkt ihr jetzt, ich bin bekloppt oder was?«

»Unsinn!« Ihr Vater bemühte sich, ruhig zu bleiben. »Das hat mit bekloppt gar nichts zu tun. Aber du brauchst Hilfe, das musst du doch einsehen. Und gerade für so etwas sind solche Ärzte da.«

»Bitte, Patsy, sei vernünftig!« Die Stimme ihrer Mutter klang flehend. »Vielleicht kannst du ja mit dem Doktor über deine Probleme reden, wenn du es schon mit uns nicht willst.«

Patricia hatte sie wütend angeblitzt. Sie hasste es, wenn ihre Eltern sie Patsy nannten, und noch mehr machte es sie zornig, dass man sie nicht einfach in Ruhe ließ. Was hieß das, der Psychoonkel sei ihnen empfohlen worden? Von wem? Tratschten ihre Eltern über sie in der Gegend rum? Verdammt, was gingen andere Leute ihre Probleme an?

Ihre Mutter war nun fertig mit dem Möhrenbeet und sammelte die Abfälle ein. Mit düsterer Miene schaute Patricia zu, ohne sich im Geringsten dafür zu interessieren. Mrs Mackintosh öffnete die Mülltonne und kippte die Pflanzenreste hinein. Dann stutzte sie und blickte genauer in die Tonne. Mit spitzen Fingern zog sie einen Packen zusammengerolltes Papier heraus.

Patricia wusste, was es war. Sie hatte es gestern selbst hineingestopft. Mit zufriedenem Gesichtsausdruck musterte sie die leeren Wände ihres Zimmers, auf der geblümten Tapete sah man deutlich die hellen Vierecke, wo vorher die Pferdeposter gehangen hatten. Endlich ist der Mist weg, dachte sie. Alles, was sie jetzt noch zu tun hatte, war, ihre Reitsachen zu entsorgen. Momentan lagen Stiefel und Hose zusammen mit Kappe und Gerte in eine Plastiktüte geknüllt in der hintersten Ecke ihres Kleiderschrankes, aber die Gefahr, dass ihre Mutter sie beim großen Aufräumen finden und ans Tageslicht holen würde, war immer gegeben. Das Einzige, von dem sich Patricia bisher noch nicht trennen konnte, war der Schnappschuss, der gerahmt auf ihrem Schreibtisch stand. Er zeigte Gavin und sie selbst bei der Siegerehrung der Juniorenmeisterschaft im letzten Sommer. Sie hatten damals die ersten beiden Plätze belegt und winkten, fröhlich auf ihren Pferden sitzend, mit den Kappen in die Kamera.

Patricia betrachtete das Bild häufig, und jedes Mal war der Schmerz unglaublich stark. Doch sie brachte es nicht übers Herz, es wegzupacken. Es war das einzige neuere Foto, das sie von Gavin besaß, und sie empfand es irgendwie als ihre wohlverdiente Strafe für ihre Schuld an seinem Unfall, dass sie es ständig vor Augen hatte.

Es klopfte an der Tür.

»Patricia?« Die Stimme ihrer Mutter.

Oh Mann, jetzt macht sie gleich einen Aufstand wegen der Poster, dachte Patricia.

Doch merkwürdigerweise ging Mrs Mackintosh auf dieses Thema überhaupt nicht ein.

»Hör mal, Patricia, hast du gerade was Wichtiges zu tun?«

Was soll ich denn schon Wichtiges zu tun haben?, dachte Patricia.

»Warum?« Ihr Ton machte deutlich, dass sie sich gestört fühlte.

»Ich wollte fragen . . .« Ihre Mutter wirkte unsicher. ». . . Ich müsste zum Einkaufen fahren, und da ist heute eine Menge zu schleppen. Wärst du so nett und kommst eben mit?«

Patricia stöhnte innerlich auf und lehnte ihren Kopf mit geschlossenen Augen an die Fensterlaibung. Auch das noch! Auf Einkaufen hatte sie absolut keine Lust! Konnte ihre Mutter nicht Ivan mitnehmen?

Doch ihre Mutter blickte sie so bittend an, und in ihrem Innern mahnte sie eine leise Stimme, dass sie es trotz allem nicht übertreiben dürfe – sonst würden ihre Eltern sie doch noch zu dem Psychotherapeuten schicken. Widerwillig rutschte sie vom Fensterbrett.

»Von mir aus.« Ihr Gesichtsausdruck war mürrisch.

»Lieb von dir, danke«, sagte ihre Mutter, zögerte kurz, als wollte sie noch etwas hinzufügen, ließ es dann aber und verließ das Zimmer.

Lustlos folgte ihr Patricia.

Bei *Tesco* war es voll – ein Umstand, der Patricias Laune nicht gerade hob. Sie hasste die Atmosphäre in solchen Supermärkten, das Gedränge, die grelle künstliche Beleuchtung und das Klirren der Einkaufswagen gepaart mit seichter Musikberieselung und aufreizend-fröhlichen Werbedurchsagen aus den Lautsprechern. Und am meisten nervten sie die vielen Menschen.

Sie war froh, als das gute halbe Dutzend prall gefüllter Plastiktüten mit den Einkäufen endlich im Kofferraum des Wagens verstaut war und ihre Mutter den Motor anließ. Patricia lehnte den Kopf zurück und schloss die Augen. Sie sehnte sich nach der Ruhe und dem Frieden in ihrem Zimmer, so schnell würde sie sich bestimmt nicht mehr zum Einkaufen überreden lassen.

Erst als das Auto auf Kopfsteinpflaster einbog, schreckte Patricia hoch. Wo um Himmels willen fuhr ihre Mutter denn hin? Nirgendwo auf dem Heimweg gab es Kopfsteinpflaster!

Und dann der Geruch, der durch die heruntergelassenen Scheiben hereinwehte – dieser warme, durchdringende Geruch nach Pferden!

Sie riss die Augen auf und erstarrte.

Das Erste, was sie sah, war Chestnut. Die braune Stute wurde gerade von einem jüngeren Mädchen aus dem Stall geführt. Die beiden wichen Helen aus, die mit einem Schubkarren voll Heu hineinwollte. Aus dem Gebäude schallte Pferdegewieher.

Patricia richtete sich kerzengerade auf dem Beifahrersitz auf.

»Was soll das?«, flüsterte sie. »Was machen wir hier? Du hast nichts davon gesagt, dass wir zum Stall fahren!« Ihre Stimme wurde lauter, und sie spürte, wie sich ihr die Nackenhaare aufstellten und ihr Gesicht heiß wurde. »Ich mag nicht hierher! Dreh sofort rum, ich will nach Hause!«

»Patricia, bitte!« Mrs Mackintosh stellte den Motor ab und lehnte sich über das Lenkrad. »Es geht so nicht mehr weiter. Du kannst dich nicht für immer zu Hause vergraben!«

»Aber ich will nicht in den Stall!« Patricia schrie nun fast. Ihr Herz klopfte wild, und sie blickte sich beinahe panisch um. Noch hatte keiner sie entdeckt, aber die Gefahr, dass Helen wieder aus dem Stall herauskam und sie sah, war groß.

Wie konnte ihre Mutter sie nur so verraten!

»Patricia, sei doch vernünftig!« Ihre Mutter blickte sie flehend an. »Du bist so gerne hier gewesen, magst die Pferde so gern, das kann doch nicht alles vorbei sein!«

»Hattest du das geplant?«, fragte Patricia stattdessen.

Ihre Mutter zögerte.

»Na ja, dein Vater und ich haben uns Sorgen gemacht, und da dachten wir . . .«

»Was habt ihr euch gedacht?«, fauchte Patricia. »Dass ihr's jetzt auf diese Weise probiert, nachdem ihr das mit dem Psychoonkel nicht durchsetzen konntet?«

»Nein, Patricia, das siehst du falsch! Wir wollten dir nur helfen! Wir dachten, wenn du das alles hier wieder siehst, den Stall, die Pferde, kriegst du vielleicht wieder Lust zu reiten.«

»Ihr habt doch sonst immer gemeckert, dass ich zu viel im Stall herumhänge«, sagte Patricia zynisch. »Seid doch froh, dass ich es nicht mehr tue!«

»Aber doch nicht so«, widersprach ihre Mutter. »Ich weiß, dass du das nicht so meinst, Patsy. Du bist durcheinander und furchtbar traurig, aber das geht irgendwann wieder vorbei, glaub mir. Du kannst doch jetzt nicht alles aufgeben, das Reiten und die Pferde haben dir doch immer so viel bedeutet!«

Patricia gab keine Antwort. Sie starrte auf den Hofplatz.

Dort, genau dort hatte Gavin ihr vor dem letzten Turnier beim Verladen von Goldie geholfen. Und weiter hinten, beim Misthaufen, hatten sie noch vor wenigen Monaten eine Rauferei veranstaltet, weil Gavin sie wegen eines Risses in ihrer Reithose gehänselt hatte. Am Ende hatten sie sich beide ausgeschüttet vor Lachen, waren völlig außer Atem und über und über mit Stroh und Pferdemist bedeckt gewesen. Obendrein hatten sie ordentlich Schelte von Helen geerntet, weil sie sich gegenseitig mit Pferdeäpfeln beworfen hatten. Hinterher mussten sie gemeinsam den ganzen Hof fegen, weil Helen meinte, es sei schließlich ein Pferde- und kein Schweinestall, und wer den Dreck verursache, solle ihn auch wieder beseitigen. Aber, wie Gavin sagte, das war der Spaß wert gewesen.

»Bitte, Patricia«, sagte ihre Mutter wieder und riss Patricia damit aus ihren Gedanken. »Steig wenigstens mal aus. Du musst ja nicht reiten, wenn du nicht willst. Dein Pferd freut sich bestimmt, wenn du es mal wieder besuchst. Wer kümmert sich momentan eigentlich darum?«

Patricia rührte sich nicht und gab auch keine Antwort. Ihre Hände krampften sich um den Autositz, als wolle sie sich daran festhalten. Aus den Augenwinkeln sah sie, wie die Stalltür sich wieder öffnete und Helen heraustrat. Und, wie nicht anders zu erwarten, entdeckte die Reitlehrerin sofort das Auto. Helens Gesicht leuchtete auf, als sie Patricia erkannte, und schnellen Schrittes kam sie heran.

»Hallo Patricia!« Ihre Stimme klang freudig. »Das ist aber schön, dass du mal wieder vorbeikommst!« Sie wischte sich rasch die Hände an ihrer Reithose ab und stützte die Ellenbogen auf das Autofenster auf.

Mit ihren kurzen aschblonden Haaren und dem einfachen blauen T-Shirt sah Helen aus wie immer, stellte Patricia widerwillig fest. Und sie lächelte auch wie immer. Als ob nie etwas passiert wäre, dachte Patricia böse. Sie wandte sich ab, während Helen ihre Mutter begrüßte.

»Guten Tag, Miss Gilroy«, sagte Patricias Mutter und erwiderte das Lächeln. »Wir waren gerade in der Nähe, und da dachten wir . . .« Doch ihr künstlich fröhlicher Ton ließ sich nicht länger erzwingen, und Mrs Mackintosh brach hilflos ab.

Helens Miene wurde besorgt, als sie Patricias Gesicht genauer betrachtete.

»Wie geht es dir?«, fragte sie und legte ihre Hand auf Patricias Schulter.

Das war zu viel.

Mit wütender Bewegung schüttelte Patricia Helens Hand ab, öffnete den Sicherheitsgurt und riss die Autotür auf, sodass Helen zurückspringen musste, um nicht getroffen zu werden.

»Patricia!«, rief ihre Mutter entsetzt, doch Patricia war schon hinausgestolpert.

»Lasst mich endlich in Ruhe!«, schrie sie. Sie sah nicht die entsetzten Gesichter der anderen, die sich erschrocken nach ihr umwandten. Sie beachtete auch Chestnut nicht, die von ihrer lauten Stimme aufgeschreckt den Kopf hochwarf und nervös umherzutänzeln begann.

»Verdammt noch mal, kapiert es endlich«, stieß sie atemlos aus. »Ich will nicht mehr reiten, und ich will nie wieder was mit den Scheißgäulen zu tun haben! Ist das endlich bei euch angekommen?«

Helen starrte sie an, aber in ihrem Blick stand mehr Mitleid als Schockiertheit.

»Hör mal, Patricia«, begann sie ruhig, »ich kann dich sehr gut verstehen, aber . . .«

»Spar dir dein Verständnis«, unterbrach Patricia sie barsch, während ihre Mutter ihr bleiches Gesicht mit den Händen bedeckte. »Man hat mich mit einem Trick hergelockt, aber das heißt nicht, dass ich hier bleiben werde. Und . . .« Sie warf einen bitterbösen Blick auf ihre Mutter. ». . . Wenn sich meine Mutter nun auch noch weigert, mich sofort zurück nach Hause zu bringen, dann geh ich eben zu Fuß. Ihr könnt mich doch alle mal!«

Sie machte auf dem Absatz kehrt und schlug einen Bogen um das Auto. Bevor Helen oder ihre Mutter auch nur ein Wort sagen konnten, war Patricia schon aus dem Tor hinaus und um die Ecke verschwunden.

Patricias Mutter unterdrückte ein Schluchzen. Hektisch begann sie, in ihrer Handtasche nach einem Taschentuch zu kramen.

»Es tut mir leid«, sagte sie undeutlich hinter dem Tuch hervor.

»Das muss es nicht«, wandte Helen ein, die geradezu verloren neben dem Auto stehen geblieben war und Patricia traurig nachblickte. Auch sie hatte mit den Tränen zu kämpfen und kaute, ohne es zu merken, an einem Fingernagel herum. »Sie tun doch alles für Patricia, was Sie können. Und ich kann mir nur zu gut vorstellen, wie schwierig es für Sie alle momentan ist.«

»Wir wissen nicht mehr, was wir machen sollen, um dem Kind zu helfen!« Mrs Mackintosh sah Helen beinahe Hilfe suchend an. »Sie trauert um ihren Freund, das können wir ja verstehen. Aber sie steigert sich geradezu hinein! Sie wissen nicht, was bei uns zu Hause los ist. Patricia ist so verändert, wir kennen sie nicht mehr wieder. Bis vor Kurzem waren wir immer froh, dass sie keines dieser Modepüppchen ist. Doch jetzt wären wir nur zu glücklich, wenn sie wenigstens ein bisschen auf sich achten würde! Sie zieht jeden Tag dieselbe Jeans und dasselbe T-Shirt an, sie wäscht sich kaum noch die Haare. Und sie fährt immer gleich aus der Haut – wir trauen uns kaum noch, sie anzusprechen . . .« Mrs Mackintoshs Stimme klang erstickt, die Verzweiflung war ihr deutlich anzumerken. Doch dann nahm sie sich zusammen und putzte sich die Nase. Es hatte sie sichtlich erleichtert, dass sie das Ganze einmal aussprechen konnte.

»Manchmal habe ich das Gefühl, sie macht uns dafür verantwortlich, was Gavin passiert ist!«, fügte sie leise hinzu.

»Das ist Unsinn«, sagte Helen bestimmt. »Sie weiß ganz genau, dass keiner etwas dafürkann. Sie sucht nur irgendein Ventil, um mit ihrem Schmerz fertig zu werden. Wut ist da eine ganz natürliche Reaktion – und Sie sind leider diejenigen, die es zurzeit abbekommen.« Sie zögerte einen Moment und fuhr dann fort: »Ihre beiden Freundinnen, Katie und Jennifer, haben mir erzählt, dass Patricia sie rausgeworfen hat, als sie kürzlich bei ihr waren.«

Mrs Mackintosh nickte. »Ich konnte es kaum glauben. Die drei sind seit Jahren ein Herz und eine Seele. Und dann das! Ich habe

Angst, dass es sich Patricia auf diese Weise mit allen verscherzt und am Ende völlig isoliert ist.«

Helen schüttelte den Kopf. »Ich denke nicht, dass es so weit kommt. Jennifer und Katie haben es ihr, soweit ich es beurteilen kann, nicht weiter übel genommen. Sie wissen sehr genau, dass es Patricia im Grunde nicht so meint, und sie können ihren Kummer sehr gut verstehen.«

Mrs Mackintosh nickte erleichtert. Dann verdüsterte sich ihr Gesicht wieder. »Ich befürchte aber, ich habe gerade einen großen Fehler gemacht.«

»Weil Sie Patricia hierher gebracht haben? Das glaube ich nicht.« Helen steckte die Hände in die Taschen ihrer Reithosen. »Es war einen Versuch wert, möchte ich meinen. Und auch wenn sie jetzt so aggressiv reagiert hat – vielleicht bleibt doch ein bisschen etwas Gutes bei ihr hängen.«

»Meinen Sie?«

Helen nickte. »Ich bin zwar kein Fachmann auf diesem Gebiet, aber im Rahmen meiner Ausbildung musste ich mir zwangsläufig auch ein gewisses psychologisches Wissen aneignen. Ich glaube, dass Patricia einen echten Schock erlitten hat, als Gavin verunglückt ist. Ein Trauma, wie der Psychologe sagt. Und dieses Trauma erzeugt bei ihr eine heftige Ablehnung gegen alles, was mit dem Unfall zusammenhängt: gegen Reiten und Pferde. So etwas behandelt man am besten mit einer Konfrontationstherapie. Deswegen war es vielleicht sogar eine gute Idee, sie herzubringen.«

»Ich weiß nicht, ich hatte eher den Eindruck, es war ein völliger Fehlschlag«, sagte Patricias Mutter traurig.

»Besser wäre natürlich, sie käme in richtige psychotherapeutische Behandlung«, meinte Helen ehrlich.

»Das haben wir versucht. Aber Patricia weigert sich.«

Helen nickte nachdenklich. »Hm«, meinte sie. »Ich hätte da vielleicht eine Idee . . .«

5.

In der schimmernden Abendsonne schien der Sgurr na Lapaich geradezu unwirklich zu glänzen. Obwohl jetzt, Anfang Juni, der Frühling auch hier in den Highlands endlich Einzug gehalten hatte, lag auf dem Gipfel immer noch stellenweise Schnee. Auf den Hängen hingegen erstrahlte das kurze, raue Gras in dem seltenen hellen Grün, das es in diesen Breiten stets nur kurze Zeit in dieser Farbintensität aufweist, bevor es wieder in sein übliches Braungrün unter tief hängenden Wolken zurückfällt. Der Wind schien ebenfalls eine Atempause eingelegt zu haben, er blies geradezu sanft und brachte den Geruch von frischer Erde und den jungen Blüten von Wicken, Storchschnabel und den für Schottland so typischen großknolligen Disteln mit sich.

Ethan liebte diese Jahreszeit in den Bergen. Wie jedes Wochenende, das er zu Hause verbrachte, nutzte er die Gelegenheit, dem väterlichen Gut zu entfliehen. Aber momentan tat er das auch richtig gern – die Natur war einfach zu schön. Und außerdem hielten sich im Gegensatz zum Hochsommer die plagenden Mückenscharen noch in Grenzen.

Schon seit einer Stunde saß Ethan auf dem warmen, flechtenüberzogenen Felsen in der Sonne und schaute zum Berg hinüber. Eine Weile lang beobachtete er einen Steinadler, der hoch oben seine Kreise zog. Vermutlich hatte er drüben an einem der felsigen Steilhänge seinen Horst. Vor Jahren war Ethan einmal zu einem Steinadlernest hinaufgestiegen – meist lagen zwei Eier darin, aber nur das stärkere, zuerst geschlüpfte Küken würde in der Regel überleben, wie er wusste. Die Altvögel fütterten immer nur dasjenige Junge, das sich, durch Größe und Stärke im Vorteil, nach vorne drängte, und irgendwann würde es dann sein kleineres, vor Hunger geschwächtes Geschwisterchen aus dem Nest stoßen. Die Natur kannte keine Gnade. Wer zu schwach war zum Kämpfen, ging unter.

Ethan hatte damals lange darüber nachgedacht, ob er das wirklich grausam fand – denn diese Regelung barg auch durchaus ihren Sinn. Die Wahrscheinlichkeit, dass bei Nahrungsknappheit wenigstens das stärkere Adlerjunge immer genug zu fressen bekam und so auf jeden Fall flügge wurde, war damit sehr viel größer. Würden beide Küken gleichermaßen gefüttert, käme es vermutlich häufiger vor, dass letztlich keines von beiden überlebte, denn in den kargen Bergen der Highlands war das Futter auch für Adler knapp. Hart, aber logisch, dachte Ethan.

Sonny schnaubte und scharrte ungeduldig mit den Hufen.

Ethan blickte sich zu dem braunen Wallach um, der mit hängenden Zügeln in einiger Entfernung stand und mit dem Schweif die Fliegen fortscheuchte. Sonny schaute ihn mit gespitzten Ohren an, schnaubte abermals und schüttelte den Hals, dass die Trense klirrte.

»Ist ja gut, Junge, wir reiten ja gleich weiter.« Ethan erhob sich vom Felsen und klopfte sich die Hose ab. Sonny besaß mehr Geduld als viele Menschen, deshalb wollte Ethan diese auch nicht über Gebühr strapazieren.

Er trat zu dem Pferd und strich ihm über die weichen Nüstern. Sonny prustete leise.

Eigentlich hieß er Soirbheachas, aber Ethan fand den Namen mehr als albern und weigerte sich, ihn zu benutzen. Typisch für seinen Vater, seinen Pferden solch hochtrabende Namen zu geben – Soirbheachas bedeutete Erfolg, aber was für ein Erfolg sollte das sein? Für Ethan drückte sich Erfolg absolut nicht in möglichst beutereichen Jagden über möglichst hindernisreiche Strecken aus, wie sie sein Vater so liebte. Es war für Ethan auch stets eine zwiespältige Angelegenheit, einen der perfekt ausgebildeten Irish Hunter aus den heimischen Stallungen zu reiten – um nichts in der Welt wollte er in den Verdacht geraten, womöglich Geschmack am Jagdreiten zu entwickeln. Andererseits gab es keine Alternative: Wenn Ethan reiten wollte, musste er die

Pferde nehmen, die da waren. Außerdem konnte Sonny auch nichts dafür, dass Alastair Longmuir ihn und seine Stallgenossen – ebenso wie die Meute Fuchshunde und alles andere, was er für teures Geld unterhielt – als Statussymbole für seine gesellschaftliche Stellung betrachtete. Für Ethan hingegen war Sonny einfach ein schönes Pferd mit liebenswertem Charakter, das ihm zudem die Gelegenheiten verschaffte, vom Hof wegzukommen, wenn er es dort nicht mehr aushielt.

Ethan verzog das Gesicht, als er an die Szene des heutigen Morgens dachte. Es war immer das gleiche Spiel, wenn er und sein Vater beim Frühstück saßen. Wie meistens begann die Diskussion mit St. Andrews, um dann zu Ethans »Computerspinnerei« bis hin zu sämtlichen vermeintlichen und tatsächlichen üblen und unstandesgemäßen Angewohnheiten überzugehen, die Alastair Longmuir an seinem Sohn zu bemängeln hatte. Ethan pflegte nach kurzer Zeit nichts mehr zu sagen. Er wusste aus langer Erfahrung, dass es zwecklos war und die Debatte nur noch weiter verschärfte. Er saß es also aus, wappnete sich dabei innerlich gegen die stets am Ende der Predigt fallende Bemerkung seines Vaters, er wäre genau wie seine Mutter, und nahm diese dann zum Anlass, sich höflich zu entschuldigen und das Frühstück zu beenden.

Seine Mutter – ein Thema, über das Ethan nichts mehr hören wollte. Fast zehn Jahre war es nun her, dass sie fortgegangen war. Bis heute wusste Ethan nicht, wo sie sich befand, was sie machte und warum sie damals Mann und Kind verlassen hatte. Er vermied es auch schon seit Langem, darüber nachzudenken. Sie war weg, hatte sich nie wieder gemeldet, fertig. Er vermisste sie auch nicht mehr. In der ersten Zeit war es schlimm gewesen, das wusste er noch, aber dann fand er es einfacher, nicht mehr an sie zu denken. Inzwischen konnte er sich kaum noch erinnern, wie sie aussah, im ganzen Haus gab es kein Bild von ihr. Es schien fast, als hätte es sie niemals gegeben.

Wenn nur sein Vater nicht immer wieder solche spitzen Bemerkungen machen würde! Sie trafen Ethan wie Dolchspitzen, obwohl er es mittlerweile gewöhnt sein sollte.

Sonny schnaubte wieder und riss Ethan aus seinen trüben Gedanken. Er schreckte auf und sah auf seine Uhr. Schon fast Mittag.

»Du hast recht, wir müssen los.«

Mit geübten Griffen zog Ethan den vorher gelockerten Sattelgurt fest, nahm die Zügel in die Hand und saß auf. Sonny bog seinen Hals, kaute am Gebiss und tänzelte – er hatte sich offenbar gelangweilt und wollte endlich laufen.

»Ja doch!« Ethan musste lächeln und gab ihm das Zeichen zum Anreiten. Was immer er für melancholische Gefühle verspüren mochte, sie waren verschwunden, sobald er im Sattel saß, die warmen Flanken des Pferdes an seinen Beinen spürte und die Kraft fühlen konnte, die den muskulösen Leib des Wallachs durchfloss.

Er strich über den glatten Hals des Braunen und zauste seine drahtige schwarze Mähne, während Sonny mit stetigem Tritt den Hang hinunterschritt.

Im Tal angekommen, trieb Ethan Sonny an, und er fiel in Galopp. Das war stets der schönste Teil des Ausfluges – fand zumindest Sonny, er prustete vor Vergnügen und stemmte sich gegen den Zügel, der seinen Lauf bremste.

Ethan lachte auf.

Am anderen Ende des Tals konnte er die Silhouetten der Ponys auf den Koppeln des McNair-Hofes erkennen. Sonny kannte sie gut und wieherte einen Gruß hinüber, den die kleineren Artgenossen mit hellen Stimmen erwiderten. Auch dies gehörte zum Ritual, und Ethan hatte jedes Mal wieder sein Vergnügen daran. Er mochte die zotteligen Gesellen, die zu Schottland passten wie der Regen und die Dudelsackmusik. Silas McNair hatte das auch erkannt und sich zunutze gemacht. Von April bis Oktober vermietete er die Ponys an Touristen, die dann in kleinen geführten Gruppen Reitausflüge in die Umgebung unternahmen. Ethan begegnete ihnen zuweilen bei seinen einsamen Ausritten und bewunderte dabei nicht selten die Geduld, mit denen die Ponys ungeschickte Reiter und unsanfte Behandlung hinnahmen und dabei trotz allem noch zu Schabernack aufgelegt waren. Ohne seine eigenen Gefühle dabei besonders zu hinterfragen, verspürte Ethan in der Gesellschaft dieser Tiere so etwas wie einen inneren Frieden, als würde ihr Gleichmut dabei irgendwie auf ihn abfärben. Er nutzte daher meist die Gelegenheit, auf den Heimweg am McNair-Hof vorbeizureiten, um die Ponys zu besuchen oder auch ab und zu einen Schwatz mit Silas zu halten.

Heute allerdings verspürte er keine Lust zum Reden und begnügte sich damit, die Ponynasen, die sich ihm über den Koppelzaun entgegenreckten, zu streicheln und ein paar Leckerbissen hinüberzureichen. Es fiel ihm schwer, sich von den freundlichen kleinen Pferden loszureißen. Warum konnten die Menschen nicht genauso sein, dachte er wie so oft. Die Pferde stellten keinerlei Ansprüche an ihn, verlangten ihm niemals eine Persönlichkeit ab, die er nicht war. Sie freuten sich einfach, wenn er sie besuchte, brachten ihm uneingeschränkte Aufmerksamkeit entgegen, solange er da war, und wandten sich gleichmütig wieder ihrem Grasen zu, wenn er ging. Keine Vorwürfe, keine Rechtfertigungen, wenn er einmal ohne Leckereien bei ihnen auftauchte. Und selbst die Rangeleien unter ihnen, wenn er ihnen Möhren und Äpfel anbot, schienen eher der Form halber abzulaufen. Jedes Pony kannte seinen Rang in der Herde und wusste, wann es an der Reihe war.

Nur die Menschen schienen zu glauben, ständig zu kurz zu kommen.

Den Rest des Weges legte Ethan in leichtem Galopp zurück. Sonny liebte es, zu rennen und über Hecken und Zäune zu setzen, doch Ethan hielt ihn zurück. Seine Abneigung gegen das Jagdreiten, das sein Vater so großartig fand, ließ ihn sogar bei einem ganz normalen Ausritt Hindernisse meiden. Deshalb blieb er auf dem ebenen Feldweg, der das McNair-Gestüt mit dem elterlichen Anwesen verband, und zügelte Sonny schon in Sichtweite des Hoftores.

Sonny schnaubte ein wenig unzufrieden, doch Ethan klopfte ihm liebevoll den Hals und ließ ihn in gemächlichem Schritt gehen. Er war so mit dem Pferd beschäftigt, dass er seinen Vater erst im letzten Moment erblickte.

Alastair Longmuir stand in der Tür des Bürogebäudes, die Hände in den Taschen seines beigefarbenen Tweedsakkos vergraben. Neben ihm lag ruhig ausgestreckt ein schlanker graubrauner Hirschhund, der aufstand, als Ethan herankam und ihn mit freundlichem Wedeln seines zottigen Schweifs begrüßte.

Sein Herr hingegen musterte Ethan weniger liebenswürdig. Seine ganze hagere Gestalt drückte Widerwillen aus, wie er den Rücken durchgedrückt hielt und die Schultern gestrafft. Die dunklen Augen blickten Ethan unverwandt an.

»Du hast sicherlich eine gute Erklärung dafür, dass du wieder einmal zu spät kommst?«, erkundigte er sich betont ruhig.

Ethan saß ab und blickte auf die Uhr. »Es sind doch noch ein paar Minuten bis zum Mittagessen.« Er beugte sich zu dem Hund hinab und streichelte ihn. »Hallo Laird«, sagte er und zauste liebevoll die haarigen Ohren. Laird hechelte und stieß seine schmale Nase in Ethans Hand.

»Du musst aber noch dein Pferd versorgen, dich waschen und zum Essen umziehen.« Sein Vater betrachtete ihn von oben bis unten. »Überhaupt, wie läufst du denn wieder herum? Hast du nichts Vernünftiges anzuziehen, wenn du ausreitest?«

Ethan sah an seiner großen, dünnen Gestalt herunter. »Warum, was ist denn an meiner Kleidung wieder verkehrt?« Wie immer trug er zu den Reithosen ein einfaches Sweatshirt, diesmal in Blau.

Es war immerhin sauber, was sollte also die Kritik? Er wusste allerdings nur zu gut, was sein Vater meinte, und wappnete sich innerlich gegen die Predigt, die er in- und auswendig kannte.

»Du siehst aus wie irgendein Bauernlümmel«, kam es auch schon von seinem Vater. »Du solltest eigentlich wissen, was du deinem Namen schuldig bist. Ordentliche Reitkleidung ist das Mindeste, was man von dir erwarten kann. Aber nein, mein einziger Sohn zieht es vor, sich in dreckige Stallkleidung zu hüllen, wenn er meine Pferde reitet.«

»Sonny ist es ja wohl egal, was ich anhabe«, konnte sich Ethan nicht verkneifen anzumerken, auch wenn er genau wusste, dass Widerrede die Strafpredigt nur verlängerte und rein gar nichts brachte.

»Und das Pferd heißt Soirbheachas, merk dir das endlich.«

Ethan schwieg, schnallte die Steigbügel am Sattel fest und löste Sonnys Gurt. Der Wallach beugte seine Nüstern zu Laird hinunter, der ihn freundlich stupste. Die Pferde mochten den Hund, der sich ebenfalls zu ihnen hingezogen fühlte. Wenn sein Vater ihn doch einmal so freundlich begrüßen würde, wie es der Hund tat, dachte Ethan. Aber jetzt würde gleich noch der übliche Sermon folgen, dass er den Ritt sicherlich wieder nicht zum Training für die nächste Jagd genutzt hatte.

»Wahrscheinlich hast du auch wieder die Zeit vertrödelt«, sagte sein Vater tatsächlich und musterte den Wallach kritisch. Sonny schwitzte nur leicht – ein Beweis dafür, dass er sich nicht sonderlich hatte anstrengen müssen.

Ethan erwiderte auch darauf nichts, trug den Sattel in den Stall und kam mit einigen Tüchern wieder heraus. Während er das Fell des Pferdes sorgfältig trocken rieb, ließ er seine Gedanken wandern und hörte gar nicht mehr zu, was sein Vater an ihm herummäkelte. Er wollte hier weg. Es wurde immer unerträglicher.

». . . du bist genau wie deine Mutter«, sagte sein Vater gerade, und Ethan biss die Zähne zusammen. Dies war der Teil seiner

Vorhaltungen, den Ethan am meisten fürchtete, weil er darauf am wenigsten erwidern konnte. Er konnte sich an seine Mutter ja kaum noch erinnern, und noch viel weniger wusste er, was sie so Schreckliches getan hatte, dass sein Vater dies als ärgste Beschuldigung gegenüber ihm zu benutzen pflegte. Er merkte nur, wie sehr es ihn jedes Mal traf.

Hör endlich auf, dachte Ethan. Hör doch endlich auf!

Aber wie sollte er nur von hier wegkommen, außer er ging tatsächlich nach St. Andrews?

Das Problem war einfach nicht zu lösen.

Ethan schluckte und führte Sonny in den Stall.

6.

»Da ist sie! Ich sehe sie ganz genau!«

Patricia sah in die Richtung von Ivans ausgestrecktem Finger, doch sie konnte nur Wellen erkennen.

»Wo?«

»Na dort!« Ivans Stimme überschlug sich beinahe vor Aufregung. »Schau doch mal genau hin, dort, hinter der kleinen Einbuchtung!« Vor Eifer stolperte er über seine eigenen Füße und wäre um ein Haar die Böschung hinuntergestürzt, wenn Patricia ihn nicht reaktionsschnell beim Arm ergriffen und festgehalten hätte.

»Pass doch auf, wo du hintrittst«, schalt sie ihren Bruder. »Wenn du ins Wasser fällst, bist du pitschnass, und ich muss im Auto in deinen Pfützen sitzen!«

»Ist doch egal, dann zieh ich mich halt um.« Ivan schüttelte ihre Hand von sich ab. »Wir haben doch genug Klamotten dabei!«

»Aber der See ist mit Sicherheit eiskalt«, bemerkte Patricia. »Und dann kriegst du einen fetten Schnupfen und darfst den Urlaub im Bett verbringen. Mit Kamillentee«, fügte sie genüsslich hinzu.

»Den kannst du selber trinken.« Ivan blickte sie verachtungsvoll an, dann drehte er sich wieder zum See um. »Hast du sie jetzt gesehen?«

»Das mit Nessie ist doch nur ein Aberglaube.« Patricia verschränkte die Arme und machte ein skeptisches Gesicht, doch auch sie ließ ihren forschenden Blick über die dunkle Wasseroberfläche von Loch Ness schweifen.

Sie standen direkt am Ufer. Zwischen den aus dem seichten Wasser vor ihnen ragenden morschen Pfählen dümpelten einige Schwäne, die auf Leckerbissen warteten. Doch Patricia und Ivan hatten ihnen bereits die Reste ihrer Mittagssandwiches zugeworfen, und als die majestätischen weißen Vögel erkannten, dass bei ihnen nichts mehr zu holen war, entfernten sie sich, dabei hoheitsvoll ihr Gefieder putzend.

»Patricia! Ivan!« Die Stimme ihrer Mutter schallte herüber. »Kommt, wir wollen uns doch noch die Ruine ansehen!«

Patricia und Ivan seufzten im Duett. Diesmal waren sie sich beide einig: Die Besichtigung kaputter historischer Bauwerke wie dieses Urquhart Castle hier am Loch Ness war einfach langweilig. Ein Haufen alter Steine, was konnte man denn sonst noch sehen! Eine andere Sache waren halbwegs intakte Burgen, fand Patricia. In solchen lief auch sie gerne herum, stellte sich vor, wie die Leute damals wohl gelebt hatten, und dachte daran, dass Menschen, die inzwischen schon viele Jahrhunderte tot waren, dieselben Wege gegangen und aus denselben Fenstern geblickt hatten wie Patricia in diesem Augenblick.

Doch Urquhart Castle vermochte keine solche Gedanken in Patricia zu wecken. Die berühmte Burg war in einem sehr schlechten Zustand, kaum eine Mauer stand noch, und der Rest des einzigen noch vorhandenen Turmes war wegen Einsturzgefahr nicht zu betreten. Ziemlich lustlos schlenderte sie hinter ihren

Eltern her, die zusammen mit einem guten Dutzend anderer Touristen tatsächlich jeden Mauerrest einzeln begutachten mussten. Jetzt studierten sie sogar ausgiebig die Tafel, auf der die Geschichte von Urquhart Castle beschrieben stand – als ob man das nicht im Reiseführer hätte nachlesen können!

Patricia trat an die Brüstung der Brücke, die die Burg mit dem Fußweg verband, und stützte die Ellenbogen auf. Der stetige kühle Wind blies ihre Haare durcheinander, und Patricia hob ihr Gesicht in die wärmende Sonne. Der Blick war grandios, das musste sie zugeben. Überhaupt war es hier einmalig schön. Der See lag tiefdunkel zwischen den lang gestreckten waldlosen Hügelketten, die in der Ferne bläulich schimmerten. Frische grüne Wiesen wechselten sich mit niedrigem Buschwerk ab, und überall stand das Heidekraut in voller Blüte und leuchtete in sattem Rosa. Zusammen dehnte sich der klarblaue Himmel, den hoch aufgetürmte Wolken zogen. Die Luft hier schien zu vibrieren, so rein und sauber war sie, und im Hintergrund sangen Feldlerchen ihr unermüdliches Lied.

Patricia war erst einmal in ihrem Leben in den Highlands gewesen, aber damals war sie erst vier oder fünf Jahre alt und hatte sich definitiv nicht für die Schönheit der Landschaft interessiert. Sie erinnerte sich kaum noch daran – lediglich dass sie damals von unzähligen Mückenstichen übersät war und nachts vor lauter Jucken kaum schlafen konnte.

Die Idee, den Sommerurlaub in den Highlands zu verbringen, war spontan aufgekommen. Ihre Mutter brachte eines Tages ein paar Prospekte vom Reisebüro mit nach Hause, und schon eine Woche später war alles gebucht. Patricia war es egal gewesen, sie dachte bei sich, es sei vielleicht wirklich keine schlechte Idee. Dadurch kam sie wenigstens für ein paar Wochen aus Edinburgh heraus. Weg von den immer noch quälenden Erinnerungen.

Patricia war nach wie vor in sich gekehrt und kapselte sich ab. Auch die Schule litt darunter, ihre Noten waren in den letzten

Monaten deutlich abgesackt. Patricia merkte, dass ihre Lehrer Rücksicht auf sie und ihren Kummer nahmen, aber es reizte sie eher, als dass es ihr guttat. Sie wollte nicht behandelt werden wie eine arme Kranke, die man schonen musste. Aber einfach so weiterzumachen wie vorher, das schaffte sie auch nicht.

Im Grunde wusste Patricia überhaupt nicht mehr, wie sie sich verhalten wollte. Sie fühlte nur ihre eigene Unzufriedenheit und ärgerte sich am meisten über sich selbst.

Der Urlaub konnte deshalb tatsächlich eine gute Ablenkung sein – immerhin verband sie hier nichts mit irgendwelchen Erinnerungen an Gavin. Sie hatte sich einen ganzen Stapel Bücher mitgebracht und beabsichtigte, die freien Tage hauptsächlich mit Lesen und Faulenzen zu verbringen. Ihr Vater als begeisterter Angler hätte es sicher gern, wenn sie ihn gelegentlich begleitete, aber die Aussicht, stundenlang still zu sitzen, um dann irgendeinen armen Fisch töten zu müssen, schreckte Patricia ab. Ivan freute sich hingegen schon darauf, das Fliegenfischen zu lernen. Das sollte er ruhig tun, dachte Patricia. Dann hatte sie wenigstens ihre Ruhe vor ihm.

»Patricia, komm, wir müssen weiter.« Ihre Eltern waren hinter sie getreten, während Ivan noch ein paar Steine in den See warf und dazu laute Explosionsgeräusche imitierte. »Wir wollen nicht zu spät in der Pension ankommen.«

Patricia nickte und seufzte. Wenigstens hatte sie dort Ruhe vor ihrem Bruder, da sie ihr eigenes Zimmer hatte. Dass sie nicht mit Ivan in einem Raum schlafen musste, hatten ihr ihre Eltern hoch und heilig versprechen müssen. Alles andere war ihr egal.

Die Pension, in der sie die nächsten Wochen wohnen würden, lag nicht einmal so besonders weit weg von Edinburgh. Dennoch war es fast Abend, bevor sie sie erreichten. Nach Drumnachrochit wurde die Reise immer beschwerlicher, es gab nur noch kleine schmale Straßen, oft ohne Mittelmarkierung, und das eine oder andere Mal zog Mrs Mackintosh erschrocken die Luft ein, wenn ihnen ein größeres Fahrzeug entgegenkam. Zweimal mussten sie anhalten, weil eine Schafherde die Fahrbahn kreuzte, und einmal trat Mr Mackintosh abrupt auf die Bremse, weil ein ausgewachsener Rothirsch mitten auf der Straße stand.

»Geil!« Ivan hopste aufgeregt auf seinem Sitz auf und ab. Der Hirsch ließ sich nicht stören, er stand in aller Ruhe auf dem Asphalt und blickte das Auto mit müdem Interesse an.

»Hoffentlich greift er uns nicht an«, sagte die Mutter beunruhigt.

»Unsinn, warum sollte er?«, erwiderte ihr Mann. »Wir tun ihm doch nichts.« Sicherheitshalber stellte er jedoch den Motor ab, um das Tier nicht unnötig zu reizen.

Patricia betrachtete den Hirsch. Jetzt, im Hochsommer, trug er kein Geweih, aber die samtüberzogenen Knospen des neuen Kopfschmuckes für die kommende Paarungssaison waren bereits sichtbar. Patricia hatte noch nie zuvor ein frei lebendes Wildtier dieser Größe ohne Zaun vor sich gehabt. Was für ein wunderschönes Tier, dachte sie. Er steht da, als ob er genau wüsste, dass wir Menschen hier eigentlich nichts verloren haben. Hier ist sein Revier, nicht unseres.

Der Hirsch schien sich nun ausgiebig an den Zweibeinern in ihrem stinkenden Blechkasten ergötzt zu haben. Er schüttelte gelangweilt seinen mächtigen Schädel und setzte sich in Gang. Patricia schaute ihm hinterher, als er leichtfüßig den Straßengraben überquerte und dann im langbeinigen Passgang den Hang hinauftrabte und hinter dem Hügelkamm verschwand. Sie merkte, dass sie die Luft angehalten hatte, und atmete aus.

Mr Mackintosh ließ den Motor wieder an. Jetzt war es nicht mehr weit.

Das Gästehaus lag etwas außerhalb eines kleinen Dorfes. Es war ein aus rotem Sandstein errichtetes zweistöckiges Gebäude mit mehreren Erkern und Dachgauben im viktorianischen Stil.

»Ach, ist das hübsch hier!«, rief Mrs Mackintosh begeistert. »Noch viel schöner als im Prospekt abgebildet!«

Patricia sagte nichts, während sie half, das Gepäck auszuladen. Aber auch ihr gefiel das Haus mit seinem kopfsteingepflasterten Hof, das von einem sauber gestrichenen, leuchtend roten Zaun umgeben war.

Einige halbhohe Bäume ragten fast bis an die Fenster des oberen Stockes heran, und hinter dem Gebäude konnte Patricia einen Garten und einen Schuppen erkennen, aus dem gerade ein Huhn herausstolzierte.

Eine wohlbeleibte Frau in bunt geblümter Kittelschürze stand schon in der Tür und begrüßte die neuen Gäste freundlich. Sie sprach ziemlich starken Hochlanddialekt und rollte die R in einer Weise, die den Mackintoshs ungewohnt war. Aber ihre Redseligkeit glich die Verständigungsschwierigkeiten absolut aus. Sie sei Mrs Dench, die Wirtin, erklärte sie, und sie hoffe, dass es ihnen allen hier gefiele. Jetzt würde sie ihnen sogleich ihre Zimmer zeigen, wo alles zu ihrer Bequemlichkeit gerichtet sei. In einer halben Stunde gäbe es dann Dinner, und wenn sie noch etwas bräuchten . . .

Blablabla, dachte Patricia und seufzte innerlich, während sie den Redeschwall an sich vorbeirauschen ließ. Oh Himmel, die Frau nervte. Hoffentlich brachte sie sie nicht noch jeden Abend zu Bett!

Patricias Zimmer lag im Obergeschoss und ging nach hinten zum Garten.

Sie öffnete als Erstes das Fenster und lehnte sich hinaus. Hühnergegacker, irgendwo bellte ein Hund, und in den Bäumen zwitscherten Vögel. Durch die Bäume hindurch konnte sie in einiger Entfernung eine glitzernde Wasserfläche ausmachen – ein kleiner See vielleicht, in den Highlands gab es ja *Lochs,* wo man nur hinschaute. Eigentlich wirklich ganz okay, dachte Patricia. Hier konnte man es bestimmt eine Weile aushalten. Wenn man mal von der Einrichtung absah, fügte sie für sich hinzu, als sie sich umdrehte und das Zimmer näher betrachtete. Blümchentapeten, ein groß geblümter Bettüberwurf, ein klein gemusterter Teppich mit Rankenornament und – wer hätte es gedacht – lange Rüschenvorhänge mit Blumenmuster am Fenster. Patricia musste innerlich grinsen angesichts dieser überwältigenden Blütenpracht. Aber irgendwie hatte es sogar was, fand sie. Es war so kitschig, dass es schon wieder originell wirkte.

Nur das Bild über dem Bett war tatsächlich schön. Ein Aquarell, offenbar war es sogar handgemalt. Ein Blick auf Loch Ness, Patricia erkannte die markanten Umrisse von Urquhart Castle. Nur Nessie fehlte, stellte sie fest und musste erneut kichern. Sie war selbst erstaunt über ihre ungewöhnlich alberne Stimmung – die vielen Blümchen schienen wirklich ein gutes Mittel gegen ihre lähmende Melancholie zu sein.

Fernes Wiehern ließ sie erstarren.

Es gab hier doch nicht etwa Pferde? Davon hatten ihre Eltern nichts gesagt, und sie nahm an, dass diese wussten, wie wenig Wert sie auf die Gesellschaft von Pferden legte! Das konnte doch wohl nicht wahr sein, sie wollte hier keine Pferde haben! Gerade jetzt, da sie endlich ein wenig Abstand von den schrecklichen Ereignissen bekam.

Patricia ging zurück zum Fenster und sah hinaus.

Keine Pferde, sie konnte nicht einmal Koppelzäune erkennen. Sie hatte sich das Wiehern sicher nur eingebildet!

Doch nein, da war es wieder – hell und fröhlich. Und nun vernahm Patricia auch leises Hufgeklapper, das schnell lauter wurde. Es kam von der Straße her, die vor dem Haus vorbeiführte. Patricia riss die Tür auf und rannte polternd die enge, alte Holztreppe hinunter. Vor der Haustür blieb sie schwer atmend stehen.

Nein, es waren keine Pferde.

Fünf Reiter kamen in langsamem Schritt die Straße auf Ponys

herauf. Die stämmigen Tiere mit den wuscheligen Mähnen und langen buschigen Schweifen machten einen fröhlichen Eindruck, obwohl die Kinder, die sie trugen, ganz offensichtlich nichts vom Reiten verstanden. Besonders das vorderste Mädchen auf dem sandfarbenen Wallach hing mehr im Sattel, als dass sie ritt, und klammerte sich ängstlich an der drahtigen Mähne fest.

»Michelle, nun setz dich doch mal gerade hin. Ich verspreche dir, du fällst nicht hinunter!« Die Gruppe wurde angeführt von einem blonden jungen Mann, vielleicht Mitte zwanzig und der Einzige des Trupps, der gekonnt im Sattel saß. Er drehte sich allerdings gerade zu seinen Begleitern um, und in seiner Stimme lag eine komische Mischung von Aufmunterung und Verzweiflung. Es war nicht schwer zu erraten, dass sie hier eine Gruppe Reitanfänger mit ihrem Lehrer vor sich hatte.

»Ich trau mich nicht!«, jammerte das hübsche blasse Mädchen mit dem langen Zopf und verkrampfte sich noch mehr. Der junge Mann seufzte und schien einen unauffälligen Blick auf seine Uhr zu werfen. Das Pony hingegen ließ sich von Michelles sicher schmerzhaftem Klammergriff nicht irritieren, es schritt gleichmütig vorwärts, und Patricia erkannte auf den ersten Blick, dass es einen sanftmütigen Charakter und einen butterweichen Gang hatte. Es waren wirklich hübsche Tiere, mittelgroß mit kräftigen Beinbehängen, und der Aalstrich auf ihren Rücken deutete auf eine enge Verwandtschaft der Rasse mit den ausgestorbenen Wildpferden hin. Patricia wusste sofort, dass sie Vertreter der hier im Hochland so beliebten Highland Ponys vor sich hatte. Sie kannte diese Rasse aus Berichten und von Bildern, aber in natura gesehen hatte sie bisher noch kein Exemplar.

Die Reitgruppe war nun auf der Höhe der Pension angekommen, und der junge Mann bemerkte, dass Patricia in der Tür stand und zu ihnen hinüberstarrte. Im Vorbeireiten nickte er ihr zu und grüßte freundlich.

Patricia gab keine Antwort. Ihr war siedend heiß eingefallen, dass sie momentan wieder genau das tat, was sie eigentlich nie wieder hatte tun wollen: sich für Pferde interessieren.

Doch das erwartete Wutgefühl blieb aus. In ihr war nur Leere. Und tiefe Traurigkeit.

Wie eingefroren stand Patricia da und blickte den fünf Ponys hinterher, die im gleichmäßigen Schritt der Straße folgten, bis sie hinter der Biegung verschwunden waren. Nur das Klappern der Hufe hörte Patricia noch eine Weile.

Sie fuhr herum, als sie hinter sich jemanden bemerkte.

Mrs Dench war zu ihr hinausgetreten.

»Hast du die Pferde gesehen?« Ihr Ton war nervenaufreibend fröhlich, ihr rundes, rotwangiges Gesicht strahlte vor überschwänglicher Freundlichkeit und ließ Patricia an lang vergessene Kindergartentanten denken. Aber sie besann sich auf ihre guten Manieren, verkniff sich eine patzige Antwort und nickte. Die Frau konnte ja nichts dafür.

»Fast jeden Tag kommen hier welche vorbei«, erzählte die Wirtin und bückte sich nach ein paar welken Blättern im Blumenkübel neben der Tür. »Sie gehören zum McNair-Hof. Der ist gleich da drüben im nächsten Tal. Sie haben dort eine ganze Menge Pferde, du solltest unbedingt mal hingehen und sie dir ansehen!« Geschäftig fegte sie Erdkrümel zusammen und merkte nicht, dass Patricia wieder erstarrte. »Sie machen Ausritte mit den Touristen«, erzählte Mrs Dench weiter. »Es ist ein wirklich ordentlicher Hof, alles ganz sauber, und die vielen schönen Pferde in allen Farben! Mr McNair ist ein sehr freundlicher Mann, und soweit ich weiß, nimmt er auch keine überteuerten Preise. Ihr müsst wirklich mal vorbeischauen, du und dein kleiner Bruder. Obwohl Jungen sich ja meistens mehr für Autos interessieren, nicht wahr?« Sie lachte fröhlich. »Aber Mädchen lieben ja Pferde, da ist das bestimmt ein schöner Ausflug für dich.«

Patricia gab immer noch keine Antwort, und jetzt fiel selbst Mrs

Dench ihre Schweigsamkeit auf. Allerdings zog sie die falschen Schlüsse daraus.

»Es ist gar nicht weit«, sagte sie tröstend. »Es gibt einen Weg dorthin, über den Hügel dort, der gut zu laufen ist, wenn es nicht gerade tagelang geregnet hat. Dann ist er nämlich ein bisschen schlammig. Aber das macht dir doch sicher nichts aus, oder?« Sie zwinkerte verschmitzt. »Man läuft nur etwa eine Viertelstunde, aber wenn du möchtest, kann ich dir auch mein Rad leihen, dann bist du im Nu drüben. Wäre das nicht eine gute Idee?« Sie blickte Patrica so glücklich an, als hielte sie persönlich die Pferde für Patricias Vergnügen.

Patricia holte tief Luft. Nein, sie durfte der Frau nicht böse sein. Sie meinte es gut. Ihr nicht endender Redeschwall war eben ihre Art, und unter normalen Umständen wäre Patricia tatsächlich begeistert gewesen, in direkter Nachbarschaft ihres Ferienortes ein Gestüt vorzufinden. Woher sollte Mrs Dench denn wissen, dass bei ihr plötzlich alles anders geworden war?

»Ja, danke, ich überlege es mir.« Ihre Stimme klang blechern.

»Das Rad steht hinter dem Haus im Schuppen«, rief ihr Mrs Dench hinterher, als sie sich umdrehte und ins Haus zurückging. »Du kannst es dir jederzeit nehmen, sag nur kurz vorher Bescheid . . .«

Patricia hörte sie noch weiterreden, während sie langsam die Treppe hinaufstieg.

7.

»Verdammter Mist!« Ethan beherrschte sich mit Mühe, nicht noch eine ausgiebigere Fluchfolge vom Stapel zu lassen. Die Übertragungsrate des Modems war heute wieder mal quälend langsam. Er brauchte für seine Arbeit an den Linux-Modulen dringend eine Breitband-Internetverbindung, alles andere war lächerlich. Aber von so etwas konnte man hier nur träumen. Das väterliche Anwesen lag einfach zu abgelegen, die nächste Vermittlungsstelle war viele Kilometer entfernt, eine Anbindung ans DSL-Netz der British Telecom deshalb illusorisch. Selbst wenn sein Vater zustimmen würde, was er natürlich nicht tat.

»Ich brauche keinen technischen Schnickschnack in meinem Haus, und basta«, waren die Worte von Alastair Longmuir gewesen, als Ethan ihn zum wiederholten Mal darum gebeten hatte. »Kümmere dich um deine Bücher, dafür brauchst du kein Internet«, hatte er noch hinzugefügt. »Und wenn du sonst noch was Sinnvolles machen willst, dann bewege die Pferde, sie haben Training nötig.«

Aus diesem Grund hatte sich Ethan damit abgefunden, seinen Computer an die normale Telefonleitung anzuschließen. Das bedeutete natürlich, dass er für seine Arbeit im Internet endlos Zeit brauchte, und er durfte nie sicher sein, dass die Einwahlverbindung nicht mitten im Download plötzlich zusammenbrach und er wieder von vorne beginnen musste. Erschwert wurde das Ganze noch dadurch, dass sein Vater nichts mitbekommen durfte – die Gefahr, dass er es ihm verbot, war zu groß. Er sah auf die Uhr. Vor zwanzig Minuten hatte er den Download gestartet, der jedoch quälend langsam voranging, und der Balken, der den Fortschritt der Übertragung anzeigte, stand immer noch ziemlich am Anfang. Das konnte noch Stunden dauern! Ethan seufzte.

Am besten, er hockte nicht daneben und wartete, sondern nutzte die Zeit für einen Ausritt, es war immerhin schon einige Tage her, dass er im Sattel gesessen hatte.

Mit einem letzten genervten Blick auf den Bildschirm des Notebooks zog er seine Reithose aus dem Schrank. Dabei bemerkte er einen Riss – der Lederbesatz der Sitzfläche löste sich an einer Stelle ab. Flicken würde man es wohl nicht können, und zu klein wurde die Hose sowieso schon seit Längerem. Ethan unterdrückte einen neuen Fluch. Himmel noch mal, hatte sich denn alles gegen ihn verschworen? Jetzt musste er sich auch noch eine neue Reithose anschaffen – nicht dass sein Vater ihm dafür das Geld nicht geben würde, aber Ethan hasste es abgrundtief, ihn um etwas zu bitten.

Was soll's, dachte Ethan. Für heute musste es noch einmal mit der Hose gehen.

Er streifte die Hose über, sammelte seine Reitstiefel ein und verließ das Zimmer.

Sonny begrüßte ihn mit einem freudigen Wiehern.

»Komm, Junge, wir gehen uns mal ein bisschen auslüften«, sagte Ethan und klopfte dem Wallach liebevoll den glatten braunen Hals.

Sonny prustete, als ob er zustimmte, und ließ sich willig satteln und aufzäumen. Dann tänzelte er ungeduldig – auch er brannte darauf, wieder laufen zu dürfen. Als Ethan vor dem Stall noch den Sattelgurt festzog, sah er Laird um die Ecke biegen. Der große Hirschhund bemerkte Ethan, hob den Kopf und trabte gemächlich auf ihn zu.

»Hallo Laird!« Ethan streichelte den schlanken, haarigen Kopf.

Laird wedelte freundlich und japste kurz auf.

»Nichts zu tun heute?«, fragte Ethan. »Wir machen einen Ritt, möchtest du vielleicht mitkommen?«

Laird wollte. Er begleitete Ethan öfter auf seinen Ausflügen und erwies sich, ruhig und gut erzogen, wie er war, stets als eine angenehme Gesellschaft. Als Windhund lief er für sein Leben gern und unermüdlich, und im Gegensatz zu der Meute Fuchshunde, die nur für die Jagd aus dem Zwinger geholt wurden, ging es ihm dabei weniger um die Beute als um das Rennen selbst.

Ethan lachte auf, als das Pferd einige mutwillige Hopser versuchte, sobald er im Sattel saß.

»Du kriegst mich sowieso nicht runter«, informierte er Sonny, nahm ihn energisch am Zügel und lenkte ihn zum Hoftor, wo der Hund bereits wartete.

»Also, dann los!«

Sonny trabte an, seine Kapriolen hatte er vergessen, jetzt wollte er nur noch rennen. An der Einmündung zur Straße bog Ethan auf die Wiese ab und gab Sonny den Kopf frei. Freudig galoppierte der Braune an, Laird blieb leichtfüßig an seiner Seite, die Ohren im Wind zurückgelegt, die Zunge heraushängend vor Begeisterung. Er hätte Pferd und Reiter mit Leichtigkeit hinter sich lassen können, doch passte er seine Geschwindigkeit an die des Pferdes an und sah sich regelmäßig um, ob es auch folgen konnte. Ethan schmiegte sich an Sonnys Hals und ließ sich die dunkle Mähne ins Gesicht wehen, während sie in schnellem Lauf den lang gestreckten Hang des Sgurr na Lapaich hinaufstrebten. Wie immer besserte sich seine Laune augenblicklich, sobald er das väterliche Anwesen verlassen hatte. Das Wetter war sonnig und für das raue Hochland sommerlich warm, seit längerer Zeit hatte es nicht mehr geregnet, und selbst der immerwährende kühle Wind fühlte sich angenehm an. Ethan spürte, wie er sich entspannte, das galoppierende Pferd unter sich, den strahlend blauen Himmel mit den wenigen, schnell ziehenden weißen Wolken über sich. Das war die Insel Freiheit, die er sich so sehr wünschte und überall sonst in seinem Leben kaum empfand.

Auch Sonny war sichtlich zufrieden. Er schnaubte vor Vergnügen und schlug lebhaft mit dem Schweif, als sie den Hügelkamm erreichten.

»Ja, du darfst ja«, sagte Ethan, der genau wusste, was das Pferd wollte, und mit einem leisen Schnalzen trieb er Sonny wieder an. Laird hatte gewartet, wie sich sein Herr entscheiden würde, und schoss nun wieder voran.

Erst als sie sich richtig ausgetobt hatten und der Braune merklich ruhiger wurde, parierte Ethan zum Schritt durch und blickte auf seine Uhr. Der Download war mit Sicherheit noch nicht fertig, sie brauchten sich also mit dem Heimweg nicht zu beeilen. Eine kleine Verschnaufpause durften sie ruhig einlegen. Nicht weit von hier entfernt, lag die kleine Hangmulde, wo Ethan bei schönem Wetter gerne saß und die Vögel beobachtete. Er lenkte Sonny in diese Richtung, sicher hatte jetzt auch das Pferd nichts gegen ein paar Maulvoll Gras und eine Viertelstunde Ruhe, und Laird fand ohnehin alles in Ordnung, was Ethan tat.

Wie friedlich es hier oben war – soweit das Auge reichte, nur Berge und Täler, Häuser konnte man nirgendwo erkennen. Das monotone Rufen eines Goldregenpfeifers mischte sich mit dem Gezwitscher von Feldlerchen, und Ethan war sicher, dass sich hier auch irgendwo die scheuen Moorschneehühner finden ließen, wenn er nur aufmerksam genug war. Drüben am gegenüberliegenden Hang spielten einige Kaninchen, ohne vor dem Reiter mit dem Hund zu flüchten. Ethan warf unwillkürlich einen Blick zum Himmel. Nein, der Adler war nicht zu sehen, Glück für die Kaninchen.

Doch plötzlich zog Ethan mit einem Ruck die Zügel an, und Sonny blieb stehen. Auch Laird stellte die Ohren auf und bellte kurz.

Sein Lieblingsplatz in der sonnigen Mulde war besetzt.

Ein Mädchen kauerte gemütlich darin und las.

Genauer betrachtet, las sie nicht mehr, sondern sie hatte ihr Buch sinken lassen und blickte dem Reiter entgegen, dessen Hufschlag wohl schon aus der Entfernung an ihr Ohr gedrungen war.

Ethan überkam Zorn. Es war ihm gar nicht bewusst gewesen, wie sehr er sich auf die stillen Minuten auf seinem Lieblingsplatz gefreut hatte, und nun fühlte er sich regelrecht darum betrogen. Wer zum Teufel war das Mädchen, und wie kam sie dazu, es sich in seinem Refugium gemütlich zu machen?

Sie blickte zu ihm auf. Da die Sonne Ethan im Rücken stand, konnte sie ihn wahrscheinlich nicht genau erkennen, weshalb sie die Hand hob und ihre Augen beschattete. Ethan hingegen betrachtete sie mit mühsam unterdrücktem Ärger. Sie mochte vielleicht vierzehn oder fünfzehn sein, zierlich, mit halblangem blondem Haar, das mit einer Spange im Nacken zusammengehalten wurde. Sie trug Jeans, Turnschuhe und ein einfaches hellblaues T-Shirt, weder Schmuck noch Schminke, und trotz ihres zurückhaltenden Gesichtsausdrucks wirkte sie eigentlich ganz sympathisch.

Laird schien das auch zu finden, er trabte zu ihr hinüber und beschnüffelte prüfend die Hand, die sie ihm furchtlos entgegenstreckte. Offenbar bestand sie den Test, denn er wedelte kurz mit dem Schwanz, und als sie ihre Hand auf seinen Kopf legte, hielt er still und ließ sich streicheln.

»Ein schöner Hund«, sagte sie. »Wie heißt er?«

Sie schien keine Angst vor dem Tier zu haben, obwohl es sie, da sie immer noch im Gras saß, an Größe erheblich überragte.

Doch das beeindruckte Ethan im Moment wenig.

»Was machst du hier?« Er merkte selbst, dass er sich ziemlich im Ton vergriff, aber er vermochte sich nicht zu bremsen. Seine Enttäuschung ließ ihn kindisch reagieren, obwohl er sich deswegen im selben Augenblick dafür schämte. Dass außerdem der Hund zu dieser Fremden so spontan Zutrauen gefasst hatte, empfand er fast wie einen Verrat, und es fachte seinen Zorn erst recht an.

»Bitte?« Das Mädchen richtete sich auf, ihr Gesicht verfinsterte sich.

Laird blickte sich sichtlich verwirrt zu seinem Herrn um, die harte Stimme war er nicht gewohnt.

»Ich fragte, was du hier zu suchen hast«, wiederholte Ethan scharf, sein schlechtes Gewissen wegen seines unmöglichen Benehmens krampfhaft ignorierend.

Das Mädchen wies auf ihr Buch.

»Ich lese, wie du siehst. Hast du was dagegen?«

»Von mir aus tanz Tango«, gab Ethan zurück. »Aber nicht ausgerechnet hier!«

»Und warum nicht?« Die Stimme des Mädchens zeigte deutlich, dass sie nun auch zornig wurde. »Hier ist öffentliches Gelände, soweit ich weiß. Oder gehört der Berg etwa dir?«

Ethan war versucht, mit Ja zu antworten. Dem Dialekt nach zu urteilen, war das Mädchen hier fremd. Wahrscheinlich gehörte sie zu einer der Touristenfamilien aus den Pensionen im Dorf. Da konnte er ihr mit Sicherheit weismachen, dass das Land Privatbesitz sei.

Aber dann überwog doch seine Ehrlichkeit.

»Nein. Aber das ist mein Platz, und ich hab was dagegen, dass sich auch noch hier die Touristen breitmachen.«

»Aha.« Das Mädchen blickte sich um. »Wo ist das Schild?«

»Welches Schild?«

»Na, das Schild, auf dem steht: *Privater Sitzplatz von xy. Auf ihn widerrechtlich benutzende Touristen werden die Hunde gehetzt!«* Sie verschränkte die Arme und sah ihn herausfordernd an.

Der Hund hatte sich gesetzt und blickte hechelnd von einem zum anderen.

Ethan wusste keine Antwort. Es war ihm nur zu klar, wie kindisch er sich benommen hatte, und er bereute es, so heftig losgelegt zu haben. Wie kam er bloß auf souveräne Art aus diesem peinlichen Streit wieder heraus? Dass er sich dieser Zicke gegenüber in eine ziemlich dämliche Lage manövriert hatte, war unverkennbar.

Sie schien das Gleiche zu denken, zumindest betrachtete sie ihn geradezu herablassend.

Wütend zerrte Ethan am Zügel und wendete Sonny. Dabei entglitt ihm die Reitgerte, die er vor Wut vergessen hatte festzuhalten.

Die Miene des Mädchens, die sich unwillkürlich noch weiter verfinstert hatte, während sie beobachtete, wie er das Pferd unbeherrscht im Maul riss, wechselte zu Amüsiertheit. Sie machte allerdings keinerlei Anstalten, die im Gras liegende Gerte aufzuheben und ihm zu reichen.

Ethan kniff die Lippen zusammen, saß ab und bückte sich danach.

Dem Mädchen entschlüpfte ein leises Kichern.

»Deine Hose hat einen Riss«, bemerkte sie spöttisch. »Ich würde vorschlagen, du reitest schnell heim zu Mami und lässt dir erst mal einen Flicken draufnähen, bevor du hier große Töne spuckst.« Sie warf einen Blick auf Sonny. »Und nimm ein paar Reitstunden. Dann lernst du, wie man mit einem Pferd umgeht, ohne ihm das Maul kaputt zu machen.«

Das war zu viel.

Ethan gab keine Antwort, stieg wieder in den Sattel und trieb Sonny an.

»Laird, bei Fuß!«, stieß er zwischen den Zähnen hervor.

Und blind vor Wut galoppierte er davon. Nach einem Moment des Zögerns folgte ihm der Hirschhund.

Patricia blickte ihm nach, bis er hinter dem Hügelkamm verschwunden war.

Was für ein eingebildetes Arschloch!

Zuerst hatte sie ihn für einen erwachsenen Reiter gehalten, er war hoch aufgeschossen, und die Sonne hatte sie geblendet, sodass sie sein Gesicht nicht deutlich erkannt hatte. Ihren Irrtum hatte sie allerdings schnell erkannt, als er sie so unverschämt angeschnauzt hatte.

Ein junger Kerl, höchstens zwei oder drei Jahre älter als sie, und er führte sich auf, als sei er hier der Herr Großgrundbesitzer persönlich.

Privater Sitzplatz, so ein Schwachsinn! Was bildete der Typ sich eigentlich ein? Sie durfte sich ja wohl hinsetzen, wo sie wollte, dies war ein freies Land!

Patricia schnaubte beinahe so wie ein Pferd. Der Tag war ihr von einem Moment auf den anderen verdorben.

Dabei hatte sie heute zum ersten Mal Lust zu einer Wanderung verspürt. Anfangs verbrachte sie ihre Zeit mit Lesen in Mrs Denchs Garten. Da die Wirtin jedoch zu glauben schien, sie langweile sich so allein und laufe außerdem Gefahr zu verhungern oder zu verdursten, wenn sie ihr nicht alle halbe Stunde etwas hinausbrachte und dazu gleich noch ein ausgiebiges Schwätzchen servierte, war Patricia nach zwei Tagen entnervt geflüchtet. Sie vermochte der Frau nicht klarzumachen, dass es sich um ihre eigene freie Entscheidung handelte, die Eltern und Ivan *nicht* zum Fischen oder Rudern auf dem nahe gelegenen See zu begleiten. Und dass sie gerne in Ruhe lesen wollte, statt sich von Mrs Dench ausfragen oder sich Geschichten über deren erwachsenen Sohn aufhalsen zu lassen. Dessen Karriere bei der Royal Air Force sowie die Schar Enkelkinder, die er ihr bisher beschert hatte, interessierte Patricia nun wirklich nicht die Bohne. Sie kam daher zu dem Schluss, dass es besser sei, das Feld zu räumen, bevor sie platzte und dann womöglich etwas Dummes sagte.

Aus diesem Grund hatte sie an diesem Morgen ihr Buch in einen Rucksack gepackt und sich gezielt in die entgegengesetzte Richtung des ihr seit ihrer Ankunft pausenlos angepriesenen McNair-Gestüts gewandt. Der im morgendlichen Dunst blau schimmernde Berg hatte interessant ausgesehen. Ein Blick auf die Wanderkarte ihrer Eltern hatte ihr verraten, dass er Sgurr na Lapaich hieß. Dort würde sie hinlaufen.

Eigentlich machte es sogar Spaß, einfach so querfeldein draufloszumarschieren. Patricia stieg stetig bergan, die Sonne im Gesicht, und sie fühlte sich belohnt, als ihr irgendwann auffiel, dass die lästigen Mückenschwärme offenbar im Tal geblieben waren. Als sie Durst bekam, erfrischte sie sich mit ein paar Schlucken eiskalten Quellwassers direkt aus einer Felsspalte am Berg und wunderte sich, wie gut es schmeckte. Und gerade als sie müde wurde, entdeckte sie dann diese sonnige, windgeschützte Mulde unter dem Hügelkamm und beschloss, hier ihre Mittagspause einzulegen.

Sie zog das Buch aus dem Rucksack und betrachtete stirnrunzelnd das dicke Sandwichpaket, das ihr Mrs Dench noch im Weggehen als Wegzehrung aufgenötigt hatte. Na, vielleicht später, im Moment verspürte sie keinen Hunger, das Frühstück war wie immer mehr als reichlich ausgefallen. Stattdessen kramte sie einen Kaugummi aus der Seitentasche des Rucksacks, kuschelte sich gemütlich ins warme Gras der Mulde und schlug das Buch auf.

Wie lange sie so gesessen und gelesen hatte, bis sie dann das Hufgetrappel unvermittelt aus ihrer Versunkenheit riss, wusste Patricia nicht.

Dass dieser Zwischenfall ihr die Stimmung gründlich verdarb, merkte sie allerdings nur zu gut. Als Ethan verschwunden war, wandte sich Patricia wieder ihrem Buch zu, aber sie konnte sich nicht mehr konzentrieren.

Verdammt, dachte sie, was für ein Blödmann! Mister Großkotz beim Abreiten seines Jagdreviers! Obwohl Patricia sich bemüht hatte, das Pferd zu ignorieren, war ihr natürlich der schöne, gut gepflegte Hunter aufgefallen, und sie wusste, dass diese Rasse hier immer noch fürs Jagdreiten eingesetzt wurde. Wahrscheinlich fand der Typ Spaß daran, im spießigen roten Frack Füchse zu hetzen, bis diese dann von der Hundemeute zerfleischt wurden. Patricia verabscheute diesen »Sport«. Allein deshalb war ihr der Kerl von Grund auf schon unsympathisch. Hoffentlich wohnte er nicht irgendwo in der Nähe der Pension. Sie verspürte nicht die leiseste Lust, ihm wieder zu begegnen, der sollte bitte bleiben, wo der Pfeffer wuchs.

Aber irgendwie war es trotzdem schade.

Der Hund war wirklich nett gewesen.

Und da hieß es doch immer, Herr und Hund würden einander mit der Zeit immer ähnlicher werden!

Na, wahrscheinlich besaß der Typ den Hund noch nicht so lange.

Seufzend stand Patricia auf, packte ihren Rucksack wieder zusammen und machte sich an den Abstieg.

8.

»Also, ich finde, du solltest mitkommen. Das ist doch interessant.« Mr Mackintosh hob die Rucksäcke in den Kofferraum des Wagens und ließ den Deckel dann mit einem Knall zufallen.

»Ich hab aber keine Lust, mir auf einem alten Friedhof die Beine in den Bauch zu stehen«, entgegnete Patricia. Sie saß auf den Stufen vor der Eingangstür der Pension und stemmte das Kinn in ihre aufgestützen Fäuste.

»Das ist doch kein Friedhof«, widersprach ihr Vater. »Culloden ist ein historischer Platz, der Ort, an dem die vermutlich wichtigste Schlacht in der Geschichte Schottlands geschlagen wurde.«

»Wir haben sie verloren, soweit ich weiß.« Patricia rührte sich nicht.

»Eben. Dort liegen eintausendzweihundert schottische Freiheitskämpfer begraben. Mitglieder beinahe jedes Clans waren dabei vertreten. Auch deine Vorfahren, die Mackintoshs, haben mitgekämpft. Und ich denke, es ist auch eine Frage des Respekts. Diese Menschen haben damals für unsere Nation ihr Leben gegeben.« Mr Mackintosh hatte sich in Eifer geredet, schottische Geschichte war sein Steckenpferd.

»Mag sein«, meinte Patricia. »Aber dazu braucht man nicht unbedingt hinzufahren. Da gibt es doch nichts Besonderes zu sehen außer ein paar Schautafeln und jeder Menge Gras und Heidekraut . . .«

»Vielleicht entdecke ich ja ein altes Schwert«, warf Ivan mit leuchtenden Augen ein. »Oder eine verrostete Kanonenkugel.« Im Gegensatz zu seiner Schwester war er von den Plänen, einen Tagesausflug ins Moor von Culloden zu unternehmen, begeistert. Blutrünstigkeit übte immer eine starke Anziehungskraft auf ihn aus, zudem stand anschließend noch die Besichtigung des spektakulären Eisenbahn-Viadukts bei Inverness auf dem Programm.

Patricia warf ihm einen angewiderten Blick zu. »Als ob da nach so langer Zeit noch was zu finden wäre!«

»Es müssen ja nicht immer Waffen sein«, sagte der Vater. »Sie haben auch ein sehr interessantes Informationszentrum. Und für jeden Clan, der bei der Schlacht Mitglieder verloren hat, wurde ein symbolischer Grabstein errichtet, es ist alles sehr beeindruckend.«

»Also doch ein Friedhof«, stellte Patricia trocken fest.

»Lass sie doch, wenn sie nicht will.« Mrs Mackintosh trat zu ihnen. »Sie hat schließlich Ferien, da soll sie tun, was ihr Spaß macht.« Sie lächelte ihren Mann an. »Du hast mit vierzehn bestimmt auch anderes im Kopf gehabt.«

Ihr Mann zuckte die Schultern. »Meinetwegen. Aber sie verpasst etwas, das kann ich ihr versprechen.«

Diese Meinung teilte Patricia nicht. Das Thema Culloden hatten sie in der Schule ausgiebig durchgenommen und sogar einen Film darüber angesehen. Den Namen des Anführers Bonnie Prince Charlie konnte Patricia ehrlich gesagt nicht mehr hören. Sie wusste einigermaßen, was es mit der berühmten Schlacht von 1746 auf sich hatte, und auch, wie es heute dort aussah. Und obwohl sie grundsätzlich nichts gegen historische Stätten hatte, vermochte sie sich Angenehmeres vorzustellen, als mit ihrem geschichtsbegeisterten Vater zusammen durch das Heidekrautgestrüpp zu kriechen und inmitten von amerikanischen Touristen auf Vorfahrentrip ehrfurchtsvoll den moorigen Boden anzubeten, auf dem damals das Ende der schottischen Clans besiegelt wurde. Und bei diesem Informationszentrum handelte es sich um einen hässlichen modernen Flachbau, der ein ganz gewöhnliches Museum beherbergte.

Da hatte sie nun wirklich keine Lust drauf.

Also schaute sie zu, wie ihre Familie ins Auto stieg, und freute sich auf einen geruhsamen Tag allein.

»Was hast du denn vor, während wir weg sind?«, wollte ihre Mutter wissen.

»Och, mal sehen«, sagte Patricia. »Vielleicht geh ich ein bisschen spazieren. Hol mir im Dorf ein Eis oder so. Und dann werde ich mich wohl in den Garten setzen und lesen.«

Das würde sie allerdings sicher nicht tun, dachte sie bei sich, während sie dem davonfahrenden Auto nachblickte. Mrs Dench wusste, dass ihre Eltern heute einen Ausflug unternahmen – sie würde sie sich sicher verpflichtet fühlen, sich um Patricia zu kümmern. Und das wollte sich Patricia nun wirklich nicht antun.

Sie beeilte sich daher, ihr Buch einzupacken und das Anwesen zu verlassen, bevor Mrs Dench mit dem Abräumen des Frühstückstisches fertig war und sich ihr an die Fersen heften konnte.

Auf den Sgurr na Lapaich wollte Patricia allerdings nicht wieder. Der Ort war ihr vergällt. Schade, es war schön dort oben. Aber es gab ja noch genug andere Ecken, wo sie keiner belästigen würde.

Sie wandte sich in Richtung des kleinen Sees, an dem ihr Vater so gerne saß und angelte. Selbst war sie noch nicht dort gewesen, aber aus den Erzählungen ihrer Eltern – und Mrs Dench, nicht zu vergessen – wusste sie, dass sie dort sicherlich ihre Ruhe haben würde. Die anderen Touristen, die hier in der Gegend Urlaub machten, zog es mehr zu den Zuläufen des Great Glen, wo man sogar Boote mieten und von dort aus Forellen und Lachse fangen konnte. Patricia wollte garantiert nicht angeln, aber ein stilles Plätzchen am Seeufer für ein paar gemütliche Lesestunden fand sich bestimmt.

Der See war nicht besonders groß, eher ein Teich, und lag, von flechtenbewachsenen Findlingen, niedrigem Buschwerk und einigen kleinen Bäumen umsäumt, in der Mitte eines kleinen Nachbartals. Es führte sogar ein relativ guter Weg hin, offenbar nutzten ihn auch die Einheimischen zum Fischen.

Direkt am Ufer fand Patricia einen sonnigen, trockenen Platz im Windschutz eines großen Granitblocks. Von dort aus konnte sie direkt aufs Wasser schauen. Es hatte die gleiche dunkle, fast stahlblaue Farbe wie Loch Ness, die, wie Patricia von ihrem Vater wusste, vom torfigen Grund herrührte, und schien recht tief zu sein. Als sie probeweise eine Hand ins Wasser steckte, zog sie sie sogleich schaudernd wieder zurück. Die Temperatur war eisig, und das im Hochsommer! Baden mochte hier sicherlich niemand.

Ein paar Enten und Blesshühner schien das kalte Wasser jedoch nicht zu stören, sie paddelten munter umher, jagten sich gegenseitig durch das Schilfgras im flachen Uferbereich und tauchten nach Wasserpflanzen und Insektenlarven.

Patricia lehnte gemütlich am sonnenwarmen Stein und beobachtete das muntere Treiben eine ganze Weile, bevor sie sich in ihr Buch vertiefte. Sie fühlte sich wohl hier, die Ferien taten ihr wirklich gut, das musste sie zugeben. Immer noch dachte sie häufig an Gavin, aber der schlimme Schmerz der ersten Monate nach seinem Tod war in eine stille Trauer übergegangen. Sie merkte außerdem, dass sie nicht mehr ausschließlich aus Kummer um den verlorenen Freund bestand, sondern, dass es auch gute Momente gab.

So wie eben. Der stille See, die warme Sonne, der große raue Steinblock, die im Wind rauschenden Blätter der Büsche am Ufer und die unbeschwerten Enten, dazu ein gutes Buch – Patricia hatte das Gefühl, nicht mehr wie versteinert zu sein, sondern wieder zu atmen, zu leben.

Sie wusste nicht, wie lange sie gelesen hatte, als ein Knacken im Gebüsch sie aufblicken ließ.

Was war das?

Stille. Auf dem See schlug ein Blesshuhn mit den Flügeln, das war das einzige Geräusch. Nein, sie hatte es sich wohl nur eingebildet.

Patricia wandte sich wieder ihrem Buch zu.

Doch, da war es wieder! Ein Rascheln, es kam aus den Sträuchern hinter dem Steinblock. Jetzt knackte ein Ast, und als Patricia den Hals reckte, um am Stein vorbeiblicken zu können, sah sie, wie sich die Zweige eines Baumes bewegten. Vom Wind konnte es nicht kommen, sonst würden alle Ranken wackeln.

Da befand sich irgendetwas.

Oder irgendwer.

Patricia wurde es mulmig. Vielleicht war es doch keine so gute Idee, hier ganz allein zu sitzen. Man hörte immer wieder in den Nachrichten, dass Mädchen überfallen wurden . . .

Sie machte sich ganz klein hinter dem Granitblock und hoffte, dass sie unbemerkt blieb.

Wieder das Rascheln, und ein Geräusch, als ob jemand Blätter vom Baum riss. Dann ein Poltern, wie wenn etwas zu Boden fiel.

Das hörte sich nun allerdings rein gar nicht nach einem Triebtäter an.

Patricia lugte wieder um den Stein herum und sah genauer hin.

Zwischen den belaubten Zweigen der Uferbäume konnte sie etwas Hellbraunes ausmachen. Ein Stück Fell, etwas Großes.

Ein Tier!

Der Farbe nach ein Löwe.

Allerdings war sich Patricia darüber im Klaren, dass Löwen hier wohl eher selten vorkamen, also brauchte sie sich darüber nicht zu sorgen. Andererseits, es waren ja schon gelegentlich solche Tiere beim Zirkus ausgebrochen oder so. Patricia runzelte die Stirn.

Ach, Unsinn!

Entschlossen stand sie auf, um nachzusehen.

Aber trotzdem war eine gewisse Vorsicht sicherheitshalber angebracht . . .

Im Gebüsch unter den Bäumen raschelte es lauter, als Patricia behutsam nähertrat.

Und dann hätte sie beinahe laut aufgelacht.

Durch das Gesträuch schaute ihr ein Pferdegesicht entgegen.

Ein Pony.

Es stand in aller Seelenruhe da und rupfte sich Blätter von den Zweigen. Geruhsam kauend, drehte es seine Ohren aufmerksam nach vorne und blickte die Person, die es bei seinem Mittagsmahl störte, neugierig an. Die Färbung seines Fells erinnerte tatsächlich an einen Löwen: ein fahles Hellbraun, mit struppiger grauschwarzer Mähne. Doch Nüstern und Beine waren dunkel, und seine Augen funkelten vor Interesse und Klugheit.

»Na, wo kommst du denn her?« Patricia lachte das Pony an. »Und weit und breit kein Reiter in Sicht. Bist du am Ende irgendwo ausgebüxt?«

Das Pony schüttelte seinen Kopf und stampfte mit dem Vorderhuf auf den Boden – das war das Poltern, das Patricia gehört hatte. Ohne seinen Blick von dem Mädchen zu wenden, machte es den Hals lang und angelte sich eine neue Portion Blätter vom Baum.

Patricia trat an das Pony heran. Es trug kein Halfter, aber es war eindeutig zutraulich und zahm, es musste also jemandem gehören. Ponys waren bekannt dafür, dass sie kein Zaun ernsthaft zurückhielt, und die Hochlandponys, zu denen dieses eindeutig gehörte, machten da sicher keine Ausnahme.

Es begrüßte Patricia freundlich und beschnupperte sie, als sie es streichelte.

»Du bist ja ein ganz Freundlicher«, sagte Patricia und klopfte ihm den Hals.

Das Pony schnaubte.

»Erzähl mal, wo bist du denn durchgebrannt? Meinst du nicht, dein Besitzer sucht dich schon?«

Die Nöte seines Besitzers schienen das Pony nicht besonders zu interessieren. Viel erfolgversprechender fand es offenbar hingegen, in Patricias Hosentaschen nach etwas Schmackhaftem zu suchen.

Patricia verlor beinahe das Gleichgewicht, als es versuchte, seine Nüstern in ihre Tasche zu stecken.

»Na hör mal, kannst du nicht wenigstens bitte sagen?«

Das Pony blickte Patricia mit gespitzten Ohren an, als höre es ihr tatsächlich ernsthaft zu. Patricia streichelte die weichen Nüstern und zauste die drahtige Mähne. Auch dieses Tier wies einen Aalstrich auf dem Rücken auf, also war es wohl tatsächlich ein Highland Pony. Ein Hengst im Übrigen, wie Patricia feststellte. Den Zähnen nach, die sie flüchtig untersuchte, war er noch recht jung, vielleicht zwei Jahre alt – noch in der Pubertät, sozusagen, und dementsprechend neugierig auf die Welt. Deshalb wahrscheinlich auch dieser Ausflug.

Wem er wohl gehörte?

Doch Patricia musste nicht lange überlegen. Wahrscheinlich kam das Pferd von diesem ominösen McNair-Hof. Mrs Dench hatte ihr ja fast jeden Tag davon vorgeschwärmt; einen anderen Reiterhof hatte sie nicht erwähnt, und Patricia betrachtete es als ausgeschlossen, dass sie so etwas vergessen haben könnte. Ihren Berichten nach lag der Hof nicht übermäßig weit entfernt – kein Problem also für ein sich langweilendes Pony, einen Abstecher zum See zu machen.

Was sollte sie nun mit dem Ausreißer tun?

Für einen langen, beruhigenden Moment dachte sich Patricia, dass es sie ja eigentlich nichts anging. Das Pony war alleine hierher gelaufen, es würde auch ohne Hilfe den Weg zurück zu seinem Zuhause finden. Pferde verfügten schließlich über einen ausgeprägten Orientierungssinn.

Und außerdem war sie nicht das Kindermädchen dieses vierbeinigen Teenagers. Seine Besitzer suchten das Pony bestimmt sowieso bereits und würden es irgendwann schon wieder einfangen.

Also sollte sie die Angelegenheit am besten ignorieren.

Patricia hob die Hand, um dem kleinen Hengst einen Klaps zu versetzen, auf dass er sich davonmachte. Doch mitten in der Bewegung stoppte sie.

Nein, das durfte sie nicht tun.

Es wäre unverantwortlich.

Wer konnte sicher sein, dass das Pony tatsächlich nach Hause zurückkehrte? Vielleicht strolchte es bloß einfach weiter. Lief womöglich auf eine Straße und wurde von einem Auto angefahren. Verfing sich in einem Stacheldrahtzaun. Trat in ein Erdloch und brach sich einen Lauf. Oder fiel in den eiskalten See und ertrank – oder holte sich zumindest eine schwere Erkältung. Der Gefahren gab es viele, die einem frei laufenden Pferd zustoßen konnten, zumal einem so jungen und wahrscheinlich noch recht unerfahrenen.

Sie durfte das Pony nicht einfach sich selbst überlassen – wenn ihm etwas passierte, würde Patricia sich das nie verzeihen.

Andererseits wollte sie nicht zu diesem Hof. Sie wollte mit Pferden nichts mehr zu tun haben, und dort gab es jede Menge davon.

Patricia blickte den kleinen Hengst stirnrunzelnd an.

»Du machst mir ganz schön Probleme«, sagte sie vorwurfsvoll.

Das Pony schnaubte, schüttelte sich und riss wieder an einem Zweig. Probleme kannte es keine. Es hatte einen Ort gefunden, wo leckeres Grünzeug wuchs, und nun hatte es auch noch nette Gesellschaft – was wollte es mehr!

Patricia seufzte.

»Na, dann komm«, meinte sie, sammelte ihr Buch ein und fasste dann dem Pferd in seine dicke Mähne. »Wir sehen mal nach, ob wir nicht herausfinden, wo du herkommst.«

Patricia dachte anfangs, dass es schwierig werden könnte, das Pony ohne Halfter oder Strick zum Mitkommen zu bewegen, aber merkwürdigerweise klappte es problemlos. Der kleine Hengst ließ sich bereitwillig aus dem Gebüsch auf den Weg hinausziehen und trottete dann munter neben dem Mädchen her. Offenbar reichte ihm sein Ausflug bereits, und er hatte nichts dagegen, den Heimweg anzutreten. Als Patricia ihn nach einigen hundert Metern probehalber losließ, blieb er artig an ihrer Seite.

»Da hat dir wohl einer beigebracht, bei Fuß zu gehen«, sagte sie lachend.

Sie wusste allerdings, dass der Herdentrieb bei Pferden sehr stark ausgeprägt war, und mangels Artgenossen schloss sich das Pony dann eben an den Menschen an, der die Richtung vorgab. Patricia gestand sich ein, dass sie es irgendwie genoss.

Sie hatte zwar keine Ahnung, ob sie den Hof auf Anhieb finden würde, doch dank Mrs Dench wusste sie ungefähr, in welcher Richtung sie suchen musste. Außerdem verließ sie sich darauf, dass das Pony, merkte es einmal, dass es nach Hause ging, sie hinführen würde.

Als die ersten Koppelzäune auftauchten, atmete sie auf. Hier war sie richtig.

Die erste Weide, an der sie vorbeikamen, war allerdings leer. Doch das abgefressene Gras, die Hufspuren im Lehm hinter dem Zaun und herumliegende Pferdeäpfel bewiesen, dass sie vor Kurzem noch besetzt gewesen war.

Der kleine Hengst marschierte willig neben Patricia her. Mit lebhaften Augen und gespitzten Ohren beobachtete er dabei seine Umgebung, als ob er schon auf sein Begrüßungskomitee wartete. Patricia hatte ihr Vergnügen daran und vergaß dabei ganz ihr Magengrummeln, je näher sie dem Gestüt kamen.

Dort lagen die Gebäude – ein ganz normaler Bauernhof mit Stallungen, Scheune und Wohnhaus, aus grauem Stein gebaut und um einen gepflasterten Innenhof gruppiert. Einige Koppeln verschiedener Größe breiteten sich davor aus. Und hier sah Patricia auch die ersten Pferde. Ponys, genau genommen. Vielleicht fünfzehn oder zwanzig Tiere, in allen Farben – braun in verschiedenen Schattierungen vom hellsten Fahlbraun bis ebenholzfarbig, weiß, grau, gescheckt und schwarz. Es waren wirklich hübsche Pferdchen mit intelligenten Gesichtern und buschigem Behang, nicht allzu groß, doch sah man ihnen an, dass sie sicher gut arbeiten konnten. In kleinen Gruppen standen oder lagen sie beieinander, grasten, knabberten sich gegenseitig an der Mähne oder tollten munter umher.

Menschen waren keine zu sehen. Gott sei Dank, dachte Patricia bei sich.

Als der kleine hellbraune Hengst seine Kameraden auf der Weide sah, stieß er ein helles Wiehern aus, als wenn er ihnen mitteilen wollte: »Hallo, ich bin wieder da!«

Die anderen schauten herüber, einige antworteten, und zwei oder drei trabten an den Zaun, um nachzuprüfen, ob dort auf dem Weg möglicherweise etwas Spannendes passierte.

Patricia blieb stehen und sah zu, wie sich die Ponys begrüßten.

Dabei überlegte sie, wie sie nun am besten vorging. Sollte sie das Pony einfach auf eine der Koppeln lassen? Sie wusste allerdings nicht, auf welche es ursprünglich gehörte, und das stellte ein Problem dar. Nicht jedes Pferd kam schließlich mit jedem anderen aus, und es herrschte eine klare Rangfolge unter ihnen. Die jeweilige Gruppenzusammensetzung auf solchen begrenzten Koppelflächen, wo ja keine Ausweichmöglichkeit für rangniedere Tiere bestand, war in aller Regel das Ergebnis längerer Beobachtung ihres Verhaltens untereinander. Schloss Patricia nun den Hellbraunen bei irgendeiner falschen Gruppe ein, brachte sie damit unter Umständen die betreffende Hierarchie vollkommen durcheinander, was zu schweren Keilereien führen konnte.

Nein, das durfte sie nicht riskieren.

Patricia entschloss sich, das Pony auf den Hof zu bringen, vielleicht gab es dort eine freie Box oder ein Paddock, wo sie es einstellen und dann unauffällig verschwinden konnte.

Sie wollte gerade wieder nach der Mähne des Ponys greifen, als Hufgetrappel sie innehalten ließ. Sie drehte sich um.

Mist, zu spät, dachte sie.

Eine kleine Gruppe Reiter kam den Weg herauf, offenbar kehrten sie gerade von einem Ausflug zurück. Patricia erkannte auf dem vordersten Pony der Gruppe den blonden jungen Mann, dem sie neulich schon einmal begegnet war. Ihm folgten sieben weitere Tiere mit Kindern und Jugendlichen der verschiedensten Altersstufen im Sattel.

Der kleine Hengst sah sie auch, stellte die Ohren auf und wieherte.

»Guckt mal, da ist Monty!« Die helle Stimme kam von dem Mädchen auf einem bunt gescheckten Pony. Vor Aufregung stellte sie sich in den Bügeln auf und wies mit der Gerte voraus.

»Der ist ja schon wieder draußen!«, stöhnte ein etwa zwölfjähriger Junge, der auf einem prächtigen Roten saß. »Damian, hast du gewusst, dass er wieder ausgebüxt ist?«

Der junge Mann drehte sich zu dem Jungen um.

»Nein, hab ich nicht«, sagte er achselzuckend. »Aber wundern tut's mich nicht. Er hat es jetzt immerhin seit einer Woche nicht mehr probiert, da wurde es ja langsam wieder Zeit.« Er grinste.

Patricia war stehen geblieben. Dieser Damian konnte ihr sicher sagen, wo sie das Pony abliefern sollte. Oder, noch besser, vielleicht schloss es sich ja seinen Artgenossen im Vorbeireiten gleich an, das enthob sie dann jeder weiteren Verantwortung.

Als Damian Patricia und den kleinen Hengst erreichte, parierte er seine dunkelbraune Stute.

»Hallo«, sagte er. »Da ist ja unser Ausbrecherkönig. Er wollte wohl gerade wieder weg, was?«

»Nein, ich hab ihn zurückgebracht«, erwiderte Patricia. Sie hielt das Pony immer noch an der Mähne fest, inzwischen allerdings mehr zu ihrer eigenen Beruhigung. Als es ihr bewusst wurde, ließ sie los. »Er war unten am See.«

Damian lachte. »Na, das hätte ich mir denken können. Kein Mensch weiß, wie er es immer wieder schafft rauszukommen, aber er tut es.« Er streckte seine Hand zu ihm hinüber und klopfte seinen Hals. »Na, Monty, mal wieder auf Tour gewesen?«

»Ponys sind da sehr erfinderisch.« Patricia musste unwillkürlich lächeln. »Er ist aber brav mitgekommen, als ich ihn gelockt habe.«

»Ja, er ist ein freundlicher Bursche, der gern Gesellschaft hat.« Damian streichelte Monty, der Patricia spitzbübisch zuzuzwinkern schien, zumindest kam es ihr so vor. »Leider legt er weniger Wert auf die Gesellschaft der anderen Pferde, die sind ihm offenbar zu langweilig, und deshalb sucht er sich jemand Interessanteren. Vor Kurzem haben wir ihn sogar aus einer Herde Hochlandrinder herausgeholt. Er tummelte sich mitten unter ihnen, als ob er dazugehören würde.« Damian grinste. »Wir haben dann erst mal nachgesehen, ob er nicht vielleicht doch Hörner hat.«

Patricia lachte. »Ihr solltet ihm ein Halsband umlegen«, schlug sie vor. »So eines mit Sender. Dann wisst ihr immer, wo er ist.«

»Keine schlechte Idee.« Damian lachte ebenfalls. »Jedenfalls danke, dass du ihn zurückgebracht hast.« Er schaute Patricia genauer an. »Ich hab dich doch schon mal gesehen, oder irre ich mich?«

»Ihr seid neulich an mir vorbeigeritten«, bestätigte Patricia. »Vielleicht erinnerst du dich. Unten im Dorf, ich stand vor der Tür unserer Pension.«

»Ja, richtig. Das Haus von der dicken Frau mit der geblümten Schürze.« Damian schnitt ein Gesicht. »Wir reiten da normalerweise selten vorbei, denn wenn sie uns erwischt, hängt sie uns immer sofort ein Gespräch an.«

Patricia lachte laut auf. »Ja, das ist Mrs Dench. Sie tratscht furchtbar gern, das hab ich auch schon zu spüren bekommen. Deshalb war ich unten am See, da kommt sie nie hin.«

»Glück für Monty.«

»Na, ob er das so als Glück betrachtet hat . . .?« Patricia beobachtete das Pony, das die Halme am Wegrand abzupfte, als könnte es kein Wässerlein trüben. »Immerhin habe ich seinen Ausflug vorzeitig beendet.«

»Och, Monty plant sicherlich schon insgeheim den nächsten.« Damian klopfte das Pony noch einmal. »Stimmt's, Alter?«

Monty ließ ein gelangweiltes Schnauben hören und zuckte mit dem Schweif.

»Du warst noch nicht bei Silas zum Reiten, oder?« Damian blickte Patricia forschend an.

Sie schüttelte den Kopf. »Wir sind erst seit ein paar Tagen hier.« Sie wusste selbst nicht, warum sie sich auf einmal scheute, ihm die Wahrheit zu sagen. Dass sie nicht reiten wollte. Jemand wie Damian ging sicherlich davon aus, dass jedes Mädchen zwischen acht und achtzehn ihren rechten Arm fürs Reiten und die Pferde geben würde. Er hielt sie womöglich für albern und überspannt, wenn er erfuhr, dass sie sich hingegen geschworen hatte, niemals mehr auf ein Pferd zu steigen.

Oder war der Grund für ihr Schweigen doch ein anderer?

Damian ergriff seinen Zügel fester. »Na, dann sehen wir uns bestimmt bald wieder. Du weißt ja nun, wo wir sind.« Er lächelte freundlich.

Patricia lächelte unwillkürlich zurück. Er war nett, dieser Damian. Gar nicht so der typische Reitlehrer. Sie konnte sich beim besten Willen nicht vorstellen, dass er jemals inmitten eines Hufschlags stand und Reitanfänger anbrüllte.

»Mal sehen«, erwiderte sie zurückhaltend und trat einen Schritt zurück, als Damian verabschiedend die Hand hob und anritt. Die anderen hatten mehr oder weniger geduldig gewartet und trieben nun ihre Pferde ebenfalls wieder an.

»Komm, Monty, Abendessen!«, rief Damian dem Pony zu, das sich tatsächlich umdrehte und seinen Kameraden hinterhertrottete.

Patricia sah der Schar nach, die in einer Reihe nun langsam den Weg zum Hof hinaufritt, gefolgt von Monty, der ab und zu stehen blieb und nach einem Halm haschte. Diesmal befanden sich, wie Patricia bemerkte, keine völligen Anfänger unter ihnen, sie saßen alle einigermaßen sicher im Sattel. Besonders das letzte Mädchen der Gruppe – sie mochte in Patricias Alter sein – bemühte sich offenbar sehr, auf ihrem Pony eine gute Figur abzugeben. Zumindest hielt sie sich betont gerade und trug auch als einzige komplette Reitkleidung, einschließlich Jacke und trotz der Wärme Handschuhe. Patricia runzelte allerdings die Stirn, als sie beobachtete, wie das Mädchen die Gerte gebrauchte, um ihr Pferd anzutreiben, und ihm grob die Hacken ihrer sichtlich teuren, blank geputzten Reitstiefel in die Flanken rammte. Dabei schien es völlig unnötig, ihr Schimmelpony ging brav am Zügel und versuchte keinerlei Schabernack.

Aber offenbar gab es immer wieder Leute, die ihre Machtposition gerne betonten, dachte Patricia.

Mit zusammengezogenen Brauen machte sie sich auf den Heimweg.

9.

Als am Abend ihre Eltern aus Culloden zurückkamen, waren sie viel zu erfüllt von ihren eigenen Erlebnissen, um groß nachzufragen, womit Patricia sich den Tag über beschäftigt hatte. Patricia war froh darüber, denn sie wusste selbst nicht, was sie von dem heutigen Ereignis und ihren Gefühlen dabei halten sollte. Als sie sich abends umzog, entdeckte sie auf ihrem T-Shirt ein grauschwarzes, langes, drahtiges Haar – aus Montys Mähne, eindeutig. Zum Glück war es offenbar sonst niemandem aufgefallen, sie wollte keine Erklärungen abliefern.

Obwohl Patricia sehr wohl ahnte, dass sich ihre Eltern freuen würden, wenn sie wieder reiten ginge. Auch wenn sie früher oft gemotzt hatten, weil sie dauernd im Stall herumhing, machten sie sich jetzt große Sorgen, weil sie damit nun überhaupt nichts mehr zu tun haben wollte.

Nein, sie beabsichtigte, nie mehr zu reiten.

Andererseits – sie musste ja auch nicht reiten.

Es sprach allerdings nichts dagegen, vielleicht irgendwann mal drüben bei den Koppeln vorbeizuschauen, ohne dass sie auch den Hof betrat. Reiten würde sie auf keinen Fall, das war sonnenklar. Dazu konnte sie keiner zwingen.

Sie würde – vielleicht irgendwann einmal! – nur die Ponys besuchen. Im Grunde waren Ponys gar keine richtigen Pferde. Monty zum Beispiel benahm sich überhaupt nicht wie die Pferde, die Patricia kannte. Ihn würde sie wirklich gern wieder sehen.

Außerdem fand sie diesen Damian irgendwie cool. Und gut sah er aus. Vielleicht nicht ganz so gut wie Brad Pitt, für den Patricia schwärmte, aber sie stellte sich vor, dass auch ihm sicherlich die Mädchen nachliefen.

Nicht dass sie das vorhatte, bewahre!

Woher Damian wohl stammte? Dem Dialekt nach nicht aus dieser Gegend, Patricia tippte eher auf eine Großstadt. Glasgow vielleicht, oder sogar wie sie aus Edinburgh. Das wäre toll!

Jedenfalls schien er nicht eingebildet zu sein – kein Vergleich mit diesem Großkotz, der Patricia auf dem Sgurr na Lapaich begegnet war! Für den waren Ponys sicherlich unter seiner Würde, der zeigte sich in der Öffentlichkeit nur mit Jagdpferd und Windhund!

Na, mal sehen, vielleicht guckte sie ja in den nächsten Tagen bei den Ponys vorbei. Mal Hallo sagen war ja nicht reiten.

Die Entscheidung, was Patricia am nächsten Tag unternahm, wurde ihr allerdings mehr oder weniger aus der Hand genommen.

Nach der anstrengenden Besichtigungstour am Vortag beabsichtigte Mr Mackintosh, nicht schon wieder in der Gegend herumzufahren, und beschloss deshalb, sich beim Angeln am See zu entspannen. Ivan hatte hingegen auf der Fahrt in einem der Orte ein Schwimmbad entdeckt und quengelte so lange, bis sich seine Mutter geschlagen gab – in der Hoffnung, dass er dort im Becken und auf dem Spielplatz beschäftigt sein würde und ihr auf der Liegewiese ein paar Stunden Ruhe gönnte.

Patricia verspürte keine Lust auf Schwimmbad. Sie ging zwar gelegentlich mit ihren Freundinnen schwimmen, aber sie tat es nur Katie und Jennifer zuliebe. Eigentlich hasste sie Schwimmbäder. Sie waren meist überfüllt, die zahllosen plantschenden und kreischenden Kinder gingen ihr auf die Nerven, und manche Leute brachten sogar Radios mit und belästigten alle mit ihrem schlechten Musikgeschmack. Auf der Liegewiese dann herrschte drangvolle Enge, ständig stieg irgendjemand über einen hinweg und hinterließ einen kalten Tropfenschauer oder stolperte gleich auf einen drauf. Und manche waren sowieso nur zum Gaffen da.

Nein, danke, dachte sich Patricia. Geht mal ruhig allein, da kann ich drauf verzichten.

Ihren Vater begleiten wollte sie allerdings auch nicht. Das notwendige Schweigen beim Angeln störte sie zwar nicht im Geringsten, ganz im Gegenteil. Doch pflegte Mr Mackintosh umso lauter aufzuschreien, wenn tatsächlich einmal ein Fisch anbiss. Die darauf folgende Prozedur des Einholens und Tötens der Beute artete dann in der Regel zu einer Lehrstunde über die hohe Kunst des Fischens aus. Patricia kannte das bereits aus früheren Jahren und konnte die Erklärungen ihres Vaters auswendig abspulen. Überdies betrachtete sie es als ziemlich nebensächlich, ob der Fisch, der das Unglück hatte, an die Angel zu geraten, nun ein Lachs, eine Forelle oder ein Hecht war – bluten und sich in Todeszuckungen winden taten alle Arten gleichermaßen, und auf diesen Anblick verzichtete Patricia liebend gern.

Der See fiel also für sie aus.

Ebenso der Garten.

Dort residierte Mrs Dench. Schon am Vorabend beim Dinner erfuhr die Familie Mackintosh, welche Arbeiten an den Blumen- und Gemüsebeeten und im Hühnerstall die Wirtin in Angriff zu nehmen gedachte. Die nötigen Geräte hatte sie auch bereits aus dem Schuppen geholt. Da sie allerdings Patricia beim gemütlichen Lesen nicht stören wollte, wie sie versicherte, riet sie dem Mädchen wortreich zum Besuch der Jugendvolkstanzgruppe im Dorf, die netterweise gerade an diesem Tag Interessierte zum Mittanzen einlud.

Patricia schüttelte es innerlich. Herumgehopse zum Klang von Dudelsackmusik vermutlich . . .

Ihre Mutter warf ihr einen warnenden Blick zu, den Patricia richtig interpretierte. Sie verkniff sich also einen Kommentar und bedankte sich überschwänglich bei Mrs Dench für ihren guten Tipp.

Dass sie garantiert nicht dorthin gehen würde, verstand sich von selbst.

Das bedeutete, sie musste heute schnell verschwinden, bevor Mrs Dench in der Küche fertig war und wieder loslegen konnte. Patricia hörte, wie sie mit dem Geschirr klapperte, und wusste, sie hatte nur noch wenige Momente, sich zu entscheiden.

Also, nichts wie weg!

Patricia schnappte ihren Rucksack und verließ das Haus.

Patricia hatte bereits einen halben Kilometer zurückgelegt, als ihr auffiel, dass sie sich auf dem Weg zum McNair-Gestüt befand. Sie blieb stehen.

Wollte sie wirklich dahin?

Nein.

Aber wo sollte sie sich sonst die Zeit vertreiben? Den ganzen Tag mucksmäuschenstill in ihrem Zimmer zu sitzen, damit Mrs

Dench nicht merkte, dass sie zu Hause war, darauf hatte sie wirklich keine Lust. Immerhin waren Ferien und schönes Wetter.

Na ja, dann machte sie eben einen Spaziergang.

Der Weg führte durch weitläufiges Wiesenland und schlängelte sich zwischen den Berghängen hindurch. Das trockene Wetter der letzten Tage brachte mit sich, dass die Oberfläche des unbefestigten Pfades aus hartbackenem Boden bestand, was man ausnutzen musste – der unvermeidliche nächste Regen würde ihn in weichen Schlamm verwandeln.

Patricia begann wieder zu gehen. Es war auch egal, wo sie hinwanderte. Sie konnte ja einfach in einem Bogen am Hof vorbeilaufen und schauen, wo der Weg dahinter weiterführte. Sie hoffte nur, dass sie nicht wieder zufällig einer Reitgruppe begegnete.

Die Ponys auf den Koppeln brauchte sie gar nicht zu beachten, wenn sie nicht wollte.

Da vorne grasten schon welche. Eine kleine Gruppe: braune, graue und ein fast weißes. Sie sahen wirklich hübsch aus. Stämmige Gesellen, mit langen, buschigen Mähnen und Schweifen und ausgeprägtem Kötenbehang. Sie standen mit den Hinterteilen in den Wind gedreht und suchten auf der mageren Weide emsig nach ein paar schmackhaften Kräutern, verschmähten allerdings auch das kurze, raue Gras nicht. Echte Bewohner des kargen Hochlandes, dachte Patricia, genügsam und an das Überleben in unwirtlichem Gelände angepasst. Sie wusste, dass diese Pferdchen seit Jahrhunderten in der Landwirtschaft eingesetzt wurden und sich das Reiten auf ihnen eher als Nebeneffekt entwickelt hatte. Wenn sich Patricia die nur mittelgroßen, aber kräftigen Tiere so betrachtete, vermochte sie, sie sich gut als Lastenträger oder vor dem Pflug vorzustellen.

Ohne sich dessen bewusst zu sein, lehnte sie sich über die oberste Stange des Koppelzauns und verschränkte die Arme.

Die Ponys hatten sie bemerkt und hoben die Köpfe. Sechs Pferdegesichter blickten zu Patricia herüber, die Ohren gespitzt. Patricia lächelte unwillkürlich, es sah zu drollig aus.

»Na, findet ihr mich so komisch?«

Komisch wohl nicht, eher vielversprechend. Als sie Patricias Stimme hörten, setzten sich drei der Ponys in Bewegung und trotteten erwartungsvoll an den Zaun heran.

Und obwohl Patricia es eigentlich nicht wollte, konnte sie nicht anders – sie musste die weichen Nüstern streicheln und die Hälse klopfen. Das Ponyfell fühlte sich ganz anders an als das der Pferde, die sie gewohnt war. Obwohl auch diese Ponys derzeit ihr Sommerhaarkleid trugen, kam es ihr weicher und zottiger vor, fast wie das von Fohlen. Ihre Färbung wirkte auch fremd – ihr waren die großen Reitpferde vertraut, deren kurzes, glattes Fell in kräftigen Tönen variierte. Auch bei den HochlandPonys gab es die üblichen Schattierungen, viele von ihnen zeigten allerdings eher gedeckte Farben, wie Fahlgelb, Sandbraun oder Mausgrau – eine Färbung, die Patricia vorher noch nie gesehen hatte. Wildpferde eben, dachte sie.

Die drei Ponys am Zaun wurden ungeduldig. Besonders ein stämmiger Falbe fand offenbar, es sei genug der Zärtlichkeiten, und forderte Taten.

Patricia lachte hellauf, als er energisch den Ärmel ihrer Jacke, die sie um die Hüften geknotet trug, mit den Zähnen ergriff und daran rupfte.

»He, das ist nichts zu fressen!«

Der Falbe schnaubte und schlug mit einem Vorderhuf auf den Boden. Er wollte etwas zum Naschen, keine Frage.

Patricia tat es nun doch leid, dass sie nichts dabeihatte.

»Sorry, ich hab nichts!« Zum Beweis zeigte sie ihre leeren Handflächen.

Der Falbe schnoberte an ihren Händen und stieß mit der Schnauze dagegen, als er merkte, dass es nichts für ihn gab.

»Nun sei doch nicht gleich eingeschnappt«, sagte Patricia und zauste ihm die buschige Stirnlocke. »Das nächste Mal bring ich euch was mit, versprochen!«

Im nächsten Moment merkte sie, was sie da gesagt hatte. *Das nächste Mal?* Verdammt, es würde kein nächstes Mal geben!

Wie um sich selbst zu beweisen, dass es ihr egal war, was die Pferde von ihr hielten, zog sie rasch die Arme zurück und trat einen Schritt vom Zaun weg.

Die Ponys verstanden natürlich nicht, was ihren plötzlichen Sinneswandel verursachte, und blieben stehen. Patricia verhärtete sich innerlich gegen ihre dummen sentimentalen Anwandlungen aus früheren Zeiten und schaute regungslos zu, wie die drei sichtlich enttäuscht in einer Reihe am Zaun standen und darauf warteten, dass sie wieder näher kam.

Nein, das würde sie nicht tun. Bestimmt nicht.

Sie wandte den Blick von ihnen ab und ließ ihn über die Koppel schweifen.

Dabei entdeckte sie ein weiteres Pony, das in einigen Metern Entfernung stand und sie aufmerksam beobachtete. Im Gegensatz zum Rest der Herde hatte es ebenfalls mit dem Grasen innegehalten, als Patricia auftauchte, doch schien es zu scheu oder auch zu satt, um wie die drei anderen an den Zaun zu traben.

Es war eine Stute, ihr Fell war graubraun und erinnerte Patricia an ein Kaninchen, die dunkelgraue Mähne und die schwarzen Beine bildeten einen hübschen Kontrast dazu. Ihre Stirn wies einen kleinen hellen Stern auf, und auf dem Rücken hatte sie einen dunklen Aalstrich. Ihre Augen blickten intelligent, und Patricia revidierte nach wenigen Momenten ihr vorschnelles Urteil. Nein, diese Stute war wohl nicht scheu, sondern nur sehr zurückhaltend. Vermutlich nahm sie in der Herde einen nicht allzu hohen Rang ein und wartete daher geduldig, bis die Reihe an sie kam, sich ein paar Streicheleinheiten zu holen.

»Hallo, wer bist denn du?« Patricia merkte nicht, wie sie das Pony leise ansprach.

Die Stute hörte es allerdings sehr wohl, ihre Ohren spielten lebhaft, und ihr Ausdruck wurde noch aufmerksamer.

Patricia wusste nicht, warum, aber das Tier rührte sie auf sonderbare Weise. Sie fühlte mit einem Mal den unerklärlichen Wunsch, ihm etwas Gutes zu tun. Es vorsichtig zu streicheln.

Lag es daran, dass sie an der kleinen Stute etwas Einsames, Weiches, Verletzliches wahrzunehmen glaubte, oder bildete sie sich das alles nur ein?

Ohne es zu merken, lehnte sich Patricia wieder an den Zaun. Die drei anderen Ponys hatten inzwischen das Interesse an ihr verloren, nachdem sie ja doch nichts für sie in den Taschen trug. Sie grasten wieder in einiger Entfernung. Die graue Stute hingegen stand immer noch da und beobachtete das Mädchen.

Patricia streckte vorsichtig ihre Hand über die Stange.

»Komm her, meine Schöne, komm doch«, lockte sie sie leise.

Die Graue zögerte, schien das Für und Wider abzuwägen. Dann tat sie einen Schritt in Patricias Richtung, blieb jedoch wieder stehen.

»Na komm«, schmeichelte Patricia. »Ich tu dir nichts.«

Doch die Stute ließ sich nicht verführen. Ob sie die Gegenwart der anderen Pferde hinderte oder ob sie einfach keine Lust auf Streicheleinheiten empfand, vermochte Patricia nicht zu erraten, aber offenbar hatte sie sich entschieden, lieber auf Abstand zu bleiben. Sie senkte den Kopf und fing an, an einigen Gräsern zu zupfen. Audienz beendet, sollte das wohl heißen.

Und Patricia merkte, dass in ihr ein winziges Gefühl der Enttäuschung aufkam.

10.

Am nächsten Tag war der Himmel bedeckt. Der kühle Wind beugte die rauen Gräser und ließ die Büsche und Bäume in Mrs Denchs Garten rauschen. Noch regnete es nicht, aber als Patricia prüfend ihr Zimmerfenster öffnete und hinaussah, merkte sie, dass es feucht roch.

Es konnte ja auch nicht so weitergehen mit dem schönen Wetter, dachte sie. Wann war es hier denn schon mal länger als ein paar Tage am Stück sonnig!

Allerdings beabsichtigte sie nicht, sich von nahendem Schmuddelwetter beeindrucken zu lassen. Ihre Eltern schlugen an solchen Ferientagen meist vor, ein paar Partien Ludo zu spielen. Früher mochte Patricia solche Spielenachmittage. Doch momentan verspürte sie darauf keine besondere Lust. Ivan neigte dazu, sich bei solchen Dingen fürchterlich hineinzusteigern. Er freute sich auf geradezu gehässige Art und Weise, wenn er die Spielfiguren der anderen – allen voran die seiner Schwester – aus dem Rennen werfen konnte, verfiel allerdings in heftige Zornausbrüche, verlor er einmal selbst. Mehr als einmal hatte er vor lauter Wut das Brett samt Figuren durch das Zimmer geworfen, was die gemütliche Stimmung meist in einem großen Familienkrach enden ließ.

Nein, sie ging lieber nach draußen. In weiser Voraussicht hatte ihre Mutter dafür gesorgt, dass sie regenfeste Kleidung einpackten, und Patricia öffnete ihren Schrank, um den Regenmantel herauszuholen.

Besonders viel machte er ja nicht her, befand sie mit einem prüfenden Blick. Das schlichte dunkelblaue Kunststoffmaterial und den Schnitt durfte man nicht gerade als trendy bezeichnen. Aber das war egal, immerhin hielt er den kühlen Wind ab und war einigermaßen wasserdicht, und darauf kam es an. Im gleichen Moment wunderte sie sich über sich selbst. Seit wann interessierte sie sich denn dafür, ob ihre Kleidung der neuesten Mode entsprachen oder nicht? So ein Blödsinn!

»Willst du weg?« Ihre Mutter trat gerade auf den Gang, als Patricia die Treppe hinunterwollte. »Es regnet sicher bald.«

»Das macht nichts, ich ziehe meinen Regenmantel an«, rief Patricia über die Schulter und hoffte, dass die Mutter nicht wissen wollte, wohin sie ging. Dass Patricia vorhin nach dem Frühstück heimlich in den Brotkorb gegriffen und sich die übrig gebliebenen Scheiben in ihre Tasche gestopft hatte, war glücklicherweise unbemerkt geblieben. Und wenn Mrs Dench sich wundern sollte, warum heute das Brot nicht gereicht hatte, so ließ sie sich das zumindest nicht anmerken. Vermutlich tischte sie eben ab morgen noch mehr auf.

Patricia fühlte sich total unsicher. Was tat sie da eigentlich?

Wollte sie wirklich wieder zu den Ponys?

Nein.

Und warum packte sie dann Brot ein?

Für unterwegs, redete sie sich ein. Schließlich war ein Tag lang, und da bekam sie sicher irgendwann Hunger.

Was für ein Schwachsinn, schalt sie sich selbst. Bisher hatte sie es noch nie für nötig befunden, sich Proviant mitzunehmen – im Gegenteil, es war ihr stets schwergefallen, das Sandwich herunterzubringen, das ihr Mrs Dench immer aufnötigte.

Also, was sollte der Selbstbetrug?

Wo blieb ihre Ehrlichkeit?

Sie würde natürlich zu den Ponys gehen. Das Bild der kleinen grauen Stute hatte sie seit dem Vortag nahezu ununterbrochen verfolgt. Sie wusste nicht, warum, schließlich ging sie das Tier nichts an. Aber wie es da stand, abseits von den anderen, und nicht wagte, an den Zaun zu kommen ... Patricia fühlte sich mit der Grauen irgendwie seelenverwandt. Als ob sie in geheimnisvoller Weise ihre eigenen Probleme widerspiegeln würde.

War das der Grund, warum sie das Pony nicht aus dem Kopf bekam?

Entschlossen schnürte Patricia ihren Regenmantel bis unters Kinn zu, setzte sich die Kapuze auf, steckte ihre Hände in die Taschen und wandte sich in die Richtung der Hügel, hinter denen die Koppeln lagen. Es hatte bereits zu nieseln begonnen, und die Hügel verschwammen hinter einem Schleier aus Abermillionen feiner Tröpfchen. Patricia war sich sicher, dass sie trotz Regenmantel hinterher durchnässt sein würde. Der kühle Wind pfiff ganz schön!

Aber dafür musste sie heute wohl nicht befürchten, Leuten vom Hof zu begegnen. Bei solchem Wetter ritten sie bestimmt nicht. Immerhin war ein Ausritt im Regen ja nicht gerade das, was sich Touristen gemeinhin als Urlaubsvergnügen vorstellten.

Die Ponys störten sich hingegen nicht am Regen.

Als Patricia an ihren Koppelzaun trat, grasten sie in aller Gemütsruhe, und das einzige Zugeständnis, das sie an die Nässe machten, war ein flüchtiges Schütteln der dicken Mähnen, wenn sich diese zu sehr vollsogen.

Es war immer noch dieselbe Gruppe wie am Vortag. Der Falbe, der Patricia offenbar wiedererkannte, kam sogleich angelaufen.

»Ja, du willst mich bestimmt an mein Versprechen von gestern erinnern.« Patricia klopfte das nasse Fell des Ponys und zog dann eine Scheibe Brot aus der Manteltasche. Natürlich wusste sie, dass man Pferde eigentlich nur mit altem, hartem Brot füttern sollten, weil sie von frischem möglicherweise Verdauungsbeschwerden bekamen. Sie hatte deshalb ein schlechtes Gewissen, doch tröstete sie sich damit, dass es sich ohnehin nur um drei kleine Scheiben handelte – und verteilt auf die Anzahl der Tiere, war das herzlich wenig.

Der Falbe schien allerdings der Ansicht, die Leckerei gebühre ihm ganz allein. Als sich weitere Ponys neugierig näherten, versuchte er, sie von dem spendablen Menschen wegzubeißen, und als sie sich nicht darum scherten, keilte er kurz aus.

»He! So nicht!« Patricia hatte ihm ein kleines Stück gereicht, doch nun schubste sie ihn energisch zur Seite. »Es wird gerecht geteilt, verstanden?«

Die anderen Ponys drängten nun ebenfalls an den Zaun, und Patricia bemühte sich, jedem ein gleich großes Stück Brot zu geben. Da der Falbe sich trotzdem immer wieder dazwischenschob, gestaltete sich das etwas schwierig, doch schließlich schien jedes Tier eine kleine Portion erhalten zu haben.

Mit Ausnahme der grauen Stute. Sie stand wie das letzte Mal in einigem Abstand da und beobachtete ruhig das Getümmel.

Patricia versuchte, sie heranzulocken, doch merkte sie rasch, dass es zwecklos war. Solange die anderen Ponys ihre gierigen Nüstern immer wieder vorstreckten und der Stute den Weg versperrten, würde sie nicht kommen, das schien deutlich.

Hm, was tun? Dass die Graue nicht übergangen werden durfte, war logisch.

Patricia überlegte kurz. Dann sah sie sich um, ob jemand in der Nähe war. Keiner da.

Also los . . .

Sie bückte sich und kletterte zwischen den Zaunstangen hindurch auf die Koppel. Der Regenmantel wurde dabei etwas in Mitleidenschaft gezogen, doch ein flüchtiger Blick zeigte, dass er nur schmutzig geworden war und keinen Riss hatte.

Die Ponys schienen erfreut über den Besuch auf ihrer Weide. Sie drängten sich um Patricia, und der Falbe versuchte wieder, an den Rest des Brotes zu gelangen.

»Nein, du kriegst nichts mehr, du verfressener Kerl«, sagte Patricia zu ihm und schob ihn sanft, aber mit Nachdruck aus dem Weg. »Hier ist überall leckeres Gras, das schmeckt viel besser!«

Nach ein paar weiteren Anläufen hatten auch die anderen begriffen, dass es bei ihr nichts mehr zu holen gab, und wandten sich ab. Patricia ging nun langsam auf die Graue zu. Sie rechnete damit, dass diese die Flucht ergreifen würde, sobald sie ihr zu nahe kam, aber zu ihrer Freude blieb die Stute ruhig stehen und ließ nur kurz ihre Nüstern über das Gras streichen, bevor sie den Kopf wieder hob. Ihre Augen blieben dabei fest auf Patricia geheftet.

»Du bist ja eine Brave«, schmeichelte Patricia und bemühte sich, keine unverhoffte Bewegung zu machen, während sie immer näher an die Graue heranging. Sie legte das letzte Brotstück auf ihre Hand und hielt es ihr entgegen. Hoffentlich konnte das Tier die Leckerei sehen und lief nicht doch noch davon.

Doch sie hätte sich keine Sorgen machen müssen. Die Stute blieb friedlich und nahm das Brot mit einer Selbstverständlichkeit von Patricias Handfläche, dass das Mädchen sich fragte, weshalb sie sich derart gesorgt hatte.

Nein, scheu war die Stute nicht. Sie ließ sich streicheln und beschnoberte Patricias Hände und Gesicht, bis das Mädchen hell auflachte, weil die Haare an den Nüstern sie kitzelten.

»Da hast du mich aber ganz schön an der Nase herumgeführt«, sagte sie zu dem Pferd und zauste die regennasse Mähne. »Warum bist du denn nicht an den Zaun gekommen? Zu vornehm für so was?«

Die Stute schnaubte und stieß Patricia mit der Nase an. Patricia verstand die Aufforderung richtig und kraulte sie am Haaransatz der Mähne, was die meisten Pferde gern mochten. Die Graue schien es richtig zu genießen, sie hielt ganz still und stampfte mit dem Huf auf den Boden, wenn Patricia aufhören wollte.

»Ich kann doch hier nicht den ganzen Tag stehen und dich kraulen«, lachte Patricia.

Dies schien der Falbe auch zu meinen. Wohl im Glauben, Patricia füttere die Graue heimlich mit Leckereien, kam er nun ebenfalls heran und schnaubte die Stute mit angelegten Ohren an. Diese warf den Kopf hoch, legte ebenfalls die Ohren flach an und machte einen Satz zur Seite, dabei die Hinterhufe schlagbereit.

Patricia, die über die unvermittelte Aggression erschrak, wich ebenfalls aus. Mit Enttäuschung schaute sie der Grauen hinterher, die in leichtem Trab davonlief.

Der Falbe, zufrieden über seinen Sieg, wandte sich nun wieder Patricias Manteltaschen zu, doch sie drehte sich weg.

»Du liegst falsch, wenn du glaubst, dass ich dir noch was gebe!« Sie fühlte richtigen Ärger auf das Pferd, das aus lauter Futterneid die Stute vertrieben und dadurch die kleinen zärtlichen Momente für Patricia so rüde beendet hatte.

Mit den Händen in den Taschen kletterte Patricia wieder auf den Weg zurück.

Im selben Augenblick hörte sie Stimmen und das dumpfe Poltern, das Pferdehufe auf dem weichen Boden des Feldweges verursachten.

Sie drehte sich um.

Oh, verflixt!

Im ersten Moment hoffte sie, man hätte sie noch nicht entdeckt und sie könnte sich hinter ein paar dornigen Büschen verbergen.

Doch vergebens, die Reitgruppe war bereits zu nahe.

Warum hatte sie bloß nicht aufgepasst!

Als Damian sie sah, richtete er sich im Sattel auf und winkte ihr lächelnd zu.

Patricia stand stocksteif.

Zum Glück grasten die Ponys auf der Koppel wieder in einiger Entfernung zum Zaun, Patricia wäre sich ertappt vorgekommen, wenn man sie beim Streicheln oder gar Füttern erwischt hätte.

»Hallo«, grüßte Damian und parierte sein Pferd durch. »Auch wieder unterwegs? Monty ist doch hoffentlich nicht schon wieder draußen gewesen?«

Patricia musste unwillkürlich lächeln.

»Nein, nicht dass ich wüsste«, erwiderte sie. »Zumindest bin ich ihm nicht begegnet.«

Scheiße, ging es ihr durch den Kopf, als ihr der Regenmantel einfiel. Was dachte Damian wohl von ihr – da lief sie in so einem ätzenden Outfit herum und hatte außerdem noch die bescheuerte Kapuze auf dem Kopf!

Rasch schob sie die Kapuze vom Kopf, zog den Mantel enger zusammen, wie um sich zu schützen.

Die anderen Reiter hatten inzwischen aufgeschlossen und standen mit ihren Ponys um Damian und Patricia herum. Das aufgebrezelte Püppchen befand sich diesmal nicht dabei, dafür erkannte Patricia unter ihnen das Mädchen mit dem langen Zopf, das damals mit an der Pension vorbeigeritten war und dabei so unbeholfen im Sattel hing. Michelle hieß sie, erinnerte sie sich.

Auch heute fühlte sich Michelle nicht besonders wohl auf ihrem Pony. Sie klemmte im Sattel, als ob dieser einen eingebauten Schleudersitz beinhalten würde und zu befürchten wäre, dass er sie jeden Moment loskatapultierte. Wie bei ihrer ersten Begegnung klammerte sie sich außerdem krampfhaft an der Mähne des Pferdes fest. Aus diesem Grund hatte sie für die Zügel natürlich keine Hand mehr frei und kämpfte die ganze Zeit sichtlich darum, die Riemen nicht zu verlieren. Von einer Zügelführung konnte keine Rede mehr sein, das bemerkte Patricia auf den ersten Blick.

Sie wunderte sich wirklich. Michelle hatte offensichtlich eine Todesangst auf dem Pony. Warum zum Teufel ging sie überhaupt reiten?

Ihr sandfarbenes Pony wirkte ebenfalls leicht gereizt, wie Patricia feststellte. Es tänzelte mit missmutig angelegten Ohren unruhig auf der Stelle, warf den Kopf hin und her und riss seiner Reiterin dabei immer wieder die Zügel aus den Fingern. Es war ihm allerdings auch nicht zu verdenken, dachte Patricia. Michelles Griff tat ihm sicher weh, vor allem, weil sie immer noch fester zupackte, sobald ihr die Zügel wieder einmal davonrutschten. Und natürlich spürte der Wallach die Unsicherheit seiner Reiterin, die ihn selbst nervös werden ließ.

Warum unternahm Damian nichts?

Patricia fand es unverantwortlich von ihm, Michelle trotzdem auf Ausritten mitzunehmen. Es konnte nur noch eine Frage der Zeit sein, bis etwas passierte.

Dies alles schoss ihr in wenigen Momenten durch den Kopf, während Damian nun seine Schäfchen um sich scharte, um ihnen einen Vortrag zu halten.

»Normalerweise galoppiert man nicht auf der letzten Strecke nach Hause«, erklärte er. »Die Pferde kennen den Weg, wissen, dass es heim in den Stall geht, und die Gefahr, dass sie durchgehen und sich nicht mehr aufhalten lassen, ist dann besonders groß.« Er blickte von einem zum anderen Gesicht, wohl um zu überprüfen, wie seine Worte wirkten. Fünf junge Reiter und Reiterinnen hingen mit aufgeregten, rotbackigen Gesichtern an seinem Mund, und Patricia, die im Hintergrund stand und zuhörte, sah, wie einige von ihnen sich unwillkürlich fester in den Sattel setzten und die Zügel ordneten. Sie schienen alle nichts gegen einen zünftigen Galopp zu haben.

Ausgenommen Michelle. Ihr ohnehin blasses Gesicht wurde noch ein wenig bleicher. Patricia tat das Mädchen leid – sie kannte zwar gottlob das Gefühl der Angst beim Reiten nicht, aber sie hatte so etwas bei einem von Helens jüngeren Reitschülern miterlebt. Patricia wusste nur zu gut, dass es zwecklos war, sich weiter mit dem Reiten herumzuquälen, wenn man nicht irgendwie schaffte, die Furcht zu besiegen.

Ein Anflug von Zorn überkam sie, als sie Michelle beobachtete, die immer nervöser wurde, während Damian nun fortfuhr.

»Bei unseren Ponys ist das zum Glück nicht so gefährlich«, sagte er und sah seine Schüler mit gerunzelter Stirn an, damit keiner auf die Idee kam, die Sache trotzdem zu leicht zu nehmen. »Sie leben das ganze Jahr über auf verschiedenen Weiden, das heißt, der Stall übt auf sie keine besondere Anziehungskraft aus.« Er wies auf den Weg zu den Gebäuden. »Wenn wir jetzt also das letzte Stück bis zum Hof galoppieren, ist das für die Ponys nichts anderes, als wenn wir sonst irgendwohin reiten, und es sollte keine Probleme geben.« Sein Blick wanderte wieder über die Jugendlichen. »Trotzdem, ihr wisst, keine Übermütigkeiten bitte!« Er wies auf einen größeren Jungen, der mit seinem Schimmel während Damians Predigt schon ungeduldig Kreise geritten war. »Das gilt besonders für dich, Tommy!«

»Mann ey«, maulte Tommy. »Immer ich!«

»Ja, immer du«, betonte Damian. »Ich will nicht wieder erleben, dass du hier irgendwelche Extratouren veranstaltest. Also, keine Sprünge über die Entwässerungsgräben, und du parierst dein Pferd außerdem bitte durch, *bevor* du in den Innenhof reitest!«

Die anderen Reitschüler begannen zu kichern, während Tommy ein mürrisches Gesicht zog.

Patricia betrachtete ihn von der Seite. Ein Angeber, urteilte sie für sich. Solche kannte sie auch aus Helens Stall.

Damian wendete sein Pferd und nahm es kurz in den Zügel.

»Also, alle aufgepasst!«

Die Jugendlichen taten es ihm gleich. Sie wirkten konzentriert.

»Ihr wisst wie's geht – Oberkörper gerade halten, tief sitzen, das Pferd versammeln.«

Damian beobachtete, ob alle seinen Anweisungen folgten.

Michelle befand sich mit ihrem Pony hinter den anderen, aber Patricia reckte den Hals und sah, wie sie mit den Zügeln kämpfte.

Um Himmels willen, das kann nicht gut gehen, dachte sie.

Auch Damian hatte Michelle entdeckt.

»Michelle, was machst du denn da?« Seine Stimme klang resigniert, Patricia vermutete, dass er die meiste Zeit des Ausrittes damit verbringen musste, sich um das Mädchen zu kümmern.

»Er will nicht stehen bleiben«, jammerte Michelle und verkrampfte sich noch mehr.

»Kein Wunder, du machst ihn ja auch komplett verrückt mit deinem Gehampel!« Damian ritt an ihr Pony heran und griff hinüber.

»So hältst du jetzt die Zügel, Schenkel ran, und lass gefälligst die Mähne los! Du tust deinem Pferd weh!«

Michelle gehorchte zögernd und versuchte, die Zügel so aufzunehmen, wie Damian es ihr zeigte, doch als der Wallach eine Bewegung machte, klammerte sie sich sofort wieder fest.

»Ich fall runter!«

»Blödsinn, du fällst nicht runter!« Damian schien nun wirklich verstimmt, und Patricia hörte, wie eines der anderen Mädchen ebenfalls genervt aufstöhnte.

Patricia konnte es nicht mehr mit ansehen.

»Möchtest du denn überhaupt galoppieren?«, fragte sie und trat zu Michelle hinüber.

Michelle blickte sie an, blanke Panik in den Augen. »N-nein, eigentlich nicht«, brachte sie leise heraus und holte angstvoll Luft, als der Sandfarbene sein Gewicht auf ein anderes Bein verlagerte.

»Ich dachte, du wolltest galoppieren?« Damian sah sie ärgerlich an. »Deine Eltern sagten mir, du wärst ganz wild drauf.«

Michelle gab keine Antwort, aber Patricia ahnte schon, dass es offenbar eher die Eltern waren, die wollten, dass Michelle galoppierte.

»Was ist jetzt, können wir?« Tommy sah ungeduldig zu ihnen hinüber.

»Du wirst es schon noch abwarten können«, gab Patricia gereizt zurück. Der Kerl ging ihr auf die Nerven, während ihr Michelle leid tat.

Damian guckte zwar ein wenig erstaunt wegen Patricias unvermittelter Einmischung, aber zu ihrer Erleichterung wies er sie nicht zurecht. Im Gegenteil: Er schien froh zu sein, dass ihm jemand bei Michelle zu Hilfe kam.

Patricia, davon ermutigt, wandte sich wieder an das verängstigte Mädchen.

»Hör mal, du musst doch nicht galoppieren, wenn du nicht

möchtest. Keiner zwingt dich dazu!« Sie sprach sanft und hoffte, es würde zu Michelle durchdringen.

»Aber ich dachte . . .« Michelle stockte und sah zu den anderen Reitern hinüber.

»Unsinn«, sagte Patricia und legte ihre Hand auf den Hals des Sandfarbenen. »Es hat doch keinen Zweck, wenn du Angst hast. Du fühlst dich halt noch nicht sicher genug auf dem Pferd – das ist doch keine Schande!«

»Meinst du wirklich?« Michelles Stimme zitterte, doch auf ihrem Gesicht erschien ein kleiner Ausdruck von Hoffnung.

Damian verlor die Geduld.

»Dann reitest du eben langsam im Schritt hinterher, wenn du partout nicht willst.« Er drehte sich zu den anderen um. »Also, wie besprochen – Sitz, Kreuz, Schenkel, und los!«

»Jippieeeeeh!«, schrie Tommy und trieb sein Schimmelpony an. Es sprang los, wohl eher aus Schreck über seinen Schrei, als dass es irgendwelchen Hilfen Folge leistete, aber das Ergebnis schien Tommy zu genügen.

»Verdammter Idiot!«, murmelte Damian und gab seinem Pferd die Zügel frei, um hinterherzukommen. Auch die anderen setzten nun ihre Ponys in Gang, es gab ein kurzes Getümmel, nachdem nicht alle Tiere so wollten wie ihre Reiter, aber nach einigen Momenten waren alle losgeritten.

Noch während Tommys Kavalierstart reagierte Patricia blitzschnell und griff nach der Trense des Sandfarbenen. Michelle quietschte entsetzt auf, als der Wallach sich anschickte, seinen davongaloppierenden Kameraden zu folgen, doch Patricia, die genau das vorausgesehen hatte, hielt ihn eisern fest. Das Pony zerrte ärgerlich am Zügel, es wollte den anderen Pferden hinterher. Patricia sprach beruhigend auf es ein und streichelte seinen Hals. Sie verspürte Wut auf Damian, er hätte schließlich wissen müssen, dass Michelles Pony bestimmt nicht ruhig stehen bleiben würde, während die anderen davonrasten.

»Keine Sorge, ich hab ihn fest«, sagte sie zu Michelle, die vor Entsetzen wimmerte. »Pferde sind Herdentiere, sie fühlen sich nur zusammen mit anderen Pferden sicher. Und er hat jetzt Angst, weil er alleine zurückbleibt, deswegen will er hinterher.« Sie fuhr fort, das erregte Pony zu tätscheln, und hoffte, dass Michelle nicht doch noch die Nerven verlor. Solange der Wallach nicht anfing zu steigen, weil ihn seine Reiterin vollends verängstigte, würde sie ihn halten können.

»Bitte lass nicht los«, bat Michelle.

»Nein, mach ich nicht«, beruhigte Patricia sie. »Er wird sowieso gleich wieder ruhig sein, sobald er die anderen nicht mehr sieht.« Sie sprach leise auf den Wallach ein, der tatsächlich merklich friedlicher wurde, als das letzte Pony über den Hügelkamm verschwunden war.

»Wie heißt er denn eigentlich?«, fragte Patricia, die hoffte, Michelle durch Geplauder ablenken zu können.

»Linus«, antwortete sie, und Patricia, die sie aus den Augenwinkeln beobachtete, erkannte zu ihrer Erleichterung, dass sie sich wieder gefangen zu haben schien.

»Ein schöner Name«, sagte Patricia und strich dem Pony über die Nüstern. »Aber er ist ja auch ein Prachtkerl, nicht wahr?«

»Ja, das ist er«, stimmte Michelle zu, und ein Leuchten überzog ihr Gesicht.

Sie mochte Pferde, das merkte Patricia. Bloß vor dem Reiten hatte sie Angst.

Michelle richtete sich nun wieder im Sattel auf, die Anwesenheit des anderen Mädchens gab ihr ein wenig Sicherheit zurück.

»Wie ist es, kannst du jetzt allein weiter?«, fragte Patricia.

Michelles Augen weiteten sich wieder. »Allein?«

»Du brauchst nicht zu galoppieren. Du reitest einfach ganz gemütlich im Schritt zurück zum Hof. Den Weg kennst du ja.« Patricia sprach in aufmunterndem Ton.

Doch Michelles Miene verdüsterte sich.

»Kannst du nicht mitkommen und Linus führen?« Ihre Stimme hörte sich ganz kindlich an.

Patricia seufzte. Da hatte sie sich etwas aufgehalst! Jetzt sollte sie auch noch Kindermädchen spielen!

Nein, sie wollte nicht. Wollte nicht auf den Hof und wollte sich nicht um ein Pferd kümmern.

Verdammt, diese Michelle war ja wohl in der Lage, im langsamen Schritt die restlichen paar hundert Meter Weg auf ihrem Pony sitzen zu bleiben! Linus würde garantiert keine Schwierigkeiten mehr machen. Bestimmt trottete er schnurstracks zu der Stelle, wo abgesattelt wurde, ohne sich groß um Michelles Hilfen – oder besser, Nichthilfen – zu kümmern. Diese Mietponys kannten schließlich den üblichen Ablauf und waren unsichere Reiter gewohnt!

Patricia öffnete den Mund, um abzulehnen.

Dann sah sie Michelles Gesicht. Das Mädchen blickte so jämmerlich drein, die Augen voller Tränen, dass ihr Mitleid überwog.

Sie gab sich einen Ruck.

»Gut, von mir aus.« Patricia fragte sich im selben Augenblick, wie um alles in der Welt sie sich damit einverstanden erklären konnte. Sie musste bescheuert sein!

Aber sie wollte nicht kneifen, versprochen war versprochen.

Sie griff wieder nach Linus' Trense, überprüfte, ob Michelle einigermaßen im Sattel saß und wandte sich dann um.

Der sandfarbene Wallach folgte ihr willig. Hauptsache, er kam endlich zurück nach Hause.

»Es ist nett von dir, dass du mir hilfst«, brachte Michelle nach einer Weile hervor. Immer noch hörte sie sich an wie ein kleines Kind, aber zumindest weinte sie nicht mehr. Bei ihrer schüchternen Bemerkung wallte in Patricia das schlechte Gewissen wegen ihrer unfreundlichen Gedanken auf.

Um es wieder gutzumachen, lächelte sie Michelle an.

»Ist schon okay«, sagte sie. Und sie merkte, dass das die Wahrheit war. Die schlechte Laune von eben fiel mit einem Mal von ihr ab, und ein warmes Gefühl von Mitleid durchflutete sie.

»Wie kommt es eigentlich, dass du reitest, wenn du dich doch so davor fürchtest?« Die Frage entschlüpfte Patricia ganz spontan.

Michelle schwieg eine ganze Weile. Dann holte sie tief Luft.

»Meine Eltern möchten es gerne«, flüsterte sie.

»Deine Eltern?« Patricia wunderte sich, obwohl sie sich so etwas schon gedacht hatte. »Also, meine Eltern haben immer gemeckert, wenn ich zu viel geritten bin . . .«, rutschte es ihr heraus, dann hielt sie abrupt inne. Darüber wollte sie nicht sprechen. Sie räusperte sich und fuhr fort: »Und deine Eltern wollen tatsächlich, dass du reitest? Wissen sie denn, dass du Angst hast?«

»Ja.« Michelles Stimme bekam einen bitteren Klang.

Patricia dachte, sie hätte sich verhört. »Wie bitte? Sie wissen es und schicken dich trotzdem?« Sie konnte es nicht fassen.

Michelle schluckte. »Sie sagen, ich muss lernen, meine Angst zu überwinden. Und das geht nur, wenn ich häufig trainiere.«

»Hm«, machte Patricia zweifelnd. »Hast du denn auch zu Hause Reitunterricht?«

»Ja.« Michelle klang wieder sehr mutlos. »Zu Hause sind die Pferde bloß noch größer als hier, und ich bin schon ein paar Mal abgeworfen worden. Und der Reitlehrer brüllt mich ständig zusammen . . .« Sie verstummte.

»Hm.« Patricia wusste nicht, was sie sagen sollte. Michelle hatte offenbar eine Menge Probleme.

»Warum muss es ausgerechnet reiten sein?«, erkundigte sie sich. »Warum spielst du nicht einfach Tennis oder so?«

Michelle antwortete erst nicht, und Patricia dachte schon, sie habe die Frage überhört. Doch dann kam ein tiefes Seufzen.

»Meine Eltern sind früher selbst Turniere geritten. Unser ganzer Wohnzimmerschrank steht voll mit Pokalen, die sie gewonnen haben.« Michelle schniefte. »Und deshalb wollen sie halt, dass wir auch reiten und so erfolgreich werden wie sie.«

»Wir?«

»Ich und meine Schwester.« Michelle zog geräuschvoll die Nase hoch. »Meine Schwester ist auch wirklich gut. Sie hat nie Angst. Aber ich bin für meine Eltern eine echte Enttäuschung.«

So ein Schwachsinn! Als ob das Leben nur aus reiten bestünde. Obwohl – noch vor einigen Monaten hatte sich auch Patricia für nichts anderes interessiert, das fiel ihr im selben Moment siedend heiß ein. Doch diesen Gedanken schob sie schnell wieder beiseite.

»Reitet deine Schwester eigentlich auch hier auf dem McNair-Hof?«

»Ja.« Michelle probierte ein schwaches Lächeln. »Du hast sie vorhin vielleicht gesehen, sie hatte heute ein schwarzes Pony.«

Patricia erinnerte sich vage an ein dunkelhaariges Mädchen, etwa so alt wie sie selbst. Sie nickte. Dann kam ihr die Erkenntnis. Es war das Mädchen gewesen, das bei Michelles Panik angesichts des Galoppierens lauf aufgestöhnt hatte.

Tolle Schwester, dachte Patricia. Die Kleine macht sich vor Angst fast ins Hemd, und Madame ist genervt und tut so, als würde sie sie nicht kennen.

Michelle tat ihr unendlich leid.

Aber sie konnte ihr auch nicht helfen.

Patricia grübelte über das, was sie von Michelle erfahren hatte, und merkte dabei gar nicht, dass sie das Tor des McNair-Hofes passierten. Als Linus' Hufe laut auf dem Kopfsteinpflaster klapperten, schreckte sie auf.

Mist, nun war sie doch hier gelandet.

Vorsichtig blickte sie sich um.

Die Haustüren waren alle geschlossen, die Stalltüren standen hingegen offen, aber Ponys schienen keine darin zu sein. Klar, jetzt im Sommer standen sie alle auf der Weide, oder sie wurden geritten.

Hinter dem Stall drangen allerdings Stimmen und Pferdeschnauben hervor. Patricia, die einen vorsichtigen Blick um die Ecke wagte, sah dort die Reiter von Michelles Gruppe. Sie waren natürlich schon länger zurück und sattelten gerade ihre schwitzenden Ponys ab. Damian lief zwischen ihnen umher und ermahnte gerade Tommy, seinen Schimmel gut abzureiben.

Patricia zog sich wieder zurück. Sie hatte keine Lust, mit ihm zu sprechen, und sie nahm an, Michelle auch nicht.

»Wir bleiben, glaube ich, hier vorne, oder?«, fragte sie an Michelle gewandt.

Michelle nickte dankbar und schob sich vorsichtig vom Rücken ihres Wallachs. Patricia bemerkte mit Wohlgefallen, dass sie trotz ihrer Schwierigkeiten beim Reiten dennoch an ihr Pferd dachte. Sie streichelte Linus, und Patricia hörte, wie sie ihm Entschuldigungen für ihr dummes Benehmen zuflüsterte.

Patricia drückte ihr nun die Zügel in die Hand und sah sie fragend an. »Das Absatteln schaffst du allein?«

»Ja, das geht schon irgendwie«, sagte Michelle, und Patricia vermutete, sie war nur zu schüchtern, um jemanden um Hilfe zu bitten. Patricia war versucht, sie ihr anzubieten, aber dann ließ sie es. Wenigstens hier sollte Michelle ihr Erfolgserlebnis haben, dachte sie. Also schaute sie zu, wie Michelle sich mit den Riemen abmühte. Linus war zum Glück müde genug, um ihr ungeschicktes Hantieren geduldig hinzunehmen, er stand wie eine Säule, und Patricia wusste nun, warum man Michelle immer dieses Pony gab. Wenn nicht gerade jemand an seiner Mähne zerrte, oder er alle seine Kollegen im Galopp davonbrausen sah, schien es eine Seele von Pferd zu sein.

Michelle schleppte ächzend den Sattel in den Stall und kam mit einigen Tüchern zum Abreiben wieder heraus.

»Ich geh dann mal«, sagte Patricia ein wenig unschlüssig. Höchste Zeit, zu verschwinden, bevor noch jemand auf sie aufmerksam wurde.

»Danke für deine Hilfe. Wie heißt du eigentlich?«

»Patricia. Und du bist Michelle, stimmt's?«

Michelle nickte und sah das ältere Mädchen dankbar an. »Ich weiß nicht, was passiert wäre, wenn du nicht da gewesen wärst.«

»Ach, Unsinn«, wehrte Patricia ein wenig verlegen ab. »Es wäre gar nichts passiert.«

Michelle schwieg einen Moment. Dann holte sie tief Atem.

»Du kannst bestimmt gut reiten, nicht wahr?«

Patricia war erschrocken. Was sollte die Frage?

»Na ja, es geht so.« Sie bemühte sich um einen beiläufigen Ton.

»Doch, ich bin sicher, du kennst dich voll aus.« Michelle machte eine ausladende Handbewegung mit den Tüchern, die sie immer noch in der Hand hielt.

»Warum willst du das denn wissen?«, fragte Patricia, nun doch neugierig.

Michelle antwortete nicht sofort. Nach einer Weile wisperte sie schüchtern: »Patricia, kommst du wieder her?«

Nein, nein, nein, wollte Patricia schon heftig antworten. Doch sie schwieg und zuckte mit den Schultern. »Ich weiß nicht. Vielleicht.« Sie wunderte sich dabei über sich selbst.

Michelle zögerte, dann brach es aus ihr heraus: »Kannst du mir nicht ab und zu ein bisschen was zeigen? Ich meine, wie man reitet. Und wie man es macht, dass man keine Angst hat. Und . . .« Sie brach ab, sichtlich erschrocken über ihre eigene Courage.

Patricia zuckte unwillkürlich zusammen.

Michelles Bitte überrumpelte sie, mit so etwas hatte sie nicht gerechnet.

Reitunterricht geben? Sie?

Verdammt, sie *wollte* nicht mehr reiten, und das schloss das Erteilen von Unterricht genauso ein!

Aber Michelle sah sie flehend an, und sie musste daran denken, was sie ihr vorhin erzählt hatte. Und dass sie gerade noch bedauert hatte, ihr nicht helfen zu können.

Damit *könnte* sie ihr helfen.

»Bitte«, wiederholte Michelle leise. »Ich möchte doch reiten lernen, und ich will endlich keine Angst mehr haben!«

Patricia wusste, dass es eigentlich ziemlich unverfroren von Michelle war, ihr mit einer derartigen Bitte zu kommen. Immerhin würde es sie eine ganze Menge Zeit kosten. Das Sprichwort vom kleinen Finger und der ganzen Hand schoss ihr durch den Kopf, und sie fragte sich, ob sich Michelle eigentlich darüber im Klaren war, was sie da verlangte.

Doch als sie Michelles banges blasses Gesicht betrachtete, schämte sie sich für ihre Gedanken.

Patricia entschied sich.

»Also gut«, sagte sie. »Ab und zu kann ich dir ja ein paar Tipps geben.«

Michelle strahlte auf, und ihre Erleichterung und die neue Hoffnung, die sich in ihrer Miene abzeichnete, versöhnte Patricia mit ihrem Entschluss.

Sie wusste nicht, ob sie überhaupt genug Ahnung hatte, um Reitunterricht zu geben. Reiten können allein genügte dafür schließlich nicht. Und sie vermochte auch nicht abzuschätzen, ob es überhaupt Sinn machte. Sehr wahrscheinlich beherrschte Michelle ihr Pferd danach auch nicht besser als jetzt und saß weiterhin so verkrampft im Sattel.

Aber versuchen konnte man es.

Michelle verdiente eine Chance.

Und vielleicht ich selbst auch, überlegte Patricia. Sie dachte dabei an ein graues Pony.

»Übrigens«, meinte sie beiläufig zu Michelle, die voll neuen Mutes Linus energischer abrieb, als es ihr Patricia zugetraut hätte, »du bist doch schon länger hier, oder?«

»Seit zwei Wochen ungefähr«, bestätigte Michelle.

»Da kennst du bestimmt die Ponys hier schon ganz gut?«

»Na ja, nicht alle.« Michelle sah Patricia neugierig an. »Warum?«

»Ich wollte nämlich gern wissen . . .« Patricia zögerte, sie kam sich auf einmal albern vor.

»Ja?«

Patricia gab sich einen Ruck. »Die graue Stute mit den schwarzen Beinen«, sagte sie. »Draußen auf der Koppel, neben der wir standen, als . . .«

Michelle nickte, ihr Gesicht verdüsterte sich kurz bei der Erinnerung.

»Weißt du zufällig ihren Namen?« Patricia atmete auf, es war heraus.

»Hm.« Michelle überlegte, und man konnte erkennen, dass sie im Geiste alle möglichen Ponys durchging. »Ach, ich glaube, ich weiß, welches du meinst«, kam sie dann zu einem Ergebnis. »So eine kleine, hübsche, die immer ein bisschen entfernt von den anderen steht, oder?«

»Genau die.«

Michelle lächelte. »Auf der bin ich auch schon mal geritten. Es ist eine ganz Liebe, überhaupt nicht wild oder so. Sie heißt Dallis.«

Patricia lauschte auf den Klang des Namens.

»Dallis also«, sagte sie leise.

11.

Lange nachdem Patricia sich von Michelle verabschiedet hatte, stand Ethan noch immer neben der Baumgruppe auf der Anhöhe und starrte auf den Hof hinab.

Er hatte das Mädchen sofort als die Spaziergängerin erkannt, die er vor ein paar Tagen oben auf dem Sgurr na Laipaich getroffen hatte. Die ihn derart aus der Fassung gebracht hatte, dass Ethan sich heute noch schämte, wenn er daran dachte.

Ihr unerwarteter Anblick unten auf dem Hof ließ in ihm die Erinnerung an die Auseinandersetzung mit ihr nur allzu deutlich aufsteigen, und Ethan verspürte erneut Zorn.

Verdammt, sollte das jetzt so weitergehen? Wollte sie überall, wo er hinritt, ebenfalls auftauchen?

Ethan war an diesem Tag früh aufgebrochen, um auszureiten. Den ersten Dämpfer bekam er bereits vor der Haustür, als er dort seinem Vater begegnete und dieser ihm mit Blick auf den geduldig wartenden Hirschhund mitteilte, dass er Laird heute nicht mitnehmen könne.

»Der Hund verlottert mir noch, wenn er dauernd mit dir in der Gegend herumstromert«, stellte Alistair Longmuir mit kalter Stimme fest und musterte dabei seinen Sohn mit dem üblichen missbilligenden Ausdruck.

Ethan schwieg. Aha, ich stromere also den ganzen Tag nur sinnlos herum, dachte er bei sich.

»Er braucht mal wieder ein paar Trainingsstunden«, fuhr Longmuir fort. »Deshalb habe ich ihn bei Woodward angemeldet.«

Das war der Hundetrainer, bei dem sein Vater immer seine Jagdhunde ausbilden ließ, wusste Ethan. Er mochte den Mann nicht, fand seine Art, mit den Tieren umzugehen, zu hart. Es war eine Sache, den Hunden Disziplin und Respekt vor dem Menschen als ihrem Rudelführer beizubringen, aber musste das unbedingt auf Angst basieren?

Er schaute zu Laird hinunter, der zwischen ihnen saß und nach oben blickte. Der Hirschhund hörte seinen Namen, spürte feinsinnig, dass von ihm die Rede war, und verfolgte aufmerksam jedes Wort und jede Bewegung seiner beiden Herren, als ob er sie verstünde. Als er merkte, dass Ethan ihn ansah, wedelte er freundlich mit dem Schwanz.

»In wenigen Wochen geht die Saison für Hirsche los«, sagte der Vater gerade. »Da muss der Hund fit sein, die Rumtrödelei hört also auf. Er ist schließlich kein Schoßhündchen, sondern zum Arbeiten da, und er soll sich sein Futter gefälligst verdienen.«

Ethan hielt Laird zuliebe den Mund. Natürlich machte das Jagen dem Tier Spaß, schließlich gehörte er einer alten Jagdhundrasse an. Laird war unermüdlich im Hetzen von Wild und überdies auch noch ein ausgezeichneter Fährtensucher, was ungewöhnlich war, da für Windhundrassen ein Spürtalent nicht als notwendiges Leistungskriterium galt. Es bereitete Laird allerdings mindestens genauso viel Vergnügen, einfach nur mit Ethan und Sonny im Gelände umherzustreifen, und Ethan fand es ungerecht, dass sein Vater ihm diese Freude nun verwehren wollte.

Doch wenn er jetzt widersprach, würde er den Hund vermutlich nie mehr mitnehmen dürfen, das war Ethan klar. Hielt er sich dagegen zurück, bestand die Hoffnung, dass sein Vater die Anweisung in absehbarer Zeit wieder lockerte und keinen Einwand dagegen erhob.

Ethan war also bereits mit schlechter Laune losgeritten, den enttäuschten Blick des Hundes, den Alastair Longmuir streng bei Fuß befohlen hatte, noch vor seinem geistigen Auge.

Außerdem schien das schöne Wetter der letzten Tage wohl endgültig vorbei zu sein. Grauer Nebel hing tief über den Bergketten, etliche Gipfel waren gar nicht zu sehen, und die feuchtkalte Luft ließ Ethan erschauern.

Dann fing es auch noch an zu regnen.

Obwohl die schlechte Witterung sich schon am Vorabend angekündigt hatte, beabsichtigte Ethan keineswegs, auf seinen Ausflug zu verzichten. Wer sich in Schottland vor Regen fürchtete, der sollte besser woandershin ziehen – eine der wenigen Standardredensarten Alastair Longmuirs, der Ethan voll und ganz beipflichtete. Seine wasserdichte Regenjacke hing allerdings dummerweise zu Hause an der Garderobe. Nach der Szene wegen des Hundes wollte Ethan um nichts in der Welt noch einmal zurück ins Haus, um sie zu holen. Es regnete nicht sehr stark, aber das Nieseln besaß die unangenehme Eigenschaft, bis auf die Haut durchzudringen, ohne dass man es zunächst merkte. Dass er langsam aber sicher durchnässt wurde, verbuchte er als unvermeidliches Übel.

Sonny störte der Regen nicht, doch Ethan bemühte sich, heute vorsichtiger zu reiten als sonst. Das nasse Gras war glitschig, die Wege aufgeweicht, und es hätte gerade noch gefehlt, dass das Pferd ausrutschte oder gar stürzte und sich verletzte.

Ethan allerdings fand es zunehmend unangenehm, als ihm der kalte Regen in den Hemdkragen sickerte, seinen Pullover durchweichte und sogar irgendwie den Weg in die Reitstiefel hinein fand. Er begann zu frieren.

Nach Hause reiten wollte er jedoch noch nicht – seine schnelle Rückkehr würde seinen Vater sicherlich zu spitzen Bemerkungen über verweichlichte Stubenhocker veranlassen. Nach kurzer Überlegung entschloss er sich daher, den McNair-Hof anzusteuern. Es war ohnehin einmal wieder an der Zeit, den alten Silas zu besuchen, er freute sich immer, Ethan zu sehen. Und einen heißen Tee und ein paar Handtücher bekam er dort sicher auch.

»Auf, Sonny, wir schauen bei den Ponys vorbei!« Er klopfte dem Braunen aufmunternd auf die Kruppe und wendete das Pferd.

In flottem Trab nahmen sie den Hügel, und Ethan probierte sogar einen leichten Galopp, als sie die ebene Talsohle erreichten. Sonny schnaubte zufrieden, wahrscheinlich fröstelte er ebenfalls und genoss daher den schnellen Lauf, um sich wieder aufzuwärmen.

Die Ponys auf den Koppeln grasten in aller Seelenruhe und ließen sich in stoischer Gelassenheit den Sprühregen auf den Rücken nieseln. Das einzige Zugeständnis, das sie dem Wetter machten, war, dass sie sich vom Wind abkehrten, damit die Nässe sie nicht ins Gesicht traf.

Da er seine gewohnte Runde abkürzte, benutzte Ethan heute nicht den offiziellen Zufahrtsweg, sondern näherte sich dem Gehöft auf der Rückseite. Er überquerte ein uneingezäuntes Feld, dessen Ende von einer Reihe hoher Nadelbäume markiert wurde. Dicht an dicht standen hier Fichten und Kiefern. Abgestorbene Stämme lehnten schief an gerade noch lebenden Bäumen, und der dicke Teppich aus verdorrten Nadeln hatte schon lange jeden Bodenbewuchs erstickt.

Ethan verspürte keine Lust, zum kalten Regenwasser nun auch noch pikende Fichtennadeln in den Kragen zu bekommen, und lenkte Sonny daher sorgsam um die Bäume herum.

Die Hufschläge waren auf dem weichen Boden kaum zu hören. Ethan war so darauf bedacht, den Bäumen auszuweichen, dass er keinen Blick für den Hof hatte, der unterhalb der Anhöhe lag. Auch Sonny mochte die tropfenden, stachligen Zweige, an denen sie sich vorbeidrückten, nicht besonders. Er schnaubte unwillig und schlug ärgerlich mit dem Schweif, Ethan hatte alle Hände voll zu tun, um ihn zum Weitergehen zu bewegen. So waren sie schon fast beim Hof angelangt, als Ethan plötzlich abrupt die Zügel anzog.

Das durfte doch nicht wahr sein!

Neben der großen Scheune befand sich ein Abreitplatz, wo gerade eine Gruppe Kinder unter der Aufsicht des Reitlehrers ihre Ponys absattelte. Der Sprühregen tat ihrer guten Laune keinen Abbruch, sie lachten und kicherten, und die Ermahnungen des Reitlehrers – Damian hieß er, erinnerte sich Ethan – wurden ganz offensichtlich weitgehend ignoriert.

Doch nicht diese Gruppe zog Ethans Aufmerksamkeit auf sich. Von seinem Standort aus konnte er an der Scheune vorbei direkt auf den Stalleingang blicken. Ein stämmiges sandfarbenes Pony stand dort. Seine vielleicht elf- oder zwölfjährige Reiterin bemühte sich gerade, die Schnallen seines Sattelgurtes zu lösen. Neben ihr beobachtete ein älteres Mädchen mit den Händen in den Jackentaschen ihr ungeschicktes Hantieren. Ihre ganze Haltung drückte ein krampfhaftes Bemühen aus, nicht einzugreifen. Ethan konnte sie nur von hinten sehen, ihr schlichter dunkelblauer Regenmantel verbarg ihre Gestalt, doch der Anblick ihres kurzen blonden Pferdeschwanzes, der feucht über ihren Rücken hing, ließ in ihm ein ungutes Gefühl aufkeimen. Ethan grinste schief. Nein, er irrte sich bestimmt!

Dann drehte sich das Mädchen um, er konnte ihr Profil erkennen, und Ethan wusste, dass sein Argwohn begründet war.

Schon wieder diese Zicke!

Verdammt noch mal, verfolgte sie ihn etwa?

Ethan merkte, wie der Zorn wieder in ihm aufstieg.

Er war sich dessen bewusst, wie unlogisch seine Reaktion war. Er hatte sich damals in ihrer Gegenwart unmöglich benommen und sich danach über sich selbst geärgert, okay. Objektiv betrachtet, konnte sie ja eigentlich nichts dafür. Und dass sie ihm jetzt immer wieder über den Weg lief, durfte er auch nicht als Verfolgung betrachten, das war ihm klar. Die meisten Mädchen waren verrückt nach Pferden, da war es keine Überraschung, dass sie sich ebenfalls hier auf dem McNair-Hof herumtrieb.

Warum also ergriff ihn immer wieder die Wut, wenn er sie sah?

Er wusste die Antwort – es war ihre letzte Bemerkung gewesen, bevor er auf dem Berg kehrtmachte und davonraste.

Immer noch hörte er ihre Stimme, wie sie sagte: »Reit heim zu Mami!« In seiner Erinnerung schwang ein geradezu höhnischer Beiklang darin mit.

Der Schmerz war beinahe unerträglich gewesen, noch mehr, weil er so unerwartet kam. Ethan erinnerte sich kaum noch an seinen Heimweg, er wusste nur noch, dass sein Gesicht tränennass war, als er Sonny in den Stall brachte. Und die Scham darüber, dass er wie ein kleines Kind flennte, brachte ihn noch mehr auf.

Das war wirklich zu viel gewesen. Was erdreistete sich diese Schnepfe, von seiner Mutter zu sprechen! Was ging es sie an?

Verdammt, er würde viel dafür geben, wenn er eine solche Mummy hätte! Die ihm seinetwegen auch noch die Reithosen flickte, wie das Gör so frech empfohlen hatte, das war ja völlig egal. Aber er hatte keine, hatte keine, hatte keine!

Ethan spürte, wie erneut der Schmerz in ihm hochstieg. Doch diesmal unterdrückte er ihn. Das fehlte noch, dass er jetzt und hier heulte!

Und schuld war nur dieses Mädchen!

Ethan merkte nicht, wie der Regen ihn immer mehr durchnässte. Mit steifem Rücken und verkrampften Händen saß er auf seinem Braunen. Der Regen lief ihm von den Zweigen der Fichten hinunter ins Genick, doch er achtete nicht darauf. Sein Blick war auf Patricia gerichtet, die ihre Hände wieder aus den Taschen nahm, als Michelle das Absatteln endlich geschafft hatte. Die beiden sprachen miteinander. Ethan konnte nicht hören, worum es ging, aber als er ein schüchternes Lächeln auf dem Gesicht der Jüngeren aufleuchten sah, war er völlig sicher, dass die andere ihr gerade von der Begegnung mit dem Idioten auf dem Berg erzählte.

Ethan war nicht bewusst, dass er seine Finger immer mehr zusammenkrampfte. Erst als Sonny, dem der heftige Zug an der Trense wehtat, unwillig aufstampfte und den Kopf schüttelte, besann er sich.

»Entschuldige, Sonny«, flüsterte Ethan und streichelte dem Pferd beschämt den Hals. Gleichzeitig überprüfte er argwöhnisch, ob die Mädchen das Geräusch gehört hatten. Nein, gottlob waren sie zu weit entfernt. Ethan verspürte keine Lust, sie auf sich aufmerksam zu machen, um ihnen dadurch Stoff für neue Spötteleien zu verschaffen.

Ein besonders großer Tropfen fiel in Ethans Kragen, und er erinnerte sich, dass er eigentlich hierher geritten war, um Schutz vor dem Regen zu suchen.

Eine neue Welle des Ärgers überschwemmte ihn. Jetzt wurde er auch noch wegen dieses Mädchens patschnass!

Er sah an sich herunter. Seine Reithose war durchweicht, der Pullover sowieso. Da er nie einen Reithelm trug, klebten auch seine Haare klatschnass am Kopf. Er fror inzwischen erbärmlich.

Na wunderbar – wahrscheinlich bekam er jetzt eine Erkältung. Und alles nur, weil *sie* ihm den Weg ins Trockene versperrte.

Ethan biss die Zähne zusammen und nahm mit klammen Fingern die steifen Zügel auf. Es wurde Zeit, dass er nach Hause ritt und sich umzog. Und Sonny durfte auch nicht so nass bleiben, wie er war. Prima, toll gemacht, dachte Ethan und richtete den Vorwurf an Patricia, als stünde sie ihm gegenüber und könnte ihn hören. Hast du gut hingekriegt, wirklich!

Er wendete Sonny und trieb ihn an.

Und wünschte Patricia dahin, wo der Pfeffer wuchs.

12.

Patricia seufzte innerlich auf.

Wenn sie geahnt hätte, wie viel Nerven sie das kosten würde, hätte sie sich niemals breitschlagen lassen, Michelle Unterricht zu geben. Dieses Mädchen war ein hoffnungsloser Fall, das merkte Patricia schon nach der ersten halben Stunde. Michelle begriff es einfach nicht. Sobald sie im Sattel saß, verlor sie augenblicklich die Kontrolle über all ihre Gliedmaßen.

Patricia erkannte rasch, dass sie bei ihr vollkommen von vorne anfangen musste. Wie viel Reitunterricht Michelle bisher erhalten haben mochte, er war offenbar völlig an ihr vorbeigegangen.

Sie hatte keine Ahnung von Zügelführung, Schenkelhilfen waren ein Fremdwort für sie, und ihre Haltung auf dem Pferd glich eher der Position auf einem Fahrrad. Zu allem Überfluss ängstigte sich Michelle fast zu Tode, sobald sich das Pferd unter ihr zu bewegen anfing.

Patricia brachte für ihre Angst sogar Verständnis auf, immerhin war Michelle schon etliche Male abgeworfen worden. Allerdings ging sie davon aus, dass sich die Furcht mit der Zeit verlieren musste, sobald Michelle einmal erkannt hatte, dass mit fortschreitenden Reitkenntnissen ein Abwurf immer unwahrscheinlicher wurde.

Doch so weit war Michelle noch lange nicht.

»Bleib doch einfach mal ganz ruhig sitzen«, ermahnte Patricia sie zum wiederholten Mal. »Du musst versuchen, in der Hüfte lockerer zu werden. Halte deinen Oberkörper gerade, und geh mit der Hüfte die Bewegungen des Pferdes mit. Es macht keine unerwarteten Seitensprünge, glaub mir!« Sie hielt Linus an der Trense fest, um Michelle mehr Sicherheit zu geben, aber nach einigen Sekunden klappte das Mädchen wieder zusammen und klammerte sich an die Mähne des Ponys.

»Und was, wenn er plötzlich losrennt?«

»Das tut er nicht. Und außerdem halte ich ihn ja auch noch fest.«

Patricia bemühte sich um Geduld. Seit drei Tagen arbeitete sie nun mit Michelle, besondere Fortschritte waren leider bisher nicht zu verzeichnen. Immer wieder fragte sich Patricia, warum um Himmels willen das Mädchen unbedingt reiten wollte. Das war doch die reine Tortur – für alle Beteiligten.

Ihre Schwester war auch nicht gerade eine Hilfe. Patricia lernte sie kennen, als sie das erste Mal mit Michelle übte. Nadine kam heran, lehnte sich demonstrativ über einen Sattelbock und schaute zu, ein spöttisches Lächeln auf den Lippen. Michelle bemühte sich, nicht zu ihr hinzusehen, aber Patricia merkte, dass sie noch mehr verkrampfte.

»Sei so gut und lass uns bitte allein«, wandte sie sich an Nadine, deren boshaftes Funkeln in den Augen Patricia nicht entgangen war.

»Warum, ich mach doch gar nichts?« Nadine rührte sich nicht.

Patricia atmete tief durch.

»Du störst aber«, erwiderte sie kurz angebunden.

Nadine verschränkte die Arme. »Ich darf hier genauso sein wie ihr.«

»Darfst du nicht«, sagte Patricia. »Wir haben die Erlaubnis, hier allein zu trainieren, also zisch ab!« Sie hatte Damian gefragt und er war einverstanden gewesen. Allerdings konnte Patricia seiner zweifelnden Miene ansehen, was er von der Idee hielt.

Nadine stieß verächtlich die Luft durch die Nase. »Ist eh langweilig, euch zuzusehen. Die lernt das nie!« Sie wandte sich ab.

»Jetzt wird sie noch ekliger zu mir sein«, sagte Michelle unglücklich, als Nadine beleidigt abgezogen war.

»Ignorier sie einfach.« Patricia lächelte ihr aufmunternd zu. »Und sag ihr, sie soll sich um ihre eigenen Sachen kümmern.«

»Sie hat aber recht.« Michelle blickte kläglich auf Linus' Hals hinunter. »Ich lern das nie.«

»Quatsch«, widersprach Patricia energisch, auch um es sich selbst einzureden.

Aber insgeheim musste sie Nadine zustimmen.

Michelle kapierte es einfach nicht. Beziehungsweise sie hatte viel zu viel Angst, um Patricias Anweisungen auch nur richtig zuzuhören, geschweige denn sie zu befolgen.

Etliche Male war Patricia nahe dran, aufzugeben und Michelle eine weniger gefährliche Sportart zu empfehlen.

Doch dann sah sie Michelles Augen, in denen hinter der Furcht deutliche Entschlossenheit zu erkennen war. Sie wollte die Angst überwinden, koste es, was es wolle. Und Patricia kam nicht umhin, das Mädchen irgendwie zu bewundern.

Also machte sie weiter.

Vom Tor her ertönte Hufgetrappel, und Patricia drehte sich um.

Es war Damian mit einigen Kindern, sie führten ungesattelte Ponys neben sich her.

Anscheinend stand ein neuer Ausritt an, für den sie die Ponys von der Koppel holten.

Patricia hatte das in den letzten drei Tagen schon mehrfach miterlebt. Die meisten der jungen Reiter liebten es, selbst auf die Weide zu gehen und sich ein Pferd auszusuchen. Das bedeutete zwar, dass sie die Hufe auskratzen und nicht selten das Tier auch erst abtrocknen mussten, bevor sie aufsatteln konnten, aber die Kinder nahmen das gern in Kauf, wenn sie dafür »ihr« Pony reiten durften.

Patricia vermochte das nachzufühlen. Wie stolz war sie selbst damals gewesen, als Helen ihr die alleinige Verantwortung für Goldie übertrug! Und Gavin erst! Die Tatsache, dass es sich bei Seaspray sogar um ein Privatpferd und nicht bloß um eines der Schulpferde des Reitvereins handelte, ließ ihn eine Zeit lang herumstolzieren wie einen Gockel. Es hatte einiger Mühe – und von Helen zum Glück unbemerkt gebliebener Abreibungen mit Pferdemist – bedurft, ihn wieder auf den Boden der Realität herunterzuholen.

Patricia lächelte unwillkürlich bei der Erinnerung. Dann musste sie schlucken.

Es tat immer noch weh, daran zu denken. Besser, sie kümmerte sich um Michelle, das verschaffte ihr wenigstens Ablenkung.

»Na, ihr zwei, seid ihr wieder fleißig?« Damian schlenderte heran und schaute einige Momente lang zu, bevor er sich wieder seinen eigenen Schützlingen zuwandte.

Obwohl Patricia genau merkte, dass er ihrem Nachhilfeunterricht wenig bis gar keine Chancen auf Erfolg einräumte, rechnete sie ihm hoch an, dass er es sich Michelle gegenüber niemals anmerken ließ. Überhaupt fand sie ihn immer sympathischer, je öfter sie ihn sah. Und er schien sie auch zu mögen. Als sie ihn anfangs wegen Michelles Unterricht gefragt hatte, hatte er sich nach ihrem Namen erkundigt und wissen wollen, woher sie kam. Und nun lächelte er sie jedes Mal, wenn sie auftauchte, freudig an.

Doch es war nicht Damian, nach dem Patricia, wenn sie mit Michelle arbeitete, heimlich Ausschau hielt.

Patricia sah Dallis wieder, als sie gerade mit Michelle das Antraben übte. Wie immer bedurfte es großer Überredungskunst, das Mädchen davon zu überzeugen, lieber die Zügel ordentlich in den Händen zu halten und auf ihr Gleichgewicht zu achten, statt sich an Linus' Mähne festzuklammern. Nach langen Bemühungen und geduldigem Zureden klappte es inzwischen im Schritt einigermaßen – doch sobald sich das Pony in Trab setzte, vergaß Michelle alles, ließ die Riemen fahren und krallte sich verzweifelt in der Mähne fest.

Patricia seufzte zum tausendsten Mal heimlich und überlegte gerade, wie lange es wohl noch dauern mochte, bis Linus am Hals völlig kahl war. Sie war so in Gedanken vertieft, dass sie sich nicht einmal umdrehte, als sie eine Gruppe Reiter hinter sich in den Hof kommen hörte.

Erst als sie aus den Augenwinkeln einen grauen Schatten bemerkte, sah sie auf.

Der Reitertrupp stoppte vor dem Stall, die Jungen und Mädchen saßen mehr oder weniger elegant ab und banden ihre Ponys an den langen Balken, der zu diesem Zweck dort angebracht war. Patricia wusste, dass die Pferde meist zwei oder drei Reitstunden nacheinander gingen, was bedeutete, dass sie dort aufgereiht ihre nächsten Reiter warteten.

Dallis stand am Ende der Reihe. Das Mädchen, das sie geritten hatte, war bereits gegangen. Patricia zog die Brauen zusammen, als sie gerade noch die eingebildete Zicke von neulich erkannte. Die anderen Reiter beschäftigten sich alle noch mit ihren Tieren, und Patricia wunderte sich, wie schnell Madame Schönheitskönigin offenbar mit allem Nötigen fertig geworden war.

Die kleine graue Stute hielt ihren Kopf gesenkt. Sie wirkte so allein und traurig, wie sie da stand, und ihr Anblick rührte Patricia wieder bis ins Innerste.

Ohne nachzudenken, wandte sie sich an Michelle.

»Ich glaub, für diesmal reicht's«, sagte sie und griff nach Linus' Trense. »Oder was meinst du?«

Michelles Gesicht leuchtete vor Erleichterung auf, und sie murmelte: »Danke.« Patricia sah sie einen Moment lang verwirrt an, dann nickte sie. Immerhin hatte sie das Ende der heutigen Stunde nicht Michelles wegen beschlossen ...

Doch für Michelle schien es einerlei, sie war nur froh, dass sie es wieder einmal überstanden hatte, und mit überraschender Gelenkigkeit rutschte sie von Linus herunter. Patricia beobachtete, wie das Mädchen sogar relativ energisch nach vorne trat und ihr Pony beim Halfter nahm.

Na sieh mal einer an, dachte Patricia bei sich. Reiten traute sie sich immer noch nicht, aber der Umgang mit dem Pferd selbst verlor offenbar doch langsam und unmerklich seinen Schrecken. Vielleicht war bei ihr ja doch noch nicht Hopfen und Malz verloren ...

»Prima hast du es gemacht«, lobte sie Michelle und stellte erstaunt fest, dass sie es sogar ehrlich meinte. Wahrscheinlich hatte sie anfangs einfach zu viel erwartet. Doch nun, da sie tatsächlich winzige Veränderungen bei Michelle bemerkte, erkannte sie, dass jeder Fortschritt einen Erfolg bedeutete – egal welcher Art.

Michelle freute sich über Patricias Lob, das war deutlich.

»Ich gehe Linus mal absatteln«, sagte sie und strahlte vor Stolz.

Lächelnd schaute Patricia ihr hinterher.

Dann drehte sie sich rasch um.

Die meisten der Kinder beschäftigten sich immer noch mit ihren Ponys, streichelten die Tiere, steckten ihnen Leckerbissen zu und sprachen mit ihnen.

Nur die kleine graue Stute war allein.

Patricia zögerte einen Moment, doch dann gab sie sich einen Ruck.

Dallis schien sie nicht zu beachten, als Patricia vorsichtig herantrat, aber das Mädchen sah, wie die Stute ein Ohr in ihre Richtung drehte.

»Hallo Dallis«, sagte sie leise und ging um das Ende des Balkens herum, damit das Pony sie sehen konnte.

Dallis hob den Kopf ein wenig, und unter dem dichten schwarzgrauen Stirnbusch konnte Patrica zwei lebhafte dunkle Augen erkennen, die aufmerksam auf sie gerichtet waren.

Patricia war sonst nicht zaghaft, wenn sie sich einem Pferd näherte, doch irgendetwas brachte sie dazu, diesem Pony gegenüber behutsam vorzugehen. Vorsichtig streckte sie ihre Hand aus und hielt die Luft an, als sie die stacheligen Nüsternhaare auf dem Handrücken spürte. Der warme Atem des Pferdes strich über ihre Haut, als Dallis sie sanft beschnoberte.

»Kennst du mich noch?«, fragte Patricia leise. »Wir haben uns schon mal getroffen, weißt du noch?«

Dallis schaute sie unverwandt an, die Ohren aufmerksam aufgestellt.

Und dann stupste sie gegen Patricias Hand.

Patricia merkte, wie ein Kloß in ihrem Hals steckte. Das Pony mochte sie!

Bisher hatte sie noch nie weiter darüber nachgedacht, ob die Pferde, die sie so liebte, sie ebenfalls sympathisch fanden. Unbefangen war sie immer auf die Tiere zugegangen, und Goldie beispielsweise hatte sich ganz offensichtlich gefreut, wenn Patricia zu ihr kam. Doch niemals hatte sie sich die Frage gestellt, ob es tatsächlich ihre Person war oder die Karotten, die sie mitbrachte, oder einfach Langeweile, die das Pferd ihre Gesellschaft und eine Beschäftigung genießen ließ.

Aber dieses zurückhaltende Pony nun . . .

Patricia merkte, wie ihr Tränen in die Augen stiegen. Mit weicher Hand streichelte sie die samtigen Nüstern der kleinen Stute. Patricia schluckte, als Dallis ihre Nase in ihre Handfläche drückte und leise prustete. Sie war nicht mehr ganz jung, das erkannte Patricia nun deutlich, aber offensichtlich ein sehr freundliches Tier. Das Fell des Ponys fühlte sich weich an, als Patricia seinen Hals streichelte. Mutiger geworden, schob sie ihre Hände unter die dicke Mähne, doch als sie dort feuchte Wärme spürte, zogen sich ihre Brauen unwillkürlich zusammen. Die kleine Stute schwitzte noch nach dem Ausritt. Wie konnte ihre Reiterin sie einfach so stehen lassen und weggehen!

Aufmerksam betrachtete Patricia das Pferdchen genauer und stellte fest, dass auch weder der Sattelgurt gelockert noch die Steigbügel hochgeschnallt waren. Das gab es doch wohl nicht!

Patricia merkte, wie in ihr der Zorn aufstieg. Doch sie wusste, dass sich solche Stimmungen dem Tier sofort mitteilen würden, deshalb beherrschte sie sich.

»Ich glaube, da hat jemand was vergessen«, sagte sie daher in leichtem Ton und sah sich suchend um, ob vielleicht schon jemand unterwegs war, das Versäumte nachzuholen.

Doch alle anderen Kinder waren mit ihren eigenen Ponys zugange, und die Reiter für die nächste Stunde waren noch nicht eingetroffen.

Patricia biss sich auf die Lippe.

Dann entschied sie sich.

»Na, Patricia, ist eure Reitstunde beendet?« Damians Stimme schallte hinter ihr.

»Ja, für heute schon.« Patricia ließ sich jedoch nicht stören, sie rieb weiter mit ruhigen, kräftigen Bewegungen die graue Stute trocken, nachdem sie zuerst das Sattelzeug für die Pause gerichtet und ihr dann einen kleinen Eimer Wasser gebracht hatte.

Damian lehnte sich an den Balken und schaute ihr zu.

»Du kennst dich aus, wie ich sehe.«

Patricia wollte darauf eigentlich gar nicht antworten, aber dann brach es doch aus ihr heraus. Sie richtete sich auf und blickte Damian mit blitzenden Augen an.

»Jedenfalls weiß ich, dass man ein Pferd nach dem Ausritt nicht einfach schwitzend stehen lässt!«

Damian warf einen Blick auf die Stute. Dann seufzte er.

»Emily hat sie geritten, richtig?«

»Ich weiß nicht, wie das Mädchen heißt«, gab Patricia scharf zurück. »Aber sie scheint sich zu fein dafür zu sein, sich nach dem Reiten um ihr Pferd zu kümmern.« Sie wies auf die anderen Kinder. »Die hier machen es doch auch. Braucht Emily wohl einen eigenen Stallburschen oder was?«

»Du hast natürlich recht«, sagte Damian und seufzte noch mal. »Solche wie sie haben wir hier immer mal wieder, das bleibt nicht aus.«

»Und das lässt du durchgehen?«

»Was soll ich denn machen?« Er breitete entschuldigend die Arme aus. »Der Kunde ist König. Sie bezahlt fürs Reiten, alles andere ist freiwillig. Die meisten sind ja von sich aus ganz wild darauf, die Ponys zu versorgen. Aber wir können niemanden zwingen.«

»Dann musst du eben dafür sorgen, dass es jemand anderes macht.« Patricia strich Dallis über die Stirn. »Aber ein Pferd einfach sich selbst zu überlassen, nur weil Madame sich nicht die Finger schmutzig machen will und es als zahlende Kundin auch nicht muss, ist keine Entschuldigung, finde ich.«

»Du hast recht«, sagte Damian wieder, und seinem Gesichtsausdruck war deutlich zu entnehmen, dass ihm das Thema unangenehm war. Doch dann hellte sich seine Miene auf. »Aber zum Glück bist du ja vorbeigekommen und kümmerst dich um das Pony.«

»Ja, zum Glück.« Patricias Ton war ironisch, und gern hätte sie noch hinzugefügt: Glück für wen? Für Damian oder für Dallis?

Doch eine leichte Berührung an ihrem Arm ließ sie die Bemerkung verschlucken. Dallis wollte weitergestreichelt werden, und das war eindeutig wichtiger als sinnlose Debatten.

Damian sah zu, wie Patricia leise mit dem Pferd sprach.

Er räusperte sich.

»Die kleine Dallis hat sich ja schnell mit dir angefreundet.«

Patricia lächelte. »Ja, scheint so.« Sie zupfte ein paar Blätter aus der Mähne des Ponys und strich dann die Strähnen glatt.

»Willst du nicht auch mal reiten?« Damians Frage traf Patricia unvorbereitet, obwohl sie hätte wissen müssen, dass sie über kurz oder lang damit konfrontiert werden würde.

»Nein.« Sie sah Damian dabei nicht an, und hoffte, ihr Ton war eindeutig.

Doch entweder hatte Damian kein Ohr dafür, oder es mangelte ihm an jeglichem Einfühlungsvermögen.

»Warum denn nicht?«, fragte er beharrlich. »Du kannst es doch. Ich hab gesehen, wie du Michelle unterrichtest, du bist eindeutig keine Anfängerin.«

Patricia schwieg.

»Also wenn es wegen Geld ist – du liebe Güte, du hast hier schon so viel gemacht, dass als Honorar dafür ab und zu reiten absolut drin sein sollte«, fuhr er fort.

Patricia sagte immer noch nichts. Hör auf, dachte sie bei sich. Hör endlich auf damit!

»Also, ich würde dich wirklich gern mal reiten sehen.« Damian gab nicht auf.

Patricia fuhr herum, ihre Augen blitzten.

»Nein. Ich will nicht reiten. Verstanden?«

Damian stutzte. Erst jetzt schien ihm Patricias Gesichtsausdruck aufzufallen.

In Patricia tobten die Gefühle. Wenn Damian jetzt noch ein einziges Mal damit anfinge, dann würde sie ihm ins Gesicht springen.

Doch er sagte nichts und sah sie nur nachdenklich an.

13.

Die kleine graue Stute stand wie immer etwas abseits von ihrer Herde und graste, als Patricia an den Zaun trat.

»Hallo Dallis!« Patricias Stimme war leise, und sie lehnte sich vorsichtig an den obersten Balken. Sie hoffte, die anderen Ponys würden sie nicht sofort wieder als verheißungsvolle Leckerbissenlieferantin ansehen und angelaufen kommen, doch natürlich trat genau das ein. Der Falbe war der Erste, der erwartungsvoll herantrabte, zwei oder drei andere folgten augenblicklich.

»Ihr seid vielleicht verfressen«, lachte Patricia und streichelte ergeben die fordernden Nüstern, die sich über den Zaun drängten. Dallis hatte den Kopf gehoben und blickte Patricia ruhig an, doch wie befürchtet machte sie keine Anstalten, sich locken zu lassen.

Patricia seufzte. So wurde das nichts.

Sie war heute extra früh dran, um vor der täglichen Übungsstunde mit Michelle noch nach Dallis zu sehen und vielleicht die gestern so zaghaft gesponnenen ersten Bande vertiefen zu können. Doch inmitten der ganzen Ponygruppe bestanden wenig Chancen, sich mit der Grauen allein zu beschäftigen. Die Regeln einer Herde waren klar: Die Ranghöheren beanspruchten für sich alles, was ihnen interessant erschien. Und Menschen, die sie streichelten und erfahrungsgemäß auch etwas Leckeres in den Taschen bei sich trugen, waren sicherlich nichts, was sie mit Außenseitern zu teilen gedachten. Es nutzte nichts, wenn Patricia ärgerlich wurde oder versuchte, sie zu verscheuchen – Dallis würde niemals herankommen, solange sie befürchten musste, von den anderen weggebissen zu werden. Das war eben die Natur, und dieses Verhalten hatte ja im Grunde auch seinen Sinn.

Was sollte sie tun?

Patricia überlegte, was sie tun sollte, während sie die zutraulichen Ponys streichelte und klopfte.

Die einzige Möglichkeit war, Dallis von den anderen wegzubringen.

Doch durfte sie das einfach?

Eigentlich ging das Pony sie nichts an. Und überhaupt – hatte sie sich nicht vorgenommen, sich nicht mehr mit Pferden zu beschäftigen?

Dallis stand immer noch da und sah sie an. Ihre dunklen Augen glänzten warm, die Ohren waren aufmerksam auf Patricia gerichtet, und irgendwie schien es dem Mädchen, als würde auch Dallis gern mit ihr zusammen sein.

Patricia merkte, dass sie dem Pferdchen schon jetzt zu viele Gefühle entgegenbrachte. Sie wusste nicht, wieso, aber sie sah wieder sich selbst, ihre eigene Einsamkeit, und sie wollte nicht, dass es Dallis genauso ging. Es war unnatürlich, dass ein Pferd so allein war, Pferde waren Herdentiere.

Sie stützte die Arme auf den Koppelzaun.

Nein, sie musste etwas unternehmen.

Schritte schreckten Patricia auf. Sie fuhr hoch. Es würde doch nicht Damian sein, der sie gleich wieder damit plagte, dass sie reiten sollte?

Sie drehte sich um.

Ein alter Mann in Gummistiefeln, Arbeitshosen, Pullover und karierter Baskenmütze kam auf sie zu, im Mundwinkel hing eine Pfeife, aus der kleine Rauchwölkchen stiegen. Sein rotwangiges Gesicht war von Fältchen durchzogen und zeigte deutlich, dass er die meiste Zeit seines Lebens an der frischen Luft verbracht hatte, und seine klaren blauen Augen strahlten ruhige Freundlichkeit aus.

Patricia kannte den Mann nicht, aber sie wusste sofort, wen sie vor sich hatte.

»Sie sind Mr McNair, oder?«

Das faltige Gesicht verzog sich zu einem Lächeln. »Du kannst mich ruhig Silas nennen«, meinte der Mann, nachdem er umständlich seine Pfeife aus dem Mund genommen hatte. »Das tun hier alle.«

Patricia erwiderte scheu sein Lächeln. »Ich bin Patricia.«

»Ich weiß«, sagte Silas. »Ich hab dich schon einige Male auf dem Hof gesehen. Du gibst einem der Mädchen Reitunterricht, nicht wahr?«

Patricia wusste nicht, was sie darauf antworten sollte. Irgendwie war es ihr unangenehm, dass ihre Anwesenheit schon so bekannt war.

Silas steckte seine Pfeife wieder in den Mundwinkel und lehnte sich wie selbstverständlich neben Patricia an den Koppelzaun.

»Gute Tiere, unsere Garrons«, bemerkte er.

»Garrons?«

Er wies auf die Ponys. »Das ist die Rasse. *Highland Ponies* sagt man auch.«

»Die andere Bezeichnung kannte ich noch gar nicht«, meinte Patricia ehrlich. »Ich wusste nur, dass es Hochlandponys sind.«

Silas nickte vor sich hin. »Es ist ein alter Begriff. Die Crofters, die Kleinbauern, haben ihn geprägt. Sie halten diese Ponys schon seit Jahrhunderten für die Arbeit.«

»Ich weiß leider nicht viel über sie«, sagte Patricia und beobachtete gedankenverloren Dallis, die ihren Kopf wieder zum Grasen senkte. »Ich habe nur gelesen, dass sie für die Landwirtschaft eingesetzt wurden.«

»Für die Feldarbeit, aber auch für alles andere, was man sich nur denken kann.« Silas zog an seiner Pfeife. »Sie sind so stark, dass ein einziges Pony einen ganzen Hirsch tragen kann. Als Lasttiere waren sie daher noch wichtiger als für den Pflug.«

»Das kann ich mir gut vorstellen«, sagte Patricia.

»Ohne die Ponys wäre für die Crofters alles noch viel schwerer gewesen, als sie es damals ohnehin schon hatten«, fuhr Silas fort. »Es waren harte Zeiten.« Er nahm seine Pfeife aus dem Mund und klopfte sie am Zaun aus, bevor er einen Tabaksbeutel aus der Hosentasche zog und umständlich begann, sie neu zu stopfen.

»Allerdings. Aber das Leben hier in den Highlands war noch nie ein Zuckerschlecken. Der Boden gibt wenig her, das Klima ist rau und die fruchtbare Jahreszeit kurz. Die Bauern mussten sich ziemlich plagen, um ihre Familien durchzubringen. Nach der Arbeit auf dem Feld gingen sie daher noch jagen, fischen und stachen Torf in den Hochmooren. Wege, auf denen Wagen fahren konnten, gab es kaum, und alles musste daher auf den Rücken der Ponys transportiert werden.« Er hatte seine Pfeife fertig gestopft, holte nun ein Streichholzbriefchen aus der Tasche und beschirmte die Flamme mit der Hand gegen den Wind, um den Tabak zum Brennen zu bringen. »Dann kam der Aufstand.«

Patricia nickte. »1746. Das haben wir in der Schule durchgenommen.«

Silas lächelte. »Eure Schulen scheinen gar nicht so schlecht zu sein.«

»Na ja«, wandte Patricia ein, »das meiste vergisst man wieder, sobald der Test darüber geschrieben ist.«

Silas lachte. »Ja, das war zu meiner Zeit auch nicht viel anders. Man merkt sich eigentlich nur das, was einen wirklich interessiert.«

»Stimmt. Wie das mit den Ponys.«

»Eben.«

»Und was geschah danach?«, wollte Patricia neugierig wissen.

»Nun ja«, fuhr Silas fort, »nach der Niederlage von Culloden wurden die Highlander sozusagen systematisch vernichtet. Man enteignete jeden, dessen Familie auch nur entfernt etwas mit dem Aufstand zu tun hatte. Man verbot die äußeren Zeichen der Clans . . .«

»Die Kilts zum Beispiel, oder?«

»Richtig. Sogar Gälisch zu sprechen, war bei Höchststrafe untersagt. Und dann beschloss die englische Regierung auch noch, sämtliches Ackerland in Weideflächen für Schafe umzuwandeln. Schafe versprachen gutes Geld, die Nachfrage nach schottischer Wolle war groß.« Er wies auf die Berge ringsumher. »Deshalb sind auch die Highlands heute so kahl, sämtliche Wälder wurden dafür abgeholzt.«

Patricia sah den alten Mann erstaunt an. »Wälder? Hier?«

Silas lächelte. »Heute möchte man kaum glauben, dass es hier noch vor weniger als zweihundert Jahren ganz anders aussah. Das Hochland war in weiten Bereichen dicht bewaldet.«

»Das kann man sich wirklich kaum vorstellen.« Patricia blickte sich unwillkürlich um. Die Wolken hingen dunkel und schwer tief bis ins Tal hinunter und verdeckten die meisten Gipfel, die kahlen Hänge schimmerten bläulich. Sie versuchte, sich ein Panorama mit Bäumen vor Augen zu führen. Ein vollkommen anderes Bild.

»Und die Pächter wurden einfach vertrieben?«

»Mehr oder weniger«, bestätigte Silas. »Sie verloren dadurch ihre Existenz, viele versuchten ihr Glück in der Stadt oder wanderten nach Amerika aus. Ihre Tiere, die Ziegen und Ponys, konnten sie natürlich nicht mitnehmen und ließen sie einfach zurück.«

»Ganz allein? Sie überließen sie ihrem Schicksal?« Patricia konnte es nicht fassen.

Silas lächelte. »Nun ja, du darfst dabei natürlich nicht vergessen, worum es sich bei diesen Tieren handelte.« Er wies auf die Gruppe Ponys auf der Koppel. »Es sind zähe, genügsame Tiere, die an das raue Leben hier in den Highlands gewöhnt sind. Die meisten verwilderten schnell und bildeten den Grundstock für die frei lebenden Herden, die es heute noch in einsamen Gegenden gibt.«

Patricia sah ihn überrascht an. »Heißt das, es gibt hier in den Highlands wilde Ponys? So wie die Mustangs in den amerikanischen Prärien?«

»Wusstest du das nicht?« Silas stocherte in seiner Pfeife, die nicht so recht brennen wollte. »Noch heute leben weiter oben im Norden wilde Ponies und auch wilde Ziegen. Die Ponys sind scheu geworden, man sieht sie nicht oft. Sie sind damals schnell zu ihrem natürlichen Verhalten zurückgekehrt.«

»Nein, das wusste ich nicht. Ich dachte immer, die einzigen wilden Ponys in Großbritannien gibt es in Dartmoor.« Patricia betrachtete die Ponygruppe auf der Weide. »Aber irgendwie kann ich es mir gut vorstellen. Sie sehen ja wirklich ein wenig aus wie Wildpferde.«

»Sie tragen noch sehr viel vom Erbe der alten Wildpferde in sich«, bestätigte Silas. »Das macht sie auch so robust und widerstandsfähig. Aber wenn man ihre Eigenheiten kennt und die Rangstrukturen unter ihnen respektiert, findet man kaum liebenswertere, arbeitswilligere Tiere als diese Garrons.«

Patricias Blick wanderte zu Dallis, die nach wie vor abseits der anderen graste.

»Dallis . . .«, sinnierte sie gedankenverloren.

Silas folgte ihrem Blick.

»Du meinst die Graue da drüben?« Er wiegte seinen Kopf. »Ja, das ist ein gutes Beispiel für das natürliche Verhalten in den Ponyherden.« Er steckte seine Pfeife wieder in den Mund und paffte kräftig. »Die Stute ist schon ein wenig älter, ein kluges, erfahrenes Tier. Aber vor einiger Zeit war sie ein wenig krank. Innerhalb weniger Tage rutschte sie in der Rangfolge ganz nach unten. Sie hat es nie wieder geschafft, ihren alten Platz zurückzuerobern, und sie versucht es auch gar nicht mehr.«

»Das ist ja fies«, sagte Patricia ehrlich. »Richtig ungerecht finde ich das. Eine schwache Phase gleich so auszunutzen . . .!«

»So ist eben die Natur«, meinte Silas. »Sie ist selten gerecht. Und es ist der Lauf der Dinge, dass ältere Tiere irgendwann von den jüngeren, stärkeren an den Rand der Gruppe gedrängt werden. Es steckt ja auch Sinn dahinter. Nur die starken garantieren das Überleben der Herde. Sie müssen beispielsweise als Erste fressen dürfen, damit ihr Überleben gesichert ist und sie sich fortpflanzen können. Nahrung ist kostbar, und die Natur kann es sich nicht erlauben, etwas zu verschwenden. Hart, aber logisch.«

Patricia betrachtete Dallis erschrocken. »Aber sie verhungert jetzt doch nicht, oder?«

Silas schmunzelte. »Nein, da haben wir Menschen schließlich auch noch ein Wörtchen mitzureden. Die Stute bekommt genauso ihren Anteil Futter wie die anderen, und wir sorgen auch dafür, dass sie ihn in Ruhe fressen kann. Für uns ist sie keineswegs unnütz, nur weil sie nicht mehr jung ist. Sie ist ein gutes und verlässliches Reitpferd, aber das weißt du sicher.«

Patricia schwieg und fragte sich, was wohl passierte, wenn Dallis eines Tages auch für die Menschen keinen Nutzen mehr brachte.

14.

Noch lange dachte Patricia über das Gespräch mit dem alten Silas nach.

Er hatte natürlich recht.

Und Dallis litt sicherlich weitaus weniger unter ihrer Situation, als es ein Mensch an ihrer Stelle täte. Für sie war es eben so, und damit gut. Es war der Lauf der Dinge.

Zumindest jedoch genoss Dallis nach wie vor die Gunst der Reitschüler. Nicht lange nachdem Silas gegangen war, tauchte eine Gruppe Kinder auf, die sich ihre Ponys für den bevorstehenden Ausritt von der Koppel holen wollten.

»Ich reite Dallis!«, schrie ein vielleicht achtjähriges Mädchen. Sie wollte nicht einmal warten, bis Damian die Stangen des Koppelausganges zur Seite schob, sondern kletterte flink hindurch und stürzte auf die graue Stute zu.

Die Ponys schienen an solch stürmische Begrüßungen gewöhnt zu sein, nur ein Brauner schreckte im ersten Moment auf und tat einen Hopser auf die Seite. Die anderen, Dallis eingeschlossen, blieben ruhig stehen und ließen sich von den Kindern beim Halfter nehmen.

Stumm sah Patricia zu, wie die Kinder mit den Ponys abzogen.

»Hast du nicht doch Lust mitzukommen?«

Damian natürlich, er konnte es einfach nicht lassen.

Patricia bemühte sich nicht einmal um eine Antwort, und nach einem kurzen Blick in ihr Gesicht lächelte Damian ein wenig verlegen.

»Na, dann bis später«, sagte er und schloss das Tor des Zaunes. »Wir sehen uns ja noch.«

»Bis nachher.« Patricia nickte ihm zu.

Am vernünftigsten wäre es, sie machte einfach kehrt, ging zurück in die Pension und kam nie wieder hierher. Michelle würde es verschmerzen. Eine große Hilfe stellte Patricia für sie, bei Licht betrachtet, ohnehin nicht dar. Was konnte sie ihr schon beibringen?

Und für sie selbst, Patricia, wäre es die einzig richtige Entscheidung. Sie durfte sich nicht schon wieder in etwas hineinsteigern, was letztlich nur Kummer verursachen konnte.

Schließlich gab es noch anderes auf der Welt als Pferde.

Katie und Jennifer fielen ihr ein, und zum ersten Mal seit Monaten wurde sich Patricia bewusst, wie sehr sie ihre Freundinnen vermisste. Wie schön wäre es, wenn sie sie einfach anrufen und sich mit ihnen verabreden könnte. Zum Inliner-Fahren zum Beispiel, oder fürs Kino. Ja, auf Kino hätte sie jetzt richtig Lust. Auf keinen Fall ein Problemfilm, nein, lieber eine Komödie oder etwas mit viel Action. Ihr fiel der neue Film von Tom Cruise ein – auf den Typen stand Katie absolut und ließ sich immer so herrlich mit dieser Schwärmerei aufziehen. Und hinterher gingen sie zu McDonald's, einen BigMac essen und ein bisschen über Jungs lästern, das war schon Tradition bei ihnen.

Doch dann erinnerte sie sich wieder daran, wie sie Katie und Jennifer bei ihrer letzten Begegnung behandelt hatte. Die Beschämung überkam Patricia wie ein Guss kalten Wassers. Um Himmels willen, was hatte sie da nur angerichtet! Dass sie die beiden Freundinnen derartig vor den Kopf stieß, hatten sie wirklich nicht verdient. Sie waren bestimmt ziemlich sauer auf sie. Was, wenn sie nun nichts mehr mit ihr zu tun haben wollten? Zu verstehen wäre es schon, immerhin hatte sich Patricia ihnen gegenüber absolut unmöglich benommen.

Erst jetzt erkannte Patricia, wie weh ihr das tun würde.

Gavin war von klein auf ihr Freund gewesen, der Gedanke an seinen Tod schmerzte immer noch unsäglich. Aber er war nicht der Einzige, den sie hatte, das wurde ihr nun klar. Ihr Verhalten Jennifer und Katie gegenüber mussten die beiden jedoch so interpretieren, dass ihr an der Freundschaft nichts lag.

Patricia stöhnte unwillkürlich auf und legte ihre Stirn auf den harten Balken des Koppelzauns.

Nein, das hatte sie nicht gewollt! Die Freundinnen waren ihr doch wichtig!

Aber vielleicht hätte sie ihnen das ja auch einmal sagen sollen? Sie musste das irgendwie wieder in Ordnung bringen.

Automatisch tastete sie in ihrer Jackentasche nach ihrem Handy. Dann fiel ihr wieder ein, dass es in ihrer Reisetasche in der Pension lag. Patricia hatte es eigentlich gar nicht mit in den Urlaub nehmen wollen. Wozu auch? Aber dann landete es aus reiner Gewohnheit doch mit im Gepäck. Hoffentlich hatte sie das Ladekabel auch mit eingepackt, der Akku war natürlich komplett leer. Aber wenn sie das Kabel dabeihatte, würde Patricia das Handy heute Abend gleich laden und Jennifer und Katie eine SMS schicken.

Besser wäre natürlich, sie anzurufen. Doch wenn die beiden

wirklich nichts mehr mit ihr zu tun haben wollten, war eine SMS sicher leichter zu ertragen.

Patricia seufzte. Sie fühlte sich furchtbar, und sie wusste, dass es ihre eigene Schuld war.

15.

»Ich dachte, du wolltest nicht mehr reiten?«

Der Ausdruck von Ivans sommersprossigem Gesicht zeigte eine Mischung von Neugier und Schadenfreude.

Die Mutter ließ das Messer sinken, mit dem sie gerade Butter auf ihren Toast strich, und warf Patricia einen ängstlichen Blick zu. Ihrer Miene war anzusehen, was sie dachte: Um Himmels willen, musste der Bengel davon anfangen? Und wie würde Patricia reagieren?

Erwartungsgemäß machte Patricia ein feindseliges Gesicht.

»Ich reite auch nicht mehr«, gab sie kurz angebunden zurück.

»Du riechst aber nach Pferd.« Ivan ließ nicht locker. »Und ich hab dich gesehen, wie du zu dem Reiterhof hinter dem Berg rübergelaufen bist.«

»Spionierst du mir etwa nach?«, fauchte Patricia. Ihre Augen funkelten vor Wut.

»Brauch ich gar nicht.« Ihr Bruder grinste. »Man kann den Weg von der Straße aus sehen.« Er schob sich eine große Gabel voll Rührei in den Mund und kaute genüsslich. »Und weil du doch immer sagst, dass du nicht mehr reiten willst, find ich das schon ein bisschen komisch.«

»Das geht dich einen feuchten Dreck an«, fuhr ihn Patricia an, während Mrs Mackintosh ganz automatisch einwarf: »Bitte sprich nicht mit vollem Mund, Ivan!«

»Na, na«, mahnte der Vater und blickte Patricia ungehalten an. »Was sind denn das für Ausdrücke!«

Patricia gab keine Antwort. Sie legte ihr angebissenes Brot zurück auf den Teller. Der Appetit war ihr vergangen.

»Ivan, es geht dich wirklich nichts an, was deine Schwester macht«, versuchte ihre Mutter, die Situation zu entschärfen. »Iss jetzt dein Frühstück auf, und lass Patricia in Ruhe.«

»Ich find das aber voll bescheuert«, beharrte Ivan. »Erst macht sie so einen Wind drum, dass sie nie wieder reitet, und jetzt reitet sie doch wieder!«

»Ich reite *nicht!«*

»Tust du doch!«

»Ivan!« Der Ton seines Vaters war scharf. »Es reicht.«

»Aber . . .«

»Kein Aber. Und damit Ende der Diskussion.«

»Mann ey«, maulte Ivan leise, aber er war doch ein wenig eingeschüchtert und richtete seine Aufmerksamkeit lieber wieder auf seinen Frühstücksteller.

Patricia starrte auf ihre halb leere Teetasse.

Das hatte sie nun davon! Eigentlich war es klar gewesen, dass jemand etwas von ihren Ausflügen zum Reiterhof mitbekommen würde. Und ihre Eltern verteidigten sie auch noch!

Patricia wusste nicht, ob sie sich darüber freuen sollte. Eigentlich empfand sie es eher als Demütigung – offenbar meinten die Eltern, man müsse sie wie eine psychisch Kranke mit Behutsamkeit behandeln, damit sie sich nicht aufregte.

Sie merkte, wie ihr das Blut ins Gesicht schoss.

Verdammt, dachte Patricia. Ich hätte das nie anfangen dürfen! Verdammte Michelle, verdammte Ponys!

Heute würde sie jedenfalls nicht zu ihnen gehen, so viel war sicher.

Das hatten sie nun davon!

Immer noch zornig holte Patricia nach dem Frühstück ein Buch aus ihrem Zimmer und machte sich auf den Weg in den Garten.

Hoffentlich ließ Mrs Dench sie wenigstens heute in Ruhe – die hätte ihr jetzt gerade noch gefehlt!

Doch sie hatte Glück, von Mrs Dench war weit und breit nichts zu sehen, als sich Patricia unter dem Apfelbaum in einen Liegestuhl plumpsen ließ.

Sie schlug ihr Buch auf, doch sie las nicht. Ihre Wut auf Ivan war nach wie vor nicht verraucht.

Und sie fühlte sich merkwürdig kribbelig.

Was Dallis heute wohl machte? War sie wieder zum Reiten eingeteilt? Hoffentlich bekam sie einen netten Reiter.

Ob es dem Pony auffiel, dass sie, Patricia, heute nicht kam?

Und was würde Michelle sagen? War sie enttäuscht, dass der Unterricht ausfiel? Dachte sie, Patricia hätte sie im Stich gelassen?

Patricia merkte, dass ihr dieser Gedanke unangenehm war. Sie wollte nicht, dass Michelle sie für unzuverlässig hielt.

Verdammt noch mal, dachte sie. Alles bloß wegen dieser bescheuerten Nervensäge von Bruder! Am liebsten wäre sie noch einmal zurück ins Haus gegangen und hätte Ivan eine Ohrfeige verpasst. Was hatte der sich eigentlich in ihre Angelegenheiten einzumischen?

Aber den Gefallen würde sie ihm bestimmt nicht tun, jetzt zum Hof hinüberzulaufen. Diese Genugtuung gönnte sie ihm nicht. Fies wie Ivan manchmal war, hatte er bestimmt gehofft, ihr einen Spaß verderben zu können, aber da hatte er sich geschnitten! Als ob ihr was daran läge, dahin zu gehen!

Eigentlich nervte es sie, jeden Tag dort zu verbringen. Sie hatte sowieso vorgehabt, das Ganze abzublasen, denn es wurde allmählich langweilig.

Michelle sollte sich gefälligst eine andere Dumme suchen, die sich ausnutzen ließ. Und die Pferde – pah, wenn es wenigstens welche wären! Aber die Ponys, das waren ja eher schlecht frisierte Hoppeldackel, nichts weiter!

Patricia schnaubte und wandte sich wieder ihrem Buch zu.

Doch der Ärger machte es ihr schwer, sich zu konzentrieren.

Sie hatte das Gefühl, als habe man ihr etwas weggenommen, auf das sie sich gefreut hatte.

Und das machte sie wütender als alles andere.

Patricia hielt es genau einen Tag durch.

Einen ganzen Tag, währenddessen ihre Gedanken immer wieder zu dem kleinen grauen Pferd wanderten. Während dem ihr immer wieder ein Paar kluge dunkle Augen unter einem buschigen grauschwarzen Haarschopf, welcher den Stern auf der Stirn meist verbarg, in den Sinn kamen.

Dallis.

Ob die Stute sie vermisste?

Unsinn, sagte sich Patricia. Diese Ponys – wie hatte der alte Silas sie genannt? Garrons – waren Mietpferde, die im Laufe ihres Lebens unzählige Menschen kommen und gehen sahen. Nette und weniger nette Menschen. Warum sollte sich Dallis daher an ein Mädchen erinnern, dem sie vielleicht ein halbes Dutzend Mal begegnet war – selbst wenn es ihr noch so viel Aufmerksamkeit entgegenbrachte? Sicher war Patricia nicht die Erste, die sich liebevoll um sie kümmerte, die mit ihr sprach und ihr Zuneigung entgegegenbrachte. Und sie würde auch nicht die Letzte sein, das durfte sie sich nicht einbilden.

Trotzdem.

Irgendwie schien Patricia etwas mit diesem Pony zu verbinden, das empfand sie ganz stark. Etwas wie Seelenverwandtschaft, eine Anziehungskraft, die zwischen ihnen zu liegen schien und von Mal zu Mal deutlicher wurde. Dallis spürte das, da war sie sicher. Pferde verfügten über eine außergewöhnliche Feinfühligkeit für Stimmungen, und Patricia war davon überzeugt, dass Dallis die Signale der Sympathie empfangen und verstanden hatte. Und Patricia wünschte sich mehr als alles andere, dass Dallis diese Sympathie erwiderte.

Als Patricia am nächsten Morgen an der Koppel eintraf, auf der Dallis gewöhnlich graste, war diese leer. Ein Blick auf die Uhr zeigte, dass sich die Ponys vermutlich auf ihrem ersten Ausritt befanden. Nichts Außergewöhnliches daher, sie nicht vorzufinden, doch Patricia verspürte Enttäuschung.

Lustlos schlenderte sie am Zaun entlang, die Hände in den Hosentaschen. Selbst das Wetter schien sich gegen Patricia verschworen zu haben, schon seit dem frühen Morgen hing wieder einmal dichter Nebel bis tief ins Tal hinunter. Die feuchtkühle Luft und das trübe Grau steigerte Patricias schlechte Laune noch. Mit einem Mal verstand sie gar nicht mehr, was sie hier eigentlich suchte. Am liebsten, dachte sie, würde sie schon morgen nach Edinburgh zurückfahren, die Ferien wurden langsam langweilig. Zu Hause konnte sie wenigstens etwas unternehmen – Jennifer und Katie hatten beide sofort auf ihre SMS geantwortet, offenbar waren sie ihr wirklich nicht böse und freuten sich schon auf ihre Rückkehr. Patricia fühlte sich unendlich erleichtert. Sie war sich dessen bewusst, was für ein Glück sie mit solchen Freundinnen hatte.

Aber sie musste noch über eine Woche hier aushalten, bis sie sie wiedersehen würde. Fast zwei Wochen sogar. Was für ein Mist! Wer hatte ihrem Vater bloß so lange Urlaub gegeben? Er jammerte doch sonst immer, dass er bei der Arbeit so viel zu tun habe! Zwei Wochen insgesamt hätten dicke gereicht. Besonders für einen Urlaubsort wie diesen, wo nichts und noch mal nichts los war.

Patricia war so in ihren düsteren Gedanken versunken, dass sie kaum merkte, wie sie automatisch den gewohnten Weg zum Hof hinauftrottete. Erst als sie die steinernen Pfosten des Hoftores vor sich sah, schreckte sie hoch. Oh nein, hier hatte sie doch gar nicht hingewollt!

Ein vorsichtiger Blick in die Runde zeigte, dass Damian wirklich mit einer Gruppe unterwegs sein musste. Einige Kinder, die offenbar die darauf folgende Stunde gebucht hatten und warteten, dass sie an die Reihe kamen, lungerten herum, aber sonst schien keiner da zu sein. Nicht einmal Michelle, wie Patricia zu ihrer Erleichterung feststellte. Sie hatte ein ziemlich schlechtes Gewissen, weil sie das Mädchen gestern versetzt hatte, ohne sie zu benachrichtigen.

Patricia warf einen erneuten Blick auf ihre Uhr. Sie kannte inzwischen die Zeiten der jeweiligen Ausritte und stellte fest, dass die Reiter gleich wieder eintreffen mussten.

Schon drang Hufgeklapper an ihr Ohr, das allmählich lauter wurde – sie kamen.

Patricia lehnte sich an den Torpfosten. Sie würde nur warten, bis Dallis wieder da war, vielleicht hatte Damian sie ja für die nächste Runde nicht gleich wieder eingeteilt, sodass sie die Stute putzen und sich ein wenig um sie kümmern konnte. Auf der Koppel ließ sie ja niemanden an sich heran, da wäre die Gelegenheit hier günstig.

Tommy war der Erste, der mit glänzenden Augen und hochroten Wangen auf den Hof preschte. Wie immer hatte er die anderen weit hinter sich gelassen, und Patricia vermochte sich gut vorzustellen, was Damian bestimmt wieder gemotzt hatte. Dicht hinter Tommys Schimmel folgte allerdings ein schwarzes Pony, auf dem Michelles Schwester Nadine saß. Auf ihrem Gesicht erschien ein spöttisches Lächeln, als sie Patricia erkannte.

»Na, du hast wohl endlich gemerkt, dass Michelle zu blöd zum Reiten ist, was?«

Patricia bekam schmale Augen. Na prima, hatte die blöde Schnepfe also mitgekriegt, dass es gestern keinen Unterricht gegeben hatte! Arme Michelle! Dass ihre Schwester sie deshalb gleich verhöhnte, das hatte Patricia nicht gewollt!

Und ehe sie sich's versah, rutschte es Patricia heraus: »Keine Sorge, der Unterricht geht weiter!« Sie verschluckte sich beinahe, als ihr klar wurde, was sie da gerade gesagt hatte. Doch ihr

Ärger über Nadine und ihr schlechtes Gewissen Michelle gegenüber waren stärker als ihr Wunsch, alles hinzuschmeißen. Sie sah Nadines arrogantes Lächeln und verbiss sich einen bösen Kommentar. Das brachte ja nichts.

Sie atmete langsam aus, um sich zu beruhigen. Dabei merkte sie, dass ihre Hände sich unwillkürlich zu Fäusten geballt hatten. In diesem Moment wurde sie sich bewusst, dass sie Michelle wirklich gern hatte und wütend war angesichts der Herablassung in Nadines Miene.

Arme Michelle. Es musste wirklich schwer sein, sich unter solchen Umständen auch nur eine winzig kleine Spur von Selbstbewusstsein zu erhalten.

Und sie merkte, dass sie ungewollt tatsächlich die Wahrheit gesagt hatte. Ja, sie würde mit dem Unterricht weitermachen. Und sei es nur, um diese eingebildete Nadine in ihre Schranken zu weisen.

Sie kümmerte sich nicht weiter um das Mädchen, das ihr Pony wieder antrieb und an Patricia vorbeiritt.

Patricia hielt Ausschau nach Michelle – sicher würde sie auch gleich auftauchen. Dann konnte sie sich bei ihr entschuldigen und sie gleich fragen, ob sie jetzt Lust auf eine Unterrichtsstunde hatte.

Doch dann blieb ihr Blick an einer anderen Reiterin hängen. Genau genommen war es das Pferd, auf das ihr Auge fiel. Eine kleine mausgraue Stute mit schwarzen Beinen und einem weißen Stern auf der Stirn. Den Stern konnte Patricia allerdings kaum erkennen, so tief ließ das Pony den Kopf hängen. Sein Gang zeigte Lustlosigkeit, obwohl es gehorsam einen raschen Schritt hielt.

Dallis!

Patricia merkte, wie sich automatisch ihr Rücken straffte, eine Alarmglocke schien in ihrem Kopf zu schrillen.

Das Pony sah so müde und niedergeschlagen aus, wie sie es noch nie erlebt hatte.

Was um Himmels willen war da los?

Das Mädchen auf Dallis' Rücken saß im Gegensatz zur zusammengesunkenen Haltung der Stute kerzengerade im Sattel. Ihr Gesicht konnte Patricia unter dem Schirm des tief in die Stirn gezogenen Reithelmes auf die Entfernung nicht erkennen, ihre Aufmachung ließ jedoch keinen Zweifel daran, um wen es sich handeln musste.

Das Modepüppchen, na toll. Wie hieß sie doch gleich?

Emily, erinnerte sich Patricia. Die mit der ausgeprägten Abneigung, sich die Hände schmutzig zu machen. Jede Wette, dass sie Dallis auch dieses Mal einfach stehen ließ, ohne sie nach dem Ritt zu versorgen.

Aber was hatte sie mit der Stute angestellt, dass diese so erschöpft wirkte?

Zwei weitere Reiter bogen um die Ecke und hielten aufs Hoftor zu. Michelle fehlte immer noch, wie Patricia mit flüchtigem Blick feststellte. Doch sie dachte nicht weiter über Michelle nach, sie beobachtete mit wachsender Besorgnis Dallis, die von Emily nun durch das Tor gelenkt wurde. Vom Maul des Ponys tropften dicke Schaumflocken zur Erde, die Nüstern waren geweitet und die Flanken dunkel vor Schweiß.

Ein Bild des Elends.

Patricia wurde es eiskalt. Sie tat einen Schritt auf sie zu und öffnete den Mund, doch bevor sie etwas sagen konnte, sah sie zu ihrem fassungslosen Entsetzen, wie Emily die Gerte hob und Dallis einen scharfen Hieb in die Flanke versetzte.

Das Pony schreckte trotz seiner Müdigkeit auf, was Emily zu einem weiteren Schlag und einem heftigen Zerren am Zügel veranlasste.

»Werd bloß nicht auch noch aufmüpfig!«, fuhr sie die Stute an.

Patricia blieb der Mund offen stehen. Das durfte doch nicht wahr sein!

Mit einem einzigen Satz war sie bei dem Pony, griff Emily in die Zügel und riss ihr die Gerte aus der Hand.

»Sag mal, bist du noch ganz dicht?«

Dallis war bei dem unvermuteten Angriff erneut hochgeschreckt, doch Patricia hielt sie fest. Sie fühlte rasenden Zorn, und obwohl es ihr leid tat, dass sie Dallis durch ihr Eingreifen noch mehr verängstigte, vermochte sie sich nicht zu beherrschen.

»Wie kommst du dazu, das Pferd zu schlagen?« Ihre Stimme klang schrill. Im gleichen Moment fiel ihr ein, dass sie Emily schon einmal in so einer Situation erlebt hatte – damals, bei ihrer ersten Begegnung. Nur hatte es sich da nicht um Dallis gehandelt, sondern um einen Schimmelwallach.

Emily war im ersten Moment verdattert, doch dann fand sie ihre Stimme wieder.

»Ich wüsste nicht, was dich das angeht«, erwiderte sie schneidend.

»Es geht mich durchaus was an«, fauchte Patricia. »Man schlägt keine Pferde, und schon gar nicht dieses, kapiert?«

Emily presste die Lippen zusammen. »Wenn das Pferd nicht tut, was ich will, dann darf ich es schlagen, das ist mein gutes Recht.«

»So, dein gutes Recht! Woher hast du denn solche Weisheiten? Hat dir keiner beigebracht, dass man mit den Tieren behutsam umgeht?«

»Ich weiß sehr wohl, wie man reitet«, gab Emily hoheitsvoll zurück und wischte ein unsichtbares Staubkorn von ihrem Ärmel. »Du brauchst mir keine Nachhilfestunden zu geben, danke.« Das Wörtchen *mir* betonte sie dabei besonders.

Das war natürlich eine Anspielung auf Michelle. Patricias Augen wurden schmal.

»Ich glaube allerdings, ein paar Lektionen würden dir ebenfalls nicht schaden«, stellte sie angewidert fest. »Ein Tier, das sich nicht wehren kann, zu schlagen, ist ja wohl das Allerletzte!«

Emily zog nur die Augenbrauen hoch. »Das sehe ich anders«, sagte sie. »Besonders wenn es ein derart faules Biest ist wie dieses hier.«

»Ach nee! Vielleicht liegt es ja an dir?« Patricia musterte Dallis flüchtig, sah, wie erschöpft das Tier war, und ihr Zorn schwoll weiter an. »Was hast du überhaupt mit der Stute angestellt, dass sie so fertig ist?«

»Ich habe überhaupt nichts mit ihr angestellt«, gab Emily kühl zurück. »Allerdings darf ich ja wohl erwarten, dass mein Pferd galoppiert, wenn ich galoppieren möchte.«

Patricia atmete tief durch. Nur die Ruhe bewahren, dachte sie bei sich. Es brachte nichts, wenn sie sich von ihrem Zorn hinreißen ließ. Besser, sie versuchte, mit dem Mädchen vernünftig zu reden. Emily musste etwa im gleichen Alter sein wie sie selbst, da sollte sich doch ein Draht finden lassen. Sie bemühte sich um einen ruhigeren Ton.

»Bist du nie auf die Idee gekommen, dass die Stute schon etwas älter ist und vielleicht auch mal müde sein könnte? Die Ponys hier gehen mehrmals am Tag. Auch Dallis war mit Sicherheit heute schon vorher draußen. Und ich möchte dich mal sehen, wie du beieinander wärst, wenn du mehrere Stunden am Stück rennen müsstest!«

Emily straffte ihre Haltung noch mehr. »Wir reden hier ja wohl von einem *Pferd* und nicht von einem Menschen, oder?«, erwiderte sie ungerührt. »Wenn der Gaul so empfindlich ist, dann hätte er eben kein Reitpferd werden dürfen. Immerhin habe ich für die Stunde bezahlt, und mein Vater sagt immer, man darf für sein Geld volle Leistung erwarten. Das bedeutet, dass ich genau so reiten kann, wie es mir gefällt, ohne dass der Gaul schlappmacht.«

»Aha, das erwartest du also. Und deshalb verlangst du von einem müden Pony Höchstleistungen und prügelst es, wenn es nicht mehr kann?«

»Wenn es sonst nicht laufen will, klar.«

»Das hat nichts mit wollen zu tun, es *kann* nicht, weil es völlig fertig ist.« Patricia wurde laut. »Hast du das immer noch nicht kapiert? Sieh es dir doch bloß mal an!« Sie deutete auf die kleine Stute.

Emily schaute deutlich befremdet auf Dallis hinunter.

»Das ist nicht mein Problem«, versetzte sie kalt. »Ob der Gaul kaputt ist oder nicht, kann mir doch egal sein. Es ist ja schließlich nicht meiner. Um so was haben sich gefälligst die Leute hier zu kümmern, denen er gehört.« Emily sah Patricia feindselig an. »Wenn sie das Pferd vermieten, obwohl es müde ist, dann ist das eben sein Pech. Beschwer dich also woanders, wenn dir was nicht passt«, fügte sie noch hinzu.

Patricia starrte sie sprachlos an. Nein, da war kein Draht zu finden. Patricia kannte aus der Schule und vom Reiten viele Mädchen –, nette und weniger nette, gefühlvolle und eher materialistisch eingestellte – doch nie zuvor hatte sie eine derartig kaltschnäuzige Person erlebt wie nun diese Emily. Am liebsten hätte sie das Mädchen aus dem Sattel gezerrt und ihr ein paar Ohrfeigen verpasst, der Drang dazu war kaum zu beherrschen. Leider ging das bloß schlecht, denn dann hätte sie sich mit ihr auf dieselbe Stufe gestellt. Deshalb biss sie die Zähne zusammen und versuchte, ihre Wut zu bezähmen.

»Hast du noch nie was von Rücksichtnahme gehört?«

»Kümmere dich um deine eigenen Angelegenheiten.« Emily streckte die Hand aus. »Und jetzt gib meine Gerte her, aber dalli.«

Den Teufel werd ich tun, dachte Patricia. Die Bemerkung, die ihr auf der Zunge lag, verkniff sie sich. Sie wusste, wenn sie jetzt nicht ging, passierte ein Unglück. Sie klemmte sich die Gerte fest unter den Arm und wandte sich wortlos ab.

Dallis stand mit hängendem Kopf und halb geschlossenen Augen da. Patricia bemühte sich, ihre Fassung zu bewahren, doch in ihr schrie es. Es schien, als könnte sie die grenzenlose Erschöpfung der Stute am eigenen Leib spüren. Als würde ihr das Pony mit letzter Kraft sagen wollen: »Hilf mir!«

Aber das musste natürlich Einbildung sein.

Emily riss energisch am Zügel und hieb die blank polierten Reitstiefel in Dallis' Seite. Sie trug Sporen, bemerkte Patricia erst jetzt. Und die spitzen Metallrädchen hatten bereits ihre sichtbaren Spuren an Dallis' Flanken hinterlassen, offenbar hatte sie sie auch während des Ausrittes fleißig benutzt. Ein Schauer lief Patricia über den Rücken, und für einen Augenblick überlegte sie, ob sie Emily vom Pferd zerren sollte.

Doch dann dachte sie daran, dass Emily erfahrungsgemäß ohnehin gleich absitzen, das Pony am Balken anbinden und gehen würde, ohne sich noch weiter um ihr Tier zu kümmern. Diese halbe Minute würde die Stute noch überstehen. Am besten verdrückte sich Patricia irgendwohin, bis Emily weg war und sie Dallis für sich allein hatte.

Sie zwang sich, in die entgegengesetzte Richtung zu blicken, und drehte sich nicht mehr um, als Emily das letzte Stück bis zum Haltebalken ritt.

16.

Im Stall war es dunkel, die Boxen waren alle leer. Offenbar nutzte man das Gebäude nicht häufig, die Ponys verbrachten die meiste Zeit draußen.

Patricia lehnte ihre Stirn an die kühlen Metallstäbe, mit denen die obere Hälfte der Boxen vergittert waren. Sie schloss ihre Augen und atmete tief durch. Ihre Knie fühlten sich an wie Pudding.

Der Streit mit Emily hatte sie ziemlich mitgenommen, merkte sie. Eigentlich hasste sie Auseinandersetzungen, doch manchmal ließ es sich nicht vermeiden. Unglaublich, wie eiskalt diese Emily hinter der geleckten Fassade war. Wie konnte ein Mädchen, nicht älter als sie selbst, sich derartig herzlos verhalten! Patricia verstand es einfach nicht.

Sie entsann sich, dass Emily während ihres Wortwechsels »Mein Vater sagt immer . . .« gesagt hatte. Und offenbar hatte sie die Einstellung ihres Vaters blind übernommen.

Patricia musste unwillkürlich an ihren eigenen Vater denken, der niemals so gedacht, geschweige denn, sich derart geäußert hätte.

Für Emilys Vater hingegen war offenbar nur eins wichtig: Geld. Und er hatte seine Tochter sichtbar erfolgreich dazu erzogen, es als einzigen Maßstab und gleichzeitig als Freibrief für unbeschränkte Machtausübung anzusehen – vollkommen egal, wer darunter litt.

Und jetzt war es Dallis, die darunter litt.

Patricia tat es in der Seele weh, wenn sie daran dachte.

Ausgerechnet Dallis, die es ohnehin schon so schwer hatte!

Sie sah die Augen der Stute vor sich, die so flehentlich zu blicken schienen.

Und unwillkürlich kamen ihr die Wunden in den Sinn, die Dallis von den Sporen trug.

Keine großen Wunden, natürlich – aber musste so was sein?

Patricia wurde bewusst, dass sie noch immer Emilys Gerte in der Hand hielt. Voller Abscheu betrachtete sie den biegsamen Kunststoffstab. Sie selbst benutzte nie eine Gerte, nicht mehr seit ihren allerersten Reitstunden, als sie noch gedacht hatte, es gehöre dazu. Beim Dressurreiten war eine Gerte zwar tatsächlich obligatorisch, doch auch hier trug Patricia sie lediglich den Vorschriften entsprechend während der Prüfung bei sich.

Nein, das konnte Emily absolut vergessen, dass sie das das Ding von ihr zurückbekam!

Bloß nützte das wahrscheinlich nicht viel, sie würde sich garantiert eine neue kaufen. Oder, wie Patricia bitter dachte, vermutlich kaufte ihr Daddy eine neue – damit seine kostbare Tochter Emily weiterhin ihr »gutes Recht« einfordern konnte!

In plötzlicher Wut hob Patricia ihren Arm und schleuderte die Gerte mit aller Kraft von sich, irgendwo ins Dunkel des Stalles.

»Autsch!« Ein plötzlicher Schmerz durchfuhr Patricia, ihre rechte Hand tat auf einmal sehr weh. Im Stall herrschte eine derart schwache Beleuchtung, dass sie kaum etwas sehen konnte und beim Werfen der Gerte irgendwo hängen geblieben sein musste.

Verdammt, das tat wirklich weh, sie konnte die Hand kaum biegen.

Patricia versuchte, im Dämmerlicht zu erkennen, ob eine Wunde sichtbar war. Ja, die Hand schien zu bluten.

Na, egal. Sie konnte darauf jetzt keine Rücksicht nehmen, sie musste wieder raus, zu Dallis.

Emily war inzwischen garantiert weg, und Dallis erkältete sich, wenn sie länger unversorgt in ihrem verschwitzten Zustand draußen stand.

Sie drehte sich um und öffnete die Stalltür.

Dallis stand tatsächlich noch am Balken, ihr Kopf hing tief herunter. Emily war verschwunden, wie erwartet.

Neben Dallis hatten sich inzwischen die anderen Ponys mit ihren Reitern eingefunden, Michelle war allerdings nicht dabei, wie Patricia mit kurzem, schnellem Blick feststellte. Vielleicht hatte Michelle ja endgültig die Nase vom Reiten voll, nachdem sie sich nun auch noch von Patricia im Stich gelassen fühlen musste. Patricia verspürte einen weiteren Anflug von schlechtem Gewissen, doch sie verdrängte es. Dallis war wichtiger.

Patricia ging um den Balken herum und näherte sich dem Pony behutsam, während sie leise auf das Pony einsprach.

Sie spürte einen dicken Kloß in der Kehle, als sie sah, wie die kleine graue Stute vom Klang ihrer Stimme aus ihrer Lethargie geholt wurde, ihre Ohren aufstellte, den Kopf hob und ihre Augen auf sie richtete.

»Oh Dallis«, sagte Patricia mit erstickter Stimme und legte der Grauen beide Hände auf die Stirn.

Und Dallis hob die Nüstern und schnoberte sanft an Patricias Armen. Ihre Augen glänzten dunkel und feucht, ihre Berührung war samtweich.

Patricia stiegen nun tatsächlich die Tränen in die Augen.

Das Pony schien sie wirklich wiederzuerkennen und ihr zu vertrauen. Und das, trotz ihrer schlimmen Erfahrung gerade eben.

Patricia konnte nicht anders, sie legte ihre Arme um den Hals des Tieres und vergrub ihr Gesicht an seinem Hals. Dallis hielt still.

Doch nach wenigen Augenblicken nahm sich Patricia zusammen. Sie musste das Pony versorgen, keine Zeit für Gefühle.

Mit schnellen Griffen löste sie den Gurt und hob den Sattel vom Rücken des Ponys. Sie wusste zwar nicht, ob Dallis heute noch einmal für einen Ritt eingeteilt war, aber sie entschied, dass für die Stute das Tagwerk für diesmal vollbracht war. Und wehe, irgendjemand widersprach – Patricia war willens, deshalb den größten Krach zu veranstalten!

Auch die Trense war schnell entfernt. Patricia eilte noch einmal in den Stall und holte den Lappen, mit dem Michelle immer Linus abrieb. Behutsam, aber sorgfältig rubbelte sie das Fell der Stute trocken, und kniff die Lippen zusammen, als sie dabei die von den Sporen verursachten Wunden genauer betrachten konnte. Auch die Gerte hatte Striemen hinterlassen, und Patricia merkte, wie in ihr wieder der Zorn aufstieg. Doch sie schluckte ihn hinunter – Dallis zumindest schien nicht mehr daran zu denken, und sie wollte die Stute nicht aufs Neue verängstigen, indem sie sich ihren Ärger zu sehr anmerken ließ.

Dallis wirkte immer noch sehr müde, aber wenigstens war dieser erschreckende Ausdruck von Stumpfsinn verschwunden, den sie noch vor wenigen Minuten gezeigt hatte. Aufmerksam beobachtete sie Patricias Bemühungen, und obwohl sie nach dem

Abnehmen der Trense nicht mehr festgebunden war, blieb sie geduldig stehen und ließ sich abtrocknen und hob auch willig die Hufe, als Patricia diese untersuchte.

Wie konnte man ein so sanftes, liebenswertes Tier nur so quälen!

»Ich verspreche dir«, sagte Patricia leise und legte ihre Hand auf den samtigen Hals der grauen Stute, »dass ich alles tun werde, damit dich keiner mehr quält.«

Sie hoffte, dass sie dieses Versprechen halten konnte.

»Hallo Patricia, auch wieder bei der Arbeit?«

Patricia drehte sich um. Damian stand hinter ihr und betrachtete sie lächelnd.

»Allerdings«, gab sie zurück. »Die eigentlich dafür zuständige Dame hat sich wieder mal verpisst.«

Damian zuckte die Achseln. »Was soll ich denn machen?«

Patricia schaute ihm in die Augen. »Das kann ich dir sagen. Du solltest Emily zum Beispiel verbieten, die Pferde zu quälen.« Ihre Stimme bebte vor Erregung.

Damian warf einen Blick auf Dallis und seufzte. Patricia, die gehofft hatte, dass er erstaunt und genauso böse sein würde wie sie selbst, erkannte voller Mutlosigkeit, dass er es wusste. Und dass er nichts unternehmen würde.

»Ach so«, sagte sie kalt. »Bloß keine Kunden vergraulen, nicht wahr?«

»Patricia, du musst das verstehen.« Damian klang hilflos. »Der ganze Betrieb hier lebt von den Touristen. Wir sind darauf angewiesen, dass möglichst viele Kinder zum Reiten kommen, aber bei der schlechten Wirtschaftslage momentan werden es ohnehin immer weniger. Wir können es uns da leider nicht leisten, wählerisch zu sein.« Er wies auf ein stämmiges, rothaariges Mädchen, das ein Stück entfernt stand und mit Eifer ihren Braunen abrieb und dabei mit ihm sprach. »Nur solche Kunden wären uns natürlich am liebsten, aber unglücklicherweise sind eben nicht alle so. Und solange Emily regelmäßig kommt und für ihre Reitstunden bezahlt, müssen wir uns irgendwie mit ihren Eigenheiten abfinden.«

»Aha, ihr müsst euch damit abfinden. Und Dallis dann natürlich auch. Klar, für ein bisschen Geld darf ein Pferd ruhig bis zur Erschöpfung gehetzt werden und mit Peitsche und Sporen traktiert werden, wenn es nicht mehr kann.« Patricias Stimme hatte einen höhnischen Ausdruck angenommen.

Damian seufzte wieder. Dann bückte er sich und betastete die kleinen Risswunden in Dallis' Seite.

»Glaub mir, ich wünschte wirklich, wir könnten die Göre zum Teufel jagen«, sagte er dann und sah Patricia offen an. »Du brauchst nicht denken, dass ich das so besonders toll finde, was sie tut. Ich habe ihr selbst auch schon einige Male gesagt, sie soll das bleiben lassen. Aber du hast sie ja selbst kennengelernt. Da ist jedes Wort verschwendet. Sie weiß sowieso alles besser.«

»Verdammt, dann musst du halt mal den Chef rauskehren«, rief Patricia erbost. »Bist du der Reitlehrer oder nicht? Ich kann mich nicht erinnern, dass ich oder sonst jemand von uns es jemals gewagt hätte zu widersprechen, wenn Helen sauer auf uns war.«

»Helen?«

»Meine Reitlehrerin zu Hause«, murmelte Patricia, der zu spät einfiel, dass sie mit diesem Kapitel abgeschlossen hatte.

Damian schaute sie einen Moment aufmerksam an, doch er ging auf diesen Punkt zum Glück nicht weiter ein, sondern schüttelte den Kopf.

»Ob du es glaubst oder nicht, ich hab es versucht. Hab Emily angeschnauzt, als sie mal wieder meinte, eins der Ponys misshandeln zu müssen.«

»Und?«

Damian lächelte grimmig. »Am nächsten Tag kam sie in Begleitung ihres Daddys. Und der machte mir dann mehr deutlich als höflich klar, wer hier das Geld bezahlt und meinen Job sichert.«

»Na klasse.« Patricia verzog angewidert das Gesicht.

Damian hob die Schultern. »Du siehst also, wie die Sache ist. Wir haben keine Chance.«

»Also, ich würde auf das Geld von der dummen Kuh pfeifen«, stellte Patricia fest. »Was kann es denn groß für einen Unterschied machen, ob es nun eine mehr oder weniger ist, die ein paar Wochen lang zum Reiten kommt und danach eh nie wieder auftaucht?«

Damian rieb sich das Kinn. Er sah Patricia nicht an.

»So einfach ist es leider nicht«, sagte er dann. »Es sind nicht nur die paar Reitstunden in den Ferien, um die es geht.«

»Sondern?«

»Eigentlich ist es nicht richtig, wenn ich dir das erzähle.« Damian zögerte, doch dann gab er sich einen Ruck. »Das Problem ist, dass Emilys Vater im Vorstand der Bank sitzt, bei der die Kredite des Hofes laufen. Du verstehst, was das bedeutet, oder?«

Patricia verstand allerdings, und das Herz wurde ihr schwer.

Es hieß, dass keiner hier Dallis oder die anderen Pferde schützen konnte. Oder wollte – wie man es eben betrachtete. Das Geld war wichtiger.

»Wir können nichts tun«, sagte Damian leise. »Wir, oder besser gesagt, die Ponys müssen eben Geduld haben und es aushalten, bis die Ferien vorbei sind . . .«

»Und in den nächsten Ferien?«

»Kommt sie wieder. Leider. So läuft das schon seit einigen Jahren, wir kennen das inzwischen zur Genüge. Allerdings«, fügte Damian mit traurigem Lächeln hinzu, »ist Emily früher nicht ganz so unangenehm gewesen. Erst seit etwa einem Jahr meint sie offenbar, sie dürfe sich alles erlauben.«

»Geld regiert die Welt«, murmelte Patricia mehr für sich, aber Damian nickte.

»Ja, so ist es wohl. Und weder du noch ich können etwas daran ändern.«

Patricia sah Dallis an. Die Stute blickte ihr so aufmerksam ins Gesicht, als ob sie verstanden hätte, worum es ging.

Doch Patricia hoffte, dass sie es nicht verstanden hatte.

Sie verstand es ja selbst nicht.

Traurig strich sie dem Pony über die Nüstern, und erneut spürte sie den Kloß in ihrer Kehle, als die Graue ein wenig die Nase hob und ihr sanft in die Handfläche blies.

Damian hatte sie schon beinahe wieder vergessen, als dieser plötzlich näher trat.

»Was hast du denn da an deiner Hand? Du blutest ja!«

Patricia besah prüfend ihre Rechte. Die Verletzung von vorhin, richtig. Ein hässlicher Kratzer, der ganze Handrücken war blutverschmiert, und es tat wirklich immer noch ziemlich weh. Aber das Blut war bereits geronnen, es konnte also nicht so schlimm sein.

Deshalb winkte sie ab.

»Nichts.«

»Na, das sieht mir aber nicht so sehr nach nichts aus«, widersprach Damian und begutachtete ihre Hand argwöhnisch. »Da hast du dir einen ganz schönen Schnitt geholt, und die Wunde ist schmutzig. Du solltest sie desinfizieren und verbinden lassen.« Er sah genauer hin. »Und außerdem scheint noch was drinzustecken, siehst du?«

»Quatsch!« Patricia schüttelte heftig den Kopf und zog ihre Hand zurück. »Das ist nichts! Ich mach nachher zu Hause ein Pflaster drauf, das reicht.«

»Nein, das reicht nicht«, versetzte Damian in entschiedenem Ton. »Ich habe schon Blutvergiftungen erlebt wegen solcher Sachen. Da sollte man wirklich vorsichtig sein.« Er griff Patricia beim Arm. »Komm mal mit.«

»Ich will aber nicht!« Patricia blieb stocksteif stehen und riss ihren Arm weg.

Im ersten Moment verstärkte Damian stur seinen Griff, doch

plötzlich grinste er wie ein kleiner Junge. »Aha, das ist also der Respekt, den du vor Reitlehrern hast! Im Gegensatz zu gewissen anderen uns beiden bekannten Personen, was?«

Patricia sah ihn an, und abrupt verflog ihr Zorn.

Er hatte natürlich recht, und sie verhielt sich wirklich unvernünftig. Es war albern, so ein Theater zu machen. Und die Hand pochte, das musste sie zugeben.

Aber Dallis . . .?

Damian interpretierte ihren Blick auf das Pony richtig.

»Keine Sorge, Dallis geschieht nichts, ich passe selbst auf sie auf. Du kannst sie nachher auf ihre Koppel zurückbringen, wenn du möchtest.«

Patricia zögerte noch kurz, dann stieß sie den Atem aus und nickte.

Zu ihrer Überraschung lotste sie Damian zum Haupthaus.

Ach, du Schande, dachte Patricia. Jetzt wird's richtig offiziell!

Damian stieß die schwere Eichentür auf und ließ Patricia den Vortritt.

»Bitte schön«, sagte er. »Nach dir.«

»Muss das sein?«

»Ja, das muss sein.« Er schob sich an Patricia vorbei und ging ihr voraus den dunklen Flur entlang.

Patricia blickte sich neugierig um. Das Haus musste uralt sein. Der Boden bestand aus ausgetretenen Steinfliesen, die Wände waren dunkel getäfelt und ebenso wie die Reihe Zimmertüren und das wuchtige Holzgeländer der Treppe mit Schnitzereien verziert. Einige Ölgemälde mit Jagd- und Pferdemotiven hingen an der Wand, doch da lediglich ein einziges kleines Fenster am Ende des Gangs Licht spendete, vermochte Patricia keine Details darauf zu erkennen.

Sie schrak zusammen, als plötzlich eine massige Gestalt neben ihr auftauchte. »Was ist denn das?«

Damian lachte. »Och, darüber stolpert hier jeder, der das erste Mal hereinkommt.« Er grinste ein wenig. »Aber keine Angst, es beißt nicht!«

Patricia hatte inzwischen selbst erkannt, dass es sich bei dem Ding neben dem Treppenabsatz um ein ausgestopftes Wildschwein handelte, und sie genierte sich ein wenig, weil sie sich so erschrocken hatte.

Zum Glück achtete Damian nicht weiter darauf, sondern öffnete eine Tür am Ende des Flurs.

»Silas?«

Im Zimmer bewegte sich etwas, ein Sessel knarrte, und gleich darauf kam ihnen der alte Mann entgegen.

»Na, wen haben wir denn da?« Sein faltiges Gesicht strahlte die gleiche anziehende Freundlichkeit aus, die Patricia schon bei ihrem ersten Zusammentreffen aufgefallen war. Sie merkte, dass sie sich irgendwie freute, ihn wiederzusehen.

»Kleine Verletzung«, erklärte Damian, während Patricia einen leisen Gruß murmelte. »Ich war der Meinung, man solle was drauftun.«

Silas nickte bedächtig und wandte seinen Blick von Patricias Gesicht zu ihrer Hand, die ihm Damian entgegenhielt. Er betrachtete die Wunde aufmerksam und nickte wieder.

»Ich kümmere mich schon um die junge Dame«, sagte er und lächelte Damian an. »Du hast ja sicher keine Zeit, mit einem alten Mann zu schwatzen, was?«

Damian grinste. »Erraten. Ich muss wieder rüber zu den Kindern, wer weiß, was die sonst wieder alles anstellen.« Er warf einen Blick über Silas' Schulter. »Außerdem, erzähl mir bloß nicht, du bräuchtest mich so dringend zu deiner Unterhaltung. Du hast doch schon genug Besuch!«

Patricia hatte bisher nicht weiter darauf geachtet, wer sich noch im Zimmer befand. Doch auf Damians Bemerkung hin schaute sie auf und erstarrte.

Der schlaksige Junge, der auf dem alten leinenbezogenen Sofa saß und gerade in seiner Teetasse rührte, blickte ihr finster entgegen.

Das durfte doch nicht wahr sein!

Der Herr Großkotz höchstpersönlich!

Am liebsten hätte sich Patricia auf der Stelle umgedreht und wäre Damian gefolgt, der, sichtlich in Eile, schon wieder draußen war. Doch sie konnte Silas nicht derartig unhöflich behandeln.

»Setz dich doch.« Silas wies mit aufforderndem Lächeln auf das Sofa. »Ich weiß nicht, ob ihr euch schon kennt . . .?«

»Nein.« Patricias Antwort kam schnell und ohne Überlegung. Ihr Sitznachbar sagte gar nichts, rückte nur demonstrativ in die am weitesten von Patricia entfernte Ecke des Sofas. Auch Patricia achtete darauf, mit möglichst großem Abstand von ihm Platz zu nehmen. Steif saßen sie da und schauten sich nicht an.

Silas ließ einen aufmerksamen Blick zwischen den beiden hin- und herwandern, doch er lächelte unverdrossen. »Also, dann darf ich vorstellen – Patricia, dies ist Ethan, er lebt drüben in der Destillerie Longmuir und opfert mir hier ab und zu ein Stündchen.« Er zwinkerte Ethan zu, der nicht anders konnte, als widerwillig Silas' Lächeln zu erwidern. Er mochte den alten Mann, das war eindeutig.

»Ethan, darf ich dir Patricia vorstellen, eine liebenswürdige junge Dame mit einem großen Herzen für Pferde und einem ausgesprochenen Talent für das Unterrichten kleiner Reitschüler.«

»So? Kleiner?« Ethan murmelte es leise vor sich hin, doch Patricia hörte seine Bemerkung trotzdem. Sie wusste, auf was er anspielte, und obwohl sie ihn ja eigentlich ignorieren wollte, warf sie ihm einen giftigen Blick zu, den er in gleicher Weise erwiderte.

Dennoch fühlte sich Patricia unwillkürlich gefangen von der altertümlich ritterlichen Weise, in der Silas sprach. Es passte zur Umgebung, auch das Zimmer gefiel ihr. Ein richtiger alter Landhaussalon, mit schweren Eichenmöbeln, dunkler Wandtäfelung und offenem Kamin über die gesamte Stirnwand. Bronzefigürchen auf der Anrichte, ein Messingkerzenleuchter auf dem Kaminsims und ein großformatiges Ölbild über dem Sofa vervollständigten die gemütliche Atmosphäre, die nicht einmal vom trüben Wetter draußen zu beeinträchtigen war.

»Eine Tasse Tee?« Silas unterbrach Patricias Gedanken, sie schreckte auf und lehnte dann mit einem fast schuldbewussten Lächeln ab. Hoffentlich fühlte er sich nicht beleidigt, sie wollte ihn auf keinen Fall verletzen. Er war ja wirklich nett, der alte Silas. Aber mit dem Idioten da neben ihr gemütlich Tee trinken und Konversation machen, nein danke!

»Entschuldige, ich hatte schon wieder vergessen, du bist ja nicht zum Vergnügen hier.« Silas' verschmitzter Blick streifte Patricias Hand. »Da siehst du mal, alte Leute können sich nichts mehr merken. Aber ich hol schon was zum Verbinden, kleinen Augenblick.«

Die Stille im Raum, während Silas draußen war, schien beinahe mit den Händen greifbar zu sein. Patricia und Ethan saßen mit steifem Rücken in ihren jeweiligen Sofaecken und schauten stumm in entgegengesetzte Richtungen.

Als Silas mit einer Schüssel Wasser und einigen Verbandsutensilien zurückkehrte, warf er einen prüfenden Blick auf seine beiden beharrlich schweigenden Gäste, doch er sagte nichts, stellte die Wasserschale auf den niedrigen Couchtisch und zog seinen Sessel zu Patricia hinüber. Nach kurzem Suchen zog er außerdem eine altmodische Hornbrille aus der Brusttasche seines karierten Hemdes hervor und setzte sie umständlich auf.

»So, dann wollen wir mal sehen.« Aufmerksam betrachtete Silas die große Schürfwunde auf Patricias Handrücken und griff dann nach dem mitgebrachten Waschlappen.

Patricia biss die Zähne zusammen, während er behutsam das Blut und die Schmutzspuren abtupfte. Es tat weh, aber sie würde den Teufel tun, sich vor dem Typen neben ihr eine Blöße zu geben.

Ethan interessierte sich allerdings nicht im Geringsten für die Behandlung. Mit unbewegtem Gesicht hielt er seinen Blick auf das Bild an der gegenüberliegenden Wand geheftet. Allerdings hielt er seine Tasse ein wenig zu krampfhaft fest, was bewies, dass er sich durchaus nicht so locker fühlte, wie er sich gab.

»Hm«, sagte Silas und drehte Patricias gesäuberte Hand vorsichtig ins vom Fenster hereinfallende Licht. »Ich glaube, da steckt noch was drin.«

Patricia musterte ihre Hand. Er hatte recht, jetzt, da die Wunde offen lag, konnte auch sie den Holzspan erkennen, der tief unter der Haut stak. Kein Wunder, dass die Hand so heftig schmerzte.

»Der muss raus.« Silas suchte eine Pinzette aus dem Verbandskasten heraus.

Patricia hielt stoisch still, obwohl sie solche Operationen eigentlich gar nicht mit ansehen konnte. Doch der stumme Feind neben ihr verhinderte, dass sie diese Schwäche zugab.

»So was aber auch«, murmelte Silas mit gerunzelter Stirn, als das winzige Holzstückchen zum wiederholten Mal seinem Zugriff entschlüpfte. Er schob seine Brille tiefer und blickte darüber hinweg, als ob er auf diese Weise schärfer zu sehen vermochte. »Meine Augen sind auch nicht mehr das, was sie mal waren.«

»Ist doch schon okay«, sagte Patricia schnell und versuchte, ihre Hand wegzuziehen. »Das kann heute Abend meine Mutter machen.«

»Kommt nicht infrage.« Silas schaute sie streng über den Rand seiner dicken Brille an. »Bis heute Abend hat sich das entzündet.« Er schüttelte den Kopf und wandte sich zu Patricias Entsetzen an Ethan. »Rutsch mal rüber, Junge, du hast jüngere Augen. Versuch du mal, ob du das Ding rauskriegst.«

Patricia biss sich auf die Lippe. Oh nein, war ihr einziger Gedanke.

Auch Ethan schien überrumpelt, er saß stocksteif und starrte den Alten an, als ob er Silas für nicht ganz zurechnungsfähig hielt.

Silas tat so, als merke er nichts von der extremen Spannung, er winkte Ethan ungeduldig heran. »Na los, Junge, sie beißt schon nicht!«

Ethan hatte seinen Mund fest zusammengekniffen. Doch dann seufzte er und rückte heran.

Patricia hoffte, dass ihre Hand nicht zitterte, als sie sie Ethan entgegenstreckte. Als er sie betont unbeteiligt ergriff, musste sie den starken Impuls überwinden, sie ihm wegzureißen und aufzuspringen. Sie wusste selbst nicht, warum es sie so störte, dass ausgerechnet Ethan sich nun um sie kümmern sollte. Er war ein Idiot, natürlich, aber was regte sie sich so darüber auf – er würde den Splitter aus der Wunde ziehen, und das war's. Silas hatte vollkommen recht, der Fremdkörper musste so schnell wie möglich heraus. Die Verletzung pochte ohnehin schon unangenehm, die Entzündung deutete sich bereits an. Je länger sie wartete, desto schlimmer wurde es, das wusste Patricia aus Erfahrung. Und der Typ sollte ruhig mal was tun, wenn er schon hier rumsaß!

Trotzdem wäre Patricia jeder andere lieber gewesen als ausgerechnet er.

Ethans Handflächen waren feucht. Patricia warf ihm einen heimlichen Seitenblick zu. Sein Gesicht zeigte allerdings kein Zeichen von Nervosität, sondern blanke Genervtheit, als er ihre Hand auf seinem Knie positionierte und die Pinzette nahm.

Patricia machte sich innerlich auf eine schmerzhafte Prozedur gefasst – Rache war immerhin süß. Zu ihrer Verblüffung ließ er jedoch diese Gelegenheit ungenutzt. Seine langen, schlanken Finger führten die kleine Pinzette zielgenau und gleichzeitig behutsam, und Patricia merkte, dass er sich tatsächlich Mühe gab, ihr nicht unnötig wehzutun. Sie entspannte sich merklich und sah mit neuem Interesse zu, wie Ethan schon nach wenigen Augenblicken das kaum sichtbare Ende des winzigen Spans zu fassen bekam.

Der dankbare Impuls, der Patricia nach der erfolgreichen Operation überkam, wurde allerdings im Keim erstickt. Ethan schob ihre Hand schnell von seinem Knie und zog sich in seine Sofaecke zurück. Patricia hatte schon den Mund geöffnet, um sich bei ihm zu bedanken und vielleicht sogar Frieden zu schließen, doch nun entschied sie sich anders.

Was für ein Arsch! Er tat ja gerade so, als sei es eine Zumutung für ihn gewesen, sie zu berühren! Nein, mit dem würde sie nie warm werden, das wusste Patricia ganz sicher.

Im Gegensatz zu ihm verfügte sie allerdings über Manieren, dachte Patricia giftig.

»Danke«, sagte sie daher knapp zu Ethan, der sie erstaunt ansah.

War er wirklich verblüfft, weil sie sich bedankt hatte? Meinte der Blödmann denn, alle anderen seien genauso unhöflich wie er?

Offenbar schon. Denn er sah Patricia zum ersten Mal, seit sie den Raum betreten hatte, direkt an. Und in seinem Gesicht stand kein Zorn, sondern Nachdenklichkeit.

Er hat schöne Augen, kam es Patricia spontan in den Sinn. Ganz dunkelbraun.

Im nächsten Moment erkannte sie, was sie da gerade gedacht hatte, und merkte, wie eine heiße Welle über ihr Gesicht flutete. Verdammt, was sollte das? Hier handelte es sich um den Großkotz!

Ethan sah sie immer noch an, während Silas die Wunde nun desinfizierte und verband. Was er dachte, war nicht auszumachen.

Und er lächelte nicht, als er antwortete: »Bitte. Keine Ursache.«

17.

Die Vorhänge am offenen Fenster blähten sich im böigen Nachtwind, und in der Stille der Dunkelheit tönte das Zirpen von Grillen und das Quaken von Fröschen aus dem Moor trotz der Entfernung bis hierher. Doch die Geräusche der Sommernacht waren nicht der Grund, weshalb Ethan noch immer wach lag, obwohl er schon vor mindestens zwei Stunden zu Bett gegangen war.

Am Anfang versuchte er noch mit aller Macht einzuschlafen und wälzte sich dabei unruhig von einer Seite auf die andere, um eine entspannendere Position zu finden. Inzwischen hatte Ethan es aufgegeben. Er lag auf dem Rücken, die Arme hinter dem Kopf verschränkt, und starrte mit weit offenen Augen in die Finsternis.

Er verstand sich selbst nicht mehr.

Was hatte er sich geärgert, als am Nachmittag dieses Mädchen urplötzlich in Silas' Wohnstube stand. Nicht schon wieder, dachte Ethan, die schien ihn tatsächlich zu verfolgen. Und dann ausgerechnet heute!

Er war schon die ganzen letzten Tage schlecht drauf gewesen. Mehrere unangenehme Zusammenstöße mit seinem Vater reichten schon unter normalen Umständen aus, dass sich seine Stimmung auf dem Nullpunkt befand. Dazu kam, dass er zurzeit mit seiner Arbeit am Computer nicht vorankam – die Verbindung ins Netz brach immer nach wenigen Minuten ab, und seit gestern Mittag ging dann überhaupt nichts mehr. Ethan vermutete eine Störung in der Vermittlungsstelle, die sicherlich gerade behoben wurde, und er wusste natürlich, dass er einfach Geduld haben musste. Doch Geduld war nicht gerade seine Stärke, vor allem nicht, wenn die Arbeit am PC definitiv das Einzige war, was ihm momentan das Dasein einigermaßen erträglich machte.

Obwohl der heutige Tag wahrscheinlich nicht einmal mittels einer unbegrenzten Breitbandverbindung zu retten gewesen wäre.

Ethan schluckte die Tränen, die ihm unvermittelt in die Kehle stiegen, wütend hinunter. Was brachte es denn, wenn er sich dauernd selbst bemitleidete – inzwischen sollte er sich daran gewöhnt haben, seinen Geburtstag allein zu begehen!

Er konnte sich nur noch dunkel entsinnen, dass es vor langer Zeit einmal anders gewesen war. Bildfetzen von brennenden Kerzen auf einer Geburtstagstorte zogen durch seine Erinnerung. Musik, lachende Gesichter von Kindern, die damals wohl zu seiner Party gekommen waren, Luftballons, Spiele und bunt eingepackte Geschenke. Ethan kam ein großes Tretauto in allen Farben in den Sinn – das musste wirklich etliche Jahre her sein, für Tretautos konnte er sich schon etwas länger nicht mehr begeistern. Damals jedoch war es die Erfüllung seines größten Wunsches gewesen, und er erinnerte sich bis heute an den Freudentaumel, der ihn angesichts des heiß ersehnten Gefährts überkommen hatte. Und an das liebevolle Lächeln und die feste Umarmung seiner Mutter, die sich mit ihm darüber freute, das Richtige getroffen zu haben.

Seine Mutter hatte eigentlich immer gewusst, womit sie Ethan die meiste Freude bereiten konnte. Nur einmal nicht. Damals, als sie fortging und nicht zurückkam.

Er schloss die Augen und atmete tief durch.

An Tagen wie diesen schmerzte es immer am meisten. Das war ganz normal. Es ging auch wieder vorbei, das wusste er. Es blieb ja auch nichts anderes übrig, als sich mit den Tatsachen abzufinden: Seine Mutter hatte sich davongemacht und seitdem nie wieder von sich hören lassen. In der ersten Zeit war Ethan verzweifelt gewesen. Er verstand es nicht, wie sie ihn so einfach alleinlassen konnte. Sein Vater, den er deswegen befragte, reagierte stets abweisend, wenn das Thema zur Sprache kam, und schon der kleine Ethan damals merkte rasch, dass es besser war, nicht weiter nachzubohren. Irgendwelche Gründe musste sie wohl gehabt haben, vermutete Ethan, als er selbst älter und klüger wurde. Allerdings fiel ihm absolut nichts ein, was entschuldigt hätte, dass eine Mutter ihren siebenjährigen Sohn ohne ein Wort verließ und sich nie wieder meldete. Mit den Jahren dachte Ethan dann immer seltener darüber nach. Er fand sich damit ab, dass seine Mutter nicht mehr da war, und in seiner Erinnerung verblasste sie allmählich zu einer verschwommenen Gestalt, von der er nicht einmal wusste, ob er sie wiedererkennen würde. Wohin sie gegangen war und warum, ob sie überhaupt noch lebte und wie, wusste Ethan bis heute nicht. Und inzwischen interessierte es ihn auch nicht mehr. Seinetwegen konnte sie bleiben, wo der Pfeffer wuchs. Und wenn jemand glaubte, dass er darauf wartete, wenigstens an seinem Geburtstag einen Anruf von ihr zu erhalten, wenn schon sonst nie Nachricht von ihr kam, dann hatten sie sich geschnitten. Als ob so ein dämlicher Geburtstag in irgendeiner Weise etwas Besonderes war!

Siebzehn Jahre, das Leben lag vor ihm, blabla! Die Sprüche seines Vaters wurden auch mit den Jahren nicht origineller, fand Ethan, und er dachte voll Abscheu an den feierlichen Gesichtsausdruck und den salbungsvollen Tonfall Alastair Longmuirs, als dieser seinem Sohn die alljährlichen morgendlichen Gratulationsworte sprach. Was für ein Heuchler! Man konnte dabei fast glauben, sein Vater wäre stolz auf ihn! Ethan hätte ihm am liebsten in aller Deutlichkeit gesagt, was er von dieser verlogenen Schau hielt. Aber nein, er machte natürlich wieder gute Miene zum bösen Spiel und hielt die Klappe. An seinem Geburtstag musste man schließlich so tun, als gäbe es nichts, was das Verhältnis zwischen seinem Vater und ihm jemals trüben konnte. Ebenso, wie sein Vater ihm zwar an dreihundertvierundsechzig Tagen im Jahr zu verstehen gab, dass er ihn für einen Versager hielt, aber natürlich nicht an seinem Geburtstag ...

Auf die verlogenen Geburtstagsgeschenke hätte Ethan auch verzichten können. Aber natürlich hatte sich sein Vater wieder nicht lumpen lassen. Eine neue Reithose war das Erste, was

Ethan am Morgen auf dem Frühstückstisch vorfand, und neben einigen Kleinigkeiten lag auch wie jedes Jahr ein sorgfältig verschlossener Umschlag da. Ethan wusste, was darin war, ohne dass er ihn öffnen musste, und ihm war auch klar, dass sein Vater dafür ausgiebigen Dank erwartete. Oh vielen Dank, Dad, das ist wirklich großzügig von dir, es wäre doch nicht nötig gewesen, und so weiter, dachte Ethan bitter. Was anderes wäre es, wenn er das Geld wenigstens für etwas ausgeben dürfte, das ihm wirklich Freude machte. Er wusste allerdings aus Erfahrung, dass sein Vater später nachzufragen pflegte, und falls er ihm statt einer Angelausrüstung oder einiger Exemplare lehrreicher Bücher dann eine Wechselfestplatte oder die neueste CASE-Software präsentierte, war gleich wieder die Hölle los. Und darauf hatte Ethan keine Lust mehr.

Genauso wenig wie auf den ganzen Geburtstag.

Aus diesem Grund hatte sich Ethan nach dem Mittagessen verdrückt, bevor sein Vater auf die Idee kommen konnte, ihn zur Feier des Tages mit hinüber in die Destillerie zu nehmen. Es wäre ihm zuzutrauen, dass er dort einen Empfang oder was anderes Peinliches organisiert hatte, um den Arbeitern und Angestellten ebenfalls Gelegenheit zu geben, dem Juniorchef zu gratulieren. Besonders in Anbetracht der Tatsache, dass Alastair Longmuir angesichts Ethans bevorstehenden Schulabschlusses die Schlinge, die ihn an den Familienbetrieb fesseln sollte, ohnehin schon immer enger zog.

Nein, Ethan beschloss, den Tag genauso zu verbringen, wie es ihm gefiel, und mit genau dem Menschen, den er am liebsten um sich haben wollte.

Er hatte Silas natürlich nicht verraten, dass es sich um seinen Geburtstag handelte. Womöglich hätte sich der alte Mann dann auch noch verpflichtet gefühlt, irgendeinen Aufstand zu machen. Ethan kam einfach so vorbei, ein Zwischenstopp beim Ausritt mit Sonny, wie er es auch sonst öfter tat. Auf einen Schwatz und eine Tasse Tee oder ein Glas Saft.

Es hatte auch wunderbar geklappt, Silas freute sich über seinen Besuch, und Ethan konnte sich zum ersten Mal an diesem Tag ein wenig entspannen.

Bis die Tür aufging und das Mädchen hereinkam. Patricia.

Ethan schloss die Augen und ballte unwillkürlich die Fäuste, als er die Szene noch einmal vor Augen hatte. Was war er sauer gewesen!

Allerdings musste er zugeben, dass Patricia in diesem Augenblick mindestens genauso belämmert dreinschaute wie er selbst. Der Schreck in ihrem Gesicht bei seinem Anblick tat Ethan irgendwie gut. Sie hatte wohl ein schlechtes Gewissen, die Zicke, dachte er mit Genugtuung. Tja, das kam davon, wenn man unbekannten Leuten so unverschämt kam – man konnte eben nie sicher sein, ihnen nie wieder zu begegnen!

Dass eigentlich er selbst derjenige gewesen war, der sich bei ihrer ersten Begegnung damals danebenbenommen hatte, blendete Ethan dabei aus.

Ethan hatte ihre Verletzung an der Hand schon bemerkt, noch bevor Damian es dem alten Silas erzählte. Geschah ihr ganz recht, war Ethans erste Reaktion. Und nachdem ihr Gesicht bereits beim Hereinkommen ganz bleich und angespannt aussah, konnte sie scheinbar kein Blut sehen. Sonst riskierte sie gern die große Klappe, aber beim kleinsten Wehwehchen klapperte sie mit den Zähnen, typisch!

Ethan wunderte sich dann allerdings doch ein wenig, wie gleichmütig Patricia Silas' Behandlung ertrug. Ahnte er doch, dass diese gemein wehtat. Ethan kannte schließlich Silas – der alte Mann war halb blind und litt unter Arthritis, weshalb ihm schon normale Tätigkeiten mit seinen Händen oft schwerfielen. Für derartig filigrane Dinge wie das Entfernen eines Splitters aus einer Wunde war er die verkehrteste Person, die man sich aussuchen konnte. Damian sollte das eigentlich wissen, fand Ethan, immerhin arbeitete er schon lange genug mit Silas zusammen.

Aber vermutlich hatte Damian nicht nachgedacht. Oder es war ihm egal gewesen. Ethan traute dem jungen Reitlehrer durchaus zu, dass er erleichtert war, eine unangenehme Arbeit an jemanden anderes abschieben zu können. Ethan hatte nichts gegen Damian, wechselte auch gelegentlich ein Wort mit ihm, vermochte allerdings mit dessen etwas oberflächlicher Art nicht viel anzufangen und teilte daher die allgemeine Begeisterung über ihn nicht ganz so uneingeschränkt.

Patricia schien von ihm allerdings recht angetan. Was sie wohl davon hielt, dass Damian sie einfach an den alten Silas weiterreichte, als er mal etwas für sie hätte tun können?

Was sie dachte, als Silas endlich aufgab und Ethan um Hilfe bat, war hingegen sehr deutlich zu erkennen, denn ihr Gesicht spiegelte eine Mischung aus Überraschung und Zorn wider.

Ethans eigene Verblüffung hielt sich in Grenzen. Er hatte so etwas erwartet und sich eher darüber gewundert, dass Silas ihn jetzt erst fragte. Ärgern tat es ihn trotzdem, er wollte mit der Zicke nichts zu tun haben, und jetzt durfte er auch noch bei ihr Krankenschwester spielen!

Andererseits war es Silas, der ihn darum bat, und ihm konnte er einfach nichts abschlagen. Außerdem sollte Patricia bloß nicht glauben, dass er Angst vor ihr hatte! Also tat er, was getan werden musste – schließlich war er sie umso schneller wieder los, je eher das Ganze erledigt war.

Auf den Schlag, der ihn traf, als er ihre Hand in seine nahm, war Ethan allerdings nicht gefasst.

Mädchen interessierten ihn normalerweise nicht sonderlich. Sein Freund Tom versuchte zwar mit schöner Regelmäßigkeit, ihn zu verkuppeln, aber Ethan entschied sich nach einigen halbherzigen Dates jedes Mal dagegen. Denn er hatte immer im Hinterkopf, dass er eigentlich lieber am Computer sitzen würde als mit einem aufgestylten Mädchen in einem Café.

Das war wohl auch ein Grund dafür, dass er nicht gezögert hatte, Patricia so anzuraunzen, als er sie damals an seinem Lieblingsplatz vorfand. Die meisten seiner Freunde hätten wohl eher einen Flirt versucht, Ethan hingegen kam überhaupt nicht auf die Idee, in Patricia das Mädchen zu sehen. Sie war nur ein Störenfried, sonst nichts.

Auch bei ihrer heutigen Begegnung empfand er es anfangs nicht anders. Zumal Patricia auf den ersten Blick kein außergewöhnlich attraktives Mädchen war. Sie war zwar nicht hässlich, keineswegs, sondern sah mit ihren blauen Augen und dem blonden Pferdeschwanz hübsch und niedlich aus, aber Ethan fand wirklich nichts Beeindruckendes an ihr.

Doch dann war er gezwungen, sie anzufassen. Ihre Hand war klein und schmal, ebenso wie ihre ganze Gestalt, aber er spürte die Kraft, die sich dahinter verbarg. Eine Hand, auf die man sich verlassen konnte, dachte er spontan.

Ethan seufzte und rieb sich die Augen. Was grübelte er da für einen Quatsch zusammen? Er war hundemüde, warum konnte er trotzdem nicht schlafen?

Und warum, verdammt noch mal, ging ihm diese Patricia so im Kopf herum?

Er sah sie vor sich, das zarte, ungeschminkte Gesicht und die hellen blauen Augen, die ihn geradeheraus anblickten. Nichts von diesem Gekicher und Gezwinker, das er von anderen Mädchen her kannte, sondern direkt und offen, und man konnte deutlich erkennen, dass sie ganz sicherlich nichts weniger im Sinn hatte als einen Flirt. Im Gegenteil, sie mochte ihn genauso wenig wie er sie.

Oder redete er sich das nur ein?

Ethan wusste überhaupt nicht mehr, was er denken sollte.

Patricia hatte sich heute ja eigentlich gut gehalten. Nicht rumgezickt, sondern vernünftigerweise akzeptiert, was sein musste. Sie hatte sich sogar bei ihm für seine Hilfe bedankt, was er gar nicht erwartet hatte. Als der Verband fertig war, war sie gleich gegangen, er konnte ihr also auch nicht vorwerfen, dass sie sich aufdrängte.

Nur dass das Zimmer ohne sie irgendwie leerer schien.

Das Gespräch mit Silas versickerte dann auch relativ schnell. Ethan verspürte auf einmal keine Lust mehr, sich zu unterhalten, und Silas, der das offenbar merkte, respektierte es. Nur eine Viertelstunde später verabschiedete sich Ethan ebenfalls. Als er aus der Haustür trat, ließ er den Blick unwillkürlich suchend über den Hof schweifen.

Patricia war nicht mehr da, stellte er fest.

Ob sie nach Hause gegangen war? Oder nahm sie an einem Ausritt teil?

Konnte ihm ja auch vollkommen egal sein, dachte Ethan, während er um das Haus herumging, um Sonny von der kleinen Koppel zu holen. Er würde heilfroh sein, wenn sie ihm nie wieder über den Weg lief.

Doch nun kostete dieses verdammtes Mädchen ihn sogar noch seinen Schlaf!

Ethan schloss die Augen. Es war so viel leichter gewesen, sie nicht leiden zu können.

Er wünschte, es wäre immer noch der Fall.

18.

Am nächsten Morgen hatte es Patricia so eilig, zu Dallis zu kommen, dass es ihr sogar gleichgültig war, ob ihre Familie es mitbekam. Trotzdem war sie erleichtert, dass Ivan den Mund hielt. Er erinnerte sich wohl noch zu deutlich an die elterliche Strafpredigt . . .

Wie es Dallis wohl heute ging?

Patricia hatte sie am Vortag selbst auf die Koppel geführt und dann noch mehr als eine Stunde am Zaun zugebracht. Dallis schien die unangenehme Erfahrung mit Emily zum Glück vergessen zu haben. Sie graste geruhsam, wie immer in einigem Abstand vom Rest der Gruppe, aber wenigstens ließen die anderen sie weitgehend in Frieden. Ein einziges Mal versuchte der übermütige Falbe, sie in die Kruppe zu beißen, doch Dallis bemerkte ihn rechtzeitig. Ohne erkennbare Hast wich sie ein paar Schritte zur Seite und senkte dann gelassen ihren Kopf wieder zum Gras hinunter. Der Falbe drehte daraufhin sichtlich enttäuscht ab und startete einen kurzen Frustgalopp quer durch die Ponygruppe, bevor er bockend stoppte und sich selbst ebenfalls wieder dem Grün widmete.

Patricia hatte sich schon aufgerichtet, um einzuschreiten, doch sie erkannte, dass Dallis genau das Richtige getan hatte, um die Eskalation zu vermeiden. Ein Zurückbeißen hätte eine Keilerei ausgelöst, bei der sie mit großer Wahrscheinlichkeit unterlegen wäre. Der Klügere gibt nach, dachte Patricia mit leichtem Erstaunen. Es funktioniert tatsächlich.

Sie verschränkte die Arme wieder auf der obersten Zaunstange und legte ihr Kinn darauf. Lange blieb sie so stehen und sah Dallis zu. Und sie fühlte tiefe Zuneigung zu der tapferen und klugen kleinen Grauen.

Umso enttäuschter war Patricia, als sie an diesem Morgen bei der Koppel eintraf und feststellte, dass Dallis nicht da war.

Hatten sie die Stute tatsächlich wieder fürs Reiten eingeteilt?

Das konnte ja wohl nicht wahr sein!

Patricias gute Laune war augenblicklich verflogen. Es half auch nicht, dass in diesem Moment die Sonne hinter den Wolken hervorkam und die graugrünen Berghänge plötzlich in einem klaren Smaragdgrün erstrahlten. Auf einmal wurde es richtig warm. Patricia zog geistesabwesend ihre Jacke aus und band sie sich um die Hüften.

Sie überlegte.

Es machte wahrscheinlich wenig Sinn, hier zu warten. Wenn Dallis auf einem Ausritt war, dauerte es eine ganze Weile, bis sie zurückkehrte.

Patricia entschied, zum McNair-Hof zu gehen und nach Michelle Ausschau zu halten. Vielleicht klappte es ja heute mit einer Reitstunde.

Sie zog den Knoten in ihrer Jacke fester und machte sich entschlossen auf den Weg.

Hufgeklapper hinter ihr holte sie jedoch bald aus ihren Gedanken.

Vielleicht kam Dallis' Reitgruppe ja doch schon zurück? Patricia drehte sich erwartungsvoll um.

Doch im selben Moment, da sie am Geräusch erkannte, dass es sich nur um ein einzelnes Tier handeln konnte, sah sie es auch schon.

Ein Pferd, kein Pony.

Patricia beschattete ihr Gesicht mit der Hand und kniff die Augen zusammen. Es war ein großer Brauner, der in langsamem Trab auf sie zukam. Im Sattel eine hochgewachsene, schlanke Gestalt mit dunklen Haaren.

Oh nein, der fehlte ihr jetzt gerade noch!

Patricia beschloss, sich nicht aufhalten zu lassen, drehte sich um und marschierte weiter. Der Typ – wie hieß er gleich? Ethan – bog bestimmt sowieso ab, sobald er sie erkannte.

Sie erwartete deshalb, dass die Hufschläge wieder leiser wurden, doch sie kamen unaufhaltsam näher.

Patricia stellte zu ihrem Ärger fest, dass ihr Herz klopfte.

Er war jetzt gleich neben ihr, der Schatten des Pferdes fiel schon voraus. Nein, sie würde sich nicht umdrehen, sondern einfach weiterlaufen. Sicherlich wartete er bloß darauf, dass sie zu ihm hochsah, damit er sie dann demonstrativ ignorieren konnte. Grüßen würde er sowieso nicht.

»Hallo«, sagte Ethan neben ihr.

Patricia fuhr zusammen, ohne es verhindern zu können, und wie durch einen Magneten angezogen schnellte ihr Kopf herum.

Sonny trottete direkt neben ihr, aber es war nicht das schöne Pferd, das Patricia anstarrte. Ihr Blick begegnete einem Paar dunkelbrauner Augen, die sie unerwartet freundlich anblickten.

»Entschuldige, hab ich dich erschreckt?« Ethan sah jetzt regelrecht besorgt aus.

»Nein, nein, kein Problem!« Patricia bemühte sich, sich ihre Verwirrung nicht allzu deutlich anmerken zu lassen. Was war denn mit dem Großkotz auf einmal los? Der war ja richtig nett! Dabei hatte er gestern noch schlechte Laune geschoben, weil Silas ihn überrumpelt hatte, ihr helfen zu müssen. Und nun schien er wie ausgewechselt.

Patricia wusste nicht, wie sie reagieren sollte. Ihr fiel ein, dass sie nicht einmal seinen Gruß erwidert hatte, doch es jetzt nachholen war auch blöd.

Ethan sah sie immer noch an, als ob er auf eine Antwort wartete. Er hatte das Tempo seines Braunen Patricias Schritt angepasst, offenbar beabsichtigte er tatsächlich, neben ihr herzureiten.

Patricia fühlte sich zunehmend verunsichert. Ihr Herz schlug immer noch schnell, aber das kam wahrscheinlich von der Überraschung. Was sollte sie jetzt bloß sagen?

»Du hast wirklich ein schönes Pferd.« Was für ein Gelaber, dachte Patricia gleich darauf. Hatte sie das beim ersten Mal nicht auch schon gesagt?

Doch Ethan lächelte. »Ja, das stimmt.« Er streichelte den Hals des Braunen. »Und er ist nicht nur schön, sondern auch ein ganz lieber Kerl.«

Sonny schnaubte, als hätte er das Kompliment verstanden, und Patricia musste unwillkürlich ebenfalls lächeln.

»Er galoppiert bestimmt wunderbar«, sagte sie und schaute den

Wallach aufmerksam an. Ein Irish Hunter, wie sie vermutet hatte. Gutes Geläuf, kräftiger Brustkorb und kurzer Rücken, ideal fürs Jagdreiten. Bewundernd ließ Patricia ihre Augen über den Braunen wandern.

»Er rennt wie der Wind, und man sitzt dabei wie in einem Sessel.« Ethan nickte und folgte ihrem Blick mit seinen Augen. Darin stand echte Zuneigung für das Pferd, wie Patricia nicht ohne Erstaunen erkannte. Hatte sie sich tatsächlich in ihm getäuscht?

Ethan schwieg einen Moment, dann räusperte er sich.

»Wie geht's deiner Hand?«

»Meiner Hand?« Patricia betrachtete sie, als hätte sie schon vergessen, was damit war. Ein großes Pflaster klebte nun an der Stelle, wo Silas gestern den Verband angelegt hatte. »Sie tut kaum noch weh.«

»Gut.« Ethan räusperte sich noch einmal. »Das sah ziemlich übel aus.«

»Na ja.« Patricia war nun doch ein wenig gerührt. »So schlimm war's auch wieder nicht. Und das kommt davon, wenn man nicht aufpasst.« Sie blickte zu Ethan hinauf. »Es war wirklich nett von dir, den Splitter rauszuziehen.« In ihren hellen Augen stand Offenheit und die Frage, die ihr die ganze Zeit im Kopf herumging.

Nun war Ethan verlegen. »Ach was. War doch selbstverständlich.« Er nahm die Zügel in die eine Hand und rieb sich mit der anderen das Genick.

Patricia sah deutlich, dass auch ihm etwas durch den Sinn ging, von dem er nicht so recht wusste, wie er es äußern sollte.

»Hör mal«, sagte Ethan und rieb sich nun auch noch den Arm.

»Ja?«

Er zögerte, dann gab er sich einen Ruck. »Ich wollte mich bei dir entschuldigen. Für neulich. Du weißt schon.«

Patricia war verblüfft. Damit hätte sie niemals gerechnet. Mit großen Augen schaute sie Ethan an.

Der verstand ihren Blick falsch.

»Ich hab mich echt bescheuert benommen. Und wahrscheinlich bist du immer noch sauer auf mich. Keine Ahnung, was mich da geritten hat.« Er stockte, wusste offensichtlich nicht weiter.

In Patricia breitete sich auf einmal eine innige Wärme aus.

Ja, sie hatte sich getäuscht. Und wie!

Dass Ethan sie von sich aus ansprach, um sich für sein Benehmen zu entschuldigen, bewies Größe. Was Ethan gerade getan hatte, brachten die wenigsten über sich, das wusste Patricia nur zu gut.

Und alles wegen eines Mädchens, dem er nach den Ferien sowieso nie mehr begegnen würde, wunderte sich Patricia.

Ethan zog die Stirn kraus. »Du denkst sicher, ich soll mich verpissen, oder?«

Patricia sah ihn an, in ihren Augen lag ein Leuchten.

»Nein, das denke ich nicht«, sagte sie weich. »Ganz bestimmt nicht.«

»Wirklich?« Ethans Blick wirkte erleichtert.

Patricia nickte, leicht verlegen. »Und außerdem war es ja nicht allein deine Schuld. Ich hab doch genauso blöd reagiert.«

»Unsinn«, widersprach Ethan. »Ich hab dich grundlos angeschnauzt . . .«

»Aber wenn ich nicht gleich so fies zurückgeschossen hätte, wär das alles nicht so weit gekommen«, wehrte Patricia ab.

Die beiden schauten sich an und brachen dann gleichzeitig in lautes Lachen aus.

»Okay, einigen wir uns drauf, wir haben beide Mist gebaut«, sagte Ethan und wischte sich eine Lachträne aus dem Auge.

»Und damit ist's vergessen«, stimmte Patricia zu.

»Genau, vergeben und vergessen.« Ethan lächelte zwar immer noch, aber in seinem Blick lag tiefer Ernst, als er Patricia seine Hand entgegenstreckte.

»Freunde?«

Patricia sah ihn an.

Was sollte das?, fragte sie sich. Okay, der Streit war begraben, sie wollten sich ab sofort vertragen. Aber gleich Freunde? So etwas konnte man doch nicht einfach beschließen, das musste sich ergeben!

Doch etwas in seinen dunklen Augen, die aufmerksam auf ihrem Gesicht ruhten, ließ sie ahnen, dass es so sein würde.

Und ohne den Blick von Ethan zu lösen, legte sie ihre Hand in seine.

»Freunde«, sagte sie.

Stumm schauten sie sich an.

Fernes Wiehern ließ beide zurückzucken.

Sonny stellte die Ohren auf und gab Antwort, und Ethan drehte sich im Sattel, um zu schauen, wer da kam.

»Eine der Gruppen«, erklärte Patricia mit einem Blick auf die ihre Armbanduhr. »Ich muss jetzt los, meine Freundin ist vermutlich dabei.« Sie scheute sich irgendwie davor, zuzugeben, dass es sich bei dieser Freundin um ein Pony handelte.

»Ja, ich muss auch weiter«, stimmte Ethan zu. »Hab zu Hause noch was zu tun.«

Jetzt erst fiel Patricia auf, dass er allein war. »Wo ist denn dein Hund?«

Ethans Miene verdüsterte sich ein wenig. »Leider ist es nicht meiner«, sagte er. »Laird gehört meinem Vater. Und der hat in letzter Zeit was dagegen, dass ich ihn mitnehme. Hat Angst, er vergisst mit mir seinen Drill.«

»Warum das denn?«, meinte Patricia und zog die Augenbraue hoch. Ihr war deutlich anzusehen, was sie davon hielt.

Ethan hob die Schultern, und Patricia, die sein Gesicht scharf beobachtete, merkte, dass ihm das Thema unangenehm war.

»Mach dir nichts draus.« Patricia legte ihm ohne Nachdenken die Hand auf den Steigbügel.

Ethan wirkte wenig überzeugt. »Also, ich verschwinde dann mal.« Er nahm die Zügel auf und drehte Sonny auf der Hinterhand um. »Vielleicht bis bald?«

Patricia war einen Schritt zurückgetreten, um dem Pferd Platz zu machen.

»Bestimmt«, nickte sie.

»Was meinst du, wir könnten doch mal zusammen reiten?« Ethan schaute sie fragend an.

Patricias Gesicht verschloss sich.

»Nein«, sagte sie. »Ich reite nicht.« Ihr Ton war nicht unfreundlich, aber Ethan spürte sofort, dass er in ein Fettnäpfchen getreten war.

Wenn er jetzt fragt, warum nicht, spring ich ihm ins Gesicht, dachte Patricia. Freunde hin oder her, sie wollte einfach nicht darüber reden.

Doch Ethan fragte nicht. Er sah Patricia nur an.

In seinem Blick las sie weder Neugierde noch Befremden. Eher Verständnis. Und noch etwas anderes, was Patricia nicht einzuschätzen wusste.

Und während sie ihm stumm hinterherblickte, als er nach kurzem Gruß nun endgültig davonritt, empfand sie ein merkwürdiges Gefühl. Es erschien ihr, als habe sich eine schwere Last, die seit Langem auf ihr ruhte, ein wenig gehoben. Als könne sie auf einmal leichter atmen.

Und in ihrem Magen kribbelte es.

19.

»Hallo Patricia!«

Die helle Stimme ließ Patricia zusammenzucken. Sie war so in Gedanken gewesen, dass sie nichts um sich herum wahrnahm und von Michelle regelrecht überrascht wurde. Doch nun verdrängte sie alle Grübeleien über Ethan aus ihrem Kopf und bemühte sich um ein unbefangenes Lächeln.

»Hey Michelle, wo kommst du denn her?« Mit Erstaunen sah sie das jüngere Mädchen herankommen. Michelle führte ein ungesatteltes Pony am Weidehalfter neben sich her.

Das löwenfarbige Tier kam ihr irgendwie bekannt vor, und sie brauchte nur einen Moment, um sich an seinen Namen zu erinnern.

»Was machst du denn mit Monty?«

Michelle streichelte den Hals des kleinen Hengstes, der sofort begann, an ihrem Ärmel zu knabbern.

»Ich hab ihn gerade gefunden«, sagte sie und lachte, als Monty mutwillig an ihrem Pullover zerrte.

»Wieder ausgebüxt, was?« Patricia lachte ebenfalls und trat heran, um das Pony zu klopfen. »Na, Monty, wo wolltest du denn schon wieder hin?«

»Er war auf dem Weg ins Dorf«, erzählte Michelle. »Vielleicht wollte er sich ja ein Eis kaufen.« Sie kicherte. »Ich hätte ihm sagen können, dass Erdbeer heute aus ist.«

Nanu, was war denn auf einmal mit Michelle los?, wunderte sich Patricia. Sie wirkte ungewöhnlich fröhlich, so kannte sie sie ja gar nicht. Und dass sie den Mut aufgebracht hatte, das übermütige Pony so einfach einzufangen und zurückzubringen – alle Achtung!

Doch Michelle schien tatsächlich über Nacht alle Ängste abgelegt zu haben. Als Monty nach dem Ärmel ihres Pullovers nun auch noch ihre Haare in Angriff nehmen wollte, gab sie ihm einen leichten Klaps. »Schluss jetzt«, tadelte sie ihn energisch. »Ich geh lieber zu Hause zum Frisör!«

Patricia war verblüfft. War das Michelle? Dieselbe Michelle, die sonst Angstschreie ausstießen, sobald ihr Pferd auch nur schnaubte?

»Übrigens«, begann sie ein wenig unsicher, »es tut mir leid, dass ich neulich nicht Bescheid gesagt hatte . . .«

Sie kam nicht weiter. Michelle schaute sie mit leuchtenden Augen an.

»Du hattest recht«, sagte sie, und ihr kleines Gesicht strahlte richtig. »Ich hab's endlich kapiert.«

»Womit recht?« Patricia war nun vollends verwirrt.

»Mit dem Reiten.« Selbst Michelles Stimme klang ganz anders als sonst. Nicht mehr so leise und gedrückt.

»Mit dem Reiten?« Patricia verstand immer noch nicht.

»Ich hör auf damit«, verkündete Michelle, und ihr Gesichtsausdruck zeigte ebenso wie ihr Tonfall, dass es ihr todernst mit diesem Entschluss war.

»Du hörst mit dem Reiten auf?« Jetzt erst bemerkte Patricia, dass Michelle heute nicht in Reitkleidung gekommen war. Sie trug gewöhnliche Jeans und Sportschuhe. Warum war ihr das nicht sofort aufgefallen?

»Du hast mir dauernd gesagt, dass ich mich nicht dazu zwingen muss. Dass es genug andere Sachen gibt, die mir bestimmt besser liegen. Und dass ich nichts tun muss, vor dem ich Angst habe, nur weil andere es von mir erwarten. Stimmt's nicht? Das hast du immer gesagt.« Michelle blickte Patricia nun doch ein kleines bisschen ängstlich an.

»Hm, ja, hab ich.« Patricia wusste nicht so recht, was sie davon halten sollte. Sie sollte tatsächlich die Ursache für diesen Schnellschuss gewesen sein? Was hatte sie da nur angerichtet, mit ihren gedankenlosen Reden!

Aber dann sah sie Michelle an. Erkannte die Verwandlung des Mädchens, die ungewohnte Energie, die plötzlich aus ihr sprach. Und auf einmal wurde ihr klar, unter was für einem Druck Michelle gestanden haben musste. Was das Reiten für eine immense Belastung für sie gewesen war.

Und auf einmal war Patricia froh, ihr das alles gesagt zu haben.

»Mensch, Michelle!« Es kam aus vollem Herzen. »Das finde ich wirklich cool von dir!« Sie merkte, wie sie unwillkürlich breit lächelte.

Michelle erwiderte das Lächeln. »Du hältst mich nicht für feige?«

»Ganz im Gegenteil«, widersprach Patricia ehrlich. »Es ist sehr mutig. Ich weiß schließlich, wie sehr du dich bemüht hast, und du hast trotz deiner Angst nicht aufgegeben. Das allein schon ist echter Mut.« Spontan legte sie der Jüngeren ihre Hand auf die Schulter. »Aber noch mutiger ist es, seine Grenzen zu erkennen und zu respektieren. Es gehört nämlich verdammt viel Überwindung dazu, sich einzugestehen, dass man sich auf einem falschen Weg befindet. Außerdem . . .« Sie lächelte Michelle an, ». . . könnte ich mir vorstellen, dass es ganz schön hart war, diese Entscheidung deiner Familie zu verkaufen, oder?«

Michelle verzog das Gesicht. »Das kannst du glauben«, sagte sie. »Ich hab gedacht, meine Eltern bringen mich bestimmt um, wenn ich ihnen eröffne, dass ich nicht mehr reiten will.« Sie lächelte plötzlich. »Doch dann war es gar nicht so schlimm. Ich hab es ihnen erklärt, und sie waren zwar alles andere als begeistert, aber . . .«

». . . Sie haben gemerkt, dass es dir ernst ist«, nickte Patricia. »Sie konnten dir ja auch wirklich nicht vorwerfen, dass du es nicht versucht hast.«

»Eben. Und das wissen sie auch. Nadine hat natürlich wieder gesagt, ich sei bloß zu feig dazu, aber das war mir echt egal.« Michelles Gesicht zeigte allerdings deutlich, wie sehr sie unter diesem Vorwurf litt.

»Lass dich von deiner Schwester nicht runterziehen«, tröstete Patricia. »So toll, wie sie denkt, ist sie auch wieder nicht. Und es ist doch völlig unwichtig, ob jemand Turniere gewinnt oder nicht.«

»Na ja, für meine Eltern ist das schon wichtig.« Michelle wirkte nachdenklich. »Sie wünschen sich Kinder, die genauso gut sind, wie sie selbst früher waren. Und da hab ich sie schon ziemlich enttäuscht.«

»Quatsch!« Patricia sprach absichtlich grob. »Kein vernünftiger Mensch wird jemals seine Meinung über jemanden davon abhängig machen, ob derjenige in irgendeinem Sport gut ist oder nicht! Ich kenne deine Eltern nicht, Michelle, aber glaubst du das wirklich? Meinst du nicht, dass du dich vielleicht selbst in was reingesteigert hattest, von dem du *dachtest,* es sei so?«

Michelle schwieg einen Moment mit gesenktem Kopf, dann blickte sie auf.

»Das kann sein«, sagte sie. »Vielleicht hast du recht.« Ihr Ausdruck wurde wieder fröhlicher. »Jetzt, da ich nicht mehr reite, wird's sich zeigen.«

Patricia lachte. »Das ist eine gute Einstellung.«

»Obwohl ich Pferde an sich mag«, fügte Michelle hinzu und streichelte Monty, der inzwischen das Interesse an ihrer Kleidung verloren hatte und genüsslich neben ihnen graste. »Aber man kann ja Pferde mögen, ohne zu reiten, nicht?«

»Klar«, bestätigte Patricia. »Was willst du denn nun machen statt reiten?«

»Street-Dance.« Michelle strahlte wieder. »Ich hab schon vor einem Jahr damit angefangen, und es macht voll Spaß. Nadine findet zwar, es sei nichts als albernes Rumgehopse, aber das sagt sie garantiert nur, weil sie's nicht kann.«

Patricia schnaubte angewidert. »Das sagt doch alles über deine Schwester.«

»Ich lass es mir auch nicht von ihr verderben«, bekräftigte Michelle. Sie zwinkerte Patricia zu. »Da bin ich nämlich ausnahmsweise richtig gut drin.«

»Na siehste!« Patricia freute sich ehrlich mit ihr. »Ich hab dir nie geglaubt, dass es wirklich nichts gibt, was du kannst – weißt du noch?«

»Oh ja, das weiß ich noch. Du warst sowieso immer so nett zu mir, ich hab viel von dir gelernt!«

Patricia wurde verlegen. »Unsinn.«

»Doch, wirklich!« Michelle sah sie bewundernd an. »Und eigentlich warst du es, die mich drauf gebracht hat.«

»Auf was?«

»Na ja, du reitest ja auch nicht, obwohl du es sogar gut kannst. Ich dachte mir, Patricia mag das Reiten auch nicht, obwohl sie Pferde gern hat, also kann es nicht das Wahre sein. Und da hab ich angefangen, darüber nachzudenken, ob ich das denn wirklich so dringend will.« Michelle sah sie gespannt an, als sie ihre Erklärung beendete.

Patricia stand stocksteif.

Michelle kannte ihre wahren Beweggründe nicht und konnte ja nicht ahnen, in was für eine Wunde sie ihren Finger legte. Schnell schluckte Patricia den Kloß in ihrem Hals hinunter und zwang sich zu einem Lächeln.

»Ich finde jedenfalls, dass du dich richtig entschieden hast. Du kannst stolz auf dich sein.«

»Danke.« Michelle war sichtlich gerührt, doch dann lachte sie wieder. »Aber du brauchst nicht zu denken, dass du mich schon so schnell loswirst. Ich komm natürlich trotzdem noch.«

»Auf den McNair-Hof?«

»Klar. Ich will doch Linus weiter besuchen und die anderen Pferde. Und dich«, fügte Michelle noch hinzu.

Patricia wurde es warm ums Herz. Womit hatte sie diese uneingeschränkte Zuneigung verdient? Sie verspürte beinahe ein schlechtes Gewissen.

»Seid ihr denn noch länger hier?«, fragte sie – sie wusste schließlich, dass auch Michelle mit ihrer Familie in den Highlands bloß Urlaub machte, ansonsten lebte sie in Aberdeen.

»Bis Samstag«, nickte Michelle. »Also noch drei Tage. Und wann fährst du wieder nach Hause?«

»Nächsten Samstag«, gab Patricia Auskunft und dachte dabei, wie rasch die Zeit doch vergangen war. Dallis fiel ihr ein. Besonders lange würde sie sich nicht mehr um sie kümmern können.

Und Ethan würde sich ebenfalls beeilen müssen, falls es ihm mit der Freundschaft ernst war.

Sie blickte auf die Uhr und erschrak.

»Weil wir gerade davon reden, ich muss weiter. Ich mach mir Sorgen um Dallis.«

»Dallis? Die ist doch vorhin mit zum Ausritt weg«, berichtete Michelle. »Diese blöde Emily reitet sie heute.«

»Wie bitte?« Patricia erstarrte. Sie traute ihren Ohren nicht. Und sie merkte, wie eine unbändige Wut in ihr aufstieg.

Michelle beobachtete sie leicht besorgt. Patricia merkte es und riss sich zusammen. Michelle sollte nicht glauben, es sei ihretwegen.

»Du bringst bestimmt erst mal Monty zurück auf seine Koppel, oder?« Ihr Lächeln kam etwas gezwungen.

»Ja, dachte ich mir so«, bestätigte Michelle und drehte sich zu dem kleinen Hengst um. »Komm, mein Süßer, jetzt ist Schluss mit Essen, es geht heim!«

Monty ließ sich nicht besonders bereitwillig von den Büschen wegziehen, an denen er sich gerade gütlich tat, schließlich jedoch gab er nach.

»Also, bis später dann«, winkte Michelle Patricia zu und wandte sich zum Gehen, ihr Schritt war beschwingt. Monty trottete hinter ihr her.

»Bis nachher«, erwiderte Patricia automatisch.

Doch ihre Gedanken waren woanders.

Patricia traf auf dem Hof ein, kurz nachdem die Reitgruppe zurückgekehrt war. Die Ponys standen nebeneinander aufgereiht am Haltebalken, und ihre jungen Reiter und Reiterinnen sattelten gerade ab oder rieben die Tiere trocken.

Dallis stand allein, mit tief gesenktem Kopf, und Patricia erkannte schon von Weitem, dass sich ihr Zustand durch nichts von dem unterschied, in dem sie sich nach dem gestrigen Ausritt befunden hatte. Ausgenommen, dass sie diesmal auch noch merklich zitterte. Durch den kühlen Wind? Oder vor Angst und Schmerzen?

Kalte Wut packte Patricia.

Diesmal kam Emily nicht so einfach davon, dafür würde sie sorgen.

»Wo ist Emily?«, fragte sie den Erstbesten, der ihr über den Weg lief. Ihr Ton war scharf, aber Patricia war einfach zu wütend.

Der etwa zwölfjährige Junge bückte sich gerade unter den Bauch seines Schimmels, streckte auf Patricias Frage aber den Kopf hervor.

»Emily . . .? Ach, du meinst die mit den Angeber-Klamotten!«

»Genau die. Weißt du, wo sie hin ist?«

»Was willst du denn von der?« Der Junge guckte Patricia neugierig an. »Also, ich bin immer froh, wenn die weg ist.«

»Da geb ich dir recht. Aber sie wird mich jetzt gleich kennen lernen. Hast du ’ne Ahnung, wo ich sie finde?«

Der Junge merkte wohl, dass Patricia vor Zorn bebte. Er krabbelte unter seinem Pferd hervor, stand auf und deutete nach vorne.

»Ich würd’s mal draußen auf dem Parkplatz probieren«, riet er mit einem Grinsen. »Da steht sie meistens nach dem Reiten und passt auf, dass auch jeder mitkriegt, wie ihre Eltern sie abholen. Die kommen nämlich immer mit einem dicken 750i angebraust.«

»Mit was?«, fragte Patricia irritiert, obwohl es sie nicht wirklich interessierte.

»Einem protzigen BMW. Dreihundertsiebenundsechzig PS, fährt über hundertfünfundfünfzig Meilen Spitze«, fügte er hilfreich hinzu. Was er bei ihrer Frage dachte, stand deutlich in seinem Gesicht zu lesen: Die Mädchen hatten echt keinen Plan von Autos!

Patricia war es jedoch einerlei, was er von Mädchen im Allgemeinen sowie von ihr im Besonderen hielt. Sie hatte es eilig.

»Danke«, rief sie ihm zu und rannte bereits los.

»Kein Problem«, winkte er ab und wandte sich wieder den Hufen seines Ponys zu.

Emily stand tatsächlich an der Einfahrt des Parkplatzes.

Wie immer trug sie ihre affektierte Reitkleidung mit Spencerjäckchen und Handschuhen.

Patricia fixierte jedoch nur ihre spiegelblanken Reitstiefel mit den daran befestigten Sporen. Und die neue Reitgerte, die Emily lässig unter dem Arm trug.

Emily stand mit dem Rücken zu ihr und sah sie nicht kommen. Patricia hatte daher das Überraschungsmoment auf ihrer Seite, als sie das Mädchen am Arm packte und herumriss.

»Hey, was soll denn das?« Emily hatte den ersten Schreck schnell überwunden und wurde sofort wütend. »Spinnst du?«

Patricia atmete schwer vom Rennen, doch ihr Zorn loderte unverändert.

»Ich glaube eher, dass du spinnst«, fuhr sie Emily an. »Ich hab Dallis gesehen – du hast sie wieder misshandelt!«

Emily versuchte, sich loszureißen, doch Patricia hielt sie fest. Ihre Gegnerin war sogar etwas größer als sie, doch die Wut verlieh Patricia ungeahnte Kräfte. Sie schüttelte Emily wie eine nasse Ratte, sodass diese aufkreischte.

»Lass mich sofort los! Ich ruf um Hilfe, wenn du mich nicht augenblicklich in Ruhe lässt!«

»Dann ruf doch«, zischte Patricia. »Mutig bist du sowieso nur denen gegenüber, die sich nicht wehren können, stimmt's?«

Doch sie ließ Emily los. Ihr war klar geworden, dass sie sich von ihrem Zorn nicht zu etwas hinreißen lassen sollte, das ihr ansonsten widerstrebte. Sie wollte sich nun wirklich nicht auf Emilys Niveau herunterlassen.

Emily rieb sich den Arm und wich einen Schritt zurück.

»Ich hab keine Ahnung, was du überhaupt von mir willst.« Ihre

Stimme klang schrill, offenbar machte die wütende Patricia ihr tatsächlich Angst.

»So, du weißt es nicht! Du hast wohl vergessen, was ich dir gestern schon gesagt habe? Ich hatte dich gewarnt, Dallis zu schlagen oder sie mit den Sporen zu verletzen. Hab ich, oder hab ich nicht?«

»Du hast mir überhaupt nichts zu sagen, kapiert?«, gab Emily bösartig zurück. »

Patricia holte tief Luft. »Wenn es um Tierquälerei geht, hab ich dir sehr wohl was zu sagen, dass das mal klar ist. Ich finde es absolut zum Kotzen, wenn jemand sein Pferd misshandelt, und ganz besonders, wenn es Dallis ist, die du schlägst und trittst!« Sie sprach nicht laut, aber ihre Augen waren schmal vor Zorn, und ihr Ton ließ keinen Zweifel darüber, was sie von Emily hielt.

»Dallis, Dallis«, äffte Emily sie nach. »Du mit deinem Getue um Dallis!« Sie trat wieder einen Schritt näher. »Jetzt will ich dir mal was sagen: Der Gaul geht dich einen feuchten Dreck an! Er gehört dir nicht, und deswegen hast du gar nichts zu melden darüber, was ich mit ihm mache!«

Patricia verschlug es die Sprache angesichts dieser Kaltschnäuzigkeit. Doch sie fand ihre Fassung schnell wieder und blitzte Emily an.

»Dir gehört das Pony aber genauso wenig!«

»Der Gaul ist ein Mietpferd«, sagte Emily kalt. »Und Schäden sind im Mietpreis enthalten, sagt mein Vater.«

Patricia konnte es nicht glauben. Die ist doch krank, dachte sie bei sich. So redete kein normaler Mensch!

Krampfhaft bemühte sie sich, die Fassung zu bewahren.

»Wie wäre es dann, wenn du dir ab sofort ein anderes Pferd aussuchst?«, fragte sie mühsam, dabei innerlich alle anderen Pferde um Verzeihung bittend, dass sie bereit war, sie für Dallis zu opfern. »Und Dallis in Zukunft in Ruhe lässt?«

Emily lächelte böse.

»Nein, ich werde mir kein anderes Pferd aussuchen«, sagte sie betont gelassen. »Ich finde dieses nämlich genau richtig für mich. Und ich hab keine Lust, mir für die letzte Zeit hier noch einmal einen neuen Gaul zurechtbiegen zu müssen.«

Patricia starrte sie mit offenem Mund an. Das konnte nicht wahr sein.

Doch das befriedigte Lächeln in Emilys Gesicht bewies, dass sie jedes Wort genau so meinte. Als sie genauer hinschaute, entdeckte sie außerdem tief in Emilys Augen ein boshaftes Funkeln.

Und auf einmal wusste Patricia, dass Emily das alles absichtlich tat, um sie zu reizen. Sie hatte Emily am Vortag angepfiffen und bloßgestellt, als sie ihr die Gerte abnahm. Und nun rächte sich das Mädchen an ihr, indem sie Dallis quälte. Dadurch, dass Patricia zugegeben hatte, dass Dallis für sie eine besondere Bedeutung besaß, hatte sie Emily unbeabsichtigt ein perfektes Mittel in die Hände gespielt, es ihr heimzuzahlen. Patricia lief es eiskalt den Rücken herunter.

Emily hatte sie beobachtet. Sie lächelte immer noch. Und nun verschränkte sie siegesgewiss die Arme.

»Du kannst dich auf den Kopf stellen – aber du wirst es nicht verhindern können.«

Patricia sah nur noch Rot.

Noch bevor sie darüber nachdenken konnte, was sie tat, hatte sie Emily eine Ohrfeige verpasst. Mit einem erstickten Laut stürzte sie sich auf das größere Mädchen, blind vor Wut.

Sie hörte kaum, wie Emily panisch kreischte. Sie fühlte nur noch Hass und den unbändigen Wunsch, dieser Person genauso Schmerzen zuzufügen, wie sie es mit der kleinen Stute tat.

Emily wehrte sich nur schwach, sie heulte laut und versuchte, sich loszureißen.

Auf einmal war Luft zwischen ihnen, und Patricia merkte, dass sie ihre Feindin nicht mehr erreichen konnte.

»Ganz ruhig jetzt!« Eine Stimme neben ihrem Ohr und kräftige Hände, die sie fest hielten.

»Patricia!« Damian musste mehrmals in scharfem Ton rufen, bevor Patricia aufgab und zitternd zurücktaumelte.

»Sag mal, bist du verrückt geworden?«, fuhr er sie nun an. »Was ist denn in dich gefahren?«

»Die dort ist verrückt geworden, nicht ich!«, keuchte Patricia und wies auf Emily, die sich in sichere Entfernung geflüchtet hatte und nun unter Gejammer ihr ungewohnt zerzaustes Äußeres in Ordnung zu bringen versuchte. Wenigstens grinst sie nicht mehr, stellte Patricia fest.

Damian sah zu Emily hinüber.

»Emily, was war los?« Sein Ton war alles andere als freundlich.

Emily sah ihn mit großen Augen an. »Keine Ahnung«, behauptete sie. »Sie ist aus heiterem Himmel auf mich losgegangen, ich hab überhaupt nichts gemacht.«

»Und wie du was gemacht hast!«, fauchte Patricia und machte eine Bewegung, als wollte sie der anderen sogleich wieder an die Gurgel. Damian packte sie vorsichtshalber am Arm.

»Nun beruhige dich doch erst mal«, redete er auf Patricia ein. »Was immer auch vorgefallen sein mag – das kann man doch anders regeln, Himmel noch mal! Ihr könnt euch doch nicht prügeln wie die kleinen Jungen!«

»Ich hab nicht damit angefangen«, verwahrte sich Emily hoheitsvoll. »Die da hat mich ohne Grund angegriffen!« Demonstrativ rieb sie einen unsichtbaren Fleck an ihrem Revers weg.

»Ruhe jetzt«, befahl Damian, und Emily verstummte eingeschüchtert.

Damian schaute von einer zur anderen und schüttelte den Kopf.

»Mann, oh Mann, ich hab gedacht, ich seh nicht recht! Zwei junge Damen, die sich schlägern wie eine Stammtischrunde in der

Kneipe!« Er merkte, dass der Witz nicht ankam – keines der beiden Mädchen fand ihn lustig, Damian eigentlich auch nicht. Er fixierte die beiden Kontrahentinnen verärgert.

»Klasse Vorstellung habt ihr da gegeben, wirklich! Sagt mal, habt ihr eigentlich noch alle Tassen im Schrank?«

Patricia bemerkte erst jetzt, dass sich im Hintergrund eine ganze Reihe Zuschauer versammelt hatte. Sämtliche Kinder, die sich in der Nähe aufgehalten hatten, glotzten mit großen, neugierigen Augen herüber.

Damian hingegen war ernstlich böse.

»Und? Kein Kommentar dazu?« Seine Stimme klang scharf.

Patricia biss sich auf die Lippe. Sie wusste selbst, dass sie zu weit gegangen war.

Emily indessen fühlte sich wieder obenauf.

»Ich erzähl das meinem Vater«, verkündete sie giftig. Sie warf Patricia einen bösen Blick zu. »Und der wird dir schon klarmachen, was Sache ist.«

»Emily!« Damian sagte es ganz ruhig, aber seine Augen funkelten bedrohlich.

Emily kniff die Lippen zusammen und drehte sich um. »Phh!«, konnte Patricia sie noch sagen hören, als sie lässig zurück zu ihrem Warteposten an der Einfahrt schlenderte.

Damian schaute Patricia an. Seine Miene ließ keinen Zorn mehr erkennen. Nur Nachdenklichkeit.

Patricia sah zu Boden. »Sie hat Dallis wieder misshandelt«, sagte sie leise.

Damian seufzte. Dann ließ er Patricias Arm los.

»Ich hatte dich gebeten, dich nicht einzumischen. Du weißt doch, wie die Lage ist.«

»Ja, ich weiß es!« Patricia wurde wieder wütend. »Bloß kein Widerspruch, nicht wahr, weil Madame ja das Geld heranschafft! Was zählt da schon ein dummes Pony?«

»Patricia . . .« Damian sah hilflos drein.

»Spar dir die Mühe.« Patricia straffte sich. Sie war wieder ganz ruhig, als sie Damian fest anblickte. »Ich hab schon verstanden.«

»Patricia, bitte! Emily ist jetzt vielleicht noch eine Woche lang da, die übersteht Dallis irgendwie! Und für die nächsten Ferien lassen wir uns was einfallen, das verspreche ich dir!«

Patricia schaute in die Ferne. Ihr Gesicht war ganz starr.

»Ja, natürlich«, sagte sie. »Kein Problem. Es ist ja nur ein Pferd.«

Damian schwieg. Sein Blick war traurig.

Patricia wandte sich zum Gehen.

»Du entschuldigst«, meinte sie, »ich muss mich um Dallis kümmern.«

Damian sah ihr hilflos nach, als sie langsam zurück in den Hof ging.

20.

Als Patricia am nächsten Morgen Dallis vergeblich auf der Koppel suchte, ahnte sie Schlimmes.

Emily hatte sie doch nicht tatsächlich schon wieder für sich angefordert?

Patricia stützte die Ellenbogen auf den Koppelzaun und starrte zu den Ponys hinüber. Der Falbe schaute kurz auf, doch er wusste inzwischen, dass Patricia nichts für ihn mitbrachte und ihn nie besonders beachtete, deshalb kam er schon gar nicht mehr an den Zaun.

Patricia dachte auch nicht an ihn. Ihre Gedanken kreisten um Dallis.

War sie tatsächlich mit Emily unterwegs? Und wenn ja – was hatte die Graue dann wohl alles auszustehen?

Patricia stöhnte unwillkürlich auf. Sie konnte Dallis' Leiden beinahe körperlich spüren, und das machte sie fertig. Sie hatte es sich so leicht vorgestellt, die Stute zu beschützen, doch nun musste sie sich eingestehen, dass sie in Wirklichkeit genauso hilflos war wie die Graue. Emily saß einfach am längeren Hebel, so widerwärtig ihr diese Erkenntnis auch war. Das bedeutete, es würde unverändert weitergehen, umso mehr, da Patricia sich darüber so herrlich aufregte. Das hatte Emily ihr schließlich sehr deutlich zu verstehen gegeben.

Und Damian hatte ebenso unmissverständlich mitgeteilt, dass weder er noch sonst jemand, der auf dem Hof etwas zu sagen hatte, etwas dagegen unternehmen würde.

Was sollte sie nur tun?

Sie konnte Emily natürlich einfach etwas über den Schädel hauen und sie dann gefesselt und geknebelt irgendwo einsperren. So würden sie es zumindest in einem Film machen. Solche Methoden kamen bloß leider im wirklichen Leben nicht infrage, was Patricia in diesem besonderen Fall ehrlich bedauerte. Echt jammerschade, dachte sie, als sie sich die entsprechende Szenerie vorstellte. Da würde Emily ganz schön dämlich gucken, dachte Patricia. Emily verließ sich viel zu sehr darauf, dass die anderen fair blieben und nicht Gleiches mit Gleichem vergalten. Wehe allerdings, jemand setzte sich über diese ungeschriebenen Regeln hinweg! Dann wurde gleich Zeter und Mordio geschrien!

Wie gestern.

Patricia bedauerte zutiefst, dass sie derart die Beherrschung verloren hatte. Sie schämte sich schrecklich. Das letzte Mal hatte sie sich im Kindergarten geprügelt, als ein älterer Junge versucht hatte, ihr und Gavin ihre neue Spritzpistole wegzunehmen. Davon einmal abgesehen, fand sie es allerdings interessant zu beobachten, wie augenblicklich doch Emilys Selbstherrlichkeit zusammengebrochen war, als Patricia, der sie sich so unantastbar überlegen glaubte, plötzlich auf sie losging.

Tja, und da heulte die damenhafte Emily dann wie ein kleines Kind, dachte Patricia geringschätzig. Klarer Fall von großer Klappe – nichts dahinter! Vielleicht überlegte sie es sich das nächste Mal etwas gründlicher, bevor sie wieder jemanden bis aufs Blut reizte. Jetzt hatte sie ja gemerkt, dass so was auch schiefgehen konnte.

Bloß Dallis nützte das alles nichts. Im Gegenteil, jetzt würde Emily ihre Rachsucht erst recht an ihr austoben.

Patricia seufzte.

Sie konnte nichts tun. Gar nichts.

Ethan musste sie zweimal ansprechen, bevor Patricia sich umdrehte.

»Ach hallo, du bist's!« Ihr Ton war durchaus freundlich, doch sie benötigte einige Augenblicke, bis sie ihre offensichtliche Geistesabwesenheit überwand.

Überrascht registrierte sie, wie sehr sie sich über Ethans Anblick freute.

Doch Ethan merkte sofort, dass sie etwas bedrückte.

»Was ist mit dir?« Seine Stimme hatte einen besorgten Ton. »Ist etwas passiert?«

Patricia schwieg eine ganze Weile. Sie konnte sich doch nicht bei Ethan auskotzen, dachte sie bei sich. Sie kannte ihn schließlich kaum. Wie sollte sie sicher sein, dass er sie nicht auslachte oder sich gar auf die Gegenseite schlug?

Ethans Gesicht zeigte jedoch so viel Anteilnahme und ehrliches Interesse, dass sie schließlich seufzte.

»Es geht um Dallis.«

»Dallis?«

»Eines der Ponys.« Sie wies auf die Koppel und schüttelte den Kopf, als Ethan suchend seinen Blick schweifen ließ. »Nein, sie ist momentan nicht da. Eine graue Stute, schon ein bisschen älter. Sie ist für mich . . .«

Sie brach ab. Wie sollte sie Ethan erklären, was Dallis für sie war?

Doch Ethan schien zu verstehen. »Sie bedeutet dir sehr viel«, nickte er.

»Ja.« Patricia schaute in die Ferne. »Und ich bin schuld daran, dass sie leidet.«

Ethan sah sie verblüfft an. »Wie denn das? Das kann ich mir nicht vorstellen.«

»Es ist aber so.« Patricia hob den Blick zu ihm, ihr Gesicht drückte Trostlosigkeit aus.

»Erzähl«, sagte Ethan ruhig.

Und Patricia erzählte.

Sie ließ nichts aus und beschönigte nichts, selbst als sie schließlich die hässliche Szene vom Vortag beschrieb. Sie sah Ethan nicht an, während sie berichtete, wie sie komplett ausgerastet war und Emily angegriffen hatte. Sie hätte den Ausdruck des Abscheus, den er dabei sicher empfinden musste, nicht ertragen.

Als sie geendet hatte, trat Schweigen ein.

Nach einem langen Moment blickte Patricia auf.

»Und? Hab ich toll hingekriegt, nicht wahr?« In ihren Augen lag blanke Verzweiflung.

»Hm«, meinte Ethan nachdenklich. »Blöde Sache, das Ganze.«

»Du denkst jetzt bestimmt auch, dass ich spinne, oder?«

»Unsinn!« Ethan schüttelte den Kopf. Zu Patricias Erleichterung konnte sie aus seiner Miene nichts Negatives herauslesen. Sie fasste deshalb ein klein wenig Mut.

»Also, dass du nicht zulassen wolltest, dass Dallis gequält wird, ist doch klar«, stellte Ethan sachlich fest. »Tierquälerei ist ja wohl wirklich das Allerletzte. Bei so was sollte eigentlich jeder vernünftige Mensch einschreiten. Leider tun das bloß die wenigsten. Viele sagen sich, dass es sie nichts angeht und sie sich lieber raushalten sollten. Aber du hast den Mut gehabt, alle Achtung!«

Patricia lächelte schwach. »Ich konnte es einfach nicht ertragen, dass Emily Dallis wehtut.«

»Ist doch völlig egal, um wen es ging«, widersprach Ethan und lächelte ebenfalls ein wenig. »Außerdem brauchst du mir nicht weiszumachen, dass du es nur für Dallis getan hast und andere Tiere dir vollkommen egal gewesen wären. Das würde ich dir nämlich nicht glauben, ich hab schließlich selbst schon mal eine Kostprobe deiner Tierliebe abgekriegt. Und da ging's auch nicht um deine Dallis.«

Patricia wurde verlegen, als sie sich an die Szene auf dem Berg erinnerte.

»Was allerdings ein bisschen unschön ist, ist die Sache mit der Prügelei«, wurde Ethan wieder ernst. »Ich meine, ich kann voll und ganz verstehen, dass du Rot gesehen hast, das wär mir an deiner Stelle wahrscheinlich nicht viel anders gegangen. Diese Zicke hat ja offenbar wirklich alles getan, um dich so weit zu treiben.«

»Allerdings«, sagte Patricia.

»Das Problem ist nur, dass du dadurch eine Menge Punkte verschenkt hast. Und diese Zicke ist nun als vermeintlich armes Opfer fein raus. Das, was *sie* an Scheiße gebaut hat, ist dabei Schnee von gestern, fürchte ich.«

»Ich weiß.« Patricias Stimme war leise. »Aber das wär mir alles egal, wenn Dallis es nicht ausbaden müsste.«

Ethan nickte vor sich hin. »Ja, das ist das Schlimme daran.«

»Aber wie kann ich das denn jetzt noch verhindern?«, fragte Patricia verzweifelt. »Die Sache ist gelaufen, und so, wie ich Emily kennengelernt habe, wird sie das auskosten bis zum Ende!«

Ethan blieb ruhig, obwohl Patricia schon fast mit den Tränen kämpfte.

»Hm«, sinnierte er. »Für diese Geschichte gibt es nur eine einzige, halbwegs Erfolg versprechende Lösung. Die dürfte allerdings nicht besonders angenehm für dich werden.«

Patricia nickte. Sie wusste, was er meinte.

»Du wirst wohl in den sauren Apfel beißen und dich bei Emily entschuldigen müssen«, stellte Ethan dann auch fest. Er betrachtete Patricia mitfühlend. »Ich kann mir vorstellen, wie hart dich das ankommen wird. Vor allem, weil du ja eigentlich weitaus mehr im Recht bist als sie. Aber ich seh da keine andere Möglichkeit. Und vielleicht besänftigt das Emily ja wirklich so weit, dass sie Dallis in Ruhe lässt.«

»Vielleicht auch nicht«, murmelte Patricia.

Ethan hob die Schultern. »Die Gewissheit hast du natürlich nicht, das ist richtig. Kann sein, dass du dich umsonst bei ihr zum Affen machst.«

Patricia schaute auf, ihre Augen blitzten entschlossen.

»Solange eine kleine Chance besteht, Dallis zu helfen, ist es mir die Sache wert. Das bin ich Dallis schuldig.«

Ethan nickte. Dann lächelte er ein wenig spitzbübisch. »Außerdem reicht es ja, wenn du ihr *sagst*, dass du dich entschuldigst. Was du dabei *denkst*, ist ja deine eigene Sache. Augen zu und durch, du wirst das Ganze schon hinkriegen.«

Patricia lächelte ebenfalls, sichtlich erleichtert.

»Du hast recht«, sagte sie. »Das werde ich tun.

Sie schaute Ethan ernst an. »Es war gut, deine Meinung darüber zu hören, weißt du das?«

Ethan erwiderte ihren Blick. »Ich kenne das aus eigener Erfahrung«, sagte er. »Wenn man immer nur im eigenen Saft schmort, glaubt man sich am Ende selbst nichts mehr. Eine zweite Meinung rückt alles dann meist wieder in den richtigen Zusammenhang.«

»Jedenfalls danke für deinen Rat«, sagte Patricia und meinte das auch so.

»Gern geschehen.« Ethan lächelte verschmitzt.

Als Patricia ihn ansah, entdeckte sie in seinen Augen etwas, das sie leicht verlegen werden ließ.

»Na, und du bist wieder unterwegs gewesen?«, lenkte sie ab und betrachtete dabei bewundernd den prachtvollen Hunter, den Ethan ritt. Was hatte Silas gesagt, wo Ethan wohnte? In irgendeiner Destillerie. Patricia hatte den Namen vergessen. Aber die Leute mussten echt gut bei Kasse sein, wenn sie sich solche Pferde leisten konnten. So ein Pferd mal reiten zu dürfen . . .

»Wenn mal schönes Wetter ist, muss man das doch ausnutzen«, erwiderte Ethan und wies mit einem Augenzwinkern zum Himmel. Er war grau, doch durch eine kleine Lücke in den Wolken konnte man ein winziges Stück blauen Himmels sehen.

Sonny schien es zu genießen, dass Patricia ihm Aufmerksamkeit widmete, er schüttelte seine Mähne und streckte dann seine Nüstern zu ihr herüber, worauf Patricia ihn bereitwillig streichelte.

»Schüchtern ist der ja gar nicht«, stellte sie fest.

»Nein, Sonny ist ein echter Charmeur«, meinte Ethan und klopfte dem Wallach den glänzenden Hals.

Patricia musste lachen, als Sonny den Hals lang machte und ihr die Nüstern ins Gesicht stieß.

»Ich merk's«, prustete sie und taumelte ein wenig, als Sonny nun den Kopf an ihr rieb.

»Nicht so stürmisch«, sagte Ethan zu dem Braunen, saß ab und drängte ihn dann ein wenig zur Seite. »Du schmeißt das arme Mädchen ja um!«

»Bist du auf dem Weg zu Silas?«, fragte ihn Patricia.

Ethan hob die Schultern. »Mal sehen. Kann sein, dass ich bei ihm reinschaue.« Er sah Patricia an. »Aber eigentlich dachte ich . . . ich guck mal, ob du dich hier vielleicht irgendwo rumtreibst.« Er sprach in lockerem Ton, doch seine Augen blickten ernst, fast ein wenig verlegen, als er hinzufügte: »Ich dachte mir nämlich schon, dass ich dich hier finde.«

Patricia stockte der Atem. Hatte sie sich verhört?

Ein wenig mühsam lächelte sie. »Wolltest du mich denn finden?«

Sie fand ihre Frage im gleichen Moment ziemlich dumm, und eine leichte Panik, die sie plötzlich überfiel, ließ sie erröten. Was würde Ethan erwidern?

Ethan antwortete nicht sofort.

»Wäre das denn schlimm?«, fragte er dann.

Seine Stimme war weich, seine Augen hielten die ihren fest,

und Patricia merkte, wie es in ihrem Bauch wieder zu kribbeln begann. Irgendetwas war da auf einmal. Etwas Neues, Unbekanntes.

Aber wenn sie ehrlich zu sich war, musste sie sich eingestehen, dass es ihr nicht unangenehm war. Ganz im Gegenteil.

Ihr Herz klopfte auf einmal so stark, dass sie es richtig spürte, und ihre Stimme schien eingerostet, sodass sie sich erst räuspern musste.

»Nein«, sagte sie leise. »Das wäre nicht schlimm.«

Sie schauten sich an.

Er hat wirklich schöne dunkle Augen, dachte Patricia, während das Kribbeln immer intensiver wurde. Sie merkte nicht, dass ihr Gesicht brannte, ihr Herz bis hinauf in ihre Kehle schlug und sie kaum atmen konnte. Doch das Gefühl, das sich in ihr ausbreitete und sie mit Wärme füllte, spürte sie bis in die allerletzten Nervenfasern. Patricia wusste nicht, was Ethan in diesem Moment dachte, sie sah nur seinen Blick auf ihrem Gesicht liegen. Ein Blick so voll Wärme und Sehnsucht, dass sie ihn beinahe als körperliche Berührung wahrnahm.

Was machen wir da?, dachte Patricia, doch eigentlich wusste sie es.

Sie standen einander gegenüber, und obwohl sie sich nicht berührten, war da etwas, das sie unauflöslich miteinander verband.

Die Welt schien stillzustehen.

Sonny unterbrach sie abrupt, als er von hinten an Ethan herantrat und ihm ins Genick blies.

»Na, was hast du denn vor?« Ethan, im ersten Moment leicht erschreckt, drehte sich um.

Sonny sah so unschuldig drein, als wollte er sagen: »Ich? Ich hab doch gar nichts gemacht!« Ethan und Patricia brachen in Lachen aus.

»Mensch, Sonny«, meinte Ethan und klopfte ihm den Hals. »Hast du schon mal was von Privatsphäre gehört?«

Die Spannung war gebrochen, und Patricia wusste nicht so recht, ob sie erleichtert oder enttäuscht sein sollte.

Sie holte tief Atem. Aus den Augenwinkeln bemerkte sie, dass Ethan ähnlich aufgewühlt sein musste wie sie.

So fühlt sich das also an, dachte Patricia, als sie zusah, wie Ethan dem Braunen ein paar Kletten aus der Mähne zupfte. Ein merkwürdiges Gefühl. Aber irgendwie schien es, als habe sie schon sehr lange darauf gewartet.

»Ich muss jetzt mal langsam zum Hof rüber und gucken, wo Dallis ist«, sagte sie ein wenig verlegen.

Ethan schaute sie an. »Darf ich dich begleiten?«

Patricia wunderte sich, dass so eine harmlose Bemerkung ein derartiges Glücksgefühl in ihr auszulösen vermochte.

»Klar«, meinte sie warm. »Ich freu mich.«

Und das Lächeln, das sie tauschten, enthielt alles.

21.

Später erschien es Patricia, als wären diese zehn Minuten, die sie brauchten, um den Hof zu erreichen, die erste und zugleich letzte wirklich glückliche Phase gewesen, die sie seit Gavins Unfall erlebt hatte. In den darauf folgenden Tagen überlegte sie sogar manchmal, ob sie es vielleicht nur geträumt hatte. Als Traum empfand sie es ohnehin.

Patricia und Ethan redeten nicht viel, während sie langsam nebeneinander herliefen. Sonny trottete gemächlich hinter ihnen her, zupfte ab und zu ein paar Halme vom Wegrand und schnaubte ihnen auch das eine oder andere Mal freundlich ins Genick.

Trotz des Schweigens kam es Patricia so vor, als flögen die Fragen und Antworten nur so zwischen ihnen hin und her. Eine tiefe Wärme erfüllte sie und ein Gefühl der Vertrautheit, als ob sie Ethan schon ihr ganzes Leben kannte.

Vielleicht ist es das, dachte Patricia bei sich. Vielleicht habe ich auch die ganze Zeit nur darauf gewartet, ihm endlich zu begegnen.

War das die Liebe, von der alle redeten?

Sie wusste es nicht. Woher auch? Schließlich fühlte sie es zum ersten Mal.

Sie wusste nur, dass es ein wunderschönes Gefühl war und dass es mit jedem Mal, da sie heimlich zu Ethans Gesicht hinaufschaute, stärker aufwallte.

Sie begegnete Ethans Blick und las aus seinen Augen, dass er es genauso empfand.

Patricia merkte, wie sie verlegen wurde, und wandte ihr Gesicht rasch wieder ab. Doch die Gefühle tobten in ihr.

Sie zuckte nur kurz zusammen, als sie spürte, wie Ethan nach ihren Fingern tastete und sie sanft mit den seinen umschloss.

Hand in Hand legten sie das letzte Stück zurück.

Der Krankenwagen auf dem Parkplatz stand ein wenig durch einen Baum verdeckt, deshalb bemerkte ihn Patricia nicht sofort.

Erst Ethan verwundertes »Nanu, was ist denn da passiert?« ließ sie aufmerksam werden.

Patricia blieb wie erstarrt stehen.

Ihr war auf einmal eiskalt.

»Patricia?« Ethan betrachtete sie besorgt.

»Alles in Ordnung«, sagte sie mechanisch, doch nichts war in Ordnung. Der Anblick des Sanitätsfahrzeugs erfüllte sie mit einem unerwarteten Grauen, das sie nicht einzuordnen wusste. Sie merkte nicht, dass sie kreidebleich geworden war, und ihr war auch nicht bewusst, dass sie Ethans Hand losgelassen hatte.

»Patricia, was ist denn?«

Patricia hörte nicht, was Ethan sagte. Übelkeit stieg in ihr hoch. Die Erinnerung an einen anderen Vorfall, bei dem ein solcher Krankenwagen im Spiel gewesen war, überfiel sie mit aller Macht.

»Oh nein!« Ihre Stimme klang erstickt, und sie presste ihre Hände vor ihren Mund, wie um das flaue Gefühl in ihrem Magen zurückzudrängen.

Dann rannte sie los.

»Patricia!«

Patricia schien Ethan völlig vergessen zu haben. Sie lief, als wäre der Teufel hinter ihr her.

»Verdammt«, murmelte Ethan, der sich hastig nach einer Anbindemöglichkeit für Sonny umsah. Er fand nichts, ließ den Braunen kurzerhand einfach auf dem Parkplatz stehen und sprintete Patricia hinterher.

Im Hof herrschte Trubel.

Eine ganze Schar Kinder verschiedener Altersstufen lümmelte herum und starrte mit sensationslüsternen Gesichtern Damian an, der in eine heftige Diskussion mit einem gut gekleideten Paar mittleren Alters verstrickt war. Im Hintergrund standen einige gesattelte Ponys am Haltebalken, doch keiner schien sich um die Tiere zu scheren. Das Geschrei zwischen den Erwachsenen war weitaus spannender. Dallis war nicht zu sehen, wie Patricia mit einem Blick feststellte.

Sie stoppte mitten im Hof. Ihr Atem ging heftig, und in ihren Augen stand blanke Panik.

Ihr Blick war starr auf den Reitlehrer gerichtet, und sie schien es überhaupt nicht zu registrieren, als Ethan einige Momente später ebenfalls auftauchte und sich neben sie stellte, als ob er sie beschützen müsste.

Damian selbst war ziemlich aus der Fassung.

Ein Wunder war es allerdings nicht, denn der Mann und die Frau, die ihm gegenüberstanden, bebten vor Wut. Genau genommen, bebte der Mann vor Wut, stellte Ethan fest. Seine Frau blieb stumm und nickte nur zu allem, was er sagte. Ihr Gesicht war kummervoll. Die beiden nahmen sich irgendwie unpassend aus in dieser Umgebung – Krawatte und Perlenkette gehörten schließlich nicht zum üblichen Outfit auf einem Reiterhof. Grinsen darüber war jedoch momentan nicht angebracht, das merkte jeder.

»Ich versichere Ihnen . . .« Damian bemühte sich sichtlich darum, seinen Tonfall zu beherrschen, aber es war ihm anzusehen, dass seine Nerven zum Zerreißen gespannt waren.

Der Mann ließ ihn nicht zu Wort kommen.

»Sie können mir versichern, was Sie wollen, aber Tatsache ist, dass Sie offenbar nicht in der Lage sind, für die Sicherheit Ihrer Kunden zu sorgen!« Sein Ton war barsch. Zur Betonung seiner Worte stieß er aggressiv seinen Zeigefinger in Damians Richtung. Sein Gesicht wies eine puterrote Färbung auf, und einen kleinen Moment vergaß Patricia die Umstände und hätte beinahe darüber gelacht, wie sehr er sich ereiferte.

Doch sie erkannte schnell, dass die Situation alles andere als lustig und der Mann offenbar ernsthaft entschlossen war, Damian und dem gesamten Reiterhof die größtmöglichen Schwierigkeiten zu bereiten.

»Mr MacLean, ich kann verstehen, dass . . .«, begann Damian, doch der Mann unterbrach ihn wieder.

»Wie schön, dass Sie so viel Verständnis haben!«, wütete er. »Ich sehe nur, dass Sie mit Ihren Aufgaben hier anscheinend überfordert sind. Sie schaffen es ja nicht einmal, Ihre Reiter hier im Zaum zu halten!«

Damian klappte seinen Mund wieder zu, den er geöffnet hatte, um sich zu verteidigen.

»Meine Tochter wurde gestern hier auf dem Gelände von irgendso einer asozialen Göre angegriffen und zusammengeschlagen ...«

Ethan hielt den Atem an und warf Patricia einen besorgten Blick zu. Sie reagierte nicht, stand wie erstarrt. Ihr Gesicht war bleich.

»Na, als *zusammengeschlagen* konnte man das nicht direkt bezeichnen«, wandte Damian ein wenig lahm ein.

»So? Als was bezeichnen Sie es denn, wenn jemand ohne Grund auf meine Tochter losgeht und sie derartig zurichtet, dass sie die ganze Nacht starke Schmerzen hatte und meine Frau ihre Blutergüsse immer wieder kühlen musste?«

Ethan lief es kalt den Rücken hinunter.

Stimmte das? Er wusste aus Patricias Beichte, dass sie das Mädchen heftig attackiert hatte, doch bislang hatte er das Ganze nur für eine kleinere Rangelei gehalten. Konnte es sein, dass er sich in Patricia täuschte?

Er betrachtete sie unauffällig. War es möglich, dass eine so kleine, schmale Person tatsächlich dermaßen aggressiv wurde?

»Ich hatte meiner Tochter nach dem gestrigen Vorfall bereits nahegelegt, nicht mehr hierher zum Reiten zu gehen«, fuhr MacLean fort. »Schließlich hat sie es nicht nötig, sich so etwas gefallen zu lassen. Es war ohnehin mehr als entgegenkommend von uns, Emily in dieser Klitsche hier reiten zu lassen.« Er machte eine verächtliche Armbewegung, die den Hof und die Gebäude einschloss. »Sie wissen ja, dass mir bisher daran gelegen war, das Unternehmen zu unterstützen. Inzwischen frage ich mich allerdings, aus welchem Grund ich das eigentlich tue.«

Damians Gesichtsfarbe ähnelte jetzt der von Emilys Vater, doch er beherrschte sich sichtlich und schwieg.

»Emily meinte allerdings, sie wolle Ihnen hier noch einmal eine Chance geben.« Ihr Vater schnaubte. »Sie sollten sich froh schätzen, dass meine Tochter einen so großmütigen Charakter besitzt ...«

Wieder schaute Ethan zu Patricia hinüber. Was sie wohl von dieser Charakterisierung hielt?

Die leichte Unruhe, die daraufhin unter den jungen Zaungästen der Auseinandersetzung aufkam, ließ allerdings darauf schließen, dass Emily sich auch bei den anderen Jugendlichen hier nicht bloß Freunde gemacht hatte. Ethan vernahm unterdrücktes Murmeln, jemand kicherte.

Emilys Vater ließ sich jedoch nicht irritieren. Er trat noch einen Schritt auf Damian zu.

»Aber obwohl Sie wussten, dass ihr hier auf dem Gelände bereits Schaden zugefügt wurde, hielten Sie es nicht für nötig, sich endlich einmal so um meine Tochter zu kümmern, wie es Ihre Pflicht gewesen wäre! Im Gegenteil, Sie haben ihr auch noch ein Pferd gegeben, das nicht nur mangelhaft ausgebildet, sondern zudem auch noch unberechenbar ist!«

Was konnte da bloß passiert sein?, fragte sich Ethan mit wachsender Unruhe. War diese Emily vom Pferd gefallen? Den Worten ihres Vaters zufolge konnte es sich bei dem betreffenden Pony aber wenigstens nicht um Dallis handeln. Patricia hatte ihm die Stute als ausgesprochen liebenswertes und ausgeglichenes Tier beschrieben. Zumindest diese Angst erwies sich gottlob wohl als unbegründet.

»Augenblick mal!« Damian richtete sich kerzengerade auf und hob die Hand, um den Redefluss des anderen zu stoppen. »Ich möchte doch darauf hinweisen, dass es Emilys ausdrücklicher Wunsch war, genau dieses Pony zu reiten. Obwohl ich eigentlich dagegen war und ihr das auch erst heute Morgen wieder gesagt hatte, möchte ich hinzufügen. Ihre Tochter ließ allerdings nicht mit sich reden, sie bestand darauf.«

Oh Gott, dachte Ethan. Das hörte sich tatsächlich nach Dallis an . . .

»Bestand darauf«, zischte MacLean. »Erzählen Sie mir doch nichts! Wenn sie gewusst hätte, wie gefährlich dieses Pferd ist, wäre sie von sich aus so vernünftig gewesen, sich ein anderes auszusuchen! Sie haben es ihr allerdings verschwiegen, vermutlich weil ein unberechenbares Tier schlechte Publicity für den Laden hier bedeutet! Es wäre jedoch Ihre verdammte Pflicht gewesen, Emily auf das Risiko hinzuweisen, und ich mache Sie daher auch für die Folgen verantwortlich!«

Ethan hörte, wie Patricia einen leisen Laut von sich gab.

Weinte sie? Besorgt beugte er sich vor.

Doch Patricias weißes Gesicht zeigte keine Regung. Mit weit geöffneten Augen starrte sie vor sich hin. Ethan vermochte nicht einmal abzuschätzen, ob sie überhaupt noch zuhörte.

Was sollte er tun? Ihr irgendwie beistehen, ja. Aber wie?

Wenn ich jetzt den Arm um sie lege, versteht sie das vielleicht vollkommen falsch, dachte Ethan. Oder sie erschrickt sich zu Tode – denn so, wie sie aussieht, ist sie momentan gar nicht mehr hier.

Er wusste es einfach nicht. Er erkannte nur mit großer Klarheit, dass Patricia ihm sehr viel bedeutete.

Damian stritt indes weiter.

»Und ich sage Ihnen noch einmal, dass es mit diesem Pferd noch nie Probleme gab!«

»Das behaupten Sie! Ich habe den Gaul schließlich gesehen, als er hier ankam, nachdem er meine Tochter schwer verletzt hatte! Er ist eindeutig gefährlich! Sie können mir viel erzählen, aber das, was heute passiert ist, sollte ja wohl als Beweis ausreichen!«

»Ich habe nicht die leiseste Ahnung, wie es zu diesem Vorfall kommen konnte«, versetzte Damian und wischte sich den Schweiß von der Stirn. Man merkte ihm an, dass er erschöpft und genervt war, obwohl er es wohl nie zugeben würde.

Ethan zog bei seiner letzten Bemerkung allerdings unwillkürlich die Stirn kraus. Er wusste zwar immer noch nicht, worum es genau ging. Aus der Diskussion schloss er jedoch, dass Dallis diese Emily heute Morgen offenbar in den Sand gekippt hatte. Was Ethan ihr angesichts Patricias Erzählung nicht verdenken konnte. Und Damian musste doch ebenfalls völlig klar sein, was der

Grund dafür war. Er wusste schließlich, wie Emily das Pony behandelte! Wie wäre es also, wenn er den netten Herrn dort mal über die Gewohnheiten seiner kostbaren Tochter näher aufklärte, dachte Ethan und schaute Damian finster an.

Doch Damian sagte keinen Ton darüber.

In Ethan keimte auf einmal ein schrecklicher Verdacht auf. Konnte es sein, dass Patricia ihm nicht die Wahrheit gesagt hatte? War es möglich, dass es gar nicht stimmte, dass Emily das Pony misshandelte?

Ihm wurde übel.

Nein, das wollte er sich lieber nicht vorstellen. Nie im Leben würde Patricia so etwas behaupten, wenn es nicht der Wahrheit entsprach, das glaubte er einfach nicht.

»Die Stute ist die ganzen Jahre, seit sie hier auf dem Hof steht, noch kein einziges Mal negativ aufgefallen«, meinte Damian gerade. »Ganz im Gegenteil, sie ist ein äußerst zuverlässiges Tier und sehr beliebt bei den Kindern.«

Emilys Vater musterte die Zuschauerschar mit verächtlich ungläubiger Miene und wandte sich dann wieder Damian zu.

»Dann scheinen Sie ja offenbar den Zeitpunkt verpasst zu haben, als sich der Charakter des Tiers geändert hat«, stellte er in ätzendem Ton fest. »Dieses Pferd ist eine potenzielle Gefahr, und ich verlange, dass diese Gefahr beseitigt wird.«

Ethan verspürte auf einmal eine schreckliche Ahnung, und auch Damian schien wachsam zu werden.

»Was haben Sie vor?«, fragte er argwöhnisch.

»Das sollten Sie sich eigentlich denken können«, erwiderte MacLean. »Das Pferd muss getötet werden, und ich werde veranlassen, dass das auch geschieht.«

Ethan schnappte nach Luft. Der Typ hatte ja wohl ein Rad ab! Hoffentlich sagte ihm Damian jetzt mal ordentlich Bescheid!

Doch Damian schwieg.

Die Kinder im Hintergrund tuschelten aufgeregt miteinander,

und Ethan bemerkte etliche besorgte Gesichter. Zu Patricia wagte er inzwischen schon gar nicht mehr hinzusehen. Was wohl in ihr vorging?

Ethan konnte über diesen Mann nur den Kopf schütteln. Als ob dieser MacLean darüber bestimmen konnte, was mit den Pferden geschah!

Trotzdem wollte das mulmige Gefühl in seinem Magen nicht verschwinden, umso mehr, da Damian sich ziemlich merkwürdig verhielt.

Konnte es möglich sein, dass Damian die Drohung ernst nahm?

Verfügte MacLean hier etwa über irgendeinen verborgenen Einfluss?

Ethan spürte ein Frösteln.

Damian räusperte sich nun. »Mr MacLean . . .«, begann er, doch er kam nicht weiter.

In diesem Moment öffnete sich die Tür des Haupthauses, und ein Sanitäter trat heraus.

Die MacLeans schienen im Hinterkopf Augen zu besitzen, sie bemerkten sein Erscheinen augenblicklich, wandten sich um und eilten ihrer Tochter entgegen, die, von einem zweiten Mann im grünen Overall geführt, herauswankte. Auf ihrem Gesicht lag ein leidender Ausdruck. Obwohl äußerlich keine Verletzungen erkennbar waren, ging sie langsam und leicht gebückt und stützte sich schwer auf ihren Begleiter.

Emilys Eltern stürzten sich auf sie wie die Habichte.

»Emily, Liebes, wie geht es dir? Hast du starke Schmerzen? Komm, ganz vorsichtig, pass auf die Stufen auf! Warum hat man dir denn keine Trage besorgt? Du solltest besser liegend transportiert werden, wer weiß, was passieren kann, wenn du dich zu viel bewegst! Hast du wenigstens ein Schmerzmittel erhalten? Warte, du darfst nicht so weit laufen, die können den Wagen ja wohl auch hier vors Haus fahren . . .«

Was für ein Affentheater, fand Ethan und musterte die Patientin mit kritischem Blick, während diese ihren besorgten Eltern mit schwacher Stimme tapfer versicherte, dass sie schon irgendwie durchhalten würde bis zum Krankenhaus. Auf Ethan wirkte Emily eigentlich recht unversehrt, obwohl natürlich die Möglichkeit bestand, dass sie innere Verletzungen erlitten hatte, dass etwas nicht so auf Anhieb Sichtbares verstaucht war oder dergleichen. Ein Sturz vom Pferd konnte unter Umständen tatsächlich böse ausgehen, das war allgemein bekannt. Doch irgendetwas in Emilys Duldermiene kam Ethan ein wenig zu schmerzvoll vor, um echt zu sein. Sie schien die allgemeine Aufmerksamkeit ausgiebig zu genießen, und Ethan fiel auch auf, dass ihre leidende Haltung noch ein klein wenig leidender wurde, nachdem sie erst einmal die zahlreichen Zuschauer bemerkt hatte.

Ethan rümpfte die Nase.

Das durfte doch keiner mehr ernst nehmen!

Kopfschüttelnd wandte er sich zu Patricia um, die immer noch stumm dastand, und öffnete bereits den Mund, um ihr seine Belustigung mitzuteilen.

Doch als Ethan Patricias Gesicht sah, erschrak er.

»Patricia?« Er flüsterte es fast.

»Sie lebt.« Patricias Stimme war so leise, dass Ethan Mühe hatte zu hören, was sie sagte.

»Ja, natürlich lebt sie«, meinte er leicht verwirrt. Er verstand nicht ganz, was Patricia damit sagen wollte. »Warum auch nicht?«

»Sie ist nicht tot.« Diesmal sprach sie vernehmlicher, und sie drehte dabei Ethan ihr Gesicht zu. Doch ihre klaren blauen Augen, die sonst vor Energie sprühten, sahen so leer aus, dass Ethan richtig Angst bekam.

»Was ist mit dir?«, fragte er behutsam. »Geht es dir gut?«

»Ja, mir geht es gut.« Doch es klang mechanisch, und Ethan erkannte deutlich, dass sie log. Patricia ging es nicht gut, keineswegs. Sie machte im Gegenteil den Eindruck, als stehe sie unter Schock.

Wegen Dallis?

Sie glaubte das doch nicht etwa, was der Typ in seiner Wut gedroht hatte?

Oder doch?

Ethan begann sich zu fragen, ob bei ihr in Wirklichkeit nicht noch mehr dahintersteckte.

»Patricia . . .«, setzte er etwas ratlos an, doch ein Tumult am Hoftor unterbrach ihn.

Er drehte sich um und sah gerade noch die Rücklichter des Krankenwagens, als dieser auf die Straße abbog, gefolgt von einer großen dunkelblauen Limousine. Aha, man eskortiert Madame zur intensivmedizinischen Behandlung, dachte Ethan. Na, Hauptsache, sie sind weg, und wir haben hier wieder unsere Ruhe!

Von Ruhe konnte allerdings keine Rede sein. Ethan vernahm aufgeregte Stimmen vom Parkplatz her, und im gleichen Moment, da ihm Sonny wieder einfiel, ertönten Rufe.

»Ich hab ein fremdes Pferd gefunden!«

»Was, echt?«

»Na hier, schau mal! Ein ganz schön großes!«

»Verdammt noch mal«, knurrte Ethan und setzte sich in Trab, als ein paar Kinder mit Sonny durchs Tor kamen. Er verfluchte sich selbst. Wie hatte er nur vergessen können, dass das Pferd noch draußen herumlief! Es hätte alles Mögliche passieren können, Sonny war Kinder schließlich nicht gewöhnt!

Der Braune sah allerdings durchaus vergnügt drein, schaute mit gespitzten Ohren zwischen den ihn umringenden Kindern hin und her und ließ sich bereitwillig von ihnen führen und dabei von allen Seiten streicheln. Offensichtlich gefiel es ihm, Gesellschaft zu haben. Der Lärm schien ihn nicht weiter zu stören. Es sah sogar so aus, als ob er beim Gehen seine Hufe besonders vorsichtig setzte, wohl um nicht einem der Kinder versehentlich auf den Fuß zu treten.

Ethan, der schon auf dem Sprung gewesen war, die Kinder aus der Reichweite von Sonnys Hufen zu reißen, blieb stehen und staunte. Schau an, ein Naturtalent als Kindermädchen, dachte er. Er musste unwillkürlich grinsen, als er sich vorstellte, was sein Vater wohl dazu sagen würde.

»Ist das dein Pferd?«, fragte ihn ein Knirps, der Sonny stolz am Zügel führte, obwohl er ihm gerade einmal bis zum Bauch reichte.

»Ja.« Ethan nahm dem Jungen die Zügel aus der Hand und klopfte Sonny beruhigend den Hals. »Danke dass du ihn hergebracht hast.«

»Er ist da vorne zwischen den Autos rumgelaufen«, berichtete der Kleine eifrig und starrte das Pferd bewundernd an. »Er hat aber nichts angestellt, ehrlich!«

Ethan musste grinsen. »Da bin ich aber froh.«

»Wie heißt'n der?«, fragte der Junge und reckte sich, um den Braunen ebenfalls tätscheln zu können.

»Sonny heißt er«, gab Ethan Auskunft. »Aber jetzt bring ich ihn erst mal auf die kleine Koppel hinter dem Haus, damit er nicht doch noch was anstellt.«

»Das kann ich doch machen!«

»Du?« Ethan hielt das für keine so gute Idee. Bis jetzt war ja nichts passiert, aber . . .

»Bitte! Ich pass auch gut auf ihn auf, und ich lass keinen anderen an ihn ran!« Der kleine Junge blickte Ethan so flehentlich an, dass er weich wurde.

»Na gut«, gab er zögernd nach. »Aber wirklich gut achtgeben, okay?«

»Klar! Danke!«

Mit gemischten Gefühlen schaute Ethan den beiden hinterher und hoffte von ganzem Herzen, dass Sonny nicht irgendwann doch noch die Geduld verlor. Ein Unfall am Tag reichte schließlich – ganz abgesehen davon, dass das Schicksal des McNair-Hofes wohl endgültig besiegelt war.

Doch es war jemand anderes, um den er sich wirklich sorgte.

Patricia stand immer noch an der gleichen Stelle, ihr Gesicht war unverändert bleich und ihre Haltung starr.

»Ich muss mich um Dallis kümmern«, sagte sie tonlos, als Ethan auf sie zutrat.

Er nickte zustimmend. »Weißt du, wo sie ist?«

Patricia hob die Schultern, sie schien unfähig, irgendetwas zu tun, und Ethan machte sich ernsthaft Gedanken.

»Damian wird es wissen«, meinte er und nahm Patricia behutsam beim Arm. »Komm, wir fragen ihn.«

Die meisten der Kinder waren bereits wieder mit ihren Ponys zugange.

Der Spaß war schließlich vorbei und anderes wieder wichtiger.

Damian stand vor dem Eingang des Haupthauses und sprach mit Silas, der zusammen mit den beiden Sanitätern Emily versorgt hatte.

Beide machten ernste Gesichter, und Ethan dachte bei sich, dass das wohl kein gutes Zeichen war.

Silas nickte ihnen zu, als sie näher kamen.

»Macht euch mal keine Gedanken wegen des Mädels«, sagte der alte Mann mit einem aufmunternden Lächeln. »Dem fehlt nichts weiter. Ein paar blaue Flecken und Kratzer, das ist der ganze Schaden. Sie fahren sie jetzt sicherheitshalber noch zum Röntgen, aber ich glaube nicht, dass sich dort was ergeben wird.«

»Alles nur Theater, wie ich es mir schon dachte«, fügte Damian hinzu. Er wirkte erschöpft.

»Was ist denn eigentlich genau passiert?«, fragte Ethan.

Damian machte ein finsteres Gesicht.

»Na, was wohl! Emily hat es heute so weit getrieben, dass Dallis vollkommen durchgedreht sein muss. Sie hat das Gör in eine Hecke geschmissen und ist durchgegangen.« Er schüttelte den Kopf. »Ich wusste, dass so etwas irgendwann passieren würde. Es konnte nicht mehr lange gutgehen.« Er schlug heftig mit der

Faust in seine Handfläche. »Ich habe allerdings gehofft, dass es wenigstens mit Dallis nicht dazu kommen würde.«

Ethan zog argwöhnisch die Brauen zusammen und trat einen Schritt vor. »Moment, heißt das, du hast ihr Dallis absichtlich gegeben?«

»Was dachtest denn du?« Damian sah ihn düster an, und Ethan bemerkte, dass er es vermied, Patricias Blick zu begegnen. »Jedes andere Pony auf diesem Hof wäre doch schon lange ausgetickt, so wie Emily glaubt, reiten zu müssen! Mit Dallis, dachte ich, ist das Risiko am geringsten, die bringt so leicht nichts aus der Ruhe.«

»Du hast Dallis geopfert«, sagte Patricia leise.

»Ja, Himmel, was hätte ich denn tun sollen?« Damian machte eine hilflose Bewegung. »Hätte ich ihr Thunder geben sollen? Jess? Oder vielleicht Maisie? Genau genommen, fiel mir außer Dallis kein einziges Pony ein, das ich sie guten Gewissens reiten lassen konnte. Unsere Highlander hier sind zwar von Grund auf gutmütig, aber irgendwann ist bei den meisten Schluss.«

»Vielleicht wär das für Emily ja mal eine lehrreiche Erfahrung gewesen«, bemerkte Ethan bissig, während Patricia beinahe unhörbar flüsterte: »Und jetzt ist für Dallis Schluss . . .«

Damian schaute Ethan an und nickte. »Du wirst lachen, ich persönlich hätte ihr das durchaus gegönnt. Aber ich bin hier nun mal für die Sicherheit der Reiter verantwortlich, ob ich sie nun zufällig leiden kann oder nicht. Ich darf also leider nicht zulassen, dass sich jemand davon den Hals bricht. Auch wenn das bei Emily weiß Gott schwierig zu verhindern ist! Und du hast ja erlebt, was heute hier abging, obwohl glücklicherweise nicht mal groß was passiert ist. Stell dir mal vor, die hätte ernsthaft was abgekriegt . . .«

»Ich frag mich, warum ihr diese Emily nicht einfach vor die Tür gesetzt habt«, erwiderte Ethan einigermaßen scharf. Er konnte nicht nachvollziehen, wieso Damian sich überhaupt mit diesem

Mädchen immer wieder herumärgerte. Obwohl Patricia etwas darüber angedeutet hatte, dass im Hintergrund anscheinend irgendwelche Fäden liefen, hätte sich zumindest Ethan so etwas auf Dauer niemals bieten lassen.

Damian wechselte einen Blick mit Silas, der schweigend dabeistand und an seiner Pfeife paffte. Auch Silas sah müde aus, stellte Ethan erschrocken fest.

Silas räusperte sich nun, nahm die Pfeife aus dem Mund und legte Ethan seine Hand auf die Schulter. Er wirkte ungewohnt traurig.

»Lass gut sein, Junge. Du hast natürlich recht. Aber es ging nicht anders.« Er schüttelte den Kopf und wandte sich schwerfällig ab.

Ethan starrte dem alten Mann hinterher. Was wollte er damit sagen?

»Dallis . . .?«, kam es nun leise von Patricia, und Ethan fiel wieder ein, was sie eigentlich wissen wollten.

»Wo ist die Stute jetzt?«, fragte er Damian, der eine Zigarette aus seiner Jackentasche gekramt hatte und sie nun ansteckte. Ethan wusste, dass Damian rauchte, doch vermied er stets, es in Gegenwart der Reitschüler zu tun. Dass er jetzt von seinem Vorsatz abwich, bewies, wie sehr ihm das Ganze an die Nieren ging.

»Im Stall«, sagte Damian und blies eine Rauchwolke in die Luft. »Sie kam erst eine ganze Weile nach Emily zurück und war völlig fertig. Sie muss galoppiert sein wie der Teufel, ein echtes Wunder, dass sie nicht gestürzt ist und sich was gebrochen hat. Der Zügel ist zumindest zerrissen. Dallis ist beim Durchgehen wahrscheinlich draufgetreten.«

»Mein Gott!« Patricia verbarg ihr Gesicht mit den Händen.

»Verletzt ist sie nicht?«, fragte Ethan.

»Nun ja, ein paar Abschürfungen, soweit ich das auf die Schnelle sehen konnte. Aber wohl nichts Ernstes. Allerdings war sie völlig verängstigt, als sie hier eintraf. Ich hab sie deshalb in den Stall gestellt – da ist sie für sich und kommt wieder ein bisschen zur Ruhe.«

Damian zog an seiner Zigarette und schaute dann Patricia an.
»Es tut mir so leid«, sagte er leise.
Patricia antwortete nicht. Sie drehte sich um und ging davon.

22.

»Ganz schön finster hier«, meinte Ethan und schaute sich misstrauisch um. »Gibt's hier kein Licht?« Obwohl er sich schon häufig auf dem Hof aufgehalten hatte, war er bisher noch nie im Stall gewesen, fiel ihm jetzt auf.

Patricia schien nicht gehört zu haben, was er sagte, sie war schon in Richtung der Boxen verschwunden.

Ethan tastete die Wand ab und fand schließlich den Lichtschalter. Die trübe Beleuchtung, die von einer einzelnen Glühbirne ausging, durfte man zwar nicht wirklich als hell bezeichnen, aber wenigstens konnte er nun erkennen, wo er hintrat.

Dallis stand in der letzten Box, und Ethans Magen krampfte sich vor Mitleid zusammen, als er sie erblickte. Kein Wunder, dass Mr MacLean sie für gefährlich hielt, angesichts des Zustandes, in dem sie sich befand. Er spürt ein unbändiges Verlangen, Emily zu schütteln, bis ihr schwarz vor Augen wurde.

Patricia sagte nichts, doch ihre Hände zitterten, als sie versuchte, den Riegel der Boxentür zurückzuschieben.

Ethan griff zu und half ihr, doch als Patricia hineinwollte, hielt er sie zurück.

»Vorsicht!« Er sprach leise, um die Stute, die sich angesichts der Besucher verängstigt in die hinterste Ecke der Box zurückgezogen hatte, nicht noch mehr zu erschrecken. »Pass lieber auf, wenn du dich ihr näherst, möglicherweise flippt sie wieder aus. Sie ist immer noch panisch, da darfst du dich nicht drauf verlassen, dass sie dich erkennt.«

Er befürchtete, Patricia würde sich in ihrer Sorge um das Pony nicht um seine Warnung kümmern, doch zu seiner Überraschung überlegte sie kurz und nickte.

Sie blieb also in der offenen Boxentür stehen und begann, leise und beruhigend auf Dallis einzusprechen.

Dallis atmete schwer. Sie hatte die Ohren flach angelegt und die Augen so weit aufgerissen, dass man das Weiße sehen konnte. Wenn Ethan nicht von Patricia gewusst hätte, dass die Stute eigentlich grau war, hätte er nicht sicher sagen können, welche Farbe sie hatte. Das Fell war dunkel vor Schweiß, stand in nassen Zotteln ab, und auf Dallis' linker Flanke konnte Ethan mehrere lange Kratzer erkennen.

Wenigstens ist sie hier im Stall vor dem kalten Wind geschützt, dachte Ethan. Trotzdem wäre es dringend nötig, sie abzutrocknen.

Patricia fuhr fort, mit leisen Koselauten auf sie einzureden, und erreichte damit tatsächlich, dass sich Dallis nach und nach ein wenig beruhigte. Der panische Ausdruck verschwand aus ihren Augen, und obwohl sie immer noch zitterte, ließ sie es zu, dass das Mädchen behutsam näher trat.

»Oh Dallis!«

Patricias Stimme klang erstickt, und auch Ethan spürte einen Kloß in seiner Kehle. Ob die Stute Patricia jetzt tatsächlich erkannte oder nicht, vermochte er nicht einzuschätzen. Doch dass dieses Tier über einen ungemein sanften Charakter verfügte, darüber bestand kein Zweifel. Trotz ihrer schlimmen Verfassung schien sie gar nicht auf die Idee zu kommen, auszuschlagen oder sich auf irgendeine andere Weise gegen die Menschen an ihrem Zufluchtsort zu wehren.

Als sich nun Patricia vorsichtig ganz an Dallis heranschob und sanft die Hand auf ihren Hals legte, hielt sie ganz still. Nur ein Zittern lief durch ihren Leib.

»Oh Dallis«, wiederholte Patricia beinahe unhörbar, und Ethan sah, dass ihre Augen voll Tränen standen, als die kleine Stute ihr den Kopf zuwandte, sie mit sanften dunklen Augen anblickte und dann ihre Nüstern an ihr rieb.

»Ich muss sie trocken reiben«, stellte Patricia fest. »Sie kriegt sonst eine Lungenentzündung.« Immer und immer wieder hatte sie die kleine Stute gestreichelt und liebkost, und es war geradezu rührend zu beobachten, wie Dallis sie mit der Nase anstieß, sobald sie aufhören wollte.

Ethan nickte und schaute sich im Stall um.

»Sind hier irgendwo Lappen?«

»Dort hinten, im Schrank.« Patricia deutete ans Ende der Boxengasse, während sie fortfuhr, Dallis zu streicheln.

»Das hier?« Ethan stand vor dem offenen Schrank und hielt ihr ein grobes Baumwolltuch entgegen.

»Ja, genau. Danke!« Patricia nahm den Lappen und hielt ihn Dallis unter die Nase. »So, meine Süße, jetzt wirst du erst mal schön trocken gerubbelt!«

Dallis schien einverstanden. Ethan lehnte sich über die Wand der Box und schaute zu, wie Patricia mit Sorgfalt das schweißbedeckte Fell der Stute abrieb.

»Eigentlich sollte man sie richtig waschen und shampoonieren«, stellte Patricia nach einer Weile fest und wischte sich mit dem Ärmel über die Stirn. »Das Fell ist fürchterlich verklebt.«

»Hm, meinst du nicht, sie hatte für heute genug Aufregung?« Ethan machte ein zweifelndes Gesicht.

»Stimmt auch wieder.« Patricia seufzte und ging in die Knie, um auch Dallis' Bauchpartie zu säubern. Die Stute schien die Behandlung tatsächlich zu genießen, sie hielt ganz still, ihre Augen halb geschlossen und die Ohren entspannt nach hinten gedreht.

Doch auf einmal hielt Patricia inne, und Ethan hörte sie heftig die Luft einziehen.

»Was ist?« Er reckte sich alarmiert.

»Da!« Patricia rückte zur Seite, damit er besser sehen konnte, und deutete stumm auf eine Stelle an Dallis' Flanke.

Ethan erschrak, als er das halbe Dutzend frischer, zwar nicht sehr großer, aber tiefer Wunden erblickte, die man unter der klebrigen Schweißschicht bisher nicht hatte sehen können.

Patricia stand auf, ging wortlos um die Stute herum und bückte sich prüfend.

»Drüben auch?«, fragte Ethan, als sie sich mit steinerner Miene wieder aufrichtete. Sie nickte.

Sie schauten sich nicht an, sondern betrachteten Dallis. Aber jeder wusste, was der andere in diesem Moment dachte.

»Wenn ich die erwische«, sagte Patricia, »dann ramm ich ihr diese verdammten Dinger in den Bauch.«

»Und ich halt sie für dich fest«, erwiderte Ethan.

Ihre Blicke trafen sich.

»Ich muss weitermachen«, sagte Patricia nach einem langen Moment mit etwas rauer Stimme und hob den Lappen wieder auf.

»Ja.« Ethan atmete tief durch. »Kann ich dir vielleicht helfen?«, fragte er dann und dachte leicht beschämt, dass ihm dieser Einfall eigentlich schon eher hätte kommen können.

»Ja, könntest du mir bitte einen frischen Lappen holen?« Patricia wies auf den gerade benutzten. »Der hier ist schon total nass und schmutzig.«

»Klar.« Ethan ging zum Schrank und kramte darin herum. »Bist du sicher, dass hier noch mehr sind?«, fragte er dann zweifelnd. »Ich seh nämlich keinen.«

»Keine Ahnung, ich hab bisher immer nur einen gebraucht. War dieser hier wirklich der einzige?«

»Sieht so aus.« Ethan durchwühlte noch einmal alle Fächer. Erfolglos gab er schließlich auf, drehte sich um und ließ seinen Blick prüfend durch den Stall wandern.

»Hm«, meinte er mit gerunzelter Stirn. »Scheint echt nichts mehr in der Art da zu sein.«

»Mit dem hier kann ich aber nichts mehr anfangen.« Patricia musterte das schmutzige Tuch, das sie in der Hand hielt, mit finsterer Miene. »Und wie krieg ich Dallis jetzt trocken? Ich kann sie nicht so stehen lassen, sie wird sonst krank!« In ihrer Stimme schwang Nervosität mit, und Ethan erkannte, dass sie noch lange nicht wieder so ruhig war, wie sie in den letzten zwanzig Minuten gewirkt hatte.

Er begann, in seinen verschiedenen Hosen- und Jackentaschen zu kramen.

»Müssen wir uns halt damit behelfen«, meinte er gleich darauf und reichte Patricia ein großes, mehrfach zusammengefaltetes Baumwolltaschentuch.

Sie griff nur zögernd zu und betrachtete es mit argwöhnischer Miene.

»Keine Bange, es ist sauber«, sagte Ethan mit einem Grinsen. »Keine Ahnung, warum ich das mit mir rumschleppe, ich benutze eigentlich nur Papiertaschentücher.«

»Na ja, wenn du es sowieso nicht brauchst . . .« Patricia schien unschlüssig. »Ich weiß aber nicht, ob das jemals wieder richtig sauber wird.«

»Wenn nicht, ist es auch egal.« Ethan schaute Dallis an. »So viel sollte mir deine Dallis doch wohl wert sein!«

»Danke«, sagte Patricia leise.

Dann machte sie sich wieder ans Werk.

Noch nie war es Patricia so schwergefallen, sich von Dallis zu verabschieden, wie diesmal. Sie stand in der Box und streichelte sie, als wenn sie befürchten musste, das Pony nie wieder zu sehen. Ihr Gesicht drückte Trostlosigkeit aus.

Ethan ahnte, was ihr durch den Kopf ging.

»Es wird ihr schon nichts passieren«, sagte er sanft. »Ich kann mir einfach nicht vorstellen, dass sie das wirklich durchziehen.«

»Und wenn doch?« Patricia wandte ihm das Gesicht zu. »Du hast doch gehört, was Emilys Vater gesagt hat. Der hat irgendwas in petto, von dem wir nichts wissen, da bin ich sicher.«

Ethan hob die Schultern.

»Ich würde mir da nicht so viele Gedanken machen. Vergiss nicht, er war stinkwütend und hat sich einfach Sorgen um seine Tochter gemacht. Bestimmt dachte er, es geht ihr wirklich so schlecht, wie sie allen weismachen wollte. Aber spätestens im Krankenhaus werden sie ihr die Tour vermasselt haben, schätze ich. Außerdem, wenn Mr MacLean eine Nacht drüber geschlafen hat, wird er sicher einsehen, dass er überreagiert hat.«

Patricia schüttelte den Kopf.

»Ich wünschte, ich könnte daran glauben«, sagte sie leise. »Ich hab aber ein schlechtes Gefühl bei der ganzen Sache. Es wird schiefgehen, ich weiß es!«

»Patricia, hey . . .« Ethan nahm ihr sanft das schmutzige Taschentuch aus der Hand, steckte es in seine Hosentasche und umschloss dann ihre kalten Finger mit seinen beiden Händen. »Bitte mach dir doch nicht solche Sorgen! Es wird nicht schiefgehen, glaub mir!«

Patricia sah ihn an. »Ich würde dir so gern glauben«, flüsterte sie. »Aber ich schaffe es nicht.«

Sanft, aber bestimmt entzog sie ihm ihre Hände und wandte sich ab.

Ethan seufzte unterdrückt, während er zusah, wie Patricia Dallis ein letztes Mal liebkoste, dann aus der Box trat und die Tür sorgfältig verriegelte. Ihre Verzweiflung ging ihm ans Herz, und er wünschte, er könne für Dallis' Sicherheit tatsächlich garantieren. In Wahrheit hegte er selbst die schlimmsten Befürchtungen.

Er dachte dabei weniger an den wütenden MacLean und seine Drohung.

Silas' resigniertes Gesicht machte ihm weitaus mehr Angst.

Als sie aus dem Stall traten, war der Hof leer.

Ethan blickte auf seine Armbanduhr. Es war bereits früher Abend. Zu Hause tobte sein Vater wegen seiner langen Abwesenheit wahrscheinlich schon herum. Egal, dann sollte er eben toben.

Er schaute zu Patricia hinunter, die stumm neben ihm ging.

Wie gerne würde ich sie jetzt in den Arm nehmen, dachte Ethan. Aber nach dem zu urteilen, wie sie sich ihm gerade im Stall entzogen hatte, wollte sie das nicht. Das war verständlich, im Moment hatte sie wirklich andere Sorgen.

Doch er seufzte heimlich.

23.

Noch während Mrs Dench am folgenden Morgen unter lautem Geschirrklappern den Tisch deckte, schlüpfte Patricia leise am Frühstücksraum vorbei und öffnete die Haustür. Ganz unbemerkt war sie dennoch nicht geblieben. Denn Mrs Mackintosh trat gerade im Morgenrock aus dem Badezimmer, als sie ihr Zimmer verließ. Auf ihre erstaunte Frage hin, wo sie denn so früh hinwolle, noch dazu ohne Frühstück, hatte Patricia allerdings nur eine äußerst vage Erklärung geliefert. Sie war froh, als ihre Mutter die Sache auf sich beruhen ließ und ihr lediglich einen schönen Tag wünschte. Den wirklichen Grund würde sie wahrscheinlich sowieso nicht verstehen, dachte Patricia.

Sie verstand es ja selbst nicht.

Einen schönen Tag solle sie haben! Patricia hoffte nur inständig, dass es kein schlimmer Tag wurde. Sie lag bereits seit dem Morgengrauen wach, nachdem sie die ganze Nacht schon kaum geschlafen hatte. Unruhig wälzte sie sich im Bett herum, und wenn sie doch einmal für eine kleine Weile einnickte, verfolgten sie schwere Träume, in denen Dallis und Ethan die Hauptrollen spielten.

Dallis und Ethan.

Patricia fragte sich, wie man gleichzeitig so glücklich und so verzweifelt sein konnte.

Eine Woge des Glücks überrollte sie, sobald sie an Ethan dachte. Dass er so völlig unerwartet in ihr Leben getreten war und in ihr Gefühle weckte, die sie nie für möglich gehalten hätte, kam Patricia einfach unglaublich vor. Beim Gedanken, ihn heute vielleicht wiederzusehen, verspürte sie tiefe Freude.

Doch wenn sie sich daran erinnerte, was mit Dallis passiert war, erfasste Patricia die Verzweiflung. Und sie wuchs noch, wenn sie sich vorstellte, was Dallis womöglich noch alles passieren würde.

Diese Angst hatte sie zu einer Zeit aus dem Bett getrieben, zu der sie normalerweise niemals freiwillig und schon gar nicht während der Ferien aufstand. Patricia war eher eine Langschläferin, was während der Schulzeit immer wieder zu Stress mit ihren Eltern führte.

Doch nun war alles anders.

Als Patricia auf ihrem Weg an Dallis' Koppel vorbeikam, wurde ihr bewusst, wie sehr sie gehofft hatte, die Stute dort wieder vorzufinden, weil die Probleme sich durch irgendein Wunder über Nacht in Luft aufgelöst hatten. Das Gefühl der Enttäuschung darüber, dass sich natürlich nichts geändert hatte, wurde jedoch von ihrer inneren Qual noch übertroffen.

Durch ihre unbedachte und überhebliche Klugscheißerei hatte sie Emily in Wut versetzt und war mehr oder minder zum Auslöser der ganzen Geschichte geworden. Patricia hatte in Emily den Wunsch nach Rache geweckt und ihr auch noch das ideale Mittel dafür geliefert. Sie merkte, wie sich ihr Magen zusammenzog. Ihr Gefühl, dass es tatsächlich zum Schlimmsten kommen würde, nahm immer mehr zu.

Nachdem Patricia heute extrem früh unterwegs war, traf sie auf dem McNair-Hof noch keine Menschenseele an. Von Weitem bemerkte sie Silas, der gerade dabei war, an den Rhododendronbüschen neben dem eingezäunten Sandplatz überhängende Zweige zu kürzen. Er schaute nicht in Patricias Richtung und bemerkte ihre Ankunft daher nicht. Sie wusste inzwischen, dass Silas ein wenig schwerhörig war und ihre Schritte vermutlich sowieso nicht hören würde. Dennoch bemühte sie sich, leise aufzutreten. Sie wollte nicht in ein Gespräch verwickelt werden, wollte ihre Befürchtungen gar nicht bestätigt wissen. Sie wollte zu Dallis.

Als Patricia die Stalltür öffnete, überfiel sie mit einem Mal Angst.

Was, wenn Dallis schon gar nicht mehr da war? Vielleicht hatten sie noch am Abend über ihr Schicksal entschieden und das Urteil vollstreckt, bevor irgendjemand Widerspruch einlegen konnte?

Patricia blieb im Stalleingang stehen. Drinnen war es düster, sie konnte nichts Genaues sehen und schon gar keine Einzelheiten in der hintersten Box erkennen.

Aber sie hörte auch nichts.

Was würde sie vorfinden?

Patricia wagte nicht, das Licht einzuschalten. Starr vor Furcht, blieb sie mit halb zum Schalter erhobener Hand stehen.

Aus der hintersten Box kam kein Laut. Kein Schnauben, kein Rascheln der Strohschüttung, kein beruhigendes Kaugeräusch.

Nur Totenstille. Eiseskälte kroch in ihr hoch. Nein, bitte nicht! Bitte nicht!

Beim ersten Versuch versagte ihre Stimme, doch Patricia schaffte es mit großer Anstrengung beim zweiten Mal:

»Dallis?«

Ihre Stimme klang unwirklich hoch und wie aus weiter Ferne. In ihren Ohren brauste es, während sie ängstlich horchte.

»Dallis?«, wisperte sie noch einmal, obwohl sie sich schon innerlich bereit machte, die Box tatsächlich leer zu finden.

Dann hörte sie es.

Ein Rascheln, als ob sich ein schwerer Körper aus dem Stroh erhob.

Und ein kurzes, leises Wiehern.

Dallis war da, und sie antwortete!

Erleichterung überkam Patricia, und während sie zu Dallis' Box eilte, merkte sie kaum, wie ihr die Tränen über die Wangen liefen.

»Oh Dallis«, flüsterte sie, als sich der Kopf der Stute über die Boxentür schob und ihr sanfte dunkle Augen entgegenblickten.

Dallis prustete leise und schaute aufmerksam zu, als Patricia den Riegel zurückschob. Sie wich auch nicht aus, als Patricia zu ihr hereintrat, sondern senkte den Kopf und streckte ihr vertrauensvoll die Nüstern entgegen.

Und als Patricia ihr die Arme um den Hals legte, den Kopf an ihrer Schulter verbarg und hemmungslos zu schluchzen begann, hielt Dallis ganz still.

Als die Stalltür knarrte, schreckte Patricia aus ihren Gedanken hoch. Auch Dallis spitzte die Ohren und drehte den Kopf dem neuen Besucher entgegen.

Patricia blinzelte, als das Licht aufflammte, und während sie sich wachsam aufrichtete, merkte sie, dass ihr das Bein eingeschlafen war.

»Patricia?«

Ethans Stimme.

»Ich bin hier«, rief sie leise, stand ein wenig mühselig auf und begann, sich das Stroh von der Kleidung zu zupfen.

»Hab mir doch gedacht, dass ich dich hier finde.« Ethan sah über die Boxenwand, und Patricia verspürte wieder das Kribbeln im Magen, als sich ihre Blicke begegneten.

»Wie spät ist es eigentlich?« Ein wenig verlegen schob sie ihren Jackenärmel zurück, nur um festzustellen, dass sie ihre Armbanduhr vergessen hatte.

»Gleich elf.«

»Echt, schon?« Patricia war ehrlich verblüfft. Sie saß also bereits seit mehreren Stunden bei Dallis! So lange war es ihr gar nicht erschienen, offenbar war ihr bei der stillen Zwiesprache mit der kleinen Grauen jedes Zeitgefühl abhanden gekommen. Patricia hatte ihr Beisammensein jedenfalls unendlich genossen. Und sie hoffte, dass auch Dallis sich über ihre Gesellschaft freute.

Aber eigentlich hatte ihr Dallis das sehr deutlich gezeigt.

»Wie lange bist du denn schon da?« Ethan lächelte, er hatte ihre Verwirrung bemerkt.

»Ich glaub, seit halb acht oder so«, murmelte Patricia. »Keine Ahnung.«

Ethan nickte nur. Mit keinem Wort ging er auf ihre vom Weinen immer noch geröteten Augen ein, obwohl ihm das sicher nicht entgangen war.

Er betrachtete das Pony. »Wie geht's ihr denn heute?«

Patricia folgte seinem Blick. »Wieder recht gut, glaube ich. Sie scheint sich vollkommen beruhigt zu haben, und die Wunden sind gut verschorft. Nichts entzündet.«

Ethan strich sanft über Dallis' Nüstern.

»Na, wenigstens das«, sagte er.

Patricia sah ihn ängstlich an. Gab es schlechte Neuigkeiten?

Doch Ethan schien bei seiner Bemerkung nichts Hintergründiges im Sinn gehabt zu haben.

»Wie steht's mit dir?«, erkundigte er sich nun. »Alles so weit okay?«

»Klar, was soll denn mit mir sein?« Patricia milderte ihre etwas schnippische Antwort mit einem dankbaren Blick. Irgendwie tat es gut, dass er fragte. Bei ihren Eltern hatte sie so etwas immer genervt, bei Ethan hingegen merkwürdigerweise nicht.

Er schien auch sehr wohl zu wissen, dass mit ihr eigentlich nichts okay war. Doch er sah sie nur für einen Moment forschend an und nickte dann.

»Ich dachte, vielleicht hast du ja Hunger oder so. Könnte doch sein, dass du heute keine Zeit fürs Frühstück gefunden hast.«

In seinen Augenwinkeln blitzte es humorvoll, und Patricia musste unwillkürlich ebenfalls lächeln.

»Du hast recht«, gab sie zu. »Ich hätte heute Morgen sowieso nichts runtergebracht. Aber inzwischen könnte ich tatsächlich was vertragen.« Sie wies auf Dallis, die in aller Ruhe ein Büschel nach dem anderen aus der Raufe zog und genüsslich kaute. »Ich hab ihr vorhin einen Armvoll Heu gebracht, und sie ist seitdem die ganze Zeit am Fressen. Und das Zuschauen hat mir richtig Hunger gemacht.«

Ethan grinste. »Nun ja, wenn du so großen Appetit auf Heu hast, könnte ich dir bestimmt auch noch eine Portion organisieren. Ich dachte aber eigentlich mehr an eine Pizza oder ein paar Donuts oder so was.«

»Hast du denn was dabei!« Patricia sah erstaunt drein.

Ethan schüttelte den Kopf. »Wir könnten vielleicht den Bus nehmen und in die Stadt fahren, das ist gar nicht so weit. Ich kenn eine Pizzabude, die machen wirklich gute Pizza. Ich lad dich ein. Hättest du Lust?«

Auf Patricias Gesichtsausdruck hin räusperte er sich. »Wenn dir das zu stressig ist, können wir uns natürlich auch was unten im Ort holen. Ein Sandwich werden wir da sicher kriegen.«

»Hm, ich weiß nicht . . .« Patricia zögerte und schaute unschlüssig zu Dallis hinüber.

Durfte sie die Stute so einfach allein lassen? Was, wenn genau während ihrer Abwesenheit die Entscheidung fiel?

»Na komm schon!« Ethan ahnte, was ihr durch den Kopf ging. »In den ein oder zwei Stunden wird schon nichts passieren!« Er sah sie aufmunternd an. »Außerdem«, fügte er noch hinzu, »falls du vorhast, weiterhin auf Dallis aufzupassen, solltest du bei Kräften bleiben. Du wirst sie nämlich noch brauchen.«

Er lächelte nicht, als er das sagte. Und beide wussten nur zu gut, dass es sich dabei in der Tat um keinen Witz handelte.

Die Ablenkung tat Patricia gut.

Erstaunlicherweise schaffte sie es tatsächlich, ihre Sorgen um Dallis für kurze Zeit beiseitezuschieben und den kleinen Abstecher, zu dem sie sich dann doch hatte überreden lassen, zu genießen. Obwohl sie letzten Endes doch nur ins Dorf liefen und im Gemischtwarenladen ein paar Sandwiches und zwei Dosen Cola erstanden, war Ethan anzumerken, wie sehr er sich über Patricias Einwilligung freute. Aber auch Patricia stellte erstaunt fest, dass selbst der ansonsten eher öde Gang ins Dorf sich in Ethans Gesellschaft als äußerst vergnüglich entpuppte.

War das wirklich das gleiche Dorf wie sonst auch? Es schien, als wäre Patricia noch nie hier gewesen.

Zum ersten Mal seit ihrer Ankunft bemerkte sie, wie hübsch der Ort mit seinen bunt gestrichenen Häusern und den kleinen, verwinkelten Straßen eigentlich war. Selbst die Sammlung dümmlich grinsender, rot bemützter Keramikzwerge in einem der winzigen Vorgärten an der Hauptstraße, von denen sich Patricia stets mit Abscheu abwandte, wirkte plötzlich nur noch komisch.

Aber es war natürlich etwas ganz anderes, wenn auf einmal jemand dabei war, der die kitschigen Teile genauso grotesk fand und gemeinsam mit Patricia darüber kicherte.

Sie lachten auch nur noch, als sie, auf einer schiefen Bank am Feuerlöschteich sitzend, versuchten, ihre Sandwiches zu essen, und dabei feststellten, dass sie mindestens noch ein weiteres Paar Hände benötigten, um mit dem böigen Wind fertig zu werden. Nachdem sie verschiedene Strategien ausprobiert und unter Gelächter wieder verworfen hatten, entschieden sie schließlich, abwechselnd zu essen, während der jeweils andere alles festhielt, was wegfliegen oder dem Essenden in den Mund geweht werden konnte.

Und Patricia wunderte sich, wie viel Spaß es machen konnte, sich gegenseitig trockene Brotstücke mit magerem Käse-Kresse-Belag in den Mund zu schieben.

Erst als sie bei ihrer Rückkehr das Tor des McNair-Hofes erreichten, überfiel Patricia von Neuem dieses dumpfe Angstgefühl. Gleichzeitig stieg das schlechte Gewissen in ihr hoch: Wie konnte sie Spaß haben, obwohl sich Dallis' Leben in Gefahr befand!

Ethan merkte sofort ihren Stimmungsumschwung.

Er blickte liebevoll zu ihr hinunter und drückte sanft ihre Hand, die er während des gesamten Rückweges warm und sicher gehalten hatte.

»Hab keine Angst«, sagt er leise. »Sie werden es nicht zulassen.«

Patricia seufzte nur. Könnte sie nur ebenfalls so viel Vertrauen haben!

Doch dann war es Ethan, der plötzlich stehen blieb.

»Wer ist denn das?« Patricia kniff die Augen gegen das Sonnenlicht zusammen. Silas unterhielt sich vor der Tür des Haupthauses mit einem fremden Mann. Eine eher schmächtige Gestalt, unbestimmbares Alter, gepflegte Halbglatze, wie Patricia mit flüchtigem Blick feststellte. Gekleidet war er in einen korrekten dunkelgrauen Anzug nebst modisch dezenter Krawatte. Der Gegensatz zwischen diesem Herrn und Silas' knorriger Gestalt in seiner bäuerlichen Kleidung konnte nicht größer sein.

Patricias Blick blieb jedoch auf der schwarzen Aktentasche haften, die der Mann bei sich trug.

Ethan antwortete nicht auf ihre Frage, aber Patricia hörte, dass er heftig die Luft einzog.

Als sie erstaunt und besorgt zu ihm aufblickte, bemerkte sie, dass er ebenfalls den unbekannten Mann fixierte, wobei sich sein Gesicht deutlich verfinstert hatte.

»Kennst du den?« Sie merkte nicht, dass sie unwillkürlich flüsterte.

Ethan zögerte. Dann nickte er langsam.

»Mr Gaillard«, sagte er kurz.

»Und wer ist dieser Mr Gaillard?«, fragte Patricia, ein wenig ungeduldig darüber, dass sie Ethan jedes Wort aus der Nase ziehen musste. Gleichzeitig verspürte sie ein mulmiges Gefühl. Was bedeutete das, warum reagierte Ethan so merkwürdig?

Hatte es was mit Dallis zu tun?

»Er ist ein Geschäftspartner meines Vaters.« Ethans Gesicht war ausdruckslos.

»Hattest du schon öfter mit ihm zu tun?«

»Persönlich nicht«, sagte Ethan. »Er kommt aber ab und an zu meinem Vater in die Firma. Außerdem hab ich auch schon anderswo genug über seine Methoden gehört.«

Patricia zog die Stirn kraus. »Ich dachte, dein Vater hätte eine Brauerei oder so was. Wie kommt er denn dann mit solchen Leuten wie dem da zusammen? Der sieht doch eher aus wie ein Versicherungsfuzzi oder Steuerberater.«

Ethan sah sie ernst an. »Patricia, der Typ *ist* ein Versicherungsfuzzi. Und eine echte Ratte obendrein.«

Patricia starrte ihn entsetzt an.

Oh Gott, war ihr erster Gedanke. Was haben die mit Dallis vor?

Ethan wusste, was ihr durch den Kopf ging, und legte ihr beruhigend die Hand auf die Schulter. »Ganz ruhig, Patricia, das muss gar nichts bedeuten. Vergiss nicht, es gab gestern hier auf dem Hof einen Unfall. Und ganz egal, wie der nun passiert ist, wer schuld war oder was die Folgen waren – der erste Weg führt bei so was immer über die Haftpflichtversicherung.«

Patricia starrte vor sich hin. »Ich hab ein ganz blödes Gefühl dabei«, sagte sie.

Ethan sah zu Mr Gaillard hinüber. »Ich auch, um ehrlich zu sein.« Seine Stimme war leise, aber Patricia konnte die Zweifel heraushören. »Ich weiß, dass Silas auf jeden Fall mit der Versicherung Kontakt aufnehmen musste. So weit wär ja alles normal.« Er schüttelte nachdenklich den Kopf. »Aber Gaillard macht mir Sorgen. Wo der auftaucht, bleibt in der Regel verbrannte Erde zurück. Ich hätte nie gedacht, dass Silas seine Versicherungen ausgerechnet bei ihm abgeschlossen hat . . .« Seine Stimme erstarb, und er versank in Nachdenken. Sein Gesicht wurde immer düsterer.

Patricia achtete nicht darauf. Sie blickte ebenfalls zu den beiden Männern hinüber, zu denen gerade auch noch Damian dazustieß.

Aha, Mittagspause, dachte Patricia.

Sie konnte nicht hören, was gesprochen wurde, aber nach dem kurzen, begrüßenden Händeschütteln nahm Damians Gesicht einen verschlossenen Ausdruck an, der das ganze Gespräch über vorhielt. Silas stand mit dem Rücken zu Patricia, seine Miene war daher nicht zu sehen, aber sie hatte den Eindruck, seine wettergegerbte Gestalt beugte sich noch merklicher als sonst.

Mr Gaillard hingegen schien nicht unter gedrückter Stimmung zu leiden. Soweit Patricia aus seinem ihr zugewandten Profil erkennen konnte, trug er ein verbindliches Gesicht zur Schau und redete beinahe ununterbrochen. Seine Augen blickten allerdings unbeteiligt, seine Mimik wirkte seltsam starr, und sein regelmäßig aufgesetztes Lächeln strahlte keinerlei Humor aus.

Ich kann verstehen, dass Ethan ihn als Ratte bezeichnet, dachte Patricia. So wie der aussieht, geht er über Leichen, wenn er damit Geld machen kann.

Ein eisiger Lufthauch schien sie zu berühren, als ihr klar wurde, was sie da gerade gedacht hatte. Ja, er würde über Leichen gehen, wusste Patricia mit erschreckender Klarheit. Dallis!

Das Gespräch schien nun beendet. Ein kühles Händeschütteln, und Mr Gaillard wandte sich zum Gehen. Silas und Damian sahen ihm nach, in ihren Gesichtern war nichts zu erkennen.

Patricia hielt es nicht mehr aus, sie musste erfahren, was da los war.

Damian setzte eine unbeschwerte Miene auf, als sie herantrat. »Na, kein Reitunterricht für Michelle heute?«

Silas nickte ihr ebenfalls lächelnd zu und begann dann, seine Pfeife zu stopfen.

Spontaner Ärger erfasste Patricia. Reitunterricht, um Himmels willen, wen interessierte das im Moment! Ganz abgesehen davon, dass Damian ganz genau wusste, dass Michelle längst aufgehört hatte! Na toll, er beabsichtigte also, ihr gegenüber so zu tun, als sei alles ganz normal! Für wie naiv hielt er sie eigentlich?

Ihr Ton fiel daher ein wenig heftiger aus als eigentlich beabsichtigt.

»Was war denn gerade, was wollte der Typ? Ich weiß, er war von der Versicherung. Es ging um Dallis, richtig?«

Patricia war so aufgeregt, dass sie kaum registrierte, wie Ethan neben sie trat.

Damians Miene fiel bei ihren Fragen schlagartig in sich zusammen, und Silas warf ihm einen lächelnden Seitenblick zu. Offenbar hatte er Damian prophezeit, dass Patricia nicht so leicht für dumm zu verkaufen war.

Patricia schaute von einem zum anderen. »Jetzt sagt schon, was wird mit ihr geschehen?«

Silas hatte seine Pfeife fertig und räusperte sich nun. Sein faltiges Gesicht, das sonst immer so lebendig war und so viel Frieden und Humor ausstrahlte, sah auf einmal sehr alt aus.

Damian legte ihm die Hand auf den Arm.

»Lass nur, Silas. Ich werde es ihr erklären.«

Silas nickte. »Ja, das wird wahrscheinlich besser sein.« Er sah niemanden an, als er sich umdrehte und mit schwerfälligen Schritten zurück ins Haus ging.

Er sieht aus wie ein steinalter Mann, dachte Patricia flüchtig.

Doch sie vermochte nicht weiter über Silas nachzudenken – sie fühlte nur kalte Angst.

»Komm, wir laufen ein paar Meter«, schlug Damian vor, legte ihr den Arm um die Schulter und zog sie mit sich vom Haus weg. Ethan schien er gar nicht bemerkt zu haben.

Ethan selbst sah ein wenig befremdet drein, doch er hatte nicht die Absicht, sich ausschließen zu lassen, und blieb daher eisern an Patricias Seite.

»Die Sache ist leider ziemlich problematisch«, begann Damian ein wenig unschlüssig. »Ich hatte dir ja, glaube ich, erzählt, dass Emilys Vater Vorstandsmitglied einer Bank ist, oder?«

Patricia nickte. »Die Bank, bei der sich Silas für den Hof Geld geliehen hat.«

»Richtig.« Damian rieb sich das Kinn. »Und du hast ja mitgekriegt, dass Mr MacLean ziemlich sauer war . . . Emily hat ihm wohl einiges an Geschichten aufgetischt, die ihre Rolle bei der Sache, gelinde gesagt, etwas beschönigen. Was dann natürlich automatisch bedeutete, dass wir hier offenbar von vorne bis hinten nur Mist bauen.«

»Und er hat alles geglaubt«, flüsterte Patricia.

»Jedes Wort«, bestätigte Damian. »Es war völlig zwecklos zu argumentieren. Auf sein Töchterlein lässt der nichts kommen, und wer ihr vermeintlich was tut, kriegt's mit ihm zu tun.«

Er holte tief Luft und fuhr fort. »Tja, die Situation ist nun leider folgende, dass er tatsächlich über Mittel und Wege verfügt, Silas und den Hof in gewaltige Schwierigkeiten zu bringen, wenn er das will. Und jetzt will er.«

»Moment mal«, warf Ethan ein. »Ich nehme an, du redest von den Krediten, oder?«

Damian nickte. »Auch. Das ist es aber nicht allein.«

»Aha«, stellte Ethan fest. »Gaillard, richtig?«

»Du kennst ihn?« Damian lächelte schwach. »Dein Dad?«

»Ich bezweifle ehrlich gesagt, dass Gaillard ihn ebenfalls in der

Hand hat«, meinte Ethan offen. »Dafür ist mein Vater selbst ein zu knallharter Geschäftsmann. Ich weiß allerdings über zwei oder drei Kunden meines Vaters, die ihm irgendwie dumm gekommen sind, dass ihnen heute durch Gaillard das Wasser bis zum Hals steht. Und ich befürchte . . .« Er stockte und biss sich auf die Lippe.

Damian sah ihn an. »Du befürchtest, dein Vater arbeitet mit Gaillard zusammen.«

Ethan schwieg einen langen Moment. Dann seufzte er.

»Keine Ahnung. Zumindest scheinen sie sich ganz gut zu kennen, Gaillard taucht ziemlich regelmäßig bei uns auf.« Er seufzte noch einmal. »Aber ich will das lieber gar nicht wissen.«

»Es würde allerdings zu dem passen, was wir inzwischen über MacLean und Gaillard herausgefunden haben«, meinte Damian. »Die beiden spielen nämlich nicht nur öfter zusammen eine Runde Golf, sondern spielen sich auch sonst gern mal gegenseitig die Bälle zu.«

Ethan wirkte nicht sehr überrascht – eher so, als habe er das bereits geahnt. Patricia hingegen machte ein völlig verwirrtes Gesicht.

»Aber ich verstehe eins nicht«, meldete sie sich nun zu Wort. »So eine Versicherung ist doch bloß für Schadensregulierungen oder so zuständig. Was hat das denn mit den Krediten zu tun?«

Damian sah Patricia an. »Die beiden haben wohl eine Vereinbarung auf gegenseitige Hilfestellung getroffen. Das bedeutet in unserem Fall, Emilys Daddy ist sauer auf uns, und am nächsten Tag kommt Gaillard vorbei, um uns den Hahn zuzudrehen.«

»Wie genau soll das gehen?« Ethan fragte ganz sachlich.

»Sehr einfach«, erwiderte Damian. »Er überprüft routinemäßig nach dem Schadensfall die Sicherheitsbedingungen auf dem Hof und stellt gravierende Mängel fest, die wir der Versicherung natürlich arglistig verschwiegen haben. Daraufhin verweigert er offiziell eine Weiterversicherung zu bestehenden Konditionen und lehnt außerdem die Regulierung des Haftpflichtschadens ab. Die geforderte Entschädigungssumme wurde vorsichtshalber natürlich so hoch angesetzt, dass Silas sie niemals aus eigener Tasche aufbringen könnte.«

Patricia schaute starr zu Boden. In ihrem Kopf drehte sich alles. Sie wünschte, Damian würde aufhören zu reden. Sie wollte nichts mehr hören.

Doch er sprach unaufhaltsam weiter.

»Dadurch steht Silas jetzt gleichzeitig vor mehreren Problemen: Zuallererst natürlich die Forderung der MacLeans nach Schadenersatz, Schmerzensgeld und so weiter. Und MacLean geht damit notfalls bis zu den Lordrichtern, wenn's sein muss, da wette ich was.«

Damian griff in seine Jackentasche und holte seine Zigaretten heraus. Geistesabwesend zündete er sich eine an und fuhr fort.

»Das nächste Problem ist die Weiterversicherung. Ohne umfassende Betriebshaftpflichtversicherung darf ein Unternehmen wie unseres nicht arbeiten. Genau genommen, müsste Silas dann fast einen Stacheldraht ums Gelände ziehen, damit auch ja keiner den Hof betreten kann. Kurz und knapp gesagt: Keine Versicherung – keine Reitschüler, also auch keine Einkünfte.«

»Und damit sie ihn auch in Zukunft versichern, müssen natürlich die Prämien entsprechend angepasst werden«, stellte Ethan trocken fest.

»Genau.« Damian zog an seiner Zigarette. »Risikozuschlag und so weiter. Wie teuer das wird, brauch ich wohl nicht zu erklären.« Er schaute zu Patricia hinunter. »Und nun kommen wir zu den Krediten. Dem dritten Problem, obwohl die ersten beiden eigentlich schon allein ausreichen, um die Weiterführung des Betriebes hier unmöglich werden zu lassen.« Ein Bröckchen Asche fiel auf Damians Ärmel, er klopfte es ab, ohne darauf zu achten. »Rein vom Gesetz her ist es für einen Kreditgeber natürlich nicht so einfach, ein Darlehen von jetzt auf sofort zu kündigen. Solange der Kunde seine Raten bezahlt, muss sich auch die Bank an ihren Teil des Vertrages halten. Selbst ein Mr MacLean kann sich nicht über solche Regelungen hinwegsetzen. Und wenn er es täte, würde das der Öffentlichkeit nicht verborgen bleiben. Nachdem MacLean garantiert auf seinen Ruf bedacht ist, wird er nichts tun, was auch nur den Anschein der Inkorrektheit zeigt. Er braucht also einen offiziellen Grund, den er vor dem Gesetz, vor seinem Bankgremium und vor der Öffentlichkeit vertreten kann.«

»Das Problem mit der Versicherung.« Ethan hatte sofort verstanden.

»Kluger Junge.« Damian blies eine Rauchwolke in die Luft. »Die fehlende Haftpflichtversicherung, gut erkannt.«

Stille.

»Und die gravierenden Mängel, die Gaillard jetzt bescheinigt, bestehen dann wohl in einem gefährlichen Pferd, richtig?« Ethan fragte es eigentlich nur der Vollständigkeit halber.

Damian sparte sich die Antwort und blickte Patricia schweigend an.

»Das heißt also, sie werden Dallis wirklich töten lassen«, flüsterte Patricia.

Damian sagte nichts.

»Verdammt noch mal«, ging Ethan auf einmal hoch. »Wo leben wir denn eigentlich! Es kann doch nicht sein, dass irgend so ein Versicherungsmensch so was einfach festsetzen kann! Dagegen muss man doch was untenehmen können, der Typ hat doch keine Ahnung von Pferden, was gibt ihm denn überhaupt die Berechtigung, solche Beurteilungen zu erstellen?«

Damian lächelte böse. »Oh, keine Bange, das weiß er natürlich auch.«

Ethans Augen wurden schmal. »Du willst damit sagen, er hat schon den entsprechenden Gutachter bei der Hand, stimmt's?«

Damian seufzte. »Übermorgen Vormittag kommt jemand vom SVS.«

»Wer?« Patricia blickte müde auf. Die Abkürzung sagte ihr gar nichts, doch verhieß sie garantiert nichts Gutes.

»State Veterinary Service«, erklärte Damian. »Der Amtstierarzt.«

»Und der würde sich tatsächlich für so was hergeben?« Ethan sah ungläubig drein. »Eine unabhängige staatliche Behörde? Das glaub ich einfach nicht! Das sind doch Fachleute dort, die erkennen ja wohl auf den ersten Blick, dass Dallis harmlos ist. Und sie würden mit Sicherheit nicht so einfach etwas unterschreiben, nur weil Gaillard es so haben will ...« Er verstummte, als er Damians Gesicht sah. »Aha, ich verstehe«, sagte er dann in verändertem Ton. »Ich nehme an, der betreffende Beamte spielt ebenfalls Golf?«

»Ob er Golf spielt, weiß ich nicht.« Damian hob die Schultern. »Aber so, wie ich Mr Gaillard verstanden habe, scheint er über das Ergebnis des Gutachtens keinerlei Zweifel zu hegen. Und seinem süffisanten Lächeln zufolge dürfte der Gutachter wohl wirklich irgendein Freund von ihm sein. Was er natürlich offiziell niemals zugeben würde.«

»Natürlich nicht. Sonst könnten wir das Gutachten ja anfechten.« Ethan dachte fieberhaft nach. »Wär das nicht sowieso die Lösung?«, fragte er dann. »Ich meine, gegen so ein Gutachten kann man doch bestimmt Widerspruch einlegen, ein Gegengutachten fordern und so weiter.«

Damian schüttelte den Kopf und warf seinen Zigarettenstummel in die Büsche.

»Vom Prinzip her hast du natürlich recht«, meinte er. »Leider wird uns das aber nichts nützen, ein Gegengutachten käme in jedem Fall zu spät.«

»Wie das?«

»Na, überleg doch mal«, sagte Damian ein wenig ungeduldig. »MacLean geht es doch nur um eins: seinem lieben Töchterlein Genugtuung zu verschaffen. Und wie die aussehen soll, hat er uns ja deutlich mitgeteilt.«

»Dallis töten zu lassen«, sagte Ethan leise.

»Ja, Dallis töten zu lassen«, wiederholte Damian. »Das ist doch der Zweck der ganzen Übung. Alles andere dient nur dazu, uns zu zeigen, was passiert, falls wir nicht tun, was er von uns verlangt. Die einzige Institution mit der Berechtigung, die Tötung eines Tieres so einfach anzuordnen, ist allerdings . . .«

». . . der Amtstierarzt.« Ethan starrte vor sich hin. »Deshalb sagtest du auch, ein Gegengutachten käme sowieso nicht mehr rechtzeitig.«

»Eben«, versetzte Damian. »Wenn also übermorgen der Amtstierarzt hier im Stall die Diagnose trifft, dass das Pferd eine Gefahr für die Allgemeinheit darstellt, so ist er berechtigt, es sofort einzuschläfern.«

Ethan nickte stumm. Besorgt betrachtete er Patricia. Wie mochte sie sich fühlen?

Ihr Gesicht war starr und geradezu gespenstisch bleich.

Ethan tastete nach ihrer Hand. »Patricia . . .?«

»Ich hab's gewusst«, flüsterte sie. »Ich habe gleich gesagt, das geht schlimm aus.«

Sie weinte nicht, aber in diesem Moment wäre Ethan sogar froh gewesen, wenn sie es getan hätte. Weinen half manchmal, so hieß es doch.

Er überlegte verzweifelt, was er sagen konnte, um sie zu trösten.

»Vielleicht gibt's ja doch noch einen Weg«, meinte er hilflos.

Doch Damian schüttelte den Kopf. »Ich sehe leider keinen. Ich fürchte, wir müssen uns damit abfinden.«

Patricia blickte auf. Ihre Augen waren riesengroß und leer.

»Und ich bin schuld daran!«

»Hör auf, dir so einen Unsinn einzureden!« Ethan sprach absichtlich heftig. Vielleicht rüttelte sie das ein wenig auf. »Das ist doch absoluter Quatsch!«

»Nein, es ist wahr.« Patricia richtete ihren Blick auf Ethan. »Ich hätte das Ganze verhindern können. Aber ich hab's nicht getan. Weil ich zu feig war und mich zu verbissen an mein Selbstmitleid geklammert habe.«

Ethan verstand nicht im Geringsten, was sie meinte.

Damian zog hingegen die Brauen zusammen, drehte Patricia an den Schultern zu sich herum und sah ihr scharf ins Gesicht. »Ich nehme an, du meinst diese merkwürdige Sache, dass du um nichts in der Welt reiten wolltest, stimmt's? Du glaubst, du hättest die Ereignisse verhindern können, wenn du Dallis selbst geritten hättest und sie dadurch für Emily nicht verfügbar gewesen wäre, nicht wahr?« Trotz seiner direkten Worte sprach Damian in verständnisvollem Ton, und Ethan begann zu ahnen, dass hinter der so unbekümmerten Fassade des Reitlehrers doch mehr steckte als bisher angenommen.

Patricia starrte Damian an. Dann nickte sie.

»So«, sagte Damian, nahm sie beim Arm und zog sie zu einer Gruppe Steinblöcke, auf denen die Kinder sonst gern saßen, während sie auf ihre Reitstunde warteten. Im Moment waren sie allerdings verwaist, und Damian drückte Patricia auf einen der Steine hinunter und nahm selbst auf einem anderen Platz. »Und jetzt erzählst du mir endlich, was passiert ist«, meinte er. »Und aus welchem Grund du nicht mehr reiten willst.« Er hob die Hand, als Patricia etwas einwenden wollte. »Ich weiß, es geht mich nichts an. Das wolltest du doch gerade sagen, nicht? Es interessiert mich allerdings nicht aus Neugierde. Ich habe nur das Gefühl, als wäre da Einiges, was dich verdammt belastet. Und ich denke, es wäre mal langsam an der Zeit, damit rauszurücken, findest du nicht?«

Patricia schwieg und betrachtete ihre Hände, die sie im Schoß zusammenkrampfte.

Ethan hatte sich stumm neben sie gesetzt. Doch er wagte nicht, sie zu berühren.

Damian sah sie auffordernd an. »Es hilft doch nichts, wenn du dich die ganze Zeit damit rumquälst.«

Patricia schwieg noch immer. Sie hielt die Augen gesenkt und knetete unaufhörlich ihre Finger, ohne sich dessen bewusst zu sein.

Ethan sah, wie es in ihr arbeitete, und er wünschte von Herzen, ihr irgendwie helfen zu können.

Nach einer ganzen Weile hob Patricia auf einmal den Kopf und sah Damian direkt in die Augen.

»Also gut«, sagte sie entschlossen, obwohl ihre Stimme leicht brüchig klang.

Und dann erzählte sie es.

Als Patricia geendet hatte, herrschte Stille.

Auf Damians normalerweise fröhlichem Gesicht lag Betroffenheit. Auch Ethan verstand nun im Nachhinein einiges an Patricias Verhalten besser. Das leichte Gefühl von Verärgerung, weil sie ihm nie etwas davon erzählt hatte, unterdrückte er schnell wieder – es war wohl zu schmerzhaft für sie, und vermutlich hätte er sich selbst in so einer Lage auch nicht anders verhalten.

Patricia selbst schien nach ihrem Bericht äußerlich unverändert und einigermaßen ruhig. Doch Ethan, der ihr Gesicht aufmerksam beobachtete, merkte sehr genau, dass sie sich am Rande ihrer Beherrschung befand.

Vorsichtig griff er zu Patricia hinüber und nahm ihre Hand in seine. Ihre war kalt, und Ethan spürte die Spannung, unter der sie stand. Als Patricia ihm ihre Hand nach einigen Momenten beinahe hastig entzog, nahm er es ihr nicht übel. Sie ertrug jetzt wohl einfach keine Berührung, das war zu verstehen.

»Und wisst ihr, was das Fürchterlichste ist?« Patricia sprach fast unhörbar und schaute keinen an.

Damian und Ethan beugten sich synchron vor, um besser zu verstehen, was sie sagte. Patricia schien es nicht zu merken, es kam Ethan so vor, als redete sie nur für sich.

»Als ich neulich auf Emily losging«, sagte sie leise, »und auf sie einschlug, da ...« Sie stockte und schluckte hart. »... da hab ich auf einmal nur noch Gavin vor mir gesehen. Und ich hab in diesem Moment auf *ihn* eingeschlagen. Ich hatte plötzlich so eine furchtbare Wut auf ihn. Er ist einfach abgehauen und hat mich allein gelassen. Und das alles nur aus reinem Blödsinn, weil er nie kapieren wollte, wann Schluss mit lustig ist. Das hat er schon so gemacht, als wir noch klein waren – nur Unsinn im Kopf, ohne sich um die Folgen zu kümmern.« Patricia hielt inne und holte tief Atem. »Ich hatte in diesem Augenblick so einen Zorn auf ihn.« Ihre Stimme erstarb.

Damian nickte langsam. »Und jetzt quält dich das schlechte Gewissen?«

Patricia richtete ihren Blick auf ihn. »Ich hab dadurch Dallis in Gefahr gebracht«, sagte sie leise. »Nur weil ich so furchtbare Gedanken hatte, muss sie jetzt sterben. Und dabei kann sie doch gar nichts dafür!« Ihre Stimme brach.

Ohne zu überlegen, wandte sie sich um, lehnte sich gegen Damians Brust und weinte, dass es sie nur so schüttelte.

Damian hielt sie fest, streichelte ihren Rücken und murmelte hilflose Trostworte.

Ethan betrachtete die beiden, und in ihm stieg ein Schmerz auf, den er noch nie zuvor empfunden hatte.

Schwerfällig stand er auf und ging davon.

24.

»Nein, Patricia, das kommt überhaupt nicht infrage.« Mr Mackintosh blickte seine Tochter ärgerlich an. »Wie kommst du denn überhaupt auf so eine Idee?«

Patricia sah zu Boden.

»Patricia, Liebes, das geht nicht. Versteh das doch!« Patricias

Mutter machte ein kummervolles Gesicht. »Ich verstehe ja, dass du dir Sorgen um dieses Pony machst, aber dein Vater hat recht. Was willst du denn mit so einem Tier in Edinburgh anfangen? Wenn du reiten möchtest, dann hast du doch zu Hause genügend Pferde!«

»Darum geht es doch gar nicht!« Patricia war erschöpft. Wie war sie bloß auf den Gedanken verfallen, ihre Eltern um Hilfe zu bitten! Sie hätte sich denken können, dass sie ihr Problem nicht ernst nahmen.

Wobei sie es ihnen im Grunde nicht einmal übel nehmen mochte. Die ganze Geschichte war schließlich so absurd und regelrecht unwirklich, dass kein vernünftiger Mensch so etwas glauben würde. Vor allem wenn er die Hintergründe nicht kannte, und Patricia hatte ihren Eltern auf die Schnelle auch nur in groben Zügen berichtet.

Doch schon während ihrer Erzählung wurde ihr bewusst, dass sie sich den Atem auch hätte sparen können. Ihre Eltern bemühten sich natürlich, Anteilnahme zu zeigen – Desinteresse durfte sie ihnen nicht vorwerfen. Ihre Erleichterung über das wiedergekehrte Interesse ihrer Tochter an Pferden ließ sie sogar weitaus mehr Geduld entwickeln, als Patricia zu hoffen gewagt hatte. Das ganze Ausmaß des Problems begriffen sie allerdings nicht.

Ebenso wenig, wie es ihnen verständlich zu machen war, dass Patricias Einfall, Dallis zu kaufen und mit nach Edinburgh zu nehmen, aus einer reinen Notlage heraus entstanden war. Patricia wusste natürlich selbst, dass es keine besonders gute Lösung war. Immerhin hatte Dallis ihr ganzes Leben in den Highlands verbracht und würde sich mit der Umstellung auf das vergleichsweise triste Dasein in der Großstadt sicher nicht leicht tun. Schon nach den beiden Tagen, die Dallis jetzt gezwungenermaßen im Stall stand, fiel Patricia auf, dass sie immer trübsinniger wurde. Die dunkle Enge der Box, die mangelnde Bewegungsmöglichkeit sowie das Fehlen der gewohnten Artgenossen machten ihr sichtlich zu schaffen. Und selbst eine komfortablere Unterbringung, wie sie ihr bei Helen oder in einem anderen der Edinburgher Reitställe zur Verfügung stand, würde Dallis wohl nicht vollkommen über den Verlust der Koppel hinwegtrösten. Hier hatte das Pony außerhalb der Reitstunden stets selbst entscheiden können, ob es grasen, ruhen, herumgaloppieren oder einfach gar nichts tun wollte. Der weiche grüne Untergrund war ebenso wie der Regen und die rauen Winde der Highlands ihre vertraute und naturgewollte Heimat. In der Stadt hingegen bestand für ein Pferd der größte Teil des Tages aus Warten. Warten darauf, dass jemand kam, es sattelte und mit ihm ein paar Runden in der Halle oder auf dem Reitplatz drehte. Nur selten ging es dabei ins Gelände, aber dann handelte es sich normalerweise um befestigte Reitwege im Park oder Stadtwald – ein wilder Galopp über steinige Hänge und grüne Wiesen in Wind und Regen war völlig ausgeschlossen.

Oder Warten auf die Fütterung: Statt sich frisches Gras selbst suchen und abrupfen zu können, wenn ihm der Sinn danach stand, wurde ein Stadtpferd zu festgelegten Zeiten mit industriell verarbeitetem Körner- und Raufutter versorgt, welches ohne jede eigene Anstrengung nur noch herunterzukauen war. Von seinen Artgenossen trennten das Pferd dabei stets entweder die Gitterstäbe der Boxen oder die wachsame Zügelführung seines Reiters – niemals durfte es seine natürlichen sozialen Instinkte ausleben, Freundschaften schließen oder Ranggefechte durchführen.

Eigentlich ein recht trauriges Dasein, wenn man sich das mal genauer vor Augen führte, dachte Patricia. Doch die Pferde in der Stadt kannten es meist nicht anders, und was man nicht kannte, vermisste man wohl auch nicht.

Sie war sich allerdings darüber im Klaren, dass so ein Dasein für Dallis eine große Umstellung bedeutete. Dallis kannte es schließlich anders, und sie würde sicher eine Menge vermissen. Und Patricia bezweifelte ganz ehrlich, dass Dallis sich dabei auf Dauer wirklich wohl fühlen würde.

Aber die Alternative war so viel schlimmer.

Also versuchte Patricia noch einmal, ihre Eltern zum Kauf der Stute zu überreden.

»Ihr braucht mir das Geld ja auch bloß zu leihen«, bettelte sie. »Ihr kriegt es auf jeden Fall wieder! Rechnet es mir auf mein Taschengeld an, und ich hab auch noch ein bisschen was auf dem Sparbuch . . .«

Ihr Vater schüttelte den Kopf. »Nein, Patricia. Du hast gehört, was deine Mutter und ich dazu gesagt haben, und die Sache ist damit für mich erledigt.«

»Du musst das verstehen«, fügte Mrs Mackintosh hinzu. »Was willst du denn mit einem eigenen Pferd anfangen? Es kostet ein kleines Vermögen, ein Pferd zu halten, das weißt du selbst. Wenn du reiten möchtest, kannst du das doch jederzeit bei Helen tun, das war nie ein Problem. Und das Pferd, das du bei ihr immer geritten hast, war sowieso schon fast wie dein eigenes, wie hieß es gleich wieder . . .?«

Patricia gab keine Antwort.

Es war zwecklos. Ihre Eltern verstanden nichts. Sie würden ihr nicht helfen.

Nach einer erneuten schlaflosen Nacht saß Patricia bereits wieder in aller Herrgottsfrühe bei Dallis im Stall.

Sie schaute der Stute zu, wie diese geruhsam am Heu knabberte, und streichelte sie mit Tränen in den Augen, wenn Dallis den Kopf zu ihr herüberstreckte und ihr die Nüstern sanft ins Gesicht stieß. Die Stute merkte natürlich, in welcher Stimmung sich Patricia befand. Pferde spürten eben alles, und Dallis war außerdem ein besonders sensibles Pferd, dachte Patricia.

Wie sollte sie es nur ertragen, falls dieses liebenswerte Wesen morgen tatsächlich getötet wurde?

Falls ... Ihr wurde bewusst, dass sie es immer noch nicht richtig glauben wollte. Immer noch dachte sie daran nur als drohende Möglichkeit. Dass es mittlerweile eigentlich feststand, verdrängte sie nach wie vor.

Patricia schloss die Augen und presste die Lippen zusammen, um das aufsteigende Schluchzen zu unterdrücken. Sie hoffte nur, dass Dallis nicht ahnte, dass es um sie selbst ging.

Wo blieb heute nur Ethan? Patricia hoffte, dass er bald kam. Sie brauchte ihn so sehr, das merkte sie immer deutlicher. Sie sehnte sich nach seiner warmen dunklen Stimme und den tröstenden Worten, die er trotz allem fand. Sie wünschte sich seine verständnisvollen braunen Augen herbei, und die Sicherheit, die der beruhigende Druck seiner Hände vermittelte. Seine Anwesenheit würde ihr wieder ein wenig Kraft und Hoffnung geben.

Aber war das wirklich der einzige Grund, warum sie immer wieder horchte, ob nicht endlich die Stalltür knarrte? Nur weil sie hier allein vor Angst und ihrem Kummer beinahe verrückt wurde?

Was würde sie empfinden, wenn die Situation eine andere wäre, wenn Dallis sich nicht in Gefahr befände und sie nur deshalb bei ihr säße, weil es ihr hier so gut gefiel?

Sie würde genauso auf Ethan warten, erkannte Patricia. Ihr Herz würde genauso ungeduldig hämmern, sie würde ebenso immer wieder seine warmen dunkelbraunen Augen vor sich sehen.

Sie hatte sich wohl wirklich verliebt.

Das wurde Patricia in diesen schlimmen Stunden klar.

Doch Ethan ließ sich Zeit. Patricia wusste nicht, wie spät es war, sie hatte auch heute keine Uhr dabei, aber dem Trubel draußen vor dem Stall nach zu urteilen, musste es schon später Vormittag sein.

Wo blieb er nur?

Na ja, vielleicht musste er noch etwas erledigen. Sie durfte schließlich auch nicht erwarten, dass er alles andere stehen und liegen ließ, nur um ihr und Dallis Gesellschaft zu leisten.

Dallis schob sich wieder einmal heran und knabberte zart an Patricias Schulter.

Patricia lächelte, obwohl ihr die Tränen über die Wangen liefen.

Nein, sie wollte es nicht wahrhaben.

Mittag war sicherlich schon vorbei, als sich die Tür öffnete, ein Lichtstrahl hereinfiel und Schritte in der Stallgasse einen Besucher ankündigten. Patricia fuhr mit einem Ruck empor. Ihr Herz begann wie wild zu klopfen.

Na endlich, dachte sie voll Erleichterung. Jetzt kam Ethan!

Als sie Damian erkannte, überfiel sie die Enttäuschung so heftig, dass sie beinahe wieder geweint hätte.

»Hallo Patricia«, sagte Damian und lächelte sie ein wenig unsicher an.

»Hi«, antwortete sie knapp und musterte ihn angstvoll. Warum kam er her, brachte er noch mehr schlechte Nachrichten?

Damian ahnte, was Patricia durch den Kopf ging, und hob beschwichtigend die Hände. »Keine Sorge, es ist nichts weiter los. Ich hab bloß gerade ein paar Minuten Luft und dachte mir, ich schau mal vorbei, was ihr beiden hier so macht.«

Patricia sah sich nach Dallis um und zuckte die Schultern. »Das Gleiche wie immer. Nichts.«

Damian betrachtete Dallis, sein Gesicht war ernst.

Und Patricias Herz sank weiter.

»Kann ich Dallis nicht wieder zurück auf die Koppel bringen?«, fragte sie und merkte selbst, wie klein und hoffnungslos ihre Stimme dabei klang.

Wie erwartet schüttelte Damian den Kopf, seine Augen blickten traurig. »Lass sie mal hier«, sagte er. »Ist besser so.«

Patricia verstand, was er meinte, und der Kloß in ihrer Kehle wurde immer größer.

»Geh nach Hause, Patricia.« Damian schaute sie voll Mitgefühl an. »Es bringt doch nichts, wenn du die ganze Zeit hier sitzt. Du machst es dir damit nur noch schwerer.«

Patricia antwortete nicht. Sie sollte einfach nach Hause gehen und vergessen, dass es Dallis jemals gegeben hatte? Was sollte dieser Vorschlag! Dachte Damian wirklich, sie würde das fertig bringen?

Nein, natürlich wusste Damian nur zu gut, dass sie seinen Rat nicht befolgen würde. Das sah sie an seinem Gesichtsausdruck. Und mit einem Mal tat er ihr leid. Auch für Damian war es sicher nicht einfach. Und aus seinen Möglichkeiten heraus hatte er alles getan, um ihr zu helfen. Dass es nichts gebracht hatte, konnte sie ihm nicht anlasten.

»Hast du Ethan heute schon gesehen?«, fragte sie ihn ganz spontan. Vielleicht wusste ja Damian, wann er kommen wollte.

Doch Damian schüttelte den Kopf. »Nein. Ich dachte eigentlich, er wäre hier bei dir?«

»Na, er wird sicher bald auftauchen«, meinte Patricia betont unbeteiligt und bereute schon, es überhaupt erwähnt zu haben.

»Ruf ihn doch an«, schlug Damian vor.

»Ihn anrufen . . .?«

Damian zwinkerte. »Mach ihm mal ein bisschen Beine. Kann doch nicht sein, dass er dich hier warten lässt!«

Patricia bemühte sich ebenfalls um ein Lächeln. »Mal sehen«, murmelte sie vage. Vielleicht sollte ich es wirklich tun, dachte sie. Warum eigentlich nicht?

»Hast du zufällig seine Nummer?«, fragte sie Damian.

»Ich? Nein.« Damian überlegte. »Aber Silas hat sie vermutlich. Oder du schaust einfach im Telefonbuch nach.«

Na toll, dachte Patricia. Falls ich jetzt noch Ethans Nachnamen wüsste, wäre das bestimmt eine gute Idee.

Im gleichen Moment fügte Damian allerdings hinzu: »Du müsstest aber wahrscheinlich unter *Distillery Longmuir* nachsehen. Ich weiß nicht, ob der Privatanschluss drinsteht.«

»Ich überleg's mir«, sagte Patricia, der einfiel, dass sie sowieso nicht anrufen konnte, da sie ihr Handy nicht dabeihatte.

Ethan kommt sicher sowieso gleich, dachte sie sich, als Damian gegangen war.

Doch die Zeit verrann, und Ethan tauchte nicht auf. Am auf- und abschwellenden Geräuschpegel, den Kinder und Ponys draußen im Hof verursachten, konnte Patricia einigermaßen abschätzen, wann schon wieder eine Stunde herum war, und allmählich machte sie sich ernsthaft Sorgen.

Was war los mit Ethan? Hatte er keine Lust, sie zu sehen?

Patricia merkte, wie ihr auf einmal kalt wurde. Sie zog ihre Jacke aus dem Strohhaufen, auf dem sie sie morgens abgelegt hatte, und schlüpfte hinein. Um ihre klammen Finger zu wärmen, steckte sie ihre Hände tief in die Jackentaschen und wollte sich gerade wieder neben Dallis kuscheln, als sie stutzte. In der linken Tasche stieß ihre Hand an einen kleinen, harten Gegenstand.

Ihr Handy! Wo kam denn das auf einmal her? Sie hatte geglaubt, es läge auf ihrem Nachttisch in der Pension.

Nein, fiel ihr gleich darauf ein. Sie hatte es neulich mitgenommen, weil sie die SMS an Jennifer und Katie schreiben wollte, und anschließend vermutlich in der Jacke vergessen.

War das wirklich erst wenige Tage her? Patricia kam es vor, als lägen Monate dazwischen.

Nachdenklich betrachtete sie das Handy. Es war sogar noch ein Rest Saft im Akku. Für ein Telefongespräch sollte es noch ausreichen. Die Empfangsanzeige sah zwar hier im Inneren des Stalls nicht allzu vielversprechend aus, aber es genügte wahrscheinlich.

Sollte sie oder sollte sie nicht . . .?

Dann gab sie sich einen Ruck und rief die Auskunft an.

Die Zahlen, die man ihr für den Privatanschluss der Familie Longmuir nannte, speicherte sie in ihr Handy ein, und tippte sie dann mit klopfendem Herzen.

Das Besetzzeichen ertönte. Ernüchtert drückte Patricia die Abbruchtaste.

So ein Mist! Dann versuchte sie es eben später noch einmal.

Doch weder beim zweiten und dritten Versuch, noch als sie es mindestens eine Stunde später wieder probierte, kam Patricia durch. Immer hörte sie nur das gleichförmige Piepen.

Wer telefonierte denn da so ausgiebig?, fragte sie sich anfangs verärgert, dann mit wachsender Verzweiflung.

Draußen sattelte gerade die letzte Reitgruppe des Tages ab, bald wurde es Abend, und Patricia hatte immer noch keine Rettungsmöglichkeit für Dallis entdeckt! Ethan musste ihr helfen, ihm fiel doch bestimmt noch irgendetwas ein!

Doch Ethan war nicht zu erreichen.

Patricia geriet allmählich in Panik. Die Zeit lief ihr davon!

Was sollte sie nur tun?

Ein letztes Mal würde sie jetzt noch anzurufen versuchen, für mehr reichte der Akku des Handys ohnehin nicht mehr.

Ohne große Erwartung tippte Patricia die ihr inzwischen vertrauten Zahlen.

Das Freizeichen ertönte. Patricias Herz begann wieder wie wild zu klopfen.

Hoffentlich war mit Ethan alles in Ordnung!

Eine kurz angebundene Männerstimme meldete sich. Ethans Vater?

Patricia war so nervös, dass sie kaum ein Wort herausbrachte. Sie stotterte, während sie sich hastig vorstellte und nach Ethan fragte.

»Moment, ich hole ihn.« Der Hörer wurde abgelegt, und Patricia vernahm im Hintergrund Geräusche, als ob eine Tür geöffnet wurde, Schritte, einige Augenblicke später dann sich nähernde Stimmen.

»Irgendein Mädchen«, hörte sie den Mann knurren. »Wurde ja auch langsam Zeit, dass du dich für so was interessierst. Ich hab schon gedacht, du wärst schwul!«

Patricia lauschte befremdet. Ethans Vater schien ja ein komischer Mensch zu sein, wie redete der denn mit seinem Sohn?

Ethan gab allerdings wohl keine Antwort darauf, sondern meldete sich am Apparat.

»Ich bin's, Patricia«, sagte sie und stockte. Was sollte sie ihm sagen?

»Hallo«, erwiderte Ethan. Er klang ein wenig seltsam, aber vielleicht lag das an der Telefonverbindung, dachte Patricia. Oder die Bemerkung seines Vaters hatte ihn geärgert.

Sie räusperte sich.

»Ich hab schon ein paar Mal versucht, dich zu erreichen«, meinte sie dann, fieberhaft nach einem Einstieg suchend. »Aber es war immer besetzt.«

»Logisch.« Ethans Stimme hörte sich kühl an. »Ich war bis vorhin im Netz.«

»Im Netz?«

»Im Internet.«

»Ach so, ja. Klar.« Patricia war verwirrt. Was war mit Ethan los, er wirkte so merkwürdig. Man konnte fast denken, er wäre böse auf sie. Aber warum sollte er das sein?

»Ich hab dich vermisst heute«, versuchte sie es.

»So?«

»Na ja, ich dachte, du kämst vielleicht wieder zum Hof rüber.«

»Tja, hab ich offensichtlich nicht gemacht.«

Patricia holte tief Luft. Nein, das war wirklich keine Einbildung. Ethan schien wirklich sauer zu sein. Aber worauf und weswegen?

Sie schluckte den wachsenden Kloß in ihrer Kehle hinunter und atmete durch.

»Ethan, ist irgendwas mit dir?«

»Was soll denn mit mir sein?« Immer noch dieser kühle, distanzierte Ton.

»Du hörst dich so komisch an.«

Ethan schwieg.

»Wundert mich, dass dir das überhaupt auffällt«, sagte er dann.

Patricia fühlte sich, als habe er ihr in den Bauch getreten. Im ersten Moment verschlug es ihr die Sprache. Dann überwog ihr Zorn.

»Sag mal, spinnst du? Ich hab mir den ganzen Tag total Sorgen gemacht, weil du nicht gekommen bist!« Sie sprach immer lauter, und ihr Ärger nahm mit jedem Wort zu. »Dann wollte ich dich anrufen und fragen, ob bei dir alles in Ordnung ist, aber die Leitung war die ganze Zeit besetzt, und ich bin hier halb durchgedreht deswegen! Und jetzt bist du beleidigt! Wobei ich keine Ahnung hab, weswegen du überhaupt sauer bist. Ich zumindest kann mich nicht erinnern, dass ich dir irgendwas getan hab! Aber das ist mir jetzt auch egal, ich hab nämlich genug eigene Probleme! Morgen bringen sie Dallis um, und ich weiß einfach nicht, was ich dagegen tun soll . . .« Patricias Stimme brach während des letzten Satzes, und die Tränen stürzten unaufhaltsam hervor.

Sie schluchzte so krampfhaft, dass sie Ethans Antwort zuerst gar nicht hören konnte. Nach einigen Momenten versuchte sie jedoch, sich zusammenzunehmen, und kramte mit zitternder Hand in ihrer Jacke nach einem Taschentuch.

»Es tut mir leid«, sagte Ethan noch einmal. Sein Ton hatte sich gewandelt, er hörte sich nun wieder so an wie der alte liebenswerte Ethan. »Entschuldige, Patricia, ich hab's nicht so gemeint. Ich wollte dich nicht anmotzen, es tut mir leid, dass ich so blöd reagiert habe.«

»Echt?« Patricia schluckte noch einmal und putzte sich dann die Nase.

»Ich war einfach nur angefressen wegen Damian gestern.« Ethan schien verlegen.

»Wegen Damian?« Patricia verstand gar nichts mehr.

»Na ja, du wolltest nicht, dass ich deine Hand halte, das habe ich ja noch verstanden. Aber dann hast du dich von Damian sogar umarmen lassen . . .« Er brach ab.

Patricia schüttelte den Kopf, als ob er es sehen könnte.

»Ethan«, flüsterte sie leise. »Ich . . . es tut mir leid. Mir war das überhaupt nicht bewusst. Ich wollte dir nicht wehtun. Und glaub mir eins . . .« Sie hielt inne und atmete tief durch. »Ich brauche keinen Damian. Damian ist ganz okay, aber das ist es auch schon.« Sie stockte erneut. Doch sie musste es Ethan sagen. »Ethan, der Einzige, den ich wirklich brauche, bist du.«

Stille am anderen Ende der Leitung.

Patricia hörte, wie Ethan heftig einatmete.

»Meinst du das ernst?«, fragte er dann.

»Ganz ernst.« Ihre Stimme war leise. Und sie wusste, sie sprach die Wahrheit.

»Patricia!« Ethans Ton war deutlich anzumerken, was ihm dieses Geständnis bedeutete, und auch in Patricia brodelten die Gefühle.

Doch sie durfte ihren Gefühlen jetzt nicht zu sehr nachgeben. Es war keine Zeit dafür.

Ethan schien im gleichen Moment daran zu denken.

»Was ist denn jetzt mit Dallis?«, fragte er. »Immer noch der gleiche Stand der Dinge wie gestern?«

Patricia schluckte wieder an ihrem Kloß im Hals. »Ja«, erwiderte sie leise. »Wir brauchen ein Wunder, glaube ich.«

»Ich würde was drum geben, wenn mir irgendwas einfiele«, sagte Ethan mutlos. »Ich habe aber nicht die geringste Idee.«

Patricia kam plötzlich ein Gedanke. »Und wenn du mal deinen Vater fragst?«

»Meinen Vater? Weswegen?« Aus Ethans Stimme war deutliche Ablehnung herauszuhören.

»Na ja, du hast doch gesagt, dein Vater wäre mit diesem Mr Gaillard gut bekannt. Vielleicht kann er ja mal mit ihm reden und versuchen, ihn zu überzeugen . . .«

»Das hat keinen Sinn«, unterbrach er sie. »Meinen Vater brauchen wir gar nicht erst zu fragen. Der lacht uns höchstens aus.«

»Aber . . .«

»Patrica, vergiss es.« Sein Ton ließ keine Widerrede zu.

»Oder vielleicht könnte deine Mutter . . .?« Patricia wagte nicht mehr, den Satz zu beenden, Ethans Erstarrung schien beinahe durchs Telefon hindurch greifbar.

Zuerst antwortete er gar nicht. Dann sagte er langsam und mit gepresster Stimme: »Meine Mutter ist vor zehn Jahren abgehauen, und ich habe seitdem nie wieder was von ihr gehört. Ihr war also schon damals scheißegal, was ich für Probleme hab, und ich bezweifle, dass es heute anders wäre.«

Patricia biss sich erschrocken auf die Lippe. Das war ja furchtbar!

»Das tut mir so leid«, sagte sie leise.

»Ist schon okay.« Ethan hatte sich wieder gefangen. »Es ist schlimm, dass ich nichts für Dallis tun kann. Wenn ich Geld hätte, könnte ich ja versuchen, sie Silas abzukaufen, aber leider hab ich keins, und meinen Vater brauchen wir gar nicht erst zu fragen.«

»Ich habe meine Eltern schon gefragt«, erzählte Patricia mutlos. »Aber sie weigern sich.«

Die beiden schwiegen einen Moment lang. »Mit dem nötigen Geld könnten wir Dallis vielleicht retten, aber ohne haben wir keine Chance«, stellte Ethan bitter fest. »Das ist doch krank!«

»Die ganze Sache ist krank«, gab Patricia zurück. »Weißt du, was mir ganz besonders stinkt? Dass irgendein verlogener Typ über Leben und Tod bestimmen kann.«

»Tja«, meinte Ethan, »Da kann man dann wohl nur sagen, Pech für die Tiere. Sie sind den Menschen auf Gedeih und Verderb ausgeliefert. Die Wildtiere haben da wohl mehr Glück, die können zumindest in gewissem Maße selbst über ihr Leben bestimmen . . .«

»Eben!« Patricia wurde lebhaft. »Wenn Dallis jetzt nicht zufällig als gezähmtes Pony geboren und aufgewachsen wäre, sondern ebenso zufällig unter den wilden Ponys oben in den Highlands, dann wäre sie jetzt nicht in Lebensgefahr. Dann wäre das alles nie passiert!«

»Wilde Ponys in den Highlands? Davon habe ich noch nie gehört, gibt's die wirklich? Heutzutage?« Ethan klang skeptisch.

»Doch, die gibt's wirklich«, bekräftigte Patricia. »Silas hatte mir mal von ihnen erzählt.«

»Wenn Silas das sagt, wird's wohl stimmen«, meinte Ethan.

Patricia wollte schon antworten, doch dann hielt sie inne.

Ein Gedanke begann, in ihr aufzusteigen.

25.

Seit dem Abend hatte sich der Himmel bezogen, sodass keine Sterne zu sehen waren, und auch der Mond verschwand hinter den Wolken. Man konnte kaum die Hand vor den Augen sehen, doch Patricia kannte die Strecke inzwischen so gut, dass es ihr keine Probleme bereitete, den Weg zu erkennen. Es war kühl, der böige Wind ließ sie anfangs frösteln, doch nach wenigen Minuten hatte sie sich warm gelaufen. Sie vermutete auch, dass sie mehr vor Nervosität als vor Kälte zitterte.

Der Rucksack auf ihrem Rücken wog schwer und drückte, da sie den Inhalt in der Eile nur einfach hineingestopft und sich nicht die Zeit genommen hatte, alles ordentlich zu stapeln.

Es hatte sich als unerwartet schwierig erwiesen, den Proviant zu organisieren. Zuerst schien es Stunden zu dauern, bis die verschiedenen Bewohner des Hauses endlich in ihre Zimmer verschwanden. Und auch dann musste Patricia noch lange ausharren, bis sicher war, dass sie alle auch wirklich schliefen. Patricia saß wie auf Kohlen, bis sie es schließlich für einigermaßen sicher erachtete, sich hinunter in die Küche zu schleichen.

Dort stellte sich für sie das nächste Problem: Mrs Dench schien jeden Morgen frische Lebensmittel für den Tag einzukaufen, was bedeutete, dass das meiste davon dann bis zum Abend verbraucht war. Die Ausbeute, die Patricia vorfand, war deshalb bedenklich mager. Sie wusste nicht, wie lange sie unterwegs sein würde. Für einige Tage wollte sie jedoch in jedem Fall vorsorgen. Mrs Dench verfügte zwar über einen reichhaltigen Vorrat an Eingemachtem, und der Blick in die Tiefkühltruhe zeigte, dass auch dort kein Mangel an Vorräten herrschte, aber das nützte Patricia leider wenig. Sie benötigte Dinge, die sich leicht transportieren und ohne weiteren Aufwand verzehren ließen – die Litergläser mit Kompott oder die gefrorene rohe Putenkeule musste Patricia deshalb zu ihrem Bedauern als ungeeignet zurücklassen. In einem der Küchenschränke fand sie zu ihrem Glück noch eine halbe Packung Schnittbrot, im Kühlschrank den Rest eines Stückes Käse und einige Scheiben Schinken. Ihr fiel ein, dass Mrs Dench ihr Obst immer aus dem Keller holte. Also schlich sie leise hinunter und tastete sich durch die Räume, bis sie den Vorratsraum gefunden hatte. Sie wagte nicht, das Licht einzuschalten, und brauchte daher einige Momente, bis sie auf die Steige mit den Äpfeln stieß und sich eine Anzahl davon einsteckte. Beim Rückzug verfehlte Patricia zuerst die Tür und stolperte gegen ein Wandregal, das sie zuvor nicht bemerkt hatte. Das Poltern schien durch das ganze Haus zu dröhnen. Starr vor Schreck stand Patricia minutenlang still, doch nichts rührte sich. Erfreut stellte sie fest, dass das Regal Konservendosen enthielt, und entschloss sich, einige davon mitzunehmen. Nachdem sie die Etiketten in der Dunkelheit nicht zu lesen vermochte, musste sie ihre Wahl allerdings blind treffen.

Wo die Getränkekästen standen, wusste Patricia glücklicherweise. Sie nahm sich zwei große Plastikflaschen Wasser heraus, mehr passten nicht in ihren Rucksack. Natürlich war sie sich darüber im Klaren, dass die Menge nicht reichen würde, sie hoffte aber, dass sie unterwegs an Bächen oder dergleichen vorbeikam, an denen sie die Flaschen wieder auffüllen konnte.

Auch was sie an Kleidung einpacken sollte, hatte Patricia einiges Kopfzerbrechen gekostet. Der Rucksack bot nicht viel Stauraum, und das Essen war wichtiger als die Sauberkeit. Endlich beschloss sie, sich auf eine Garnitur Wäsche zum Wechseln, ein Ersatz-T-Shirt und einen zusätzlichen Pullover zu beschränken. Sie würde unterwegs sowieso kaum dazu kommen, sich groß zu waschen, deshalb sollte mit den Sachen auszukommen sein. Sie entschied, auch noch die Wolldecke, die im Schrank in ihrem Zimmer lag, mitzunehmen. Die Nächte waren kühl, selbst jetzt im Hochsommer, das wusste Patricia, und eigentlich war eher ein Schlafsack angeraten, doch ihr Schlafsack lag zu Hause in Edinburgh. Die Decke musste reichen, sie hatte ohnehin keine Ahnung, wie sie das ganze Zeug schleppen sollte.

Mit einem Gürtel band Patricia die Decke oben auf den vollgepferchten Rucksack und stöhnte stumm auf, als sie ihn schließlich auf ihren Rücken hob. Himmel, war das Ding schwer! Die Konserven und das Wasser, natürlich, aber sie konnte sich nicht leisten, darauf zu verzichten. Im letzten Moment fiel Patricia siedend heiß ein, dass ihr die Dosen ohne Büchsenöffner nichts nützten, und sie verlor weitere kostbare Minuten damit, in den verschiedenen Küchenschubladen nach einem zu suchen.

Was Mrs Dench zu ihrem Beutezug sagen würde, wagte sich Patricia lieber nicht vorzustellen. Dass es sich im Grunde um Diebstahl handelte, war ihr bewusst, und sie fühlte sich ziemlich mies dabei. Vor allem deshalb, weil sich ihre Eltern für sie schämen würden. Dieser Gedanke war für Patricia der schlimmste. Für die beiden musste ihr Verschwinden ohnehin schon schrecklich genug sein, sie sorgten sich garantiert zu Tode. Darüber gab sich Patricia keinen Illusionen hin, und sie wünschte, sie könnte ihnen wenigstens ersparen, ihre Tochter auch noch als Diebin bezeichnet zu hören. Doch es gab keine andere Möglichkeit. Bis morgens im Dorf der Laden öffnete, musste sie bereits lange fort sein.

Im Dunkeln sah der Feldweg irgendwie ganz fremd aus. Patricia dachte eine kleine Weile darüber nach, warum sie sich eigentlich nicht fürchtete. Immerhin wanderte sie hier ganz allein durch die Nacht, da konnte doch alles Mögliche geschehen! Andererseits – was sollte denn passieren? Eine Gefahr ging immer nur von den Menschen aus, und hier in den Hügeln begegnete sie nachts sowieso niemandem. Sie durfte sich garantiert sicherer fühlen als auf einem Nachtmarsch in den Straßen von Edinburgh, erkannte Patricia. Erst in diesem Augenblick wurde ihr so richtig bewusst, was ihr an jenem Abend damals alles hätte zustoßen können. Sie hatte tatsächlich mehr Glück als Verstand gehabt, gestand sie sich ein. Bei der Erinnerung daran überkam sie Übelkeit, und sie blieb stehen, um tief Luft zu holen.

Der Moment ging vorüber, und Patricia schob ihren Rucksack zurecht und ging weiter. Er war wirklich schwer, trotz ihrer gefütterten Windjacke spürte sie, wie die Tragegurte in ihre Schultern einschnitten.

Die Ponys auf der Koppel waren nur als schemenhafte Gestalten erkennbar, als Patricia an ihnen vorbeischritt. Sie blieb nicht stehen, sie hatte mit der Sucherei in der Küche ohnehin schon zu viel Zeit verloren und musste sich beeilen.

Endlich lag der Hof vor ihr.

Patricia atmete auf, aber der nächste Schreck traf sie augenblicklich. Da brannte Licht! Schlief Silas etwa nicht?

Patricia stöhnte auf. Um diese Uhrzeit hätte sie mit solchen unerwarteten Schwierigkeiten nicht gerechnet. Wenn sie Pech hatte, fiel nun ihr ganzer Plan ins Wasser. Aber das durfte nicht sein, es war Dallis' letzte Chance! Es musste einfach klappen!

Vorsichtig trat sie ans Tor und stellte fest, dass das Licht nur von einer Außenlaterne herrührte, die offenbar die ganze Nacht brannte. Sämtliche Fenster des Wohnhauses waren hingegen dunkel.

Gott sei Dank, dachte Patricia. Jetzt aber schnell!

Als sie nach der Klinke der Stalltür griff, überkam sie urplötzlich eine neue Sorge: Was, wenn der Stall nachts verschlossen war? Helen sperrte ihre Gebäude über Nacht immer ab, nachdem sie einmal morgens einen Stadtstreicher aus einer leeren Box hatte verjagen müssen und ein anderes Mal zu später Stunde ein paar betrunkene Jugendliche eingedrungen waren, um dort ihre Fete fortzusetzen.

Hoffentlich waren sie auf dem McNair-Hof weniger vorsichtig!

Patricia hätte vor Erleichterung beinahe aufgestöhnt, als sie die Klinke drückte und die Tür sich bewegte. Ganz behutsam nun, nur ein kleines Stück öffnen, mahnte sie sich selbst, sie wusste schließlich, wie die alten Angeln knarrten.

Leise schob sie sich durch den schmalen Spalt und blieb stehen, um zu lauschen. Draußen war alles still, nur die Bäume rauschten im Wind. Im Stall herrschte ebenfalls Ruhe, Dallis schlief sicherlich. Zumindest hoffte Patricia das. Als sie den Hof spät am Abend verlassen hatte, befand sich Dallis auf jeden Fall noch hier in der Box, und der Tierarzt, oder wer immer sie töten sollte, würde ja wohl nicht mitten in der Nacht hier auftauchen.

Das Licht wagte Patricia nicht einzuschalten. Sie tastete sich vorsichtig durch den Stallgang zu Dallis' Box.

Das Pony ruhte mit angewinkelten Beinen gemütlich im Stroh und döste vor sich hin.

»Dallis?« Patricia flüsterte es nur, denn es hieß, nachts trügen Geräusche sehr viel weiter als tagsüber. Dallis hörte ihre Stimme trotzdem. Patricia vernahm das Rascheln, als die Stute den Kopf wandte.

Hoffentlich wieherte Dallis nicht, dachte Patricia und beeilte sich, die Boxentür zu entriegeln.

»Hallo meine Süße«, wisperte sie und betrat die Box. »Ich bin's!«

Dallis erkannte sie und freute sich ganz offensichtlich über den unerwarteten Besuch. Mit einem Ruck kam sie auf die Beine und drehte sich zu Patricia um.

Patricia musste schlucken, als sie die weichen Nüstern der Stute an ihrem Gesicht fühlte. Und sie war sich sicherer denn je, die richtige Entscheidung getroffen zu haben.

»Wir müssen ganz leise sein, hörst du? Niemand darf merken, dass ich hier bin.« Sie streichelte Dallis und hoffte, dass die Graue, wenn sie schon die Worte nicht verstehen konnte, so zumindest spürte, worum es ging.

Und tatsächlich gab Dallis keinen Laut von sich, als Patricia sie kurz allein ließ, um sich zur Stallecke vorzutasten, wo die Sättel und Trensen hingen. Zum Glück wusste sie ungefähr, wo sich Dallis' Zaum befand. Wenigstens zahlte sich jetzt aus, dass Emily das Versorgen der Stute nach dem Reiten immer ihr überlassen hatte, dachte Patricia. Den Sattel ließ Patricia hängen, sie wollte sich nicht mit dem schweren Stück belasten, immerhin war sie früher auch gelegentlich ohne Sattel geritten.

Mit schnellen, sicheren Griffen legte sie Dallis die Trense an, obwohl sie sich innerlich bei Weitem nicht so ruhig fühlte. Dallis spürte ihre Nervosität und begann, im Stroh hin und her zu treten.

»Bitte. halt still!«, flehte Patricia mit unterdrückter Stimme und streichelte den Hals der Stute. Dallis senkte den Kopf und rieb ihre Nase an Patricias Hosenbein. Aber wenigstens stand sie nun ruhig und ließ sich fertig aufzäumen.

»So, und nun müssen wir beide mucksmäuschenstill sein«, flüsterte Patricia dem Pony ins Ohr. »Wenn sie uns jetzt erwischen, ist alles aus.« Sie schwang sich ihren Rucksack wieder auf den Rücken und nahm Dallis beim Zügel.

Als sie Dallis aus der Box hinausführte, klackten die Hufe der Stute vernehmlich auf den Boden des Stallganges, und Patricia zuckte erschrocken zusammen. Himmel, war das laut! Wie würde das erst draußen im Hof schallen!

Ihre Nerven waren zum Zerreißen gespannt. Sie waren so kurz davor davonzukommen, jetzt durfte nichts mehr schiefgehen!

Im letzten Moment erinnerte sich Patricia noch an die knarrende Stalltür und fing sie auf, bevor sie ungebremst aufschwang. Trotzdem verursachte das Öffnen immer noch genug Lärm, da Patricia zusammen mit Dallis nicht durch einen so schmalen Spalt schlüpfen konnte wie zuvor.

Sie dachte auch noch daran, die Tür wieder zu schließen – es musste ja nicht sein, dass ihr Verschwinden früher als unbedingt nötig auffiel.

Draußen hielt Patricia erst einmal inne und blickte sich um. Niemand zu sehen oder zu hören, und außer der trüben Außenlampe brannte immer noch nirgendwo Licht. Gut so!

Behutsam führte sie Dallis über den Hof. Sie beabsichtigte, erst hinter den Gebäuden aufzusitzen, dort vermochte Silas, falls er doch noch aufwachte, sie von seinem Fenster aus nicht mehr zu sehen.

Sie zählte die Schritte und betete, dass die Hufschläge, die Dallis auf dem Pflaster verursachte, nur in ihrer Einbildung so laut schallten. Dem Himmel sei Dank dafür, dass Silas schlecht hörte und Damian nicht auf dem Hof wohnte, sondern in einem Zimmer im Dorf schlief, dachte Patricia.

Hinter dem Stall war es durch die fehlende Beleuchtung sehr viel dunkler als im Hof, doch Patricia kannte den Zaun, der hier entlanglief, er würde ihr beim Aufsitzen gute Dienste leisten. Ohne Sattel und mit dem schweren Rucksack auf dem Rücken fiele es ihr sonst wohl schwer, auf Dallis' Rücken zu gelangen.

»Braves Mädchen«, flüsterte sie Dallis zu, die willig mitgetrottet war und nun mit gespitzten Ohren und geblähten Nüstern neugierig umherblickte. Die Stute merkte offensichtlich, dass etwas Ungewöhnliches passierte, aber zu Patricias Erleichterung schien sie nicht nervös, sondern sah der Unternehmung erwartungsvoll entgegen.

Patricia fasste die Zügel über Dallis' Widerrist zusammen und kletterte über den Zaun auf ihren Rücken. Der Rucksack drückte immer noch schwer, er würde sie beim Reiten ziemlich behindern, aber das ließ sich nicht vermeiden.

Sie streichelte die kleine Stute und nahm dann die Zügel auf.

»Auf geht's«, sagte sie leise. »Ich bringe dich nach Hause.«

26.

Auch Ethan schlief in dieser Nacht nicht viel.

Stundenlang grübelte er und machte sich Vorwürfe über sein Benehmen Patricia gegenüber. Wie konnte er sie derartig hängen lassen und auf beleidigt machen, ausgerechnet jetzt, da sie vor Sorge um dieses Pony nicht mehr aus noch ein wusste!

Immerhin hatten sie dann am Abend doch noch miteinander sprechen und die Missverständnisse ausräumen können. Allerdings musste er sich eingestehen, dass es nicht sein Verdienst war. Wenn Patricia nicht angerufen hätte, würde er vermutlich noch bis in alle Ewigkeit weiterschmollen.

Ethan ärgerte sich über sich. Er hatte das Gefühl, sich manchmal selbst im Weg zu stehen – aus reiner Sturheit und verletzter Eitelkeit. Und gestern hätte ihn sein dummer Stolz beinahe Patricia gekostet! Beim Gedanken daran musste Ethan in der Dunkelheit den Kopf über sich schütteln. Er erkannte, wie unerträglich diese Vorstellung für ihn war.

Er durfte wirklich froh sein, dass Patricia so gutmütig gewesen war und außerdem Mut genug besaß, ihn ordentlich zusammenzustauchen, wenn es nötig war. In der Erinnerung lächelte Ethan unwillkürlich. Ihren Anraunzer hatte er verdient, das gab er ehrlich zu. Schwerer fiel es ihm allerdings, seine Gefühle für Patricia zuzugeben. Irgendwie empfand er Hemmungen, ihr offen zu gestehen, dass er sich bis über beide Ohren in sie verliebt hatte. Dabei gab es kaum etwas, was er sich mehr wünschte.

Das hieß, es gab natürlich doch etwas, was Ethan sich mindestens genauso ersehnte – Patricia in den Armen zu halten, sie küssen und liebkosen zu dürfen. Aber sie war einiges jünger als er.

Und er wollte sie auf keinen Fall überrumpeln und womöglich so erschrecken, dass sie sich von ihm zurückzog. Es musste ihm für den Moment genügen, dass er wusste, Patricia mochte ihn ebenfalls gern.

Als Ethan an die Worte dachte, die ihm Patricia am Telefon sagte, empfand er wieder dieses überwältigende Glücksgefühl. Patricia ahnte ja nicht, wie viel es ihm bedeutete, als sie ihm dieses Geständnis machte. Und wie oft Ethan seither diese wenigen Sätze im Geiste für sich wiederholt hatte, wusste er selbst nicht.

Doch im Moment lasteten auf Patricia zu große Sorgen, als dass Ethan sie mit seinem Gefühlschaos konfrontieren wollte.

Dieses Pony, um das sie solche Angst hatte.

Die Sache war entsetzlich verfahren, fand Ethan. Dallis tat ihm leid, das arme Tier konnte wirklich nichts dafür, und musste jetzt als Bauernopfer herhalten. Ungerecht war das sicherlich, und Ethan konnte auch nachvollziehen, wie Patricia darunter litt.

Doch Ethan betrachtete das Ganze auch von der anderen Seite. Immerhin ging es nur um ein einzelnes Pony. Und so tragisch es auch war – wenn sein Tod nun der Preis dafür sein sollte, dass Silas den Hof und seine Existenz behalten durfte, dann musste dieser Preis wohl gezahlt werden. Ethan liebte Pferde, aber letztlich war Silas wichtiger. Für Silas, der für ihn mehr Vater war als sein eigener, war Ethan bereit, jedes Opfer zu bringen. Auch Dallis, wenn es denn sein musste.

Ethan wusste, dass er Patricia mit dieser Einstellung nicht zu kommen brauchte, und er würde sich auch sehr hüten, es ihr zu erzählen. Doch es kam ja ohnehin nicht mehr darauf an, sie töteten das Pony in jedem Fall, und er konnte sowieso nichts anderes tun, als dann für Patricia da zu sein.

Aus diesem Grund machte sich Ethan an diesem Morgen in aller Herrgottsfrühe auf den Weg zum Hof. Er hatte keine Ahnung, wann der Tierarzt eintreffen würde, aber Patricia saß garantiert schon seit dem Morgengrauen bei Dallis, und er wollte in diesen schweren Stunden bei ihr sein.

Selbst das Wetter schien sich den Umständen anzupassen, es war kühl und windig, und der Nebel hing wieder einmal bis tief ins Tal hinunter. Die Landschaft wirkte dadurch trostlos, und Ethan schauderte unwillkürlich.

Er rechnete nicht damit, dass um diese Zeit auf dem Hof schon Betrieb sein würde, und war überrascht, als ihm Damian bereits am Tor entgegenkam.

Damians Gesicht zeigte eine Mischung aus Sorge und Ratlosigkeit, und er rieb sich geistesabwesend das Kinn, als er zu Ethan hochblickte, der noch auf Sonny saß.

»Sag mal, hast du zufällig eine Ahnung, wo Dallis ist?« Einen Gruß schenkte er sich.

Ethan dachte im ersten Moment, Damian scherze.

»Haha, guter Witz!« Er saß ab und nahm Sonny beim Zügel. Typisch Damian, der hielt so was wohl für lustig!

Doch Damian schüttelte den Kopf. »Das ist kein Witz. Ich wünschte, es wäre einer.«

Ethan wurde aufmerksam. Es klang so, als meine er das tatsächlich ernst.

»Moment mal«, sagte Ethan und zog die Brauen zusammen. »Heißt das, du weißt nicht, wo Dallis ist? Du hast sie doch neulich selbst in den Stall gestellt, wenn ich mich recht erinnere.«

»Richtig.« Damian blickte in die Ferne. »Und gestern Abend war sie da auch noch. Bloß jetzt eben nicht mehr.«

In Ethans Kopf wirbelten die Gedanken. Er verstand immer noch nicht, was Damian damit sagen wollte.

»Vielleicht hat Silas sie auf eine der Koppeln gestellt. Hast du ihn schon gefragt? Er fand bestimmt, Dallis sollte wenigstens noch einmal raus ins Freie, bevor . . .«

»Silas weiß auch nicht, wo sie ist«, unterbrach ihn Damian. »Und er hätte so was auch nicht gemacht, er weiß schließlich genau wie ich, dass es dann nur noch schwerer würde . . .« Er stockte, und Ethan erkannte, wie nahe das Ganze Damian ging. Er fing sich jedoch schnell wieder und sah Ethan durchdringend an.

»Niemand hier weiß, wo das Pony ist. Deshalb dachte ich mir, ich frag dich.«

»Mich? Wieso?« Ethan war verblüfft. »Woher soll ich denn . . .« Er brach ab, als er endlich verstand. »Ach so«, sagte er in verändertem Ton. »Du denkst, Patricia hat was damit zu tun.«

Damian zuckte die Achseln. »Das ist die einzige Idee, die mir noch einfällt.«

»Und warum fragst du sie nicht selbst?« In Ethan stieg Ärger auf.

»Würde ich ja gern machen«, erwiderte Damian trocken. »Leider ist sie ebenfalls nicht da.«

Ethan blickte leicht gereizt auf die Uhr. »Dann wird sie sicher gleich kommen. Oder ist was dagegen zu sagen, wenn sie ausnahmsweise mal nicht schon im Morgengrauen hier ist? Sie ist nämlich total fertig durch den ganzen Stress, wahrscheinlich hat sie einfach verschlafen.« Was für sie sowieso das Allerbeste wäre, fügte Ethan noch in Gedanken hinzu.

»Möglich.« Damian schien nicht überzeugt. »Dann warten wir eben, bis sie auftaucht. Falls sie auftaucht«, ergänzte er, während er sich bereits abwandte.

Ethan wollte ihn schon wütend zurechtweisen, doch dann bemerkte er gerade noch Damians Miene. Er erkannte, dass Damian ebenfalls mit den Nerven ziemlich herunter war und kaum beabsichtigte, Patricia irgendetwas anzuhängen, was ihm selbst möglicherweise durchaus gelegen kam. Wahrscheinlich hoffte er wie Ethan selbst, Patricia käme an diesem schrecklichen Tag überhaupt nicht auf den Hof.

Andererseits war es schon merkwürdig, das musste Ethan zugeben. Er hätte niemals gedacht, dass Patricia Dallis in dieser Situation nicht beistand, egal, wie schwer es ihr selbst fiel. Sie hätte wirklich längst hier sein müssen. Ethan dachte darüber nach, während er Sonny den Sattel abnahm und den Braunen auf die kleine Koppel hinter dem Haupthaus ließ.

Und was war jetzt mit Dallis? Das gab es doch nicht, dass keiner wusste, wo das Pony steckte. So klein waren die Highland Ponies ja nun auch wieder nicht, dass man eines davon einfach nicht mehr fand, dachte Ethan mit gerunzelter Stirn. Das Naheliegendste war natürlich, dass der Tierarzt bereits da gewesen war und die Sache erledigt hatte, bevor hier irgendwer sonst eintraf. Aber das hätte Damian sicher gewusst. Und Silas sowieso, denn wie immer die Umstände auch aussehen mochten, musste der Eigentümer des Pferdes ja wohl zumindest informiert werden.

Wirklich seltsam, dachte Ethan.

Und der Verdacht, dass die gleichzeitige Abwesenheit von Patricia tatsächlich kein Zufall war, nahm allmählich Gestalt an.

Konnte es sein, dass Patricia mit Dallis abgehauen war?

Nein, das wäre zu verrückt! Ethan schüttelte unwillkürlich den Kopf. Wo wollte Patricia mit der Stute denn hin? Es musste eine andere Erklärung geben.

Doch der Gedanke ließ ihn nicht los.

Was, wenn es stimmte?

Verzweifelt genug war sie.

Aber hätte sie dann nicht irgendetwas angedeutet, zumindest ihm gegenüber?

Nicht unbedingt, musste sich Ethan ehrlicherweise eingestehen. Mit seinem gestrigen Verhalten hatte er sicher nicht gerade ihr Vertrauen gewonnen. Das Risiko, dass er versuchen würde, sie von ihrem Plan abzuhalten, bestand eindeutig. Außerdem war sich Patricia bestimmt darüber im Klaren, dass es sich dabei um eine illegale Aktion handelte. Wenn man es genau betrachtete, um Diebstahl. Vielleicht wollte sie ihn auch deshalb nicht mit in die Sache hineinziehen.

Aber er wusste es nicht.

Er versuchte, sich das Telefonat in Erinnerung zu rufen. Worüber hatten sie gesprochen? Hätte er auf irgendetwas besser achten müssen?

Ethan fiel nichts ein, so intensiv er auch nachdachte.

Mit einem Seufzer blickte er erneut auf die Uhr. Nein, das war wirklich nicht normal, dass Patricia immer noch nicht hier war.

Irgendetwas war da faul.

Was sollte er unternehmen? Sollte er überhaupt etwas unternehmen?

Es ging auf zehn Uhr zu, als Ethan ein Auto auf den Parkplatz einbiegen und gleich darauf Türenschlagen hörte. Eigentlich nichts Ungewöhnliches. Viele der Kinder wurden von ihren Eltern mit dem Wagen gebracht und wieder abgeholt. Doch irgendetwas alarmierte Ethan instinktiv, und er rutschte von der Stange des Koppelzaunes herunter, wo er wartend saß.

Ein Mann mittleren Alters in Jeans und Rollkragenpullover kam durch das Tor herein und sah sich aufmerksam um.

Ethans Blick blieb an dem großen, kantigen Metallkoffer hängen, den er bei sich trug.

Der Amtstierarzt, jede Wette, dachte er. Gott sei Dank ist Dallis nicht da!

Dieser Gedanke, der ihm ganz spontan kam, überraschte ihn selbst. Jetzt erst wurde ihm das Ausmaß des Ganzen richtig bewusst. Er fühlte nichts als Erleichterung, dass das Pony verschwunden war. Jetzt endlich verstand er Patricias Verzweiflung.

Und er wusste plötzlich ganz klar und deutlich, dass Patricia

Dallis entführt hatte, um sie genau davor in Sicherheit zu bringen.

Gleichzeitig begann er, ernsthaft unruhig zu werden. Wo war Patricia mit dem Pony hin?

Als der Tierarzt die Stufen zum Haupthaus hinaufschritt, fasste Ethan einen Entschluss.

Schnell sattelte er Sonny und schwang sich auf dessen Rücken. Patricia hatte ihm irgendwann einmal erzählt, dass sie und ihre Familie in einer kleinen Pension untergekommen waren und dass die Wirtin, eine Mrs Dench, sie zu Tode nervte.

Ethan kannte keine Mrs Dench – aber es würde sich bestimmt herausfinden lassen, wo sie wohnte.

Als Ethan Sonny vor der Einfahrt des Anwesens zügelte, merkte er sofort, dass wirklich etwas nicht in Ordnung war. Die Tür stand offen, und aus dem Haus ertönten aufgeregte Stimmen. Trotzdem war der Hufschlag seines Pferdes offensichtlich nicht unbemerkt geblieben, denn schon nach wenigen Augenblicken stürzte ein kleinerer blonder Junge in einem Trikot der Glasgow Rangers heraus.

Als er Ethan sah, blieb er enttäuscht stehen.

»Nee, das ist jemand, den ich nicht kenne!«, rief er nach drinnen gewandt, und Ethan schloss daraus, dass man jemanden erwartete.

Patricia?

Ein Mann trat heraus. Die Ähnlichkeit mit Patricia war unverkennbar. Das musste ihr Vater sein, und seinem Gesichtsausdruck nach befand er sich in großer Sorge.

Ethan schwang sich aus dem Sattel und hängte Sonnys Zügel über einen Zaunpfosten. Patricias Vater war herangekommen und sah ihn hoffnungsvoll an. Ethan trat einen Schritt näher und wollte gerade etwas sagen, als ihm der Mann zuvorkam.

»Entschuldigung, ich weiß nicht, wer Sie sind, aber Sie kommen doch sicher von dem Reiterhof da drüben. – Haben Sie zufällig meine Tochter gesehen? Patricia Mackintosh, sie ist fast fünfzehn, blaue Augen, blonder Pferdeschwanz . . .«

Ethans Hoffnung sank bei diesen Worten. Patricia war also tatsächlich weg.

Er schüttelte den Kopf. »Deswegen bin ich gekommen«, sagte er. »Ich bin Ethan Longmuir, ein Freund von Patricia, und eigentlich habe ich gehofft, sie hier zu finden.«

Die Schultern von Mr Mackintosh sackten herunter, er wirkte plötzlich wie ein alter Mann.

»Nein, sie ist leider nicht hier. Sie war heute Morgen, als wir aufstanden, verschwunden. Und wir wissen nicht, wo sie ist.« Er sah zur Haustür hinüber. »Wir hätten wahrscheinlich nicht einmal gemerkt, dass sie nicht wie sonst immer zu den Pferden gegangen ist. Sie ist ja in letzter Zeit öfter ohne Frühstück los. Aber heute . . .« Er stockte, und Ethan sah, wie er um Fassung rang.

»Sie hat lauter Essen geklaut«, warf der blonde Junge ein. »Und Mrs Dench hat sich furchtbar aufgeregt. Sie hat so laut geschrien, dass Einbrecher da waren, dass wir alle beinahe aus den Betten gefallen sind.« Er machte ein bedauerndes Gesicht. »Aber dann war's doch bloß Patricia. Ihre Sachen fehlen nämlich, und im Bett war sie heute Nacht auch nicht.«

Patricias kleiner Bruder, vermutete Ethan. Seiner Miene nach fand er die ganze Sache weniger schockierend als spannend und war lediglich enttäuscht, dass es sich nicht um richtige Einbrecher handelte.

Ethan schaute Mr Mackintosh an. »Proviant, nehm ich an?«

Er nickte müde. »Das fürchte ich, ja.« Er sah Ethan prüfend an. »Wissen Sie denn etwas darüber?«

Ethan hob die Schultern, er fühlte sich unbehaglich.

»Nichts Konkretes, leider«, sagte er dann. »Ich habe mich nur gewundert, weil sie heute Morgen nicht in den Stall gekommen ist.« Er räusperte sich. Wie viel hatte Patricia ihren Eltern eigentlich erzählt? »Aber nach dem, was hier los ist, bin ich inzwischen überzeugt, dass sie weg ist, um ein Pony zu schützen.«

Mr Mackintosh rieb sich die Augen. »Ja, sie erzählte gestern irgendwas über ein Pferd, das eingeschläfert werden sollte. Sie wollte, dass wir es kaufen, aber das ist natürlich Unsinn, das haben wir ihr auch gesagt.«

»Und deswegen hat sie das Pony heute Nacht aus dem Stall entführt und ist mit ihm fort.« Ethan schloss kurz die Augen. Eigentlich hätte er damit rechnen sollen, dass sie irgend so etwas versuchen würde.

»Aber wo kann sie denn hin sein?« Mr Mackintoshs Stimme klang verzweifelt. »Sie wird doch nicht etwa versuchen, sich mit dem Pferd bis nach Edinburgh durchzuschlagen!«

»Vielleicht ist sie gar nicht weit.« Ethan überlegte fieberhaft. »Es könnte ja sein, dass sie sich hier irgendwo in der Gegend versteckt hält.«

»Aber wo? Sie kennen sich doch bestimmt aus, wo könnte sie sich denn verstecken?«

Ethan schüttelte den Kopf. »Da bin ich überfragt. Bei irgendeinem Bauern in der Scheune oder in einem Waldstück – da gibt es viele Möglichkeiten. Wir sollten mal ein bisschen rumfragen, vielleicht hat sie ja jemand gesehen.«

Mr Mackintosh blickte düster zum Himmel. »Wenn sie irgendwo draußen ist, dürfte es für sie bald sehr ungemütlich werden.«

Ethan folgte seinem Blick. Der Wind hatte weiter zugenommen, und es würde nicht mehr lange dauern, bis es anfing zu regnen.

»Hat Patricia denn warme Sachen dabei?«, fragte er.

»Meine Frau sagt, nicht viel. Eine Windjacke oder so.« Mr Mackintosh blickte sich um, als er Schritte hörte. Eine Frau trat aus dem Haus und kam auf sie zu. Patricias Mutter, nahm Ethan an. In ihrem Gesicht konnte er die gleiche Sorge erkennen wie bei ihrem Mann.

»Hast du Mrs Dench beruhigen können?«, wandte sich Mr Mackintosh an seine Frau.

Sie nickte. »Ich hab ihr ein Schlückchen Whisky eingeflößt und sie überredet, sich ein wenig hinzulegen.« Sie sah Ethan fragend an, und er stellte sich höflich vor.

»Ein Freund von Patricia«, fügte Mr Mackintosh erklärend hinzu. »Er sucht sie auch schon und kam her, weil er dachte, sie sei hier.«

Mrs Mackintoshs Augen füllten sich mit Tränen. Ihre mühsam bewahrte Beherrschung schien zu zerbröckeln. »Ich mach mir solche Vorwürfe«, schluchzte sie auf. »Warum haben wir das bloß nicht ernst genommen, was sie wegen dieses Pferdes sagte!«

Ihr Mann legte hilflos den Arm um sie und sah ratlos Ethan an. »Wir werden wohl die Polizei informieren müssen«, sagte er. »Sie ist noch nicht mal fünfzehn, man darf gar nicht daran denken, was alles passieren kann.«

»Hm«, machte Ethan. Er wusste, dass es eine vernünftige Idee war. Dennoch gefiel sie ihm nicht.

Patricias Bruder machte große Augen. »Cool!«, sagte er. »Veranstalten die dann wegen Patricia eine richtige Großfahndung?«

»Ivan, es reicht.« Sein Vater sah ihn zornig an. »Die Geschichte ist alles andere als lustig. Deine Schwester ist verschwunden, und deine Mutter kommt fast um vor Sorge. Wenn du also nichts Konstruktives beizutragen hast, dann halt einmal deinen Mund!«

»William, bitte«, sagte seine Frau leise und legte ihm die Hand auf den Arm.

Ivan schien den Anpfiff allerdings nicht krummzunehmen. Ethan hätte beinahe gelacht, als er sah, wie ihm der Junge heimlich zuzwinkerte und dabei grinste.

Doch das Lachen verging ihm auf der Stelle, als er die ersten dicken Tropfen spürte, die auf ihn herunterklatschten.

Verdammt, dachte er, als er sich den Himmel besah. Das sah

nach einer längeren Schlechtwetterfront aus. Falls Patricia nicht wirklich irgendwo Unterschlupf gefunden hatte, würde sie in kurzer Zeit klatschnass sein. Dallis schadete das Wetter hingegen nichts, diese Highland-Ponys waren robust und an das raue Klima in den Bergen gewöhnt. Es steckte eben doch noch viel Wildpferd in ihnen . . .

Ethan erstarrte.

Beim Stichwort *Wildpferd* hatte irgendetwas bei ihm geklingelt. In seinem Kopf rasten die Gedanken.

Moment, ganz ruhig, mahnte er sich. Was hatte Patricia gestern am Telefon gesagt? Irgendwas von wilden Ponys in den Bergen. Und dass Silas ihr davon erzählt hatte. Danach hatte sie auffällig geistesabwesend gewirkt, fiel Ethan siedend heiß auf.

Er rieb sich das Gesicht.

Mein Gott, konnte es das sein, was Patricia plante?

Versuchte sie tatsächlich, für Dallis die wilden Herden zu finden?

Patricias Eltern merkten, dass Ethan still geworden war. Angstvoll blickten sie ihn an.

»Ist Ihnen etwas eingefallen? Wissen Sie, wo Patricia ist?«

Ethan schloss seine Augen und atmete tief durch.

Dann sah er die Mackintoshs ernst an.

»Ich glaube, Ja«, meinte er langsam.

Denn jetzt bekam er erst richtig Angst.

27.

Der Adler kreiste hoch oben über dem Gipfel des bläulich schimmernden Berges zu Patricias Linken. Er schien sie zu begleiten, zumindest kam es ihr so vor, und irgendwie beruhigte sie dieser Gedanke. Ein lebendes Wesen in der Einsamkeit der rauen Wildnis, in die sie und Dallis seit zwei Tagen immer weiter vordrangen.

Nicht zum ersten Mal stieg in Patricia der Verdacht auf, dass sie möglicherweise nur einer Legende folgte. Obwohl sie sich mittlerweile weit in den echten Highlands befanden, deutete nichts darauf hin, dass es hier tatsächlich wilde Ponys gab.

Doch was hätte sie denn auch für eine Wahl gehabt?

Die Idee erschien Patricia als letzte Rettung.

Als sie mit Ethan am Telefon gesprochen hatte, war ihr eingefallen, was Silas über die Wildponies erzählt hatte, und der Gedanke hatte sie elektrisiert.

Das mochte die Lösung sein, um Dallis vor dem Tod zu bewahren!

Alle anderen Möglichkeiten, die sie bis dahin durchgespielt hatte, erwiesen sich bei näherer Überlegung als undurchführbar. Patricia verfügte nicht über das Geld, die Stute zu kaufen, und sie wusste auch niemanden, den sie außer ihren Eltern darum bitten konnte. Und ihre Eltern verstanden nicht, wie ernst die Sache stand.

Der Plan, das Pony nach Edinburgh zu reiten, wie sie es kurz ins Auge gefasst hatte, war ebenfalls zum Scheitern verurteilt. Der Weg führte durch dicht besiedeltes Gebiet, und lange bevor sie ihr Ziel erreicht hätte, hätte man sie entdeckt und zurückgebracht. Außerdem vermochte sich Patricia nicht vorzustellen, dass Helen oder jemand anders, bei dem sie Dallis unterbringen könnte, die Anwesenheit der Stute dann bis in alle Ewigkeiten geheim zu halten bereit war.

Die einzige Chance, die blieb, war, Dallis irgendwohin zu bringen, wo kein Mensch sie jemals entdecken würde. Wie eine Herde wilder Ponys oben in den Bergen.

Patricia wusste sehr gut, dass sie eine Straftat beging. Das Pony stellte einen materiellen Wert dar, und sie hatte natürlich kein Recht, es einfach zu stehlen. Nach ihrer Rückkehr musste sie deshalb mit Silas reden. Er war über die geplante Tötung der Stute ebenfalls nicht froh gewesen, vielleicht war er deshalb ja nicht allzu böse auf sie, vor allem, wenn sie versprach, ihm den Kaufpreis in Raten zu ersetzen. Patricia hoffte ab Herbst einen Nebenjob zu finden, dann war sie auch in der Lage, Silas das Geld nach und nach zurückzuzahlen.

Doch je länger sie unterwegs war, desto sicherer spürte Patricia, dass sie richtig handelte.

Und sie merkte, wie sehr sie es vermisst hatte, auf einem Pferd zu sitzen. Seit Gavins Unfall schien sich zum ersten Mal der Kloß in ihrer Kehle zu lösen, und sie fühlte sich auf Dallis' Rücken so zu Hause, als hätte sie die Stute bereits ihr Leben lang geritten.

Dallis schien den Ritt ebenfalls zu genießen. Der stumpfe Ausdruck, der Patricia in den letzten Tagen so verängstigt hatte, war vollkommen aus ihrem Blick verschwunden, und sie schritt lebhaft voran, die Ohren gespitzt und aufmerksam vorausschauend.

Immer wieder fragte sich Patricia, ob man sie verfolgte, ob jemand auf der richtigen Spur war. Dennoch bemühte sie sich, das Pony nicht zu überanstrengen. Dallis war zwar gesund und von Natur aus robust, doch Patricia vergaß nicht, dass sie nicht mehr die Allerjüngste war und solche weiten Strecken wohl auch noch nie zuvor zurückgelegt hatte. Sie achtete daher auf regelmäßige Ruhepausen und ließ Dallis auch stets grasen, sobald sie eine gute Weide entdeckte.

Wenn Patricia ehrlich zu sich war, musste sie sich jedoch eingestehen, dass das Pony die Tour weitaus besser verkraftete als sie selbst. Ihr schmerzten bereits nach dem ersten Tag alle Knochen im Leib. Es rächte sich nun, dass sie seit Monaten weder geritten war noch sich sonst irgendwie körperlich betätigt hatte. Der schwere Rucksack tat noch das Seine dazu, und Patricia hätte am liebsten laut aufgestöhnt, als sie ihn sich am zweiten Morgen ihrer Flucht wieder auf den Rücken schwang. Natürlich würde das Gewicht mit der Zeit abnehmen, je mehr sie von ihrem Proviant verbrauchte, aber Patricia widerstand der Versuchung, aus diesem Grund mehr zu essen als unbedingt nötig. Wer wusste schon, wie lange sie mit ihren Vorräten auskommen musste, sie durfte also keinesfalls leichtsinnig werden.

Schlimm genug, dass sich die Wolldecke für die Nacht als nicht ausreichend erwies. Immer wieder war Patricia aufgewacht, weil sie fror, obwohl sie schon bald alles übereinander anzog, was sie an Kleidung dabeihatte, und sich eng in die Decke einwickelte. Der Regen, der am Nachmittag des ersten Tages eingesetzt hatte, hatte zwar glücklicherweise bald wieder aufgehört, doch er hatte ihre Sachen klamm und den Boden feucht werden lassen.

Dallis störte sich nicht an der feuchten Nachtkühle. Sie weidete zuerst ausgiebig und legte sich schließlich in aller Ruhe zum Schlafen ins Gras. Patricia beneidete sie heimlich um ihr zottiges Fell. Das Pony schien jedenfalls nicht zu frieren und wirkte mit der Situation absolut zufrieden.

Patricia spürte hingegen seit dem Morgen bereits ein Kratzen im Hals und fürchtete, dass sich eine Erkältung im Anmarsch befand. Verwunderlich war es nach der durchfrorenen Nacht sicher nicht, doch eine Erkältung konnte sie momentan wirklich nicht gebrauchen.

Hoffentlich hielt das Wetter jetzt eine Weile, dachte Patricia und blickte unruhig zum Himmel. Fing es erst einmal richtig zu gießen an, wie es in den Highlands leider nicht außergewöhnlich war, stand sie vor einem echten Problem.

Sie nahm die Zügel wieder auf.

»Auf geht's, meine Kleine«, sagte sie und trieb Dallis voran. »Wir haben noch eine weite Strecke vor uns.

Sie wusste nicht genau, wo sie die Wildpferde suchen musste. Weiter im Norden, hatte Silas gemeint, doch das war leider eine recht ungenaue Ortsangabe. Es blieb Patricia nichts übrig, als zu hoffen, dass sie irgendwann auf eine Herde stoßen würde. An den Rückweg mochte sie ohnehin nicht denken. Sie würde ihn zu Fuß zurücklegen müssen, schon aus diesem Grund betete sie heimlich, dass sie nicht noch tagelang reiten musste, bevor sie Dallis freilassen konnte.

In ihrer Nase kribbelte es. Patricia nieste, worauf Dallis erschreckt den Kopf aufwarf.

»Entschuldigung!« Patricia klopfte ihr beruhigend den Hals und fingerte ein Taschentuch aus ihrer Jackentasche. Verdammt, dachte sie, sie bekam tatsächlich einen Schnupfen.

Die Landschaft wurde zunehmend wilder. Während des ersten Tages waren sie noch an ein einigen kleineren Seen vorbeigekommen, doch inzwischen beschränkten sich für Patricia und Dallis die Möglichkeiten, ihren Durst zu stillen, auf die wenigen Gebirgsbäche, auf die sie zuweilen stießen. Je höher sie hinauf in die Berge gelangten, desto stärker blies der Wind, und Patricia erkannte an der Vegetation, dass raues Wetter hier an der Tagesordnung war. Das Gras wuchs kurz und hatte eine derbe, stachelige Struktur, und außer niedrigem, krumm gewachsenem Buschwerk gab es keine größeren Pflanzen mehr.

Auch Tiere sah Patricia selten. Einige Male scheuchten sie Kaninchen auf, einmal meinte sie sogar an einem der entfernten Hänge ein Rudel Rotwild auszumachen, doch ansonsten waren Vögel ihre einzigen Weggefährten.

Patricia zog ihre Jacke eng um sich zusammen. Sie fror immer noch, der Nebel verdeckte die Sonne und hüllte die Berge in einen bleichen Dunst.

Aber wenigstens regnete es nicht.

Patricia hustete und schlug den Kragen ihrer Jacke hoch. Sie mussten weiter.

28.

»Sie hat *was* vor?« Damian beugte sich nach vorne, wie um besser zu verstehen, was Ethan sagte.

Ethan sah ihn missbilligend an.

»Ich hab nie behauptet, dass es so ist. Ich sagte lediglich, es *könnte sein*. Nichts anderes.« Er fuhr sich erschöpft mit der Hand über die Augen. Warum hatte er bloß nicht gewartet, bis er Silas allein erwischte! Er hätte sich doch denken können, wie Damian reagierte, während Silas nur dastand und ihm aufmerksam zuhörte.

Damian dagegen vergrub seine Hände in den Hosentaschen und blickte entnervt zum Himmel.

»Genau das würde ich Patricia zutrauen«, stellte er fest, und Ethan verstand, dass er das nicht als Kompliment meinte.

Patricia und Dallis waren nun seit zwei Tagen verschwunden. Zwei Tage, während deren Ethan hoffte, dass er sich geirrt hatte und dass sie doch wieder auftauchen würden. Mehrmals hatte er Patricias Eltern aufgesucht, doch mit fortschreitender Zeit las er in ihren Gesichtern nur wachsende Verzweiflung. Wie von einem Magnet angezogen, war er auch immer wieder zum McNair-Hof geritten, doch er wagte nicht, Silas von seinem Verdacht zu erzählen – aus Angst, dass er nur die Bestätigung erhielt.

Doch nun durfte er nicht länger schweigen, Silas hatte das Recht zu erfahren, was mit seinem Pony vermutlich passiert war. Es war für Silas schon schwierig genug gewesen, dem Blutsauger Gaillard zu erklären, dass die Stute so einfach verschwunden war. Der Versicherungsagent hatte natürlich nicht geglaubt, dass vom Hof niemand etwas damit zu tun hatte. Was diese unerwartete Wendung für Auswirkungen auf die Handlungen der MacLeans haben würde, wagte sich Ethan erst gar nicht vorzustellen. Er wusste jedoch, dass Damian nun das Schlimmste befürchtete und deshalb aus seinem Zorn auf Patricia keinen Hehl machte. Damians spontane Reaktion auf Ethans Verdacht überraschte ihn nicht.

Aber auch Ethan wurde allmählich richtig zornig. Natürlich war Patricias Flucht mit dem Pony unüberlegt gewesen. Offensichtlich hatte sie weder die möglichen Konsequenzen für Silas noch die unbändige Sorge ihrer Eltern bedachte. Von der Gefahr, in die sie sich dabei selbst manövrierte, ganz abgesehen. Doch Damian tat gerade so, als sei Patricia vollkommen durchgeknallt, und er, Ethan, trage in ihrer Abwesenheit die Schuld an der ganzen Sache. Er musste sich sehr beherrschen, um Damian nicht an dessen eigene Rolle bei der ganzen traurigen Angelegenheit zu erinnern. Immerhin wäre es gar nicht erst so weit gekommen, wenn der Reitlehrer bloß zur rechten Zeit ein wenig Rückgrat bewiesen hätte, Rücksicht auf den Geldgeber hin oder her. Eine bessere Idee, als um des lieben Frieden willens einfach ein Pony zu opfern, hätte man von ihm durchaus erwarten dürfen. Und dann ausgerechnet noch dieses Tier, von dem er genau wusste, dass Patricias ganzes Herz daran hing! Ethan konnte jedenfalls in gewisser Weise nachvollziehen, dass Patricia aus Liebe zu diesem Pferd zu einer solch verzweifelten Maßnahme gegriffen hatte.

Aber egal, was nun gewesen war und wer die Schuld daran trug – am allerwichtigsten sollte sein, dass Patricia gefunden wurde. Die Frage danach, was aus der kleinen grauen Stute werden sollte, rangierte dabei an untergeordneter Stelle.

Silas schien diese Meinung zu teilen. Er hatte jedenfalls seit dem Moment, als klar war, dass außer dem Pony auch noch das Mädchen vermisst wurde, kein einziges Wort mehr über Dallis verloren. Und Ethan vermutete, dass er im Grunde seines Herzens mit Patricias Entscheidung sehr einverstanden war. Auch Silas war die Sache mit dem Pony sehr nahe gegangen, das wusste Ethan. Was Dallis anging, so fühlte der alte Mann sicherlich so etwas wie Erleichterung, dass die Stute fort und damit ihrem

Schicksal entgangen war. Seine Besorgnis galt ausschließlich Patricia.

Doch Silas blieb im Gegensatz zu Damians zornrotem Gesicht äußerlich vollkommen gelassen.

»Jetzt mal mit der Ruhe«, meinte er in ruhigem Ton. Er blickte Ethan forschend an. »Du sagtest, es könnte sein, dass das Mädel mit dem Pony in die Berge will. Du kennst Patricia ja ein bisschen – also: Was denkst *du?* Glaubst du ernsthaft, dass sie dorthin ist, oder glaubst du es nicht?«

Ethan schwieg einen langen Moment, während er sich die Frage durch den Kopf gehen ließ. Er versuchte, sich in Patricias Gedankengänge hineinzuversetzen. Konnte sie tatsächlich verrückt genug sein, so einen Plan durchzuziehen? Oder, anders ausgedrückt: Hatte sie eine andere Möglichkeit zur Rettung von Dallis gesehen? *Gab* es überhaupt eine andere Möglichkeit?

Dann nickte er. »Ja. Ich denke, das hat sie vor.«

Damian stieß ärgerlich die Luft aus, doch Ethan beachtete ihn gar nicht.

Silas wiegte bedächtig den Kopf und zog an seiner Pfeife. Ethan kannte ihn gut genug, um seinen Gesichtsausdruck zu deuten. Der alte Mann war äußerst besorgt. Silas kannte die Highlands und wusste nur zu gut, wie rau und unwirtlich sie waren. Falls Patricia sich dorthin gewandt hatte, war ihr Leben in Gefahr, das las Ethan aus Silas' Miene.

»Kann übel ausgehen«, sagte Silas dann auch und sah Ethan fragend an. »Hat sie denn Erfahrung in den Bergen?«

Ethan hob die Schultern. »Keine Ahnung. Nach dem, was sie ihren Eltern zufolge an Kleidung mitgenommen hat, kann ich es mir aber, ehrlich gesagt, nicht vorstellen.«

»Na prima.« Damian schüttelte den Kopf. »Sie dachte wohl, das ist nichts anderes als ein bisschen Campen, oder was?« Er schlug sich mit der flachen Hand gegen die Stirn. »Verdammt, ist sie denn vollkommen verrückt geworden? Den Hintern sollte man ihr versohlen! Falls sie überhaupt lebend zurückkommt!«

Ethan verstand seinen Zorn. Auch er fühlte tiefe Besorgnis, wenn er daran dachte, wie Patricia oben in den Highlands umherirrte. Und er wusste, dass schon einige Wanderer umgekommen waren, weil sie mit unzureichender Ausrüstung in schlechtes Wetter gerieten. Selbst im Hochsommer konnte es in den höheren Lagen unter Umständen Schnee geben, und nachts sanken die Temperaturen fast immer bis nahe an den Gefrierpunkt.

»Wissen ihre Eltern denn Bescheid?«, fragte Silas, und Ethan war klar, dass er die Gefahr meinte, in der sich Patricia befand.

»Keine Ahnung«, erwiderte Ethan knapp. »Sie haben aber die Polizei informiert, und die sucht sie schon im weiten Umkreis. Hier auf dem Hof waren sie doch auch, wenn ich das recht mitgekriegt habe. Und sogar die Edinburgher Dienststellen sind eingeschaltet, für den Fall, dass Patricia nach Hause unterwegs ist.«

»Wissen sie denn überhaupt, was du befürchtest?«

»Ich hab es den Mackintoshs gegenüber angedeutet, ja. Und die haben es der Polizei auch weitergegeben.«

»Na, hoffentlich warst du deutlich genug«, stellte Damian fest. »Andererseits, was soll die Polizei eigentlich ausrichten, wenn du recht hast mit deinem Verdacht? Einen Suchtrupp in die Berge schicken?« In seiner Stimme lag Ironie.

»In solchen Fällen setzt sich die Polizei automatisch mit den Rangern und dem *Rescue Service* in Verbindung«, warf Silas ein. »Die haben Erfahrung mit so was. Sicher sind sie schon unterwegs, um das Mädel zu suchen.«

»Wenigstens etwas«, sagte Damian, doch es war ihm anzusehen, dass er sich davon nicht allzu viel versprach.

Auch Ethans Angst um Patricia wuchs immer mehr, je länger er über das Ganze nachdachte. Es war Irrsinn, was sie da vorhatte, und es bestand die Gefahr, dass sie diesen Irrsinn mit ihrem Leben bezahlte.

»Wo will Patricia denn eigentlich genau hin?«, wandte er sich an Silas. »Sie sagte, du hättest ihr von den wilden Ponys erzählt – weiß sie denn überhaupt, wo sie sie suchen muss?«

Silas schüttelte nur den Kopf. »Das weiß noch nicht mal ich so genau. Es sind nicht mehr viele, und sie leben irgendwo im Norden, mal hier und mal dort. Wenn das Mädel sie finden will, muss sie wirklich Glück haben.«

»Na klasse«, murmelte Damian. »Sind ja bloß ein paar tausend Quadratmeilen, kann ja nicht so schwer sein, sie da zu entdecken.«

Sie schwiegen alle drei. Auf dem Stallvorplatz herrschte trotz des trüben Wetters das übliche Getümmel von Ponys und Kindern nach dem letzten Ritt des Tages, und Damian warf immer wieder wachsame Blicke hinüber. Sonny knabberte ein Stückchen von ihnen entfernt die Blätter von einigen Büschen, an denen Ethan ihn angebunden hatte.

Ein friedliches Bild, beinahe wie immer.

Doch nichts war wie immer, das fühlte Ethan schmerzlich.

Schließlich hielt er es nicht mehr aus.

»Verdammt«, rief er, »wir können doch nicht hier warten, bis etwas passiert ist!«

»Und was willst du tun?«, erkundigte sich Damian. »Du kannst ihr ja nachreiten, wenn du Lust hast.«

»Tolle Idee, wirklich!« Ethan sah ihn wütend an. »Und woher soll ich wissen, wo sie langgeritten ist? Bin ich Old Shatterhand oder was? Soll ich vielleicht den Hufspuren folgen? *Norden* ist keine besonders genaue Ortsangabe, oder?«

»Frag mich nicht«, gab Damian spitz zurück. »Du wolltest doch was unternehmen. Aber wie du siehst, ist das nicht so einfach. Wir können nichts anderes machen als hoffen, dass die Ranger sie schnell finden.«

»Und das kann ja höchstens Monate dauern«, stellte Ethan bitter fest. »Wenn's wenigstens die Polizei wäre, die haben immerhin Hundestaffeln zum Suchen, aber die Ranger . . .«

Er hielt inne. Blitzartig war ihm eine Idee gekommen, und an Silas' Augenzwinkern erkannte er, dass der alte Mann denselben Einfall hatte.

Ethan kniff die Augen zusammen. »Das ist vielleicht die Idee!«

»Was?« Damian sah verdutzt drein.

»Na, Hunde!«

Jetzt begriff auch Damian. »Hm, wär vielleicht einen Versuch wert«, sagte er, und sein Gesicht hellte sich etwas auf. »Meinst du, dein Dad leiht dir seine Meute?«

»Nicht die Meute«, gab Ethan ungeduldig zurück. »Laird!«

»Laird? Ach, du meinst diesen großen, dünnen Hirschhund ... Kann der denn so was?« Damian schien nicht so recht überzeugt. Sein Plan mit der Fuchshundmeute hatte ihm wohl besser gefallen.

»Na und ob der das kann«, erklärte Ethan, der sich ärgerte, dass er nicht schon eher auf diesen Gedanken gekommen war. »Mein Vater hat ihn für die Jagd und auch das Fährtensuchen ausbilden lassen.« Er sah Silas an und merkte gar nicht, wie sein Gesicht auf einmal wieder leuchtete. »Ich reite sofort rüber zu Patricias Eltern und besorge mir irgendein Kleidungsstück von ihr, damit Laird die Witterung aufnehmen kann. Und dann mach ich mich gleich auf den Weg.« Ethan fühlte sich, als ob ihm eine große Last von den Schultern genommen war. Er konnte endlich etwas tun! Das tatenlose Warten hatte ihn fast verrückt gemacht!

Doch Silas schüttelte den Kopf.

»Mach mal langsam, Junge«, sagte er bedächtig. »Bald wird's dunkel, heute kannst du nicht mehr los. Wenn du morgen in aller Frühe aufbrichst, ist das immer noch ausreichend. Das Mädel hat zwar einen ziemlichen Vorsprung, aber auf die paar Stunden kommt's jetzt auch nicht mehr an. Wichtiger ist, dass du nicht den gleichen Fehler machst wie sie.«

Ethan verstand und nickte.

»Angemessene Ausrüstung, das ist klar. Aber du weißt doch, Silas, ich hab schon öfter in den Bergen gezeltet, auch bei schlechtem Wetter. Bei mir zu Hause ist alles Nötige vorhanden: Zelt, Schlafsack bis minus weiß nicht wie viel Grad, Esbitkocher, wetterfeste Klamotten und so weiter. Mach dir da mal keine Sorgen.«

»Nein, ich weiß ja, dass du dich auskennst«, bestätigte Silas. »Sonst würde ich dich auch gar nicht reiten lassen. Oder ich würde darauf bestehen, dich zu begleiten.« Er grinste kurz, als Ethan protestieren wollte. »Oh, keine Bange, mach ich schon nicht. Aber überstürze trotzdem nichts. Du holst das Mädel sicherlich ein, bist ja mit deinem Rassepferd um einiges schneller als sie. Und das mit deinem Hund ist wahrscheinlich wirklich die beste Idee, der findet sie bestimmt schnell.«

»*Wenn* er sie findet«, warf Damian düster ein.

»Was soll das heißen? Laird kriegt das hin, verlass dich drauf.« Ethan blickte Damian ärgerlich an. Tat der Reitlehrer in letzter Zeit eigentlich noch was anderes als meckern?

»Auf diese Weise dürfte es ihm allerdings schwerfallen«, meinte Damian trocken.

»Wieso?«

»Ich geb ja zu, mich mit Hunden nicht besonders gut auszukennen. Vielleicht ist deiner ja auch wirklich so eine Art Superhund, der alles kann außer fliegen. Aber ich meine doch gehört zu haben, dass Suchhunde normalerweise immer der Geruchsspur folgen, die jemand auf dem Boden hinterlässt, oder?«

»Ja, und?«

»Patricia läuft aber nicht«, sagte Damian. »Sie reitet.«

Ethan erkannte auf Anhieb, dass Damian recht hatte. Wenn Laird Patricia nachspüren sollte, indem er an einem ihrer Kleidungsstücke die Witterung aufnahm, würde er tatsächlich nicht weit kommen.

»Wir brauchen was mit dem Geruch von Dallis«, ergänzte Damian dann auch. »Fragt sich leider bloß, was wir da nehmen sollten.«

Jetzt erst wurde Ethan klar, wo das Problem wirklich lag. Für keines der Ponys hier existierte nämlich eine individuelle Ausstattung. Eigene Decken oder Futtergeschirr gab es nicht, das Putzzeug wurde gleichermaßen für alle verwendet, und auch die verschiedenen Sättel legte man in aller Regel mehreren Ponys auf.

Es würde sich hier nichts finden, dem ausschließlich Dallis' Witterung anhaftete.

»So ein Mist«, murmelte er, als er im Geist hastig einige Möglichkeiten durchging und feststellte, dass sich seine wunderbare Idee als Sackgasse erwies. Erneut überkam ihn Verzweiflung. Es war doch wie verhext, dachte er. Alles schien sich gegen ihn verschworen zu haben.

Damian steckte sich eine Zigarette an, während Silas Ethan mitfühlend beobachtete. »Nun mach dir nicht so viele Sorgen«, meinte er. »Sie finden sie, glaub mir.«

»Bloß wann?« Ethan schob die Hände in seine Hosentaschen und starrte zu Boden. Je länger Patricia dort draußen herumirrte, desto geringer wurde die Chance, dass sie es heil überstand, daran ließ sich nichts rütteln. Und wenn es ganz schlimm kam, dann . . . Nein, daran wollte Ethan lieber gar nicht erst denken.

Er hatte Angst um Patricia.

Wenn er doch nur etwas tun könnte! Aber was? Sollte er trotzdem losreiten? Einfach ins Blaue hinein? Er seufzte, weil er genau wusste, dass ein Erfolg dann ein ausgesprochener Zufall wäre. Die Highlands waren einfach zu groß, und Patricia konnte überall sein.

Ethan dachte so angestrengt nach, dass ihm erst nach einer ganzen Weile auffiel, wie er dabei in seiner rechten Hosentasche irgendetwas zerknetete. Etwas Weiches.

Was war denn das? Er zog den Gegenstand heraus und betrachtete ihn stirnrunzelnd.

Ein zerknülltes, schmutziges Baumwolltaschentuch.

Pfui Teufel, dachte Ethan angewidert. Das kam davon, dass er immer zu faul war, seine Taschen regelmäßig zu entrümpeln. Er konnte sich zwar nicht erinnern, das Tuch benutzt zu haben, doch frisch war es eindeutig nicht, und so wie es aussah, trug er es auch schon eine ganze Weile mit sich herum. Es stank regelrecht, stellte er fest und rümpfte die Nase. Das Tuch gehörte dringend in die Waschmaschine. Oder er warf es am besten gleich hier in den Müll, er konnte diese Dinger sowieso nicht ausstehen. Und dass sein Vater darauf bestand, sollte ja für ihn nun erst recht kein Argument sein, ganz im Gegenteil.

»Was hast du denn da in deinen Taschen? Eine tote Ratte?« Damian grinste.

»So was Ähnliches«, murmelte Ethan und blickte sich suchend nach dem nächsten Abfallbehälter um. Da vorne an der Hausecke stand einer. Ethan ging hin und ließ den dreckigen Fetzen mit spitzen Fingern hineinfallen.

Doch auf einmal stand er still. In seiner Erinnerung klingelte etwas.

Dieses Taschentuch – hatte damit Patricia nicht neulich Dallis trocken gerieben?

Das war die Lösung!

Er bückte sich, holte das Tuch wieder aus dem Müll und klopfte sorgfältig die nun daran haftenden Krümel ab. Als er sich umdrehte, bemerkte er, wie Damian und Silas ihn anstarrten.

»Was wird das denn jetzt? Ein Fall für den Sondermüll?« Damian betrachtete das Taschentuch mit hochgezogenen Brauen, während er seinen Zigarettenstummel ausdrückte. Silas sagte nichts, sondern begann, seine Pfeife neu zu stopfen.

»Tja.« Ethan ließ sich durch Damians Spott nicht beeindrucken und hielt das abstoßende Tuch hoch wie einen kostbaren Besitz. »Hier haben wir die Witterung von Dallis!«

29.

»Kannst du mir bitte mal sagen, was du da machst?«

Alastair Longmuir stand im Türrahmen und musterte das Arrangement auf Ethans Bett mit Argwohn.

Ethan schloss die Schranktür und warf den dicken Schafwollpullover auf den Haufen bereits ausgewählter Kleidungsstücke und Lebensmittel.

»Ich packe ein paar Sachen ein, das siehst du doch«, gab er gelassen zurück, öffnete seinen Rucksack und begann, alles sorgfältig hineinzuschichten.

»Werd bloß nicht frech!« Die Stimme seines Vaters ließ den unterdrückten Zorn erahnen. »Es sollte ja wohl selbstverständlich sein, dass ich erfahre, was du vorhast. Wie ich sehe, gehst du zelten?« Er ließ seinen Blick über das in einen Nylonbeutel gepackte Zelt, den zusammengerollten Schlafsack und das Kochgeschirr gleiten.

»Morgen früh«, antwortete Ethan knapp, während er den Inhalt einer Schachtel Esbittabletten durchzählte und sie dann ebenfalls in den Rucksack steckte. »Wie lange ich weg sein werde, weiß ich allerdings noch nicht.«

»Kommt ein wenig plötzlich, diese Idee, findest du nicht?«

Ethan sah seinen Vater ruhig an, ohne sich bei seiner Tätigkeit stören zu lassen. »Möglich, aber es hat sich so ergeben. Ich dachte, du wärst so für spontane Entscheidungen?« Er trat an seinen Schreibtisch, holte eine große Stablampe heraus und prüfte die Batterien. Noch ausreichend, stellte er fest. Trotzdem sollte er einen Satz Ersatzbatterien mitnehmen, entschied er, und kramte in seinen Schubladen, bis er eine ungeöffnete Packung fand.

»Ich bin in erster Linie dafür, dass du solche Entscheidungen vielleicht mal mit mir absprichst«, stellte sein Vater fest. Ihm war anzumerken, dass er sich nur mühsam beherrschte. »Du brauchst dir nämlich nicht einzubilden, dass du hier einfach machen kannst, was du willst! Immerhin bist du noch nicht volljährig. Ohne meine Erlaubnis läuft hier gar nichts, merk dir das.« Sein Ärger wuchs mit jedem Augenblick, das spürte Ethan.

Doch er blieb weiterhin ungerührt. »Tut mir ja wirklich leid, Dad, aber auf deine Erlaubnis kann ich diesmal leider nicht warten.«

»Aha, du kannst also nicht warten!« Das Gesicht seines Vaters verzog sich spöttisch. »Der junge Herr hat's eilig, was?«

»Stimmt. Es handelt sich um einen Notfall.«

»Ach, ein Notfall. Das ist ja interessant« Sein Vater sah ihn mit hochgezogenen Augenbrauen an.

Ethan biss heimlich die Zähne zusammen, doch nach außen zeigte er eine unverändert gelassene Miene. Einfach nicht hinhören, dachte er bei sich. Er würde sich auf keine Diskussion einlassen. Es ging um Patricias Leben, was bedeuteten dagegen der Zorn und der Spott Alastair Longmuirs!

Ethan hatte in den letzten Tagen so viel nachgedacht wie selten zuvor. Besonders seit Patricias Verschwinden wirbelten die Gedanken nur so durch seinen Kopf. Er merkte, dass er an einen Punkt gelangt war, wo er nicht mehr weitermachen konnte wie zuvor. Ihm wurde endlich klar, dass er sich häufig hinter der Tyrannei seines Vaters einfach versteckt hatte. Es war viel leichter gewesen, sich über die dominante Art des alten Longmuir zu ärgern, unter seiner Verachtung zu leiden und sein eigenes Selbstmitleid zu hätscheln, als endlich einmal etwas dagegen zu unternehmen. Selbst Ethans vermeintliche Rebellion gegen Entscheidungen, die sein Vater für ihn traf, war in Wirklichkeit nicht mehr als eine Art Bockigkeit. Zum Beispiel die Sache mit St. Andrews – hatte er irgendwann ernsthaft widersprochen? Er hatte protestiert und sich geärgert, ja, aber hatte er auch wirklich argumentiert? Seinen festen Standpunkt deutlich gemacht? Und, was noch wichtiger war, verfügte er denn überhaupt über eigene Zukunftspläne, und hatte er diese geäußert? Nein, musste sich

Ethan ehrlich eingestehen. Sein Wunsch, Informatik zu studieren, war bis heute kaum mehr als eine vage Idee, über die er bisher noch gar nicht richtig nachgedacht, geschweige denn jemals ernsthafte Schritte zu ihrer Realisierung unternommen hatte. Durfte er sich deshalb wirklich wundern, dass sein Vater ihn und seinen Widerstand gegen St. Andrews nicht ernst nahm?

Patricia war da ganz anders. Wenn ihr etwas wichtig war, dann kämpfte sie dafür. Egal, was es sie persönlich für Opfer kostete.

In dieser Hinsicht hatte Patricia ihm einiges voraus.

Diesmal jedenfalls, hatte sich Ethan geschworen, würde er sich durch nichts und niemanden von seinem Plan abhalten lassen.

Und so begegnete er dem höhnischen Blick seines Vaters in völliger Ruhe.

»Ganz recht, ein Notfall. Meine Freundin hat sich in den Bergen verirrt, und ich muss sie finden, bevor ihr etwas passiert.«

Ethan war sich darüber im Klaren, dass er damit eine Bombe platzen ließ, doch es war ihm egal. Sollte sein Vater doch denken, was er wollte!

Sah er da etwas wie Verblüffung im Gesicht seines Vaters? Ethan musterte ihn aus den Augenwinkeln.

Doch der Augenblick ging schnell vorbei, und die Miene Alastair Longmuirs zeigte gewohnte Herablassung.

»Ach, sieh mal an! Das wurde ja auch Zeit. Und ich dachte neulich noch, die Kleine hat sich bestimmt verwählt, denn dich kann sie doch nicht ernstlich gemeint haben.«

»Da hast du dich wohl getäuscht.« Ethan schnürte den Rucksack zu und band dann seine Bergschuhe mit den Schnürsenkeln daran fest.

»Und verirrt, du liebe Güte! Ist wohl ein bisschen ungeschickt, deine kleine Freundin, was? Nicht sonderlich helle?«

Ethan atmete tief durch. Patricias hübsches, offenes Gesicht erschien vor seinem geistigen Auge, und für einen kurzen Moment war er nahe daran, seine mühsam bewahrte Beherrschung zu verlieren. Doch dann riss er sich zusammen.

Er legte den Rucksack auf dem Bett ab, richtete sich auf und drehte sich zu seinem Vater um. Er war größer als der alte Longmuir, fiel ihm nun zum ersten Mal auf.

»Hör zu, Dad«, sagte er und merkte dabei, wie er auf einmal innerlich vollkommen ruhig wurde. »Wenn du wirklich nichts anderes im Kopf hast als irgendwelche Gehässigkeiten, dann tut es mir für dich sehr leid. Und allmählich beginne ich zu verstehen, warum Mum damals fortgegangen ist.« Er hob gebieterisch die Hand, als sein Vater den Mund öffnete, um ihn wütend zurechtzuweisen. Erstaunlicherweise hielt Alastair Longmuir wirklich inne. »Ich habe dir gesagt, was ich tun werde, habe dich allerdings weder um deine Erlaubnis gebeten noch um irgendwelche dummen Kommentare. Die Sache ist definitiv zu ernst, um darüber dämliche Witze zu reißen. Ich mache mir große Sorgen um Patricia, deshalb reite ich morgen früh los und hoffe von ganzem Herzen, dass es noch nicht zu spät ist.«

Und nun konnte sein Vater losbrüllen, wenn er mochte – Ethan war es vollkommen egal.

Zu seiner Verwunderung schwieg Alastair Longmuir jedoch. Seine Miene ließ sich nicht deuten, doch es war ganz klar weder Zorn noch Spott, was Ethan darin las.

Konnte es tatsächlich eine Spur von Respekt sein?

»Noch eins«, fuhr Ethan fort, als ob er nichts bemerkt hätte. »Ich brauche für die Tour ein zweites Pferd. Ich möchte Sonny nicht auch noch das ganze Gepäck einschließlich Zelt aufladen, es wird für ihn ohnehin anstrengend genug. Ein Packpferd wäre eine echte Erleichterung, und ich möchte mir daher gerne Boomer für ein paar Tage ausborgen.« Dass zudem Patricia vermutlich ein Reittier für den Rückweg benötigte, brauchte seinen Vater nicht zu interessieren. Er verstand die Geschichte mit Dallis garantiert sowieso nicht.

Alastair Longmuir schwieg weiterhin, doch sein Gesicht ließ merkwürdigerweise immer noch keinen Widerspruch erkennen, sodass Ethan auch noch den letzten, schwierigsten Punkt in Angriff nahm.

»Außerdem werde ich Laird mitnehmen. Ich brauche ihn, um die Fährte zu verfolgen.«

Jetzt würde sein Vater mit Sicherheit lostoben, dachte Ethan und wartete auf den unweigerlichen Angriff. Die Sache mit dem Hund war schließlich in der letzten Zeit einer ihrer Hauptstreitpunkte gewesen.

Doch obwohl der Blick des alten Longmuir für einen Moment flackerte, blieb der Zornesausbruch aus. Ethan glaubte, seinen Augen und Ohren nicht zu trauen, als sein Vater nach einem langen Moment nickte.

»In Ordnung«, sagte er und räusperte sich. »Brauchst du sonst noch was?«

Ethan verschlug es die Sprache. War das noch sein Vater? Derselbe Mann, der ihn siebzehn Jahre lang von oben herab behandelt, verspottet und noch nicht ein einziges Mal für voll genommen hatte?

Vielleicht hätte ich so etwas schon vor Jahren machen sollen, dachte Ethan bei sich. Nein, nicht vielleicht. Ich hätte es tun sollen, dann wäre vieles in meinem Leben ganz anders gelaufen . . .

Er ließ sich jedoch seine Verblüffung nicht anmerken und tat so, als sei die Frage seines Vaters eine Selbstverständlichkeit.

»Ja«, sagte er mit einer Stimme, die so sicher klang wie noch nie in seinem Leben. »Oben in den Bergen ist ja leider kein Handyempfang, es könnte allerdings sein, dass ich für Patricia schlimmstenfalls Hilfe anfordern muss. Würdest du mir eines deiner CB-Funkgeräte leihen?«

»Im Geländewagen liegt ein Handgerät«, sagte sein Vater. »Du weißt noch die Frequenz?«

Ethan nickte. »Die weiß ich, seitdem du es mir erklärt hast, als ich zwölf war.« Und er lächelte zum ersten Mal an diesem Tag.

30.

Patricia zerrte zum hundertsten Mal den feuchten Kragen ihrer Jacke hoch, doch dieser war seit dem letzten Versuch vor zwei Minuten erwartungsgemäß weder gewachsen, noch schirmte er inzwischen besser gegen die Kälte ab. Sie wusste kaum noch, wie man sich fühlte, ohne dabei mit den Zähnen zu klappern. Am gestrigen dritten Tag ihrer Flucht hatte es mehrere Stunden lang geregnet, und seitdem besaß Patricia nichts mehr, was nicht vollkommen durchnässt war. Die Kälte der Nacht tat dann das Übrige, sodass Patricia gegen Mitternacht ernsthaft überlegte, ob es nicht sinnvoller wäre, einfach weiterzureiten, statt stundenlang schlaflos unter ihrer nassen Decke zu bibbern. Sie entschied sich dann aber trotzdem, bis zum Morgen zu warten, immerhin musste wenigstens Dallis sich ausruhen dürfen. Mit Erleichterung beobachtete Patricia, dass zumindest die Stute nicht zu frieren schien. Ihr Entschluss war also doch richtig gewesen. Dallis machten die Witterungsverhältnisse hier oben in den Bergen nichts aus, das konnte Patricia sehen.

Sie selbst hingegen . . .

Patricia hustete heftig und verzog dabei schmerzhaft das Gesicht. Durch den ständigen Husten fühlte sich ihre Brust innerlich schon ganz wund an, und ihre Kehle schmerzte bei jedem Schlucken wie Feuer. Auch sonst taten ihr jeder Muskel und jedes Gelenk weh. Sie hoffte zwar, dass diese Schmerzen nachließen, wenn sich ihr Körper erst einmal wieder an das Reiten gewöhnt hatte, doch bislang nahmen sie eher noch zu.

Aber sie riss sich zusammen. Sie durfte jetzt nicht schlappmachen.

Inzwischen mussten sie ziemlich hoch oben in den Bergen sein. Die Luft war schneidend kalt, aber wenigstens gab es hier fast keinen Nebel mehr. Patricia konnte die dichten Schwaden weiter unten erkennen. Sie hingen über den Tälern und verwandelten die Landschaft, durch die Patricia und Dallis kamen, in ein weißes Meer, aus dem die Berggipfel wie Inseln hervorschauten. Patricia wusste nicht, ob sie sich darüber freuen sollte, denn immerhin versperrten die Nebelbänke alle Sicht nach unten. Falls sich dort irgendwo eine Ponyherde befand, würde sie es nicht einmal bemerken. Sie sagte sich jedoch, dass sie nach Überschreiten dieser Bergkette sicherlich wieder in tiefere Lagen gelangte. Und dort, in den abgeschiedenen Tälern, würden sie hoffentlich auf Ponys treffen.

Dallis schritt unermüdlich voran, egal, wie steil und unwegsam der Untergrund war. Patricia bewunderte die kleine Stute immer mehr. Auch für sie musste es recht beschwerlich sein, immerhin bewegten sie sich nun schon seit Tagen bergauf durch raues Gelände. Doch Dallis ließ sich keine Erschöpfung anmerken. Lediglich der Dampf, den ihr Atem in der dünnen, kalten Luft bildete, zeugte von einer gewissen Anstrengung. Patricia verstand nun, was Silas gemeint hatte, als er die Highland Ponies als unermüdliche Arbeiter bezeichnete, und sie konnte sich gut vorstellen, dass sie für die armen Bauern früher unverzichtbar gewesen waren.

Patricia hatte es schon lange aufgegeben, einem bestimmten Weg zu folgen. Es war sowieso zwecklos. Sie wusste ja ohnehin nicht, wo genau sie hinmusste. Also blieb ihr nichts anderes, als einfach auf ihr Glück zu vertrauen, dass ihnen irgendwann schon wilde Ponys begegnen würden. Wenn sie ehrlich zu sich war, musste sie auch zugeben, dass sie gar keine Kraft hatte, Dallis irgendwohin zu lenken. Sie saß eigentlich nur noch auf ihrem Rücken und ließ sich tragen. Gestern noch war sie eine Zeit lang neben der Stute hergelaufen, in der Hoffnung, durch die Bewegung vielleicht weniger zu frieren, aber heute war sie dazu gar nicht mehr im Stande, so wie ihre Beine schmerzten. Sie war schon froh gewesen, überhaupt auf Dallis' Rücken zu gelangen – irgendwie schien die Stute von Tag zu Tag größer zu werden. Als Patricia endlich oben saß, fühlte sie sich ein klein wenig besser – die Körperwärme der Stute, die sie durch ihre Hose an den Beinen spürte, übte eine tröstliche Wirkung aus. Und es war ja auch Blödsinn, dass sie, Patricia, nun unbedingt über den Weg bestimmen musste. Vielleicht fand Dallis durch ihren Instinkt viel eher das Ziel. Sie hatte Dallis während der vergangenen Tage immer wieder von der wilden Herde erzählt, zu der sie sie bringen wollte. Natürlich verstand das Pony nicht die Worte an sich, das war Patricia klar. Aber Dallis hatte bisher immer irgendwie gespürt, was Patricia dachte. Vielleicht wusste sie deshalb schon lange, was das Ziel ihrer Reise war.

Als sich das Gelände wieder zu senken begann, entschloss sich Patricia, eine Mittagsrast einzulegen. Dallis sollte sich ein wenig verschnaufen, dachte sie. Es ging ja schließlich nicht an, dass sie die Stute den ganzen Tag ohne Pause weiterhetzte. Sie selbst war natürlich noch nicht müde, aber Dallis zuliebe sollte sie vernünftig sein. Und wenn sie ohnehin schon wegen Dallis anhalten musste, konnte sich ihr eigener schmerzender Rücken gleich ein wenig mit erholen.

Sie sah sich nach einem geeigneten Platz um. Es war zwar immer noch schneidend kalt, aber wenigstens regnete es nicht mehr, und vielleicht fand sie eine einigermaßen trockene Stelle, wo sie sich hinsetzen und ausruhen konnte. Möglicherweise war ja sogar eine Quelle in der Nähe. Das Wasser hatte sich während des Rittes als echtes Problem erwiesen. Seit sie die Talsohlen verlassen hatten, gab es keine Seen mehr, und die wenigen Male, da sie auf Bäche oder Quellen stießen, konnte Patricia an einer Hand abzählen. Bisher hatte es gerade so ausgereicht, bevor sie und besonders Dallis wirklich in Schwierigkeiten gerieten. Aber Patricia machte sich inzwischen ernsthafte Sorgen, dass sie über kurz oder lang Durst leiden würden. Nun ja, dachte sie bei sich, immerhin regnete es hier ja häufig genug, schlimmstenfalls musste sie eben versuchen, auf irgendeine Weise das Regenwasser aufzufangen.

Auch Nahrungsmittel besaß Patricia kaum noch. Obwohl sie sparsam damit umgegangen war, beliefen sich ihre Vorräte nur noch auf einen einzigen Apfel und wenige Scheiben inzwischen sehr trockenes Brot. Aber um das Essen machte sich Patricia weniger Gedanken – sie verspürte seit gestern ohnehin keinen Appetit mehr, und schon gestern hatte sie eigentlich nur noch gegessen, weil sie wusste, dass sie bei Kräften bleiben musste.

Bloß der Durst quälte sie immer mehr. Erst am Morgen hatte sie ihre beiden Wasserflaschen auffüllen können, doch als sie Dallis nun neben einem großen überhängenden Felsen durchparierte, absaß und ihren Rucksack öffnete, stellte sie fest, dass diese schon wieder fast leer waren.

»Verdammt«, murmelte Patricia und schüttelte die Flasche, als ob sie dadurch wieder voller werden könnte. Als sie dann den letzten Rest Wasser getrunken hatte und die leere Flasche absetzte, fühlte sie sich immer noch so, als habe sie seit Tagen nichts Flüssiges mehr zu sich genommen. Dieser Durst, der ihr in den letzten Tagen immer stärker zusetzte, war doch nicht mehr normal, dachte sie. Kein Wunder, dass sie Halsschmerzen hatte, so ausgetrocknet wie ihre Kehle sich anfühlte! Und dieser miese Geschmack im Mund! Aber das lag vermutlich nur daran, dass sie sich seit Tagen nicht mehr die Zähne putzen konnte. Wer hätte schon gedacht, dass sie das Zähneputzen einmal so vermissen würde?

Dallis hatte den Hals gesenkt und begonnen, das harte graugrüne Gras abzuweiden, das im Windschatten des Felsens wuchs. Patricia war zuerst besorgt gewesen, ob das karge Futter hier im Hochland für die Stute wirklich ausreichend sei, aber mit der Zeit beruhigt festgestellt, dass Dallis damit ganz zufrieden schien.

Aber wo sollte das Pony seinen Durst stillen?

Patricia setzte sich auf ihren Rucksack und zog ihre Jacke eng um sich zusammen. Ihr war immer noch kalt, auch wenn sie hier unter dem Felsen wenigstens nicht so dem schneidenden Wind ausgesetzt war. Sie sah Dallis zu, wie sie graste, und zerbrach sich dabei den Kopf, wo sie für die Stute Wasser auftreiben sollte.

Wenn ich hier sitzen bleibe, finde ich bestimmt nichts, dachte Patricia und quälte sich mühsam hoch. Als sie stand, erfasste sie ein leichter Schwindel, ihre Beine schmerzten noch immer und fühlten sich außerdem an wie Pudding. Verdammte Kondition, ärgerte sich Patricia. Sie hätte wirklich nicht so lange mit dem Reiten aussetzen dürfen.

Der Schwindel wich zum Glück nach wenigen Augenblicken, und Patricia machte sich nach einem prüfenden Blick zur geruhsam weidenden Dallis auf die Suche nach Wasser.

Sie wusste nicht, wie viel Zeit vergangen war, als sie schließlich entmutigt innehielt. Es war wie verhext, es schien hier wirklich nirgendwo einen Bach oder eine Quelle zu geben. Nicht einmal eine Pfütze mit Regenwasser hatte sie finden können.

Patricia rieb sich den schmerzenden Kopf und schluckte vorsichtig, um ihr Halsweh nicht noch zu verschlimmern. Ihre Brust fühlte sich an, als läge ein Zentnergewicht darauf, und ihre Zunge klebte am Gaumen. Sie beschloss, bei ihrer Rückkehr zum Lagerplatz den letzten Apfel zu essen. Er enthielt wenigstens genug Feuchtigkeit, um das schlimmste Durstgefühl zu besänftigen. Doch auch Dallis brauchte dringend Wasser. Eine echte Lösung war das also nicht, selbst wenn sie der Stute die Hälfte des Apfels abtrat. Sie musste unbedingt Wasser auftreiben!

Patricia hustete, um ihre Brust freizubekommen und blickte sich dann suchend um. Das Gras war feucht, wie üblich, aber das rührte sicherlich nur vom Nebel und Regen her – ein Gewässer gab es hier wohl wirklich nicht.

Nein, es war wahrscheinlich am besten, wenn sie weiterritt. Irgendwo stießen sie sicherlich wieder auf einen Bach.

Als sie sich auf den Rückweg zu Dallis machte, merkte Patricia erst, dass sie sich doch ein ziemliches Stück entfernt hatte. Hoffentlich befand sich das Pony noch dort, wo sie es zurückgelassen hatte. Es war ja nicht angebunden!

Endlich erreichte sie den Felsen, neben dem sie gelagert hatten. Dallis stand ein Stück davon entfernt auf einer kleinen Wiese und graste noch immer. Patricia war erleichtert, alles schien in Ordnung.

Doch auf einmal blieb sie stehen.

Ein merkwürdiges Geräusch schallte ihr entgegen.

Waren das Stimmen?

Patricia durchfuhr ein eisiger Schreck. Man hatte sie doch nicht etwa entdeckt?

Bitte nicht, dachte sie bei sich. Sie waren so weit gekommen, es durfte einfach nicht sein, dass man sie jetzt noch einholte und zur Umkehr zwang.

Sie merkte, wie ein neuer Hustenreiz in ihr aufstieg, und unterdrückte ihn mit aller Macht. Auf keinen Fall durfte sie Lärm verursachen, bevor sie nicht wusste, woher diese merkwürdigen Laute kamen.

Geduckt schlich sie näher.

Dort lag ihr Rucksack neben dem Felsen. Und außer der einige Meter entfernt weidenden Dallis war niemand zu sehen.

Sie musste sich getäuscht haben.

Doch gerade, als Patricia das dachte, ertönte wieder dieses Geräusch. Es hörte sich an wie Lachen.

Da war jemand! Und er machte sich über sie lustig!

Patricia sprintete kurz entschlossen los. Aus den Augenwinkeln bemerkte sie, dass Dallis ein wenig erschreckt den Kopf hochwarf, doch sie blieb nicht stehen. Sie wollte nichts als nur den Rucksack packen und sich auf den Rücken der Stute schwingen, um diesen Ort möglichst schnell zu verlassen.

Da bewegte sich der Rucksack.

Patricia stoppte mitten im Lauf nur wenige Meter vor dem Felsen. Sie traute ihren Augen nicht. Das gab es doch gar nicht!

Aber gleich darauf passierte es wieder: Der Rucksack rutschte ein Stück auf dem Boden entlang.

Gespenster?

Blödsinn!

Patricia dachte nicht nach, sie handelte einfach. Mit drei großen Sätzen legte sie die restliche Entfernung zurück und schnappte nach den Trageriemen.

Und sprang mit einem Schreckensschrei zurück.

Die kleine braune Ziege war mindestens genauso erschrocken wie Patricia. Mit entsetztem Gemecker schoss sie hinter dem Rucksack hervor und floh. Als Patricia ihr fassungslos nachblickte, bemerkte sie zu ihrer Überraschung noch drei weitere Tiere, mit struppigem weißem, braunem und braun-weißem Fell und schraubenförmigen Hörnern. Sie hatten offenbar in einigen Metern Abstand gegrast und waren nun ebenfalls vor dem unerwarteten Angriff aufgescheucht worden.

Sie liefen allerdings nicht sehr weit. Nach einigen Metern bremsten sie ab und blickten neugierig zu Patricia zurück. Besonders scheu schienen sie nicht zu sein, obwohl sie wahrscheinlich nicht sehr häufig Menschen begegneten. Patricia erinnerte sich, dass Silas auch von wilden Ziegen erzählt hatte, den Nachfahren jener Hausziegen, die von ihren Besitzern damals wie die Ponys zurückgelassen worden waren. Jetzt zählten auch sie zu den Bewohnern der einsamen, kargen Highlands.

Doch in diesem Moment verspürte Patricia keine Lust, sich über die Herkunft der Ziegen Gedanken zu machen. Sie fühlte nur Entsetzen, als sie ihren Rucksack näher betrachtete. Die Ziegen hatten offenbar gewittert, dass sich noch ein Rest Brot darin befand, und beim Versuch, daran zu gelangen, ganze Arbeit geleistet. An der rechten Seite war das Nylongewebe vollkommen aufgerissen, und als Patricia nun mit bebenden Händen die Deckklappe öffnete, um nach dem Inhalt zu schauen, stellte sich heraus, dass die Ziegenzähne auch vor ihrer Reservekleidung nicht haltgemacht hatten. Ihr letztes sauberes T-Shirt wies nun außer feuchten Schmutzflecken auch große Löcher auf, ebenso wie der gestrickte Pullover, den Patricia nachts so dringend benötigte. Die Baumwollunterwäsche konnte sie wegwerfen, das sah Patricia mit einem Blick, und von den Socken war nur noch ein einziger einigermaßen heil geblieben. Beim raschen Durchzählen stellte sie fest, dass einige ganz fehlten, und beim Blick auf die neugierig herüberstarrenden Ziegen sah sie, wie gerade der letzte Zipfel einer ihrer guten warmen Wollsocken im eifrig mahlenden Maul des großen weißen Bocks verschwand.

Der Apfel und das Brot waren natürlich ebenfalls spurlos verschwunden.

Sie fühlte sich wie gelähmt.

Das durfte nicht wahr sein, dachte sie. Nein, das konnte nicht sein!

»Mä-ä-ä-ä . . .«, kam es von den Ziegen, die alle vier mit vorgeklappten Ohren und klugen hellen Augen nebeneinander in einer Reihe dastanden und Patricia voll Interesse zuschauten. Sie waren auch schon wieder näher herangerückt, offenbar in der Hoffnung auf einen schmackhaften Nachtisch. Angst war ihnen offensichtlich fremd, sie schienen im Gegenteil sogar recht angetan von dieser Abwechslung ihres gewohnten Alltags hier in den Bergen. Zwei der Ziegen legten den Kopf schief, als sie Patricia musterten. Patricia war überzeugt, dass die Tiere sich über sie lustig machten, und sie wäre gerne wütend geworden.

Doch sie schaffte nicht wirklich, sich über sie ärgern. Sie konnten ja schließlich nichts dafür, dass sie ihre Sachen so einfach herumliegen ließ. Für Überlebenskünstler wie diese Ziegen bedeutete ihre Unachtsamkeit eine Einladung, deshalb war sie selbst schuld an dieser Misere.

Und es war nun einmal passiert und nicht mehr rückgängig zu

machen. Was half es also, zu toben oder zu heulen, dachte Patricia resigniert. Sie musste eben sehen, wie sie ohne die kaputten Sachen und ohne Nahrungsmittel auskam. Irgendwie würde es schon klappen.

Dallis hatte aufgehört zu grasen und blickte ebenfalls zu den Ziegen hinüber. Ihre Ohren spielten aufmerksam, und in ihren dunklen Augen lag Interesse.

»Ach Dallis«, sagte Patricia leise und ging zu ihr, um ihre Nüstern zu streicheln. »Hoffentlich hab ich dich nicht in eine schlimme Lage gebracht.«

Dallis schaute sie an und stieß sie spielerisch mit der Nase an. Patricia merkte, wie ein Kloß in ihrer Kehle aufstieg. Das Pony vertraute ihr so uneingeschränkt, und sie fürchtete immer mehr, dass sie dieses Vertrauen möglicherweise nicht verdiente. Wie hatte sie sich nur einbilden können, dass sie das alles schaffen würde? Sie war einfach unfähig, für sich und das Pferd zu sorgen, dachte sie. Sie fühlte sich so müde, und jetzt meldete sich auch wieder der Durst.

»Hast du nicht vielleicht eine Ahnung, wie wir Wasser finden sollen?«

Dallis schnaubte, als ob sie antworten wollte, und rieb ihren Kopf an Patricias Arm.

Patricia lächelte und streichelte die kleine Stute.

Und dann kam ihr eine Idee.

Sie holte den Rucksack. Während sie die Risse notdürftig verknotete, damit sie die restlichen Sachen darin nicht auch noch verlor, bemühte sie sich, nicht genauer hinzusehen, um nicht doch noch wegen des angerichteten Schadens zu jammern. Eine der leeren Wasserflaschen behielt sie dabei allerdings in der Hand.

Dann nahm sie Dallis beim Zügel und hielt ihr die Flasche hin.

»Guck mal, Dallis.« Ihre Stimme klang einschmeichelnd, und sie strich der Stute über den Hals, als diese interessiert die Flasche beschnoberte. »Riechst du, was da drin war? Wasser, nicht wahr?« Sie fühlte sich ein wenig albern dabei, aber es war einen Versuch wert.

Dallis knabberte am Verschluss der Flasche, worauf Patricia Mut fasste. »Ja, sie ist leer, wir haben kein Wasser mehr.« Unaufhörlich streichelte sie Dallis, während sie weiterredete. »Wir müssen unbedingt eine Quelle oder einen Bach finden. Du kannst doch bestimmt wittern, wo so was ist, nicht wahr? Könntest du uns nicht hinführen?« Sie zog behutsam an Dallis' Zügel und hielt die Flasche so, dass die Stute nun den Hals strecken musste, um sie zu erreichen. »Komm, Süße, hilf mir, Wasser zu finden, ja?« Sie merkte selbst, wie bittend ihr Ton wurde, und sie hoffte aus ganzem Herzen, dass Dallis verstand, was sie von ihr wollte.

Dallis tat einen Schritt, dann noch einen.

»Ja, so ist's gut«, lobte Patricia. »Komm, zeig mir, wo das Wasser ist!«

Als Dallis zu gehen begann, stolperte Patricia hinter ihr her. Sie wagte nicht, die Stute anzuhalten, um aufsitzen zu können.

Hoffentlich wusste Dallis, wo sie hinwollte!

Patricia verlor jedes Zeitgefühl. Irgendwann merkte sie, dass sie sich an Dallis' Mähne festhielt, während sich ihre puddingweichen Beine mechanisch bewegten. Dallis schien zu spüren, dass Patricia nicht schnell gehen konnte. Sie hielt ein gleichmäßig langsames Tempo und blickte sich häufig nach dem Mädchen um, das halb betäubt neben ihr herwankte.

Patricia selbst fühlte sich wie unter einer Glasglocke. Die Schmerzen in Kopf, Hals und Gelenken hatten sich zu einem einzigen großen Schmerz vereint. Sie fühlte sich, als würde ihr der Kopf platzen und ihre Beine unter ihr wegklappen. Brennender Durst quälte sie immer mehr, und obwohl sie nach wie vor fror und unter dem kalten Wind wie Espenlaub zitterte, war ihr trotzdem heiß. Alles um sie herum schien hinter einer Wand verschwunden zu sein, und sie klammerte sich an Dallis fest, um nicht das einzige reale Wesen hier zu verlieren.

Wo liefen sie eigentlich hin?

Egal, beschloss Patricia. Dallis würde schon den richtigen Weg wählen.

Wie lange es dauerte, wusste Patricia nicht. Sie dämmerte im Laufen vor sich hin, ohne sich dessen bewusst zu sein.

Aber irgendwann fiel ihr auf, dass sie sich nicht mehr vorwärts bewegten. Dallis war stehen geblieben.

Warum?

Patricia hob den Kopf und fuhr sich mit der Hand über die Augen.

Zu ihrer Linken erkannte sie den Gipfel eines Berges – war das der Höhenzug, an dem sie seit heute Morgen entlangwanderten, oder bereits ein anderer?

Der Boden war weich, es wuchs Gras, einiges Buschwerk, und direkt vor ihnen konnte Patricia die langen Wedel von Moorgräsern erkennen. Offenbar hatten sie eines der zahlreichen Hochmoore erreicht.

Moment, Moor?

Patricia wurde plötzlich aufmerksam. Ein Moor bedeutete Wasser!

Vorsichtig ließ sie Dallis' Mähne los. Die Stute wandte ihr den Kopf zu und blickte sie an, als ob sie sich vergewissern wollte, dass Patricia nicht umfiel. Patricia wurde klar, dass Dallis ganz stillgehalten hatte, während sie sich an ihr festhielt. Sie hatte gemerkt, dass mit Patricia etwas nicht ganz in Ordung war!

Dallis stieß ein kurzes Schnauben aus und setzte sich wieder in Bewegung.

Patricia erschrak. Wohin wollte Dallis? Sie würde ihr doch nicht weglaufen?

Doch Dallis blieb nach wenigen Schritten stehen und senkte den Hals.

Und dann hörte Patricia es.

Ein leises Plätschern.

Dallis hob den Kopf, von ihrem Maul tropfte Wasser herab. Und während sie mit ihrem langen, buschigen Schweif die Mücken wegschlug, die es hier im Moor zuhauf gab, sah sie sich nach Patricia um.

31.

Sonny schnaubte ungeduldig und stampfte mit dem Huf auf den Boden.

»Ich komm ja schon«, rief Ethan und schloss die letzte Schnalle an Boomers Tragegurt. Er war gerade dabei, sich und seine Tiere zum morgendlichen Aufbruch zu rüsten. Seit zwei Tagen waren sie nun unterwegs. Patricia hatten sie immer noch nicht eingeholt. Ethan fühlte daher eine ähnliche Unruhe in sich wie Sonny, dennoch achtete er darauf, dass das Zelt ordentlich zusammengelegt war und es zusammen mit den anderen Gepäckstücken auf Boomers Rücken gut ausbalanciert festgebunden wurde. Obwohl der schwarze Wallach vom Gewicht her nicht allzu viel zu tragen hatte, durfte Ethan sich keine Nachlässigkeiten beim Festschnallen des Gepäcks leisten. Ein Verlust unterwegs konnte unangenehme Folgen haben.

Boomer ließ sich durch seinen kribbeligen Kameraden nicht aus der Ruhe bringen, er wartete geduldig, bis Ethan das Zeichen zum Start gab, und folgte dann willig. Ethan mochte den gleichmütigen Rappen gern. Er hatte seine besten Jahre zwar schon hinter sich und wurde daher nicht mehr für die Jagd eingesetzt, doch selbst Ethans Vater schätzte ihn nach wie vor als erfahrenes Reitpferd. Ethan selbst hatte seinerzeit seine ersten Jagdritte auf Boomer absolviert, und obwohl er das Jagen selbst verabscheute, hielt er dem alten Pferd dennoch eine geradezu sentimentale Treue.

Mit Rücksicht auf Boomer bemühte sich Ethan auch, auf seinem Ritt ein gemäßigtes Tempo einzuhalten. Am liebsten wäre er natürlich so schnell wie möglich galoppiert, doch er wusste, dass es sehr viel vernünftiger war, weder sich noch die Tiere zu überanstrengen.

Auch Laird war mit Leib und Seele bei der Sache. Er wusste, was von ihm erwartet wurde, und wie alle guten Jagdhunde ging er in seiner Aufgabe auf, ohne dabei nach rechts oder links zu blicken. Ethan erkannte, dass der Hirschhund es regelrecht genoss, wieder einmal auf einer Fährte zu arbeiten. Zu seiner Erleichterung bereitete es Laird offensichtlich keine Schwierigkeiten, sich an alles zu erinnern, was er einmal gelernt hatte. Er gehorchte auch stets Ethans Ruf, wenn er im Eifer des Gefechtes wieder einmal zu weit vorauslief, und wartete dann hechelnd, bis sein Herr mit den Pferden zu ihm aufschloss.

Ethan hatte sich bereits mehr als einmal gefragt, was er wohl ohne den Hund täte. Ohne Lairds Hilfe wäre es reine Utopie, Patricia und Dallis jemals aufzuspüren, das war ihm nur zu klar. Ethan war schon oft in den Highlands unterwegs gewesen und kannte sich einigermaßen aus – doch die Gegenden, die er nun durchstreifte, waren ihm völlig fremd, und er war in den letzten Tagen schon so manches Mal froh um seine gute Ausrüstung gewesen. Wie es Patricia gerade ergehen mochte, wagte er sich allerdings kaum vorzustellen.

Laird lief im Zickzack voraus, die Nase dicht über dem Boden.

Ethan bemühte sich, den Hund möglichst nicht aus den Augen zu verlieren, ihn aber auch nicht unnötig bei seiner Arbeit zu behindern und hielt daher Abstand. Bereits zweimal hatte Laird die Fährte in den vergangenen Tagen verloren, und sie vergeudeten kostbare Zeit, bis er sie wieder fand. Ethan hatte das Taschentuch mitgenommen, um dem Hund, falls erforderlich, die Witterung wieder in Erinnerung zu rufen. Bisher war es nicht nötig gewesen. Eigentlich war es schon wirklich unglaublich, was so ein Hund alles an Gerüchen filtern konnte, dachte er bei sich.

Ethan fragte sich inzwischen nicht mehr, wo zum Teufel Patricia hinwollte. Sie schien völlig ziellos unterwegs zu sein. Ethan hätte sich einen Großteil der Strecke sparen können, wenn er bloß gewusst hätte, wo sie hinstrebte. So aber war er leider gezwungen, stur den großen Schleifen zu folgen, die ihr Weg nahm.

Ein kalter Windstoß ließ die Mähne der beiden Pferde auffliegen. Besorgt blickte Ethan zum Himmel. Hoffentlich bekamen sie keinen Schnee! Sie befanden sich inzwischen so hoch in den Highlands, dass man damit selbst im Hochsommer rechnen musste.

Und Patricia war immer noch nicht gefunden.

Ethans Angst wuchs.

Laird war weit voraus, als er plötzlich laut bellte. Ethan stellte sich aufregt in den Steigbügeln auf und trieb Sonny an. Boomer setzte sich ebenfalls in Trab, als sich seine Halteleine spannte.

Hatte der Hund etwas gefunden? Patricia?

Doch als er näherkam, hörte Ethan das Motorengeräusch – ein Geländewagen, der sich im Allrad-Antrieb den unwegsamen Hang hinaufquälte. Er parierte die Pferde neben dem Hund durch und wartete, bis der Wagen herankam. Das Emblem auf den schlammverspritzten Seitentüren des Landrovers wies auf ein Fahrzeug der Ranger hin. Den Parkwächtern und Wildhütern der Highlands war Ethan bei seinen Ausflügen bereits öfter begegnet.

Konnte es sein, dass sie ebenfalls nach Patricia suchten?

Sonny rollte ein wenig nervös mit den Augen, als der Wagen herankam, doch Ethan hielt die Zügel kurz und redete beruhigend auf den Braunen ein. Boomer hingegen zeigte sich recht desinteressiert, wie Ethan aus den Augenwinkeln feststellte. Das Motorengeräusch schien ihn nicht zu stören.

Der Landrover stoppte neben Ethan, und ein rotwangiges Gesicht blickte aus dem Seitenfenster.

»Hi«, grüßte der Ranger, seine Kollegin auf dem Beifahrersitz nickte Ethan ebenfalls freundlich zu.

Ethan grüßte zurück und beugte sich dann vor.

»Haben Sie zufällig ein blondes junges Mädchen auf einem grauen Pony gesehen?«

»Leider nicht«, erwiderte der Ranger. »Wir wurden allerdings informiert, dass jemand vermisst wird, und halten Ausschau. Kennst du das Mädchen?«

Ethan nickte. »Ich bin ebenfalls auf der Suche nach ihr, mit dem Hund.« Er wies auf Laird.

Die Ranger schienen zu begreifen, wirkten allerdings nicht übermäßig überzeugt von Ethans Vorgehensweise. Ethan merkte, wie sie ihn, den Hund und die beiden Pferde scharf musterten.

»Dann pass mal auf, dass du dich nicht ebenfalls verirrst«, sagte der Mann ernst. »Das kann böse enden.«

Ethan zog seine Stirn in Falten. Für wen hielten die ihn eigentlich? Meinten sie, er schleppte den ganzen Kram aus Spaß mit sich herum?

Doch er nahm sich zusammen.

»Keine Sorge«, erwiderte er höflich. »Ich lebe hier und kenne mich aus.« Er wies auf Boomer und seine Traglast. »Und ich habe meine Bergausrüstung dabei.«

»Na, dann ist's ja gut«, sagte der Ranger. »Ein Funkgerät hast du nicht zufällig einstecken?« Er schien es ironisch zu meinen, doch Ethan nickte gelassen.

»Hab ich«, gab er ruhig zurück. »Wenn ich das Mädchen finde, funke ich durch.«

Die Rangers schienen nun doch ein wenig verblüfft.

»Gut, mach das«, sagte der Mann ein wenig unschlüssig. »Melde dich vielleicht ab und zu mal in der Dienststelle in Wester Ross, dann wissen wir, wo du gerade bist. Und du erfährst es dann auch sofort, wenn wir sie finden sollten.«

»Mach ich«, sagte Ethan und nahm die Zügel auf, um Sonny zu wenden. »Ich muss wieder los, die Zeit wird knapp.«

»Stimmt.« Die Mienen der beiden Ranger bewiesen, dass sie Ethans Befürchtungen teilten.

»Also, dann mal viel Erfolg«, wünschten sie ihm.

Ethan sah zu, wie sie den Landrover wendeten und vorsichtig den Hang hinunterrollen ließen.

Dann wandte er sich zu Laird um.

»Auf geht's, Junge«, sagte er. »Ich fürchte, wir haben noch einen langen Weg vor uns.«

32.

Als Dallis stehen blieb, richtete sich Patricia mühsam auf.

Sie hatte keine Ahnung, wo sie sich befanden, und sie wusste auch nicht, wie spät es war und wie lange sie an diesem Tag bereits unterwegs waren. Irgendwann hatte sie es aufgegeben, aufrecht auf Dallis' Rücken zu sitzen. Es war viel einfacher gewesen, sich nach vorne zu lehnen, die Arme um den Hals der Stute zu schlingen und das Gesicht in ihre Mähne zu drücken. An diesem Morgen hatte wieder Regen eingesetzt. Doch die eiskalten Tropfen, die unaufhörlich auf Patricia und Dallis hinunterprasselten, vermochten sie auch nicht mehr schlimmer zu durchnässen, als sie es ohnehin schon war. Die letzte Nacht war die Hölle gewesen. Patricia hatte schrecklich gefroren. Mit der Zeit jedoch hatte sie kaum noch auf die Kälte geachtet – die Schmerzen überlagerten alles andere. Ihr Kopf dröhnte, ihre Augen brannten, und jeder Atemzug tat ihr weh. Vor Halsschmerzen konnte sie kaum noch schlucken, und der Husten quälte sie unaufhörlich. Alle Muskeln und Gelenke schmerzten, sodass jede Bewegung zur Qual wurde. Patricia konnte sich der Erkenntnis nicht mehr verschließen, dass sie Fieber hatte.

Verdammt, dachte sie erschöpft. Dass sie krank wurde, hatte nun wirklich nicht zu ihrem Plan gehört. Sie durfte sich davon aber nicht allzu sehr beeinträchtigen lassen, es ging schließlich um Dallis' Leben.

Die Stute schien tatsächlich zu wissen, dass es Patricia nicht gut ging. Dallis ließ sie kaum aus den Augen, und spürte wohl instinktiv, dass sie nicht mehr in der Lage war, wie sonst zu reiten. Bereits beim Aufsitzen stand Dallis wie eine Statue neben dem großen Stein, zu dem Patricia sie geführt hatte, und wartete geduldig, bis das Mädchen es endlich schaffte, sich von diesem Stein auf ihren Rücken zu ziehen. Anschließend schlug Dallis von sich aus ein gemächliches Tempo an, ohne auf Patricias Anweisungen zu warten. Sie bemühte sich auch ganz offensichtlich, besonders behutsam zu gehen, um die auf ihrem Rücken schwankende Reiterin nicht zu verlieren.

In ihren klaren Momenten empfand Patricia tiefe Dankbarkeit und große Bewunderung für dieses Pferd – sie wusste schließlich, wie unsicher sich Pferde eigentlich fühlten, wenn die reiterliche Führung auf einmal ausblieb. Doch Dallis hatte sich sehr schnell auf die veränderte Situation eingestellt. Statt verwirrt und aufmüpfig zu sein, übernahm sie nun mehr oder weniger die Führung und bewies Patricia gegenüber sogar so etwas wie Verantwortungsbewusstsein.

Und dieses wunderbare Tier sollte getötet werden!

Ein weiterer kalter Windstoß traf Patricia und wehte ihr die Haare und Dallis' Mähne ins Gesicht. Wann sie eigentlich das Gummiband verloren hatte, das ihren Pferdeschwanz zusammenhielt, vermochte Patricia nicht zu sagen. Es war ja auch egal.

Dallis schritt die ganze Zeit schon unbeirrt voran. Sie hatte ihre Ohren gegen den Wind angelegt, doch schien sie weder zu frieren, noch wirkte sie hungrig. Das Gras, das sie in den Wegpausen abweidete, reichte offenbar aus, um sie bei Kräften zu halten.

Patricia ließ sie inzwischen einfach machen. Das Pony wusste eindeutig mehr übers Überleben in dieser rauen Gegend als sie selbst.

Was Patricia tun würde, sobald sie Dallis freigelassen hatte, wie sie jemals zurück nach Hause kommen sollte – diesen Gedanken verdrängte sie.

Doch nun stand die Stute still.

Was war los? Patricia öffnete mühsam die Augen.

Der Regen hatte nachgelassen. Ab und an blitzte die Sonne hindurch, und Patricia erschrak, als sie sah, wie tief sie schon stand. »Noch so eine Nacht überleb ich nicht«, flüsterte sie, und es dauerte einen Moment, ehe ihr klar wurde, was sie da gesagt hatte. Die Erkenntnis durchzuckte sie so jäh, dass sie die schrecklichen Schmerzen in ihrem Kopf überdeckte: Eine weitere Nacht hier in den Highlands würde sie vielleicht wirklich nicht überleben.

Dallis schnaubte und trat von einem Fuß auf den anderen.

Patricia zwinkerte, um ihre verklebten Augenlider zu lösen. Die Stute war auf einem Hügel stehen geblieben, der sich zu einer Senke abflachte. Dunkle Moosflecken und dornige Sträucher bildeten Inselchen in dem graugrünen Gras, durch das der eisige Wind pfiff. Zwischen diesen Inselchen erkannte Patricia merkwürdige große Kugeln, die sich langsam bewegten. Kugeln? Sie rieb sich über die Augen. Doch das Bild blieb.

Ein Geräusch zerriss die Stille. Patricia kam es merkwürdig bekannt vor, aber es schien, als ob die Töne nicht direkt an ihr Ohr dringen konnten – vielmehr war es, als sei sie von einer Watteschicht umgeben.

Hörte sich das nicht an wie Seaspray, Gavins Pferd? Wo war eigentlich Gavin? Sie versuchte angestrengt, sich zu erinnern, wann sie ihn das letzte Mal gesehen hatte. Es war schon lange her. Hatten sie sich vielleicht gestritten? Irgendetwas war gewesen, aber Patricia konnte sich beim besten Willen nicht mehr daran erinnern, was geschehen war.

Plötzlich ertönte das schrille Geräusch direkt vor ihr – und riss Patricia aus ihrem Fiebertraum. Es war Dallis, die gewiehert hatte. Die sonst so friedliche Stute hatte die Ohren gespitzt und stand unter Hochspannung.

»Was ist denn, meine Schöne?«, versuchte Patricia zu flüstern, doch es kam nur ein Krächzen aus ihrer Kehle.

Dallis machte unvermittelt ein paar Schritte zurück. Patricia, von der jähen Bewegung überrascht, schwankte auf ihrem Rücken. Absteigen, überlegte sie. Ich sollte wohl besser absteigen. Sie ließ sich vom Pferd rutschen, doch als ihre Füße den Boden berührten, knickten ihre Beine ein.

Wieder wieherte Dallis schrill. Mühsam hob Patricia den Kopf, um ins Tal zu spähen, und plötzlich wurde ihr bewusst, was die sonderbaren Kugeln dort unten in Wirklichkeit waren: kleine drahtige Ponys mit zottigem Fell. Sie hatte ihr Ziel erreicht! Sie hatte die wilden Ponys gefunden.

Patricia konnte zwei, drei braune Stuten ausmachen – eine von ihnen mit Fohlen bei Fuß. Ein stämmiger Schimmel umrundete die Herde aufgeregt. Vielleicht ein Hengst? Patricia konnte es nicht erkennen. Doch von ihm kamen die fordernden Rufe. Wieder antwortete Dallis. Sie scharrte mit den Vorderfüßen. Dann senkte sie den Kopf und stieß Patricia sanft mit ihrem weichen Pferdemaul an. Ihre dunklen Augen waren auf das Mädchen gerichtet.

Patricia erwiderte ihren Blick. Sie spürte, dass sie keinen Ton mehr herausbringen konnte. Lass mich nicht allein, dachte sie mit aller Kraft. Lass mich bitte nicht allein – ich schaffe es nicht ohne dich!

Doch Dallis schien sie diesmal nicht verstehen zu können. Der

Schimmel im Tal rief ein weiteres Mal. Ohne sich noch einmal zu Patricia umzublicken, setzte sich Dallis in Bewegung und trabte in die Senke hinunter.

Der Hengst stieß einen triumphierenden Schrei aus. Mit mächtigen Sätzen galoppierte er der Stute entgegen. Schon hatte er sie erreicht, umrundete sie mit stolz gerecktem Kopf und trieb sie auf die Herde zu, die sich wie auf einen geheimnisvollen Befehl hin in Bewegung setzte.

Lass mich nicht allein, dachte Patricia ein letztes Mal, und ein Wimmern stieg aus ihrer Kehle hoch.

Doch da jagte die Herde bereits durch die Senke und den gegenüberliegenden Hügel hinauf. Dallis und der Schimmelhengst bildeten das Schlusslicht. Gerade als sie den Hügelkamm erreichten, brach die Sonne durch die Wolken und tauchte das Fell der Ponys in flammendes Licht. Das war das Letzte, was Patricia sah.

Dallis, du bist jetzt frei, ging es ihr durch den Kopf. Endlich bist du frei. Dann verlor sie das Bewusstsein.

Ethan fluchte durch die Zähne. Die Sonne war bereits untergegangen, und noch immer hatte er Patricia nicht gefunden. Doch es war zu gefährlich, in der Dunkelheit weiterzureiten, sosehr es ihn auch danach drängte. Er konnte nicht riskieren, dass Boomer oder Sonny sich in einem Kaninchenloch die Beine brachen.

Am Fuß eines Berges zügelte er seinen Wallach. Hier hatte ein großer überhängender Felsen einen natürlichen Vorsprung gebildet. Ethan schwang sich aus dem Sattel. Doch als er sich an seinen Packtaschen zu schaffen machte, gab Laird plötzlich Laut.

»Was hast du denn da?« Ethan sah sich nach dem Hirschhund um, der auf den Felsen gesprungen war. Der Hund wedelte aufgeregt mit dem Schwanz. Ethan legte das Zelt zu Boden, griff nach seiner Taschenlampe und machte sich daran, dem Tier hinterherzuklettern.

Laird jaulte aufgeregt. »Was hast du denn?«, fragte Ethan wieder, als er den Hund erreichte, und legte ihm die Hand auf den glatten, schmalen Kopf. Dann entdeckte er es. Beinahe wagte Ethan nicht, genauer nachzusehen, was da zu seinen Füßen im Gras lag, doch er riss sich zusammen. Der Gegenstand war schließlich zu klein, um ein zusammengekauerter Körper zu sein. Er richtete den Schein der Lampe auf den dunklen Fleck vor ihm, und sein Herz begann laut zu klopfen. Ein wollener Pullover. Der Pullover, den Patricia bei ihrer ersten Begegnung getragen hatte!

Er war auf dem richtigen Weg, schoss es ihm durch den Kopf. Patricia musste hier gewesen sein – und es konnte nicht allzu lange her sein. Der Pullover war zwar nass, aber nicht so schmutzig, als würde er schon länger hier liegen.

Ein Lächeln breitete sich auf seinem Gesicht aus. Er hatte doch gewusst, dass er es schaffen würde! Doch als er den Pullover aufhob, erstarrten seine Züge. Er sah die großen Löcher, an deren ausgefransten Rändern die Wollfäden nur so herunterhingen. Was war passiert? War Patricia von einem Tier angefallen worden?

Ethan merkte, wie ihm eiskalt wurde. Mit zitternden Händen leuchtete er mit seiner Lampe die Umgebung ab, voller Angst, Blutflecken zu finden. Doch so angestrengt er auch suchte, er fand nichts.

Laird saß mit hängenden Ohren neben ihm. Er schien zu spüren, dass Ethan besorgt war, und seine feuchten brauen Augen schauten regelrecht kummervoll drein. Er senkte den Kopf, schob sich behutsam näher zu Ethan heran und stieß leicht mit der Nase an seine Hand.

Ethan hörte das leise Winseln und begriff. »Oh Laird, es tut mir leid.« Voll Reue beugte er sich zu dem Hund hinunter, legte ihm seine Arme um den Hals und liebkoste ihn ausgiebig. »Du denkst bestimmt, ich bin nicht zufrieden mit dir, oder? Aber nein, du hast deine Sache großartig gemacht. Morgen finden wir sie, das schwöre ich dir!«

Der Hund wedelte voll Erleichterung mit dem Schwanz und versuchte, Ethan übers Gesicht zu lecken.

Doch der Junge war mit seinen Gedanken schon wieder woanders. Er rieb sich fröstelnd über die Arme und starrte gedankenverloren in den Himmel. Die dichten Wolken verdeckten Mond und Sterne. Der Wind pfiff aus Osten. Und Patricia hatte mit Sicherheit nichts dabei, was sie vor der Kälte schützen würde.

Patricia blinzelte. Doch um sie herum blieb es düster. Sie rieb sich die Augen und versuchte, den pochenden Schmerz, der sich inzwischen ihres ganzen Körpers bemächtigt hatte, zu ignorieren. Es dauerte eine Weile, bis sie wieder wusste, wo sie war. Die Sonne war bereits vollständig untergegangen, und in der Dämmerung war die Senke unter ihr kaum noch zu erkennen.

Stöhnend versuchte sie, sich aufzurichten, doch während sie bewusstlos gewesen war, musste sich etwas auf ihre Brust gelegt haben, etwas Großes, Schweres, das sie auf den Boden zurückdrückte. Was war das nur? Versuchsweise bewegte Patricia ihren Arm, doch auch er erschien ihr plötzlich bleischwer. Lass mich los, dachte sie. Was immer du bist, lass mich los. Sie ließ den Kopf erschöpft ins harte, stachelige Gras zurücksinken und atmete flach.

Vielleicht kann ich es überlisten, dachte sie irgendwann, und fast musste sie kichern, dass ihr so ein kluger Gedanke gekommen war. Vielleicht kann ich mich einfach unter ihm wegrollen?

Und tatsächlich – als sie sich mühselig zur Seite drehte, ließ der Widerstand plötzlich nach. Ich habe es geschafft, dachte Patricia, doch dann rollte sie schneller und schneller, und mit einem Mal wurde ihr bewusst, dass sie den Hügel hinabstürzte. Ihr Kopf schlug auf irgendetwas auf, ihr Arm schrammte über einen Felsen. Doch Patricia spürte keinen Schmerz – nicht mehr. Endlich kam sie zum Stillstand.

Aber da war er wieder – dieser Druck auf ihrer Brust, der ihr die

Luft zum Atmen nahm. Tränen der Hilflosigkeit liefen über ihr Gesicht, und sie schloss die Augen. Bitte, kann das nicht aufhören?, dachte sie verzweifelt. Doch der Druck ließ nicht nach, und wieder wurde ihr schwarz vor Augen.

Irgendwann – es musste schon viel später sein – erwachte sie abermals. Das Gefühl, dass ihre Brust zusammengepresst wurde, war noch stärker geworden. Und plötzlich wusste sie, was es war. Seit sie zusammen im Kindergarten gewesen waren, wusste Gavin, dass nichts Patricia mehr auf die Palme bringen konnte, als wenn man sie so festhielt, dass sie sich überhaupt nicht mehr rühren konnte.

»Gavin, lass mich sofort los!«, krächzte sie. »Vergiss es – du kriegst meine neue Spritzpistole nicht, selbst wenn du mich stundenlang in den Schwitzkasten nimmst.«

Gavin grinste sie frech an. »Wollen wir wetten? Um ein Eis?«

Irgendetwas kitzelte Patricia im Gesicht. »Für ein Eis ist mir viel zu kalt«, antwortete sie. Und tatsächlich, es stimmte. Ihr war eiskalt, viel kälter, als ihr jemals zuvor gewesen war.

»Keine Angst«, sagte Gavin und breitete eine Decke über sie aus. »Dir wird bald warm sein.« Und Patricia wusste, dass sie beruhigt einschlafen konnte.

Die Sonne war noch nicht aufgegangen, als Ethan sich bereits wieder in den Sattel schwang. Er hatte die Nacht über kein Auge zugetan aus Sorge um Patricia, und in den frühen Morgenstunden hatte er es nicht mehr ausgehalten.

Er musste sie heute finden, schwor er sich, als er Sonny antrieb. Der Wallach gehorchte aufmerksam seinen drängenden Hilfen, und selbst Boomer und Laird schienen zu spüren, dass irgendetwas auf dem Spiel stand. Der Hund raste voraus – die Nase dicht über den Boden gesenkt. Ethan sah sich besorgt nach seinem Packpferd um. Er wusste, dass er Boomer nicht überanstrengen durfte. Doch das ältere Pferd machte nicht den Eindruck, als ob er am Ende seiner Kräfte wäre. Ganz im Gegenteil – es schien den Morgen zu genießen und holte so weit aus, dass Ethan ab und zu warnend am Führstrick zupfen musste, um den Wallach in seinem Eifer zu bremsen.

Eine frische Brise wehte, aber die Sonne stieg bald über die Hügelkämme. Mit ihren Strahlen verdrängte sie die Nachtkühle schnell, und endlich sah es einmal so aus, als ob es warm werden würde.

In zügigem Tempo kamen sie voran, als der Hund plötzlich am Fuß eines Hügel stehen blieb, den Kopf hob und in die Luft schnupperte. Dann schlug er zielstrebig einen schmalen Pfad ein, der in Serpentinen bergauf führte. Immer wieder sah er sich nach Ethan um – aber Sonny war ihm dicht auf den Fersen.

Ethan musterte die Spuren, die sich durch das graugrüne Gras zogen. Vermutlich war das ein Ziegenpfad, denn Rehe gab es in diesen Höhen nicht mehr. Doch dann entdeckte er etwas, das sein Herz höher schlagen ließ: Pferdemist! Und zwar nicht eingetrockneter – sondern ganz frischer.

Schon hatte Laird den Hügelkamm erreicht. Ethan sah, wie er unvermittelt innehielt und eine Pfote hob. Der Hirschhund war auf eine Spur gestoßen.

Sonny tänzelte aufgeregt. Entweder spürte er die Aufregung seines Reiters, oder er wollte sich endlich austoben – denn mit einem Mal galoppierte er los, ohne dass Ethan ihn dazu aufgefordert hätte. »Ruhig, Sonny.« Ethan griff die Zügel fester. Doch erreichten sie bereits den Hügelkamm, und Sonny fiel von allein in Schritt.

Und jetzt sah Ethan, was sein Wallach schon vor ihm gespürt haben musste. Unter ihm tat sich eine Senke auf. Eine kleine Herde verwildert aussehender Ponys hatte sich in einem Pulk dicht zusammengedrängt. Einige von ihnen grasten friedlich, andere dösten.

Ethan spürte, wie sein Herz bis zum Hals schlug. Eine der Wildpferdherden! Hier hatte Patricia hingewollt.

Ein Schimmel – offenbar der Leithengst – stand ein paar Schritt entfernt und schlug unruhig mit dem Schwanz. Er sicherte die Umgebung. Plötzlich nahm auch eine schwarze Stute Witterung auf. Den Moment wählte Laird, um laut bellend den Hügel hinabzustürzen.

»Laird, bei Fuß«, wollte Ethan noch rufen, doch es war zu spät. Alarmiert hoben die Ponys die Köpfe und rasten davon.

Zurück blieb nur ein graues Pony. Es hatte nicht wie die anderen gegrast, sondern in der Mitte des Pulkes am Boden gelegen. Warum machte es keine Anstalten, aufzustehen? Ethan wusste, dass Wildpferde sich nur selten hinlegten, und wenn, dann nur im Schutz der Herde. Sie hatten einen so starken Herdentrieb, dass sie nie alleine zurückbleiben würden. Das Tier musste krank sein, sagte er sich, während er Sonny den Hügel hinunterlenkte.

Aber dann weiteten sich seine Augen. Unwillkürlich ließ er den Strick los, mit dem er Boomer führte, und trieb Sonny an. Dicht vor dem grauen Pony parierte er den Wallach durch. Noch immer regte sich das Tier nicht, es sprang nicht auf, um vor dem Fremden zu flüchten.

Nein, es war nicht krank. Es war auch keines der wild lebenden Ponys. Es war Dallis! Die Stute hatte sich dicht an eine Gestalt gedrängt, die leblos neben ihr im Gras lag.

»Sie kommen gleich«, murmelte Ethan und küsste vorsichtig Patricias Stirn. Er hatte ihren Kopf in seinen Schoß gelegt. Wie oft hatte er davon geträumt, sie so halten zu dürfen. Doch jetzt, als er es wagte, vermochte er sich nicht zu freuen.

Patricias Gesicht glühte, und er konnte nicht erkennen, ob sie schlief oder bewusstlos war. Sie hatte die Augen bisher nicht geöffnet, doch als er mit zittrigen Fingern nach ihrem Puls gefühlt hatte, war dieser zwar schwach, aber dennoch erkennbar gewesen.

Ethan hätte vor Erleichterung fast aufgeschluchzt, denn nach einem Blick auf Patricias wächserne Gesichtshaut hatte er tatsächlich das Schlimmste befürchtet.

»Sie kommen gleich mit dem Hubschrauber«, fuhr er fort. »Sie können hier landen, weißt du, in der Senke ist Platz genug. Ich kenn das von meinem Vater, der hat mir mal erklärt, unter welchen Bedingungen Hubschrauber landen können. Und das Wetter – es ist so strahlend schön. Sie werden uns gleich finden.« Er hielt inne. Seine Worte waren sinnlos, Patricia konnte ihn nicht hören. Und doch redete er weiter auf sie ein, schon allein, um die Stille der Highlands zu durchbrechen. Denn ansonsten wäre er dazu verdammt, auf ihre pfeifenden Atemzüge zu hören und zu beten, dass sie nicht verstummen würden.

»Ich habe ihnen die genauen Positionsdaten durchgegeben, den Rangern«, erzählte er, während er ihr behutsam die Haare aus der verschwitzten Stirn strich. »Sie waren auch auf der Suche nach dir, weißt du. Sie schicken einen Hubschrauber aus Ullapool – es dauert nicht lange, haben sie versprochen.«

Er sah sich um, doch noch immer war nichts am strahlend blauen Himmel zu erkennen. »Sie haben es versprochen«, wiederholte er beschwörend.

Er hatte versucht, Patricia etwas Wasser einzuflößen, aber das meiste war danebengegangen. Und nun saß er hier, konnte nichts für sie tun und fühlte sich hilflos wie noch nie zuvor in seinem Leben. Unwillkürlich fiel ihm ihre erste Begegnung wieder ein. Er hatte geflennt, aus lauter Wut, von ihr so gedemütigt worden zu sein. Und jetzt? Jetzt weinte er um sie.

»Bitte halte durch, Patricia«, flüsterte er unter Tränen.

Laird begann, leise zu winseln. Er saß neben ihnen und rührte sich nicht von der Stelle. Während Boomer und Sonny etwas abseits grasten, hatte Dallis ihren aufmerksamen Blick auf Patricia gerichtet und ließ sie nicht aus den Augen.

Konnte ein Tier Sorge empfinden? Ethan wusste es nicht. Doch er wusste, dass Patricia vermutlich die eiskalte Nacht nicht überlebt hätte, wenn der warme Pferdekörper neben ihr nicht gewesen wäre.

Plötzlich hob Laird den Kopf, und einen Augenblick später hörte auch Ethan, was die empfindlichen Hundeohren bereits vernommen hatten: das Geräusch eines Hubschraubers, das sich rasch näherte.

Epilog

»Ist sie weg?« Ethan steckte seinen Kopf durch die Tür und sah sich misstrauisch im Krankenzimmer um.

Patricia kicherte. Noch immer tat ihre Brust weh, aber dank der Antibiotika, die sie verabreicht bekommen hatte, befand sie sich schon wieder auf dem Weg der Besserung. Laut den netten Schwestern war sie die medizinische Sensation auf Station vier im Krankenhaus von Ullapool. Die Ärzte konnten immer noch nicht glauben, dass Patricia mit einer derart schweren Lungenentzündung in den Highlands überlebt hatte.

Ethan kam herein. »Wenn du Angst hast, dass sich Mrs Dench unter meinem Bett versteckt, kann ich dich beruhigen«, sagte Patricia. »Sie hat sich allerdings erst vom Acker gemacht, als ich einen Schwächeanfall simuliert habe. Schwester Mary – du weißt schon, die nette Farbige – hat sie daraufhin aus dem Zimmer geschmissen.«

Ethan trat ans Bett und küsste Patricia zärtlich auf den Mund. »Solange Mary *mich* nicht rausschmeißt«, sagte er mit einem Grinsen.

Er zog sich einen Stuhl heran und griff in den Rucksack, den er bei sich hatte.

»Scones mit Butter! Mit Gruß von unserer Köchin.« Er breitete das Gebäck vor Patricia aus. »Greif zu – damit du zu Kräften kommst.«

»Mensch, Ethan. Ich bin doch kein Kleinkind mehr. Und meine Mutter war auch schon den lieben langen Morgen da«, stöhnte Patricia. »Wobei sie wenigstens aufgehört hat, sich selbst die Schuld daran zu geben, dass ich abgehauen bin.«

»Ich kann sie verstehen«, sagte Ethan und sah Patricia in die Augen. »Mir geht es ja nicht anders.«

»He, wenn hier einer ein schlechtes Gewissen haben sollte, dann doch wohl ich«, protestierte Patricia. Folgsam griff sie nach dem Gebäck, um vom Thema abzulenken. Sie hatte sich bereits bei Ethan entschuldigt, dass sie so leichtsinnig gewesen war, aber noch immer fühlte sie sich unwohl bei dem Gedanken, in welche Gefahr er sich selbst gebracht hatte, um sie zu retten.

»Übrigens – Neuigkeiten aus dem Stall«, sagte Ethan leichthin. Auch ihm schien das Thema unangenehm zu sein. »Heute war Ihre Majestät da – Miss Emily. Und du glaubst es nicht: Plötzlich behauptet sie, dass reiten nur etwas für kleine Mädchen ist. Sie hat nämlich einen neuen Freund, der Golf spielt.«

»Dann kann sie jetzt ja meinetwegen ihren Golfschläger misshandeln. Und nicht mehr Dallis«, sagte Patricia zufrieden.

»Ihr Vater hat sich tatsächlich erkundigt, ob die bösartige graue Stute eingeschläfert worden wäre. Und Silas . . .« Ethan machte eine Kunstpause und grinste. »Silas hat ihm wortwörtlich geantwortet, dass sie es dort, wo sie jetzt ist, tausendmal besser hat als in ihrem alten Leben.«

Patricias Gesicht leuchtete auf. Wie recht Silas hatte! Und sie war so froh, dass der alte Mann ihr nichts nachtrug. Er und Damian hatten sie sogar im Krankenhaus besucht.

Die beiden waren stolz auf die kleine graue Stute gewesen, die Patricia das Leben gerettet hatte. Die Ärzte hatte es immer wieder betont – ohne die Körperwärme der Stute wäre das Mädchen in jedem Fall verloren gewesen.

»Ich kann immer noch nicht glauben, dass sie in der Nacht zu mir zurückgekommen ist«, sagt Patricia. »Aber vielleicht war die Senke auch nur der natürliche Schlafplatz der Herde.«

»Das mag sein«, antwortete Ethan bedächtig. »Aber es erklärt noch nicht, warum Dallis sich so dicht neben dich gelegt hat. Sie muss gespürt haben, dass mit dir etwas nicht stimmte.« Er musterte Patricia einen Moment nachdenklich. »Als Laird angeschlagen hat, ist sie nicht mit der Herde davongeprescht, sondern bei dir liegen geblieben. So etwas habe ich noch nie gesehen!«

Patricia nickte. Jedes Mal, wenn sie an Dallis dachte, traten ihr Tränen der Rührung in die Augen. »Ich hab aber auch seit diesem Abenteuer nahe am Wasser gebaut«, schimpfte sie und tastete nach seiner Hand.

Ethan lächelte und strich ihr sanft über die Wange. »Nicht so schlimm«, sagte er. »So viel wie ich weinst du noch lange nicht.«

»Erzähl mir noch einmal, wie du Dallis zur Herde gebracht hast«, bat Patricia. Gleich bei seinem ersten Besuch hatte Ethan ihr haarklein berichten müssen, wie er sich mit Dallis im Schlepptau auf die Suche nach den Wildponys gemacht hatte. Als er sie gefunden hatte, hatte er die graue Stute ein zweites Mal in die Freiheit entlassen. »Das war ich euch schuldig«, hatte Ethan schlicht gesagt.

Er räusperte sich. »Wir reiten hin, wenn du wieder ganz gesund bist«, schlug er vor. »Was hältst du davon? Dann kannst du selbst sehen, wie gut es Dallis geht.«

Patricia wischte sich die Tränen weg. »Aber ich verspreche dir: Diesmal reite ich keinen Meter ohne eine Ausrüstung, die mir notfalls auch im Weltraum das Überleben sichern würde.«

»Hey – *mich* nicht zu vergessen«, sagte Ethan lachend.

»Nein natürlich nicht.« Patricia wurde ernst. »Ich würde dich nie vergessen – nicht nach allem, was du für mich getan hast.«

Schweigen kehrte ein, während jeder seinen Gedanken nachhing.

»Ethan, was wird mit uns werden?«, fragte Patricia irgendwann flüsternd. »Was wird, wenn ich aus dem Krankenhaus komme und wieder nach Edinburgh muss?«

Ethan beugte sich über sie, strich ihr eine Haarsträhne aus der Stirn und gab ihr einen langen Kuss. »Ich weiß es nicht«, sagte er ehrlich, als er seine Lippen von ihren löste. »Aber eins weiß ich sicher. Ich habe dich da oben in den Highlands nicht verloren – und ich werde dich in Zukunft auch nicht verlieren. Das verspreche ich dir.«

Federica de Cesco

978-3-401-50464-3

Im Wind der Camargue

Obwohl Estellas Vater beim Einfangen eines ausgebrochenen Stieres tödlich verunglückt ist, möchte das Mädchen auch ein Guardian – ein Stierhüter – werden. Nicht nur Hitze und Kälte, sondern auch die Vorurteile der anderen Guardians machen Estella schwer zu schaffen. Bald steht sie vor einer schmerzlichen Entscheidung …

978-3-401-50466-7

Solal, das Feuerpferd

Leonie lebt mit ihrer Großmutter in einem südfranzösischen Dorf. An die Ablehnung der Nachbarn hat sie sich gewöhnt, denn seit Generationen sagt man den Frauen in ihrer Familie geheimnisvolle Hexenkräfte nach. Doch sie selbst scheint die Begabung gar nicht geerbt zu haben und sucht verzweifelt nach ihrer eigenen Bestimmung – bis sie eines Tages auf ein geheimnisvolles Pferd stößt …

978-3-401-01988-8

Das Mondpferd

Unter dem Einsatz ihres Lebens rettet Anga den verletzten Schimmel Khan. Anga würde das edle Tier gerne behalten, doch Bantje, Sohn des mächtigen Mongolenfürsten, erkennt in Khan sein Pferd. Die beiden beschließen, um den Schimmel zu kämpfen, doch noch vor dem Ende des Wettkampfs bricht ein gewaltiges Erdbeben aus …

Arena

Jeder Band:
Arena-Taschenbuch
www.arena-verlag.de

Antje Babendererde

978-3-401-50685-2

Der Gesang der Orcas

Gemeinsam mit ihrem Vater, einem Fotografen, macht Sofie eine weite und ungewöhnliche Reise in die nordamerikanische Wildnis. Es ist eine Entdeckungsreise in die Welt und die uralten Traditionen der Makah-Indianer – ebenso wie die Begegnung mit dem Makah-Jungen Javid. Als die beiden ein zweites Mal allein auf das Meer hinausfahren, um die Orcas zu besuchen, scheint es, als wäre ein unsichtbares Band zwischen ihnen entstanden. Aber ihre Freundschaft muss schwierige Spannungen überstehen.

978-3-401-50686-9

Libellensommer

An einer Tankstelle am Highway begegnet Jodie dem jungen Indianer Jay zum ersten Mal. Ein paar Tage später ist sie mit ihm auf einer Reise, die ihr Leben verändern wird. Die beiden erleben einen Sommer voller Liebe und Magie inmitten der kanadischen Wildnis – und bald steht Jodie vor der schwersten Entscheidung ihres Lebens.

978-3-401-50684-5

Indigosommer

Ein einsamer Strand am Pazifik, ein Ozean ohne Grenzen, ein Ort voller Magie. Als Smilla sich in den schwer durchschaubaren Conrad verliebt, kippt die Stimmung in der Clique und sie erfährt, was letzten Sommer an diesem Strand geschehen ist.

Arena

Jeder Band:
Kartoniert
Auch als E-Books erhältlich
Als Hörbücher bei JUMBO
www.arena-verlag.de

Holly Goldberg Sloan

Sam und Emily

Kleine Geschichte vom Glück des Zufalls

Sam Border ist immer auf der Flucht. Wenn es einen Gott gibt, dann hat der schon vor langer Zeit beschlossen, ihn im Stich zu lassen. Emily Bell sammelt die Geschichten anderer Menschen. An nichts glaubt sie so fest wie an das Schicksal. Als Sam und Emily einander zum ersten Mal begegnen, wissen sie, dass sie zusammengehören. Doch das Schicksal ist launisch. Die eigene Vergangenheit lässt sich nicht so einfach abschütteln. Und Glück und Unglück liegen nah beieinander.

Arena

432 Seiten • Klappenbroschur
ISBN 978-3-401-50654-8
www.arena-verlag.de